NOUS SOMMES LES OISEAUX
DE LA TEMPÊTE QUI S'ANNONCE

DU MÊME AUTEUR

Une fièvre impossible à négocier, Flammarion, 2003 ; J'ai Lu n° 7485.
De ça je me console, Flammarion, 2007 ; J'ai Lu n° 8843.
Nous sommes les oiseaux de la tempête qui s'annonce, Flammarion, 2011.
La Petite Communiste qui ne souriait jamais, Actes Sud, 2014.

© Flammarion, 2011
ISBN 978-2-330-03276-0

LOLA LAFON

NOUS SOMMES LES OISEAUX DE LA TEMPÊTE QUI S'ANNONCE

roman

BÁBEL

Si vous devez répéter un même mouvement un grand nombre de fois, ne cédez pas à l'ennui, pensez que vous êtes en train de danser vers votre mort.

Martha Graham

Première partie

JOURNAL DE TES JOURS NON VÉCUS

37,5=>33 samedi

Ton cœur, je le regarde ralentir toute la nuit. Je fixe les chiffres sans les comprendre.
72. 34. Paisiblement encerclée, elfe aux yeux mi-clos dans une jungle de fils parfaits et d'écrans, une Princesse Geek. Tes paupières ne frémissent pas et le tube qui sort de ta bouche semble parfaitement adapté à ton anatomie, tu n'as pas l'air d'en souffrir. Tu es une fleur enserrée. Je regarde ton petit visage gelé. Je ne t'ai jamais dévisagée à ton insu si longuement. Comme si ça pouvait te gêner, je me redresse et m'affaire, un désir d'être utile, alors qu'on ne peut prendre soin de rien ici.

Ceci est le journal de ta mort subite. Les quelques notes, celles-là, que j'essaye de prendre au moment où tu t'absentes à ta vie. Ceci est le journal dans lequel je note pour toi chacun des détails de ce présent où tu n'es plus. Pour te raconter, plus tard-un jour, ce que je vis avec toi sans que tu le saches.

Il est plus de minuit quand on m'autorise à rentrer dans la chambre où tu te refroidis lentement, au rythme de 0,5 centigrade par heure. Entre nous et toi, il y a cette pièce de nulle part, poste frontière jusqu'à ton état de non-vie partiel. Là, je me lave les mains, j'enfile une blouse stérile. Quand je lève les yeux, mon visage dans le miroir au-dessus du lavabo ne me dit rien.

On suit un emploi du temps, il faut un emploi de ce temps. Régulièrement quitter la salle d'attente et, dans ce sas, frotter et essuyer ses mains asséchées par le savon acide désinfectant, assez lentement pour que le temps passe encore, et alors se faire peur de cette lenteur posée, hâter le mouvement. S'il était arrivé quelque chose dans ta chambre. Aller te voir toutes les demi-heures pour être sûre.

Il est possible que les infirmières me laissent aller et venir toute la nuit parce que le bruit ne te dérangera plus jamais. Je voudrais demander pourquoi tu ne fermes pas vraiment les yeux, est-ce qu'on ne pourrait pas te fermer les yeux, que tu aies l'air de dormir. Les médecins hésitent entre plusieurs issues :

Tu vas mourir. Ils n'utilisent pas ce mot-là.

Tu vas te réveiller comme un légume, c'est le mot qu'emploie l'interne. Les consonnes du mot « légume » hérissent de pics de douleur le silence de la salle d'attente, je ne regarde pas tes parents, je baisse les yeux devant ce mot, sens mes joues rougir qu'on parle ainsi de ton corps inerte.

Il rajoute que tu peux aussi te réveiller « simplement » paralysée ou incapable de parler. L'échelle des séquelles, j'ai perdu le fil de ce qu'il dit, mais je me souviens de ça : l'échelle des séquelles.

Calcul et déductions

Personne ne peut répondre à l'interne qui surgit dans la salle d'attente, aucun d'entre nous ne sait combien de temps ton cœur s'est arrêté. Le médecin qui t'a fait le premier massage cardiaque dans le café n'a pas laissé son nom.

Il nous reste le calcul, les déductions. Est-ce qu'il a bondi vers toi. Et le café, a-t-il fallu que ce médecin repousse des chaises qui l'auraient ralenti. Une minute et demie. Deux et demie, peut-être trois, estime ton père, appliqué à répondre au mieux à la science. Trois minutes alors. L'interne tord sa bouche de côté, sort à reculons. Quand il réapparaît quelques instants plus tard, il présente à tes parents deux feuillets. Je colle ma chaise à la leur pour que nous lisions ensemble. Quand l'interne mentionne le chiffre 33 dans son explication, ta mère ne cille pas, elle relève même un peu le menton vers lui.

Nous restons tous les trois dans la salle d'attente. Toi, tu plonges et descends dans un coma de glace artificiel, lentement. La signature de tes parents autorise une machine à mettre ton cerveau et ton cœur au repos complet à 33 degrés. Nous avons ton corps entre nos mains. Signez ici. Le 17 janvier.

Et ensuite, nous demandons encore.
Ensuite, tu vas mourir, mais il n'emploie pas ce mot-là.
Ou tu te réveilleras.

Je regarde ton petit visage aux yeux mi-clos. Je regarde ton cœur ralentir toute la nuit. Centigrade par centigrade. Nous nous succédons près de toi. Chuchotants, nous notons tes progrès à l'envers : « Elle en est à 34,9. » Émus, on se félicite de ton corps obéissant mort inopinément dans l'après-midi, qui, là, ne s'est pas encore décidé à mourir tout à fait. On pense aux films idiots que tu adores et combien tu aimerais ce scénario.

« Nous allons la cryogéniser. »

« Bien Professeur. La Matrice a crypté toutes les informations qui transparaissent dans la partie B de son cerveau. Le Bureau peut bien venir l'interroger maintenant ! Il ne reste rien, aucune trace. »

Le personnel nous chasse du service vers deux heures du matin. J'accompagne tes parents à leur voiture comme s'ils étaient venus dîner avec nous et que je prenais soin d'eux, de leur retour. Nous nous donnons rendez-vous au matin, taisons nos « peut-être ». Certains de tes amis, arrivés plus tard, proposent de se rendre au café, ou m'invitent chez eux pour finir la nuit, mais je préfère partir vers le boulevard, seule. Je ne sais pas où aller et dormir me semble d'une imprudence, un luxe aussi absurde que celui dans lequel j'ai vécu jusqu'à maintenant, ce monde de cœurs qui ne s'arrêtent jamais à nos âges.

Et puisque je ne peux pas te livrer ici uniquement mes belles pensées, en voici une qui te fera hausser un sourcil : tandis que je descends vers le fleuve et que j'essaye d'éviter les groupes de filles et de garçons qui se déplient ce samedi soir pour envahir tout le trottoir au rythme de leur alcoolémie, soufflets d'accordéon ivres, celle que je désire le plus, là, à ma gauche, c'est ma chienne, son regard avide d'un présent simple. Il me manque une présence qui ne sache rien de tout ça, ton cœur arrêté, tes yeux mi-clos, et si tu mourais cette nuit.

Et ça fait si longtemps que je n'ai pas été dans la ville qu'elle n'est remplie que de toi. Ces rues, nous les avons toutes prises, nous les avons pointées du doigt en pouffant, ces cartes postales aux cieux d'un mauve ridiculement saturé dans la librairie ouverte jusqu'à minuit et ce cinéma, le caissier nous fait toujours la même blague – non je ne vous rends pas la monnaie merci mademoiselle et on lui sourit gentiment, il faut le soutenir, il ne passe que de vieux films d'épouvante qu'on adore – et cet arbre immense qui ploie le long du fleuve sous un loft aux fenêtres démesurées dont on a imaginé cent fois les occupants forcément antipathiques, ce bus de nuit qui nous mène de Paris jusqu'à la gare près de l'Île, tout, tout est à toi, avec toi.

Dans la salle d'attente, à tes parents je récite la journée. Ils m'écoutent, guettent les indices, une de nos journées entre des années de journées, un samedi de rien dont il ne reste que des détails à scruter encore et encore.

Notre rendez-vous pour aller à la piscine, ce matin de ce jour qui achève ta vie. Je t'ai trouvée pâle, ta peau presque trop fine pour tes pommettes. J'aurais dû te demander, je n'ai rien demandé, cette mort tu la portais ce matin. Deux fois, tu sors deux fois du bassin et t'assois sur le bord. Et je me moque de toi, la grande sportive. Mon rire idiot me remonte dans la gorge comme une erreur dont le goût s'étale, des souvenirs surgissent, mais d'où surgissent-ils, des moments, ces derniers mois où ta voix m'a semblé un peu atone, où ton dos s'arrondit lentement à ta chaise, et ces coups de fil où j'ai raccroché trop vite, ma nonchalance brutale comme une sale grimace, mais depuis quand est-ce que tu meurs.

« Elle a voulu me chronométrer sur vingt-cinq mètres », j'annonce, absurde et infantile à ta mère tandis que nous attendons. L'aiguille du chronomètre géant au mur de la piscine est bleue. Non, rouge. Tu m'annonces : « trente secondes fifille, et en nageant de travers, encore ! » Nous avons marché vers chez toi, est-ce que nous nous sommes parlé. Déjà, je ne sais plus. Dans l'escalier, avant d'arriver à ta porte, tu as marqué une petite pause en soupirant. Mais tu soupires souvent aux avant-dernières marches de tes cinq étages.

Cette description ridicule, trop précise. Pourquoi prendre note de la façon dont tu t'es assise dans ta cuisine pour boire un café, pourquoi ça aurait-il du sens ce samedi. Parce que c'est le dernier ? À quatorze heures, est-ce que tout ça est en train de se fabriquer, ta mort, ou est-ce que, assise sur ta chaise bicolore rouge et jaune, quand tu sèches tes cheveux en passant ta main lentement au travers, ce moment où je te vois à contre-jour n'a aucun sens supplémentaire que celui-là : nous buvons un café dans ta cuisine et ça n'arrivera jamais plus. Tes chevilles enroulées l'une autour de l'autre, ta main qui porte à ta bouche la petite tasse rouge.

Ton après-midi est, comme d'habitude (et je crois bien que, comme d'habitude aussi, j'ai dû te traiter de mère Teresa du quartier), consacré à l'aide aux devoirs des enfants dits « en difficulté ». J'accepte de m'occuper de Vassili à ta place, tu as une urgence. Quand je te récite ce que j'ai prévu de faire avec lui, l'exposition consacrée à Serge Gainsbourg, tu notes : « Le côté alcool et filles à poil, ça va être bien, non non il va adorer, c'est original. »

Nous nous dirigeons vers le métro. C'est la dernière fois où l'on se dit à tout à l'heure, je t'appelle, sur les marches du métro, le dernier coup d'œil, je me retourne toujours quand on se dit au revoir et chaque fois, tu me fais face, tu ne bouges pas avant que je me sois retournée, une mère à son balcon, tu esquisses un geste de la main, ton dernier mot.

Ta mère ne sait plus qui est Vassili, c'est que, avec tous ces noms, elle s'excuse, ta mère qui n'a pas pleuré depuis qu'elle s'est assise dans la salle d'attente. Toute droite, ses minuscules épaules légèrement penchées vers l'avant, une petite sprinteuse du silence.
« Le garçon du quatrième étage, vous savez ? Biélorusse ? »

Des couples trentenaires aux écharpes confortables forment une file d'attente pour l'exposition, leurs sweat-shirts leur retombent mollement sur le bassin. Ils sont tous blancs, remarque Vassili qui passe son temps à compter les blancs et les noirs sans que je sache ce qu'il fait de ses sondages. Je prends plusieurs décisions contradictoires à voix haute, attendre une heure, partir, revenir plus tard, le petit garçon me tient par la main, ravi, comme ébahi de mon incohérence, mais serein. Je lui tiens fermement la main pour pallier notre errance. Ramasse tous les programmes de tous les halls dans lesquels nous rentrons et sortons, je fais semblant de savoir ce qu'il y a dedans, cet air concerné d'adulte capable de fabriquer habilement un samedi de mots et d'images colorées. Une jeune fille lui tend le prospectus d'une séance de cinéma en 3D sur les sardines, il me le donne, soulagé de m'offrir une solution. C'est exactement ce qu'il nous faut voir ce Samedi, je déclare, péremptoire. La voix que j'adopte pour lui parler me fait pitié. Dauphins, baleines en 3D, sardines qui migrent jusqu'à la côte du Kwazulu-Natal. Nous courons au bout du parc mais j'ai mal regardé le programme, la séance est déjà passée, le hall est vide. Comme souvent, cet après-midi, je vis deux fois en simultané : ma vie que j'exécute au présent et puis la voix off de cette vie, qui, sans cesse, surgit pour noter les détails qui te plairaient, ceux que tu me commenteras, quand on se reverra. Après plus d'une heure d'aller et retours entre diverses salles, expositions et décisions que je ne prends pas ou trop tard, je remarque les yeux de Vassili qu'il plisse pour résister au froid. Je l'entraîne vers un café, fermé, puis rebrousse chemin pour en trouver un autre, lui ne me fait pas remarquer qu'on tourne en rond, et que cette rue-là, on en vient. Si j'étais une mère, tu vois, j'aurais remonté la fermeture Éclair de son anorak à la sortie du métro, j'aurais su où l'emmener un samedi après-midi et ne blaguerais pas sur les types qui me sifflent quand nous sortons du métro, Porte de la Villette.

J'éprouve le besoin de lui expliquer que je ne vois pas souvent d'enfants, j'habite seule à la campagne, après tout. Il acquiesce, compréhensif, et me parle de toi, qui connais « toutes les maths ! » Ton apparition dans le froid de mes errances – ridicule mère de substitution – me fait l'effet d'une couverture, de bras ouverts, tu ne me reproches jamais ma maladresse, jamais tu ne dis mais ce n'est pas possible, tu te cognes partout.

Ce sont, je crois, les derniers instants de ce samedi pour toi.

Il n'y a rien à déduire de ce qui suit. Tu t'imagines bien que je ne suis pas devenue irrationnelle simplement parce que toi tu meurs. Je vais donc essayer de ne pas déformer les événements, te les rapporter simplement.

Ça s'est passé comme ça. À seize heures, il me paraît soudainement indispensable de me rendre dans ce café où nous allons souvent, au bord du canal Saint-Martin. Comme un plan que je lirais sur une feuille qu'on me tendrait. C'est à près d'une heure de marche de l'endroit où j'erre avec Vassili. De notre chemin, je ne me souviens pas trop, sinon que je m'inquiète du froid, de mon impuissance à lui construire un samedi à peu près normal.

J'attends de ce café ce qu'on en attend normalement un après-midi d'hiver où on vient de marcher longuement. Cette chaleur un peu brutale au visage, le brouhaha.

Mais c'est une sensation de catastrophe, tu entends. L'éclairage du café me paraît étrangement terne, le lieu, épuisé. Je ne comprends pas cette pénombre. Et ce silence aussi, absolu. Du vide. Personne d'assis. Une tristesse oppressante. Non, pas vraiment une tristesse. Une conclusion de catastrophe. Un oiseau vole éperdument, se cogne plusieurs fois aux vitres. Le bruit de son corps contre les vitres, la brutalité du son de ses ailes empêchées.

La serveuse me semble sombre et lente. La serveuse aux yeux creusés, très pâle qui remplit nos deux tasses. Ses gestes n'ont pas la pesanteur d'une fin d'après-midi trop remplie d'allées et venues, c'est plutôt comme si elle se battait contre un engourdissement étrange, comme s'il lui fallait sortir d'un cauchemar gluant.

C'est de ta mort qu'elle doit sortir. Il y a une demi-heure à peine, la serveuse a vu partir les pompiers et le SAMU qui t'emmènent, gisante. Il y a moins d'une heure, tu es tombée de ta chaise dans ce café, une chaise certainement toute proche de celle où je me suis assise avec Vassili.

Je reconstitue ce moment de ta vie à partir de ce qu'on m'en a raconté, après, à l'hôpital.

Tu es tombée en avant vers la jeune fille avec laquelle tu étais attablée, ses devoirs grands ouverts entre vos tasses. Tu as glissé au sol. Tu as respiré extrêmement vite. Puis tu n'as plus respiré du tout. Comme dans ces séries que tu aimes beaucoup, un médecin était assis pas loin de toi. Il n'a pas laissé son nom aux pompiers, mais c'est lui qui t'a fait un massage cardiaque pendant plus de quarante minutes. C'est ce que dit la jeune fille qui était avec toi. Ce soir, elle reste assise dans le couloir de l'hôpital, par terre, les genoux repliés et le visage figé, statue de chagrin en survêtement blanc. Tes parents, dans la salle d'attente, ne pleurent pas.

Les chocs électriques, les pompiers, le SAMU, ton corps brutalisé, retourné, manipulé. Ne pas avoir été là me broie, j'aurais tendu mes mains vers toi pour que tu ne tombes pas à terre, dans ce café j'aurais hurlé plus fort, le médecin aurait agi plus rapidement. L'impossibilité d'admettre qu'on n'a rien pu faire, qu'on regardait des photos de sardines avec un enfant, des images vernies et criardes de dauphins. Et les bus abandonnés sur le chemin pour flâner mordent, dégueulent comme des fautes de goût vitales. Si. J'aurais pu. Avec un s.

17 h 30. En quittant le café, j'ai regardé l'heure. J'ai pensé à t'appeler, comme on le fait plusieurs fois par jour. Chacune de nos conversations multiquotidiennes se termine par : « On se rappelle. » Je crois que c'est la première fois que j'y renonce pour ne pas te déranger dans ton rendez-vous. Et je me suis dit ça, ces mots exacts : « Laisse-la vivre. » Je n'ai jamais pensé laisse-la

vivre avant cet après-midi-là, où, finalement j'ai reposé mon téléphone. Si j'avais appelé, je serais tombée dans le vide des sonneries parce que tu es déjà morte. Si j'avais appelé, je n'aurais pas su, dans le vide des sonneries, que ça y est, nous n'y sommes plus ensemble, ici.

À 17 h 30, l'ambulance rentre dans l'enceinte des Urgences de l'hôpital Cochin et ce qui vit de toi est une électricité de machine.

Quand je ramène Vassili à ses parents, il est 18 h 20, dix minutes d'avance sur l'horaire qu'ils m'ont fixé, et mon « allô » qui répond à la sonnerie de mon portable est bruyant, un allô de début de week-end, enjoué et soulagé aussi d'en avoir fini avec cette responsabilité d'enfant à amuser. « Je t'appelle pour quelque chose de pas très drôle », cette suite de petits mots fades annonce, entrouvre le présent, on y distingue à peine ton corps gisant.

Je ne sais pas ce que je trouverais comme phrase, à la place de Lina. Ce jour de janvier, elle, elle choisit : « Je t'appelle pour quelque chose de pas très drôle », puis dans mon silence qui attend ce pas très drôle, elle rétrécit la route le plus vite possible et précise : « En fait, ce n'est pas drôle du tout. »

Un malaise. Tu as eu un malaise, dit-elle, et la jeune fille avec laquelle tu étais dans ce café n'a pas su qui appeler, elle a simplement composé le dernier numéro inscrit sur ton portable : Lina. À ce moment-là je ne sais pas encore que nous avons été, incroyablement, dans le même endroit.

Le mot « malaise » n'est pas inquiétant. Il est presque doux, un alanguissement. Son côté suranné le borde de couvertures couleur bois de rose ; un malaise, comme ces actrices dans les vieux films où on ne disait pas frontalement : « Elle est enceinte. » Gene Tierney porte sa main à son front, ferme les yeux et son corps s'affaisse en spirale ralentie. Derrière elle, bien sûr, il y a un homme. Gene Tierney ne saurait avoir de malaise sans homme à ses côtés.

J'en effleure les bords, de ce mot « malaise », en le répétant plusieurs fois après Lina et rien ne m'affole pendant quelques secondes, c'est tout ce travail, ces gens qui comptent sur toi pour leurs papiers, leur appartement, leurs exercices de maths, et des crêpes, des vacances aussi. Tu te coucheras tôt ce soir, voilà, j'y veillerai (te faire remarquer pour la centième fois qu'un corps, on s'en occupe) je saurai je saurai, et je déborde de te retrouver, arranger ce malaise.

Cœur. Hôpital Cochin. Et aussi « sérieux ». Ces mots que Lina force entre les miens, une bagarre, moi qui remplis tout l'espace pour l'empêcher de parler. Alors ça bascule. Parfois on a pu lire la terre céda sous ses pieds, ce genre d'images, tu vois. Mais ce sont mes chevilles qui semblent n'être plus au bout de mes jambes, j'avance vers ton immeuble où je dois déposer Vassili et il me traîne presque parce qu'en vérité je ne marche plus. Contre un arbre – il n'y en a pas beaucoup dans cette rue – je m'arrête répète en boucle non pas Émile pas Émile non pas Émile pas Émile.

Le front appuyé contre cet arbre ancré dans le béton. Dans ce téléphone, à la voix rétrécie de Lina. À rien en vérité. Pas Émile pas Émile.

Plus tard, me dira sa mère au téléphone, Vassili s'émerveillera de lui raconter encore et encore son après-midi formidable et mouvementé et la façon dont je navigue sur le trottoir, sanglotant dans le téléphone pas Émile pas Émile et il doit me prendre par la main pour que je recommence à marcher.

Ce soir, Vassili m'a envoyé un petit texto soucieux. Et, sans ponctuation aucune, ce mot qu'il a choisi est comme extrait d'un dictionnaire, séparé de sa définition : « Courage. »

Faut-il que je note, dans cette chronologie que j'essaye de respecter, ma course dans le métro puis le RER, la gorge si rétrécie que, quand le train s'immobilise quelques instants entre deux stations, je ne suis pas sûre de parvenir à prendre ma prochaine inspiration, la question se pose très concrètement, les regards autour de moi se baissent, m'évitent, puis l'air revient dans mes poumons, rauque.

Courir dans un vacarme de mots, des prières entremêlées à des promesses, à des non non pas Émile. Prononcer ton prénom en entier, Émilienne, comme une question à une infirmière qui le cherche dans un ordinateur, on a vu tant de films toutes les deux avec ce moment mauvais où l'infirmière lève les yeux, secoue doucement la tête, son doigt encore posé sur un nom rayé dans le registre, je suis désolée. Mais ton nom à dix-neuf heures conduit encore à un lieu, une adresse où tu existes.

Courir. Traverser des cours, croiser des brancards, des groupes de médecins nonchalants dans la nuit éclaircie de froid et tout ce temps, comme des mains qu'on projette en avant pour stopper mais stopper quoi.

Pas Émile pas Émile pas Émile pas Émile pas Émile.

Dans le couloir, à terre, une jeune fille sanglote dans ses bras repliés. Assis côte à côte en silence, tes parents sourient mécaniquement à mon arrivée, Lina, elle, se lève, me serre contre elle et se rassoit. Nous sommes dans la salle d'attente d'un service de réanimation médicale un samedi soir. Sans toi. Tu me sembles avoir été arrachée, extirpée du déroulement. Et ce récit qu'on me fait, story-board, image après image arrêtée, de ta vie au moment où tu tombes dans la mort, est la première brèche dans la fiction arrogante de nos vies ensemble, cette certitude folle. C'est bien ton corps qui a été transporté là. Mais rien n'a de sens, les détails abondent et se montent dessus, toi au sol, des convulsions, le silence de ton souffle qui s'interrompt, ces images sont des mots sont des choses sont rien, elles s'accumulent, mauvaises, griffues, pour me rendre ta mort indiscutable.

(Pas Émile pas Émile pas Émile)

Dimanche matin

33. On attend 33. On attend des chiffres qu'on ne comprend pas. On regarde cet écran à tes côtés, rien d'autre ne nous explique ce qui se trame sous ta peau. Quand on me laisse seule avec toi, je n'ose pas te parler. Si je m'adresse à toi en sachant que tu ne m'entends pas, j'accepte ta mort. J'attendrai pour te parler que tu me répondes.

Tout ce temps de ton corps glacé, autour de toi on chuchote. Si les mots venaient à déranger le processus. À chacun une de tes mains. Un pied. Elle n'a même pas mauvaise mine, observe ta mère debout qui te fixe. Tu as vu cette blouse affreuse, ce rose. Elle qui n'aime que le bleu. Pourquoi elle ne ferme pas vraiment les yeux. Elle n'a pas les pieds trop froids. On va demander une couverture. Et ce chiffre, là ?

Nous sommes déjà dans la vie de ton cœur arrêté. Cet événement n'en est plus un, rien qu'une donnée de ton corps dans cette pièce pieuvre de machines. À aucun moment on ne parle du pourquoi/comment. Nous accompagnons ton présent, celui d'un corps au cœur arrêté, d'un visage aux yeux entre deux mondes ;

il semble que les pourquoi – hurlés, hagards, implorants – sont réservés à ceux qui, familles, amis, lentement quittent le service de réanimation en exigeant des réponses à la mort.

Nos conversations sont des petits rubans qui nous tiennent ensemble, empêchent nos pensées de dérailler, solitaires, vers ce moment où peut-être. De ce lit. Vers un brancard. Recouvert d'un drap.

Dans le couloir, une flèche rouge sur une affichette. Suivre la flèche. Et près de la morgue, indiquée aussi, une chapelle. J'apprivoise ta mort physique cette nuit, ton corps gisant aux yeux étranges me familiarise avec cette possibilité. Mais ton absence plus immense que ta mort, ça, je ne peux pas. Ton corps qu'on regarde sans que tu le saches, je peux y faire face, et même, je trouve ça vivable, ce vrai privilège d'une fin pas encore définitive. Qu'on me laisse encore ton visage à observer. Tes cheveux à arranger sur l'oreiller. Ton absence annoncée, elle, envahit mes poumons jusqu'à mes yeux, depuis la nuit précédente quand, pour la première fois, je ne peux pas t'appeler. Quelque chose n'est plus tangible, plus possible, alors le réel se disloque, perd son unité. Je veux bien d'une vie minuscule et d'ailleurs elle ne le serait pas, toutes les deux ensemble, je veux bien d'une vie circonscrite à ta présence continuelle, sans doute, sans peur.

À L'EST EN APNÉE

Ce sont les films de Kusturica qui me viennent à l'esprit dès que j'essaye de prendre des notes pour te décrire la salle d'attente. Ceux et celles qui arrivent par deux ou seuls, la plupart, je ne les connais pas. Ils me saluent, ont entendu parler de moi, disent-ils, « évidemment ». Certains travaillent avec toi et t'évoquent, sourient de ton portable jamais éteint, même la nuit, ta manie de vouloir être là, tout le temps, pour tous les enfants du quartier. Je ne veux pas qu'on te commente d'une voix douce, ce sourire ému. Je ne supporte pas non plus quand les conversations t'ensevelissent de voix trop fortes, trop vivantes. Notre silence te garde au chaud, je crois, de ta vie à continuer.

On rapproche les sièges pour se faire de la place, quelques-uns s'asseyent par terre, entre les pieds mêlés des chaises. On évite de se regarder droit dans les yeux, comme si nos regards allaient additionner nos craintes. Chacun tourne en rond sans partager ses cercles. On se sourit. On lit. On s'aide pour des sudokus supérieurs. Nos cheveux se frôlent, concentrés sur cet agacement rassurant, un 9 dont on ne trouve pas la bonne place, le soulagement de s'inventer du banal à échanger dans ce déroulement d'événements gigantesques. Sur la petite table anonyme, entre de vieux magazines aux pages doucement séchées, certains ont posé du pain, des biscuits, des canettes, leurs tasses de café à moitié vides, refroidies. Parfois, on ramasse consciencieusement du plat de la main les miettes sur la table. Dans un coin, une photocopieuse est recouverte d'un amas de manteaux, les nôtres, ils s'entassent au fur et à mesure des arrivées. On dirait la chambre à coucher d'un appartement en fête, l'antichambre blême du lieu où « ça » se passe.

Les infirmières ferment la porte doucement chaque fois qu'elles sortent un mort sur un brancard. Trois fois déjà depuis hier soir, des hurlements, les râles des proches nous parviennent. Ils étaient venus attendre, ils peuvent repartir.

Une femme vient d'apprendre que son frère est mort. Sa peine est musicale, ce sont de longs cris, traits horizontaux et tremblants. Elle répète le mot « appelle ». Appelle, le « e » final déroule ce son infini, jamais elle ne reprend son souffle, elle rentre en douleur comme en apnée.

On baisse alors la tête sur nos journaux et nos chiffres, nos corps s'enveloppent de leur propre chaleur pour se protéger. Qu'elle se taise ou qu'on hurle plus fort qu'elle mais qu'on la sorte de ce couloir. On s'accroche à cet instant-là, l'instant où tu n'es nulle part de définitif, où on n'a pas à hurler, où on peut attendre, encore.

VOLÉE TON IDENTITÉ

En fin de journée ce dimanche, la salle d'attente commence à ressembler à un de tes agendas aux journées remplies de flèches tordues, de petits bouts de papiers glissés entre les pages, de points d'interrogation, de noms soulignés et d'autres inscrits hâtivement, comme rajoutés dans le déroulement de tes jours trop courts.

Aux questions que nous posent les infirmières pour une fiche d'informations, nous lançons plusieurs réponses, elles se marchent les unes sur les autres. Oui, tu travailles, même si on ne trouve pas la définition exacte de ton activité frénétique, tu n'arrêtes pas, toujours à courir d'un « jeune en difficulté » à un autre, à préparer des sorties, des ballets commentés, comme tu les appelles, pour les aveugles, et des week-ends d'escalade pour les abandonnées de douze ans. Le portrait qu'on fait de toi te ressemble peu, cette suite de récits te transforme en sainte splendide et acharnée. On ne peut pas rajouter à ces descriptions tes poses d'escrimeuse pas commode, tes reparties.

On nous réclame ta pièce d'identité. Ton sac est derrière nos chaises. Un animal assoupi, sans plus de sens, déformé d'affaires entassées. Et ce geste-là, d'ouvrir ton sac et de commencer à fouiller, pose le silence. Ton absence me regarde agir.

Dans ton agenda j'aperçois des Photomaton, trois. J'étais avec toi quand tu es allée les faire. On avait tenté les expressions indiquées sur le flanc de la machine. Pour vos photos d'identité, veillez à garder une expression neutre. Tu n'as pas réussi ton air neutre.

Tes parents sont tournés vers le médecin. Très vite, je glisse tes photos dans ma poche. Je vole tes photos maintenant.

SŒUR AMIE COUSINE

L'infirmière essaye d'établir des priorités, mettre de l'ordre parmi nous qui passons notre temps depuis presque quarante-huit heures à aller et venir dans ta chambre, en oubliant une fois sur deux de bien nous laver les mains. Je voudrais ramener un microbe dans cet air immobile de ta chambre bourdonnante, quelque chose qui frémirait, qui gratterait, te ferait ouvrir les yeux, grimacer, tousser, quelque chose.

Elle demande à deux de tes amis de sortir, puis se tourne vers moi. L'infirmière me propose sœur, amie, cousine. J'hésite. Elle fronce les sourcils, je pointe vite mon doigt sur sœur. Vivre le même moment du temps où l'on sera vivantes, ma sœur mon amie. Tes parents confirment, aimables.

LA NOTICE

Jusque-là, on enveloppait les personnes de glace. Toi, tu bénéficies d'un protocole jamais testé sur des êtres humains et la décharge que tes parents ont signée fait de toi la cobaye d'une machine sur laquelle un fascicule est posé bien en évidence, le mode d'emploi. Je le parcours, des dessins très simples illustrent son fonctionnement. Ces pages ressemblent à tous les modes d'emploi de toutes nos machines. Nous sommes plusieurs à avoir un début de fou rire quand un médecin rentre dans ta chambre et le feuillette avec attention, sourcils froncés, appliqué à parfaitement reproduire les gestes indiqués. Les choses les plus inquiétantes sont celles qui nous rendent le plus joyeux, ce week-end.

LA TECHNOLOGIE TUE

Leur bruit régulier me rassure, ces belles machines, tu ne peux pas mourir, sans doute, bardée de cette forêt protectrice. L'infirmière se penche sur tes bras. Ne s'occupe jamais de ton corps, uniquement des parties de celui-ci reliées à des câbles, qui s'occupent de te refroidir encore.

Je rapproche ma chaise de toi sans lâcher ta main.

« Vous avez un iPod ? », lance l'infirmière.

La musique, dit-elle, « j'y crois beaucoup », puis, haussant les épaules, elle rajoute : « Et puis on ne sait jamais. »

Nous avons enfin quelque chose à faire. Chacun compare les chansons qu'il a sur lui, on se dispute et nos puérilités nous rassurent, ramènent à ce dimanche une apparence de normalité. On pose doucement un écouteur sur ton oreille droite, il faut ensuite passer derrière toi et tes lianes électriques pour atteindre l'oreille gauche. Nous sommes en classe, tu es un devoir de chimie ardu à terminer, un travail manuel qu'on se doit de réussir, tu es notre enfant malade. On finit de contourner tubes, machines et écrans quand l'infirmière revient. Elle vérifie, nous jette un coup d'œil, puis, en se dirigeant vers la porte, nous prévient d'un ton plat, comme une Notice : « Si vous débranchez quelque chose, elle meurt. » Et referme doucement la porte. On s'arrête un instant, l'iPod à la main, entre fou rire et envie de te secouer, te voir aussi ahurie de cette phrase que nous. Mais tu ne sais pas. Ne sauras pas.

On n'a pas trouvé ces chansons que tu adores, celles pour lesquelles, quand tu viens me voir, tu montes debout sur mon lit et te lances dans une chorégraphie énergique et incohérente. Pour une fois, je regrette l'absence de Pia Zadora, personne ne connaît ça à part toi. Alors, dans ton sommeil refroidi, Nirvana t'accompagne. Ta mère se préoccupe du volume – oh ce souci d'un autre temps, d'un temps vivant, préserver tes oreilles – mais tes yeux ne cillent pas du tout, les seuls sons proviennent du respirateur et de nos pas sur le linoléum. Je reste à tes côtés, guette les chansons dont je sais qu'elles t'ennuient pour les passer. Les chiffres de ton cœur ne frémissent pas. Au docteur pessimiste qui apparaît de temps en temps, je fais remarquer la régularité tranquille de ta respiration. Indulgent, il acquiesce. Je n'ai pas compris tout de suite ce théâtre de tes poumons, ce tube qui sort de ta bouche et imprime ce geste à ton corps, sans lequel tu ne saurais pas respirer.

Absolument immobile, tandis que les machines vivent et éructent leur précision, progression chiffrée, en vérité, tu gis. Combien de temps, ce cœur-là, arrêté dans le café.

Dimanche 18 heures

Je ne sais pas si 33° est la température de la mort, ton corps s'y repose et je m'affaire, que la vie soit ininterrompue autour de toi, une longue phrase de gestes enchaînés, remonter ta couverture, tenir ta main, regarder tes avant-bras glabres. Tes petites mains de princesse Disney sans os ni veines.

Certains passent la tête, n'osent pas rentrer, je leur laisse ma place quelques instants, ils t'embrassent le front en chuchotant.

Jamais on ne s'embrasse, toi et moi. On se crie très fort « saluuut ». On ne s'embrasse que pour de grandes occasions. Nos anniversaires, ou quand il y a des témoins, par exemple. Se faire la bise nous éloignerait d'un sentiment qui ne supporte pas qu'on le note. Il nous faudrait nos mains entrelacées à tout moment, ou, je ne sais pas, inventer un vêtement intelligent, extensible, qui garderait nos corps en lien. Nous, on s'appelle. C'en est ridicule tellement on s'appelle. On le note : c'est pathologique, me dis-tu parfois. On s'appelle pour dire qu'on se rappellera, on s'appelle pour savoir quand est-ce qu'on pourra se rappeler, comme si on n'était pas en train de s'appeler.

Les mots clés

Comme si elle parlait d'astrologie, l'infirmière hoche la tête en me répétant : « Il faut leur parler. J'y crois beaucoup. » Elle dit « leur ». Je l'imagine vêtue d'un costume de nurse américaine des années cinquante, aller de fille congelée en fille congelée, « J'y crois beaucoup. J'y crois beaucoup. » Ton père s'inquiète que tu ne manges pas, il pointe du doigt un sachet rempli d'un liquide transparent qui se balance au-dessus de ton bras droit.

« Ce sont des glucides et des protides, évidemment, ça n'est pas du chocolat ! »

Alors je me mets à parler de tes chocolats, un besoin enfantin de te raconter, prouver que tu as une vie de détails, cinémas, souffles et sourires, pas que ces machines stériles qui refroidissent, respirent, forcent ta vie clinique. Je raconte à l'infirmière et à ton père tes programmes de chocolats. La façon dont tu guettes avidement les brèches chrétiennes des Monoprix, à Noël et Pâques. Toutes ces petites boules de papiers dorés qu'on trouve partout dans ta chambre et aussi une ou deux boîtes trompeuses et vides, hypocritement conservées, leur couvercle refermé sur d'hypothétiques chocolats restants. L'infirmière astrologue sort prestement un petit carnet de sa poche et note comme une contrevenante appliquée : « Ah, mais c'est très bien de savoir ça, des choses personnelles ! À son réveil j'aurai un mot clé pour la faire réagir. Pensez à me trouver d'autres mots importants d'ici demain ? » Chocolat Lanvin est donc, pardonne-moi, le premier mot de ton possible retour dans la vie.

Qu'est-ce qu'un mot clé, me demande ton père, désemparé. Je ne sais pas, c'est un mot qui lui ferait ouvrir les yeux. Un mot qui lui donne envie de répondre quelque chose. Un mot maison. Un mot de passe. Je ne sais pas. J'énumère silencieusement ce que je connais de toi, je cherche, soulève des questions, des années, ce que tu m'as confié, j'en repousse des dizaines de mots, d'histoires, aucune ne me semble assez claire, belle, simple, quelle tâche, choisir le bon mot, celui qui, peut-être.

Plus tard, je trouve ça :

Mardi, camion, le clan des nonnes, le Pélican, non-lieu, questionnaires, Belfast, passe-moi le Coca, basket, Harzjaï, expertise psychiatrique, Sylvie Guillem, prison, chocolat, calme comme une bombe.

Ah toi tu es calme comme une bombe aujourd'hui ma fille, me fais-tu souvent remarquer quand on boit un thé assises toutes les deux sur ma couchette.

On ne tiendra pas compte de métro Saint-Ambroise comme mot clé.

TON IMMEUBLE

est une métaphore du pays depuis l'Élection, un gâteau sec au glaçage lourd, entamé d'un côté et rempli de grumeaux au goût amer. Des appartements sombres et somptueux dont pas un habitant ne te salue s'étalent sur quatre étages et les deux derniers étages de chambres de bonne se partagent des cafards, des odeurs de tuyaux et des dîners à n'importe quelle occasion. Au-dessus de chez toi, un étudiant américain passe l'aspirateur chaque matin dans sa chambre de dix mètres carrés, toi et moi nous demandons ce qu'il aspire. Au début, quand nous le croisons dans l'escalier, chemise blanche à jabot et foulard bleu marine, tu es horrifiée, sûre qu'il est royaliste quand il soulève un chapeau trop grand pour sa tête à notre passage. Puis tu apprends qu'il est venu ici pour « Victor Hugo ! » et qu'il étudie le grec ancien. Ses yeux se remplissent de larmes à l'évocation de Thoreau, il arpente Barbès, émerveillé, s'applique à parler arabe au marché le samedi matin. Le dimanche, il part, muni de cartes de Fontainebleau trouvées aux Puces, on le voit remonter la rue s'appuyant sur un bâton qu'il a sculpté lui-même.

Depuis qu'il a appris ta mort et qu'il m'entend marcher dans ton appartement, il serre ma main entre les siennes quand je lui donne de tes nouvelles et m'offre ses « meilleurs regards » en partant, bien qu'il prétende donner des cours de français. Ça fait quelques semaines que tu as détruit ses illusions. Il te pointe le Sacré-Cœur, tu lui parles de la Commune. Tu le bombardes de mails et coupures de journaux, chaque mention de tirs de Flash-ball à bout portant dans une manifestation et d'identité nationale lui est réservée. Entre vos deux studios, il y a celui d'Harzjaï, le magasinier. Quand tu apprends qu'il vient de recevoir son avis d'expulsion après dix années passées à travailler ici, tu me l'annonces sans te retourner vers moi, immobile face à ta fenêtre : « ... C'est la première personne que je connaisse, je veux dire, pas dans mon travail » ; un dimanche d'hiver, il y a si peu de temps, vous allez marcher tous les trois au parc de Sceaux et m'appelez pour que je vous rejoigne. La neige du parc est plus belle que celle de l'Île, trop humide, qui se transforme en boue. On fait craquer les plaques de glace du bout de nos chaussures, presque soulagés d'en ressentir de la joie. Le soleil qu'on commente tour à tour, merveilleusement stable, large et normal, semble être un reste de monde ancien ; chacun d'entre nous est au bord des larmes. Ravagés d'une tristesse moderne, on se sourit.

INSÉRER UNE IMAGE

Horreur sociologique, téléfilm de première partie de soirée sur TF1, tire-larmes mélo. Tu navigues entre tous tes « cas » avec la vigueur d'une chef de cantine.

Tu détestes l'expression « jeunes en difficulté ». Tu détestes éducatrice. Réinsertion aussi, comme si « j'allais les ranger dans la bonne boîte, un acte chirurgicalo-social, eurk ». Je zone, dis-tu quand on te demande ce que tu fais. Entre les immeubles, les squares dégarnis et cailloteux du dix-huitième arrondissement, tu te rends familière, tu erres, prends des cafés, « j'attends. C'est tout. Que ça soit le bon moment. Qu'on se dise bonjour, qu'on se salue ». Tu trouveras un lycée pour celles-là renvoyées de tous les établissements, ces filles qui volent, mordent, griffent ou fuguent. Tu organiseras des voyages (tu dis « séjour » et chaque fois j'entends « salon », comme si tu allais me faire visiter une maison témoin, je prépare le séjour, dis-tu) dont tu reviens complètement épuisée, cinq jours au bord de la mer, une semaine à la montagne. Escalader des rochers, traverser des passerelles au-dessus de précipices, nettoyer les plages, l'emploi du temps que tu réserves à ceux et celles qui partent avec toi a tout d'un cauchemar stakhanoviste. Tu accompagnes les parents dans les préfectures, au tribunal administratif, il faut faire des papiers, parfois des faux, trouver un logement, de quoi manger. Tu prends soin d'un jeune homme schizophrène, ancien joueur d'échecs classé qui n'ose plus gagner contre personne, même pas toi (et à chaque coup gagnant, il murmure, confus, je m'excuse je m'excuse). Une fois tous les dix jours tu me glisses nonchalamment « je vais en prison, je t'appelle plus tard », il y en a toujours un ou une à Fresnes, à la Santé, à qui tu apportes des vêtements, des cigarettes, des nouvelles du quartier ou encore rien. Et pendant trois ans, tu donnes des cours de maths à un receleur adolescent qui te confie la garde provisoire des kilos de montres ou de chaussures de sport qu'il « trouve ».

Chaque samedi, vous allez ensemble à la bibliothèque choisir des livres qu'il recouvre d'un film de plastique avant de les rendre. Il est arrêté un matin de novembre.

Juste après Noël, tu reçois un recommandé, c'est un paquet rempli d'ouvrages appartenant à la bibliothèque. Quand, perplexe, tu parviens à joindre l'administration pénitentiaire, ils sont désolés, c'est qu'ils n'ont pas pensé à te prévenir. Mais l'autopsie aura lieu le lundi suivant, au fait votre protégé Miroslav C. s'est pendu.

Tu connais des gamins qui allument trois pétards sur les boulevards déserts du mois d'août et qui finissent leurs vacances en centre de rétention pour mineurs, d'autres qui vivent dans neuf mètres carrés à six et dont les parents te couvrent de desserts et de vœux. Et puis il y a celle que tu n'as pas pu sauver cet automne. Dont tu ne parles plus. Celle pour laquelle tu as refusé d'écrire un « rapport », ce récit dans lequel tu dois noter le parcours de ceux que tu suis et les activités que tu leur proposes.

Ce n'est pas une histoire, tu répètes, je ne peux pas raconter sa vie comme une histoire. Comme si tu avais peur qu'à force de détails sordides, on ne finisse par en rire, de cette vie-là. Elle a dix-sept ans. Battue par celui qui déclare qu'il l'aime à tous leurs amis. Scarifiée, régulièrement entaillée au couteau. Quand il trouve un job en province qui l'éloigne d'elle quelques mois, tu rentres en action, le voilà le moment, tu proposes de lui faire rencontrer des associations d'aide. La jeune fille t'écoute attentivement, je ne sais pas très bien Émile, d'accord, je téléphonerai à ce numéro lundi prochain. Puis elle disparaît du quartier. Tu attends. Tu trépignes. Il ne reste qu'un mois. Deux semaines avant que celui qu'elle continue d'appeler son « ami » ne revienne. Ses copines te disent qu'elle est chez elle, fatiguée, grippée sans doute, on ne sait pas, elle ne répond plus au téléphone. Quand tu la recroises enfin, elle sourit que tu t'alarmes de sa maigreur et te fait remarquer que tu n'es pas sa mère. Discrètement, F. s'échappe de son corps, tu la regardes découper tout ce qu'elle mange en morceaux minuscules, prétextant des douleurs dentaires. Un après-midi d'octobre, il reste trois jours avant le retour de son « ami », tu lui donnes rendez-vous là où tu l'as rencontrée la première fois, devant le petit square proche du périphérique. Enroulée d'une couverture rouge sombre, elle manœuvre avec application son fauteuil roulant jusqu'à toi. Radieuse. « Tu as vu Émile, mon Vélib' à moi ? » te dit-elle fièrement. Elle s'est réveillée au début de la semaine sans plus pouvoir marcher, paralysée, te raconte-t-elle en ouvrant de grands yeux étonnés, et elle éclate de rire quand tu t'inquiètes qu'elle ne s'inquiète pas. Enfin excusée de vie. Enfin ce corps ramené à rien. Enfin exemptée de lui. Elle meurt deux semaines plus tard d'une infection généralisée. Le jour de l'enterrement, je te retrouve dans un café en fin de journée. Je n'ai pas réussi, me dis-tu, et quand j'essaye de te réconforter, tu m'interromps sèchement, pas réussi.

TES QUESTIONNAIRES

Commencé il y a deux ans, je crois. Au départ, tu parlais d'un petit journal pour les gamins du quartier composé de leurs réponses à vos questions, de jeux et de blagues. Ils le vendraient et l'argent récolté leur paierait un spectacle, ou un voyage. Les questions étaient gentiment banales, « Que souhaites-tu exercer comme métier », « Raconte le dernier rêve dont tu te souviens ». La plupart portaient sur le quartier, les films qu'ils auraient aimé voir figurer au ciné-club que vous organisez une semaine sur deux. Peu à peu tu en as rajouté d'autres comme : « Qu'est-ce que tu n'oses pas faire », « Qu'est-ce que tu ne dis jamais », « Que voudrais-tu oublier », « Qu'est-ce qui te met en colère ». Un soir où tu raccompagnes Vassili chez lui, il mentionne le questionnaire qu'il ne parvient pas à remplir à sa mère. En riant, elle donne une réponse et tu finis par t'installer dans la cuisine avec elle. Et comme ça pendant des mois. Tu te mets à questionner à domicile les parents des enfants que tu suis. Tu retranscris tout ça très sérieusement une fois rentrée chez toi, me racontes, en ébullition « les réponses formidables » de ta journée.

Tu as maintenant des dizaines de questionnaires mis au propre que tu n'as jamais donnés à tes collègues. Le journal n'a pas vu le jour. Ces derniers mois, ton acharnement à continuer ces questionnaires qui ne vont nulle part m'a intriguée puis carrément agacée. Tu sembles parfois estimer arithmétiquement du bout de l'œil l'intérêt de toutes tes nouvelles rencontres en fonction de ce qu'elles pourraient t'apporter. J'en suis arrivée à savoir d'emblée si tu proposeras à certains « quelques questions ». Quand on te demande dans quel but tu fais ce travail (car c'en est devenu un, maintenant), tu mens et je ne t'ai jamais dénoncée. Tu parles d'un « travail de sociologie, un ouvrage à plusieurs, avec des filles de mon équipe ».

Lundi entre quatre heures et six heures du matin, comme un atterrissage prévu à 36°, ton corps se réveillera peut-être. Peut-être, insistent-ils. Je retourne dans la salle d'attente au beau milieu de la phrase du docteur
mourir
légume, perdue sa conscience
ou se réveiller lucide mais

Tandis que tu flottes et remontes, 0,5 centigrade à l'heure, deux personnes meurent dans le service, dont un à 33°.

Ses amis sont jeunes et nombreux. On se côtoie depuis la veille, on se cède des sièges, on se lave les mains dans la même pièce qui sert de sas avant d'aller vers vous qu'on congèle et réanime. On se tend des paquets de gâteaux sans se parler, on se remercie d'un murmure. Vers vingt et une heures, un garçon en pull rouge et une fille aux longs cheveux ternes glissent doucement au sol dans le couloir devant la salle d'attente. Sans un bruit ils pleurent. Les autres se regroupent dehors, j'en vois un, son geste répété de la main qui s'abat sur le mur de l'hôpital. La fumée de leurs cigarettes se confond en brume hésitante autour de mots épuisés. Derrière la porte vitrée, c'est l'odeur chaude de ce couloir où les corps des soignants serpentent sans à-coups, circonscrivent nos peurs.

Les amis du jeune mort reviennent dans la salle d'attente, nous leur tendons un manteau, un sac abandonné derrière une chaise et le fait que nous continuions à attendre me donne l'impression d'un sport d'équipe où tu mènes, acharnée et glacée, nous ne sommes toujours pas éliminés.

34,5°

Je n'aime pas que ta mère te coiffe de façon si ordonnée. Quand je suis seule avec toi, je replace toujours tes mèches dans un mouvement possible. J'ai peur de te retrouver un matin angélique et bien coiffée, tes mains croisées sur la poitrine, cette peur, tu ne sais pas.

L'infirmière de la veille m'explique que, quand tu seras de nouveau à « température normale », pour tenter de te réveiller, ils seront plusieurs autour de toi à te parler très fort. « Vous pensez bien à mes mots clés ? », ajoute-t-elle en refermant la porte. Je l'imagine penchée sur ton corps intubé, hurlant chocolat Lanvin.

Mais c'est Sylvie Guillem qui me vient immédiatement à l'esprit.

1989, je te disais quand nous nous sommes connues, ça n'est pas la chute du Mur. Tu me contemplais allongée sur mon lit, la cendre de ta cigarette suspendue, légère. Non, je continuais, mais non ! 1989, c'est la défection, la fuite de Sylvie Guillem à Londres, ces abrutis de Français, avec leurs règles et leur hiérarchie, ils l'ont perdue. Elle avait bien dit : Non. Pense qu'elle a été nommée Étoile à l'Opéra de Paris à dix-neuf ans par Rudolf Noureev, après être restée une semaine, tu entends, huit petits jours première danseuse, quand certaines attendent des années !

Sylvie Guillem, mot clé, mot double clé et même plus que ça, mot éventail kaléidoscope. On le prononce et comme des danseuses de vieilles comédies musicales qui s'effacent l'une après l'autre sur des escaliers clignotants de strass, les mots contenus dans la merveilleuse Mademoiselle Non se succèdent à toute vitesse, scintillants.

Tout au début de notre rencontre, on avait feuilleté dans une librairie un énorme livre de photos consacré à Sylvie, si lourd qu'il nous avait fallu nous asseoir par terre, nos quatre genoux à peine suffisants pour le tenir ouvert bien à plat. Le premier chapitre commençait par : « Surnommée Mademoiselle Non »… On s'était souri et on avait lu la liste de tous les formidables « Non ! » qu'avait lancés Sylvie Guillem, à l'Opéra de Paris, au Royal Ballet, aux chorégraphes, aux photographes, aux fans qui voulaient qu'après le spectacle elle leur dédicace ses chaussons usés.

Tu es amoureuse d'elle, tu déduisais après que j'ai passé toute une soirée à te montrer mes différentes vidéos. Je protestais, dire que je suis amoureuse implique qu'il pourrait en être autrement, qu'on pourrait l'avoir vue et lui être indifférente. Sur des forums de puristes de danse classique, on lit parfois qu'elle n'est pas une vraie ballerine, certains s'en étouffent, qu'elle retourne donc à la gymnastique, cette contorsionniste nue. Heureusement, elle ne s'appelle que Sylvie, il fallait bien qu'il y ait en elle un détail modeste. Un jour, dans le RER, une fille pâle aux yeux cernés monte à Gare de Lyon, vient s'asseoir face à moi, son bonnet de skieuse en laine bleue aplatit une frange de cheveux auburn, ils partagent doucement ses cils fins. Elle porte un pantalon de jogging, je crois, ou alors ça, je l'invente. Et c'est dans la vitre du train que je l'ai vue apparaître, alors que Sylvie Guillem était devant moi. Son menton appuyé dans la paume d'une de ses mains. Puis elle a rassemblé ses affaires, remonté son écharpe et elle est descendue du wagon. Tu imagines, je te fais, bouleversée, elle était dans le RER. Tu acquiesces, perplexe.

La première année de notre rencontre, j'avais essayé de trouver un beau programme pour ta première soirée à l'Opéra Garnier. Ça faisait très longtemps que je ne parvenais plus à apprécier les ballets en spectatrice, tantôt je ne regardais que les pieds, notant la vélocité des sauts, à d'autres moments je me crispais, terrorisée qu'une fille ne glisse après la diagonale de déboulés, mais ces trois ballets-là, parmi les plus beaux de George Balanchine, réussissaient presque à me divertir de mes frayeurs de danseuse. J'avais l'étrange impression que j'allais te présenter à ma famille et peur, aussi, que ça ne te plaise pas, tu n'avais jamais vu de danse. J'essayais de t'expliquer la façon dont M. B, comme l'appelaient ses danseurs, organisait l'espace. Et ces justaucorps noirs et collants chair, une révolution, tu n'imagines pas – tu me regardais en haussant un sourcil comme si je me moquais de toi, mais oui, jusque-là les ballerines étaient en tutu blanc, romantique, comme on dit. Ses femmes, aussi. Celles qu'il avait inventées, formées et fabriquées en série, ses « balanchiniennes », yeux dévorant la pâleur de leur visage et ces cuisses de longues biches. Puis son amour triste pour Susan Farrell, la plus belle d'entre elles, son désespoir quand elle avait choisi de quitter la compagnie pour se marier, puisque Balanchine interdisait le mariage à ses danseuses.

C'était un soir de générale et n'étaient invités que les photographes de presse, les critiques et enfin, ceux et celles de l'Opéra qui n'avaient pas été programmés ce soir-là. Assis regroupés, ils examinaient, maussades et sévères, la validité des entrechats six de leurs ni collègues ni amis, la précision des pirouettes.

Tu n'as pas dit un mot pendant la première partie du spectacle. Je te guettais, notais ton œil méfiant. Au milieu du second ballet, tu m'as chuchoté : « Tu fais ça, toi ? » En arabesque penchée, les jambes de l'Étoile formaient une ligne verticale face à nous, ses mains posées sur les épaules en tee-shirt blanc de son partenaire.

À la sortie, des danseurs que je connaissais m'ont saluée, tu es restée de côté. Dans le métro, j'ai voulu savoir si la soirée t'avait plu, on avait à peine évoqué le spectacle.

« Vous vous ressemblez tous, tu m'as lancé, vos pieds, la façon dont tu te tiens, le cou, c'est tout à fait inquiétant, ça... », puis, au moment de se quitter, tu m'as avoué : « Je ne suis pas sûre d'avoir compris l'histoire. »

« Il n'y a pas d'histoire, c'est... des formes. »

« Très bien. Des formes... Des formes, donc... La prochaine fois, en tout cas, je saurai que c'est un mythe le côté chic, l'Opéra, l'escalier de marbre tralala, parce que, toi et tes copains les canards-clodos, vous étiez tous sapés comme des sacs. Salut fifille », et tu t'es éloignée, empruntée dans la belle veste noire que tu avais dû choisir exprès pour cette soirée de générale.

Tu ne faisais pas d'efforts, ça m'épatait. Quand tu n'aimais pas, tu commentais le spectacle avec la méchanceté d'un critique de *Danser*. Nos soirées à l'Opéra sont devenues notre « autre monde ». Notre air joli, de légers Noëls, on s'échappait de nos Mardis. Puis tu es venue me chercher à mes cours de classique. D'abord tu n'en as vu que la fin, les grands sauts et la révérence face au professeur. Comme pour le premier ballet auquel nous avions assisté, tu n'as rien dit, stupéfaite des traditions, ces applaudissements des danseurs à la fin de leur classe.

« C'est de la confection maison, cette race, non ? Attends : le type vous donne un cours, ça attaque au point que vous mutez en serpillières, si, regarde-toi ! Et à la fin, il vous remercie d'être venus et vous l'applaudissez… Hmmm… Et vous le payez, le type… »

Puis tu as voulu regarder un cours en entier. Au bout de plusieurs mois, tu étais devenue une authentique mère de ballet, comme on appelle ces mères de petits rats plus sévères qu'un maître de ballet, leur regard désapprobateur dès lors que leur enfant-rêve trébuche. Tu commentais mon adage, « L'arabesque elle tremblait un peu, je te dis », les sauts, d'une moue : « Pied gauche, t'as mal ou quoi ? Il n'est pas bien tendu. » Dans la rue, tu me montrais ce que j'aurais dû faire, parce que toi, tu avais bien compris le professeur, « il vous l'a dit quarante fois, enfin ! Le mouvement ne s'arrête jamais ! ». L'immobilité n'existait pas dans la danse, même quand il semblait qu'un corps était arrêté, en réalité, l'étirement sans fin des doigts tendait légèrement vers le mouvement suivant, « il faut presque de l'air entre chaque vertèbre », tu me répétais, ravie, « de l'a-i-r-r-r » arrondissant les bras au-dessus de ta tête pour former une couronne raide et tordue.

Je t'ai donné l'alphabet de cette religion armée qu'est la danse. Tu es rentrée dans le mouvement de tout ton être, ravie, puis, désemparée, tu m'as regardée perdre mes mots et abandonner.

Je n'ai pas souvenir de n'avoir pas su danser. Ou plutôt, je n'ai pas souvenir d'avoir su parler sans avoir eu connaissance de cet autre alphabet qu'est la Danse classique. Première, seconde, quatrième. Arabesque effacée. Mes parents mentionnaient avec fierté la façon dont, comme ma sœur, un instructeur m'avait « repérée » dans la cour du jardin d'enfants. À cette époque, le régime en place voulait constituer une élite de sportifs et d'artistes qui ajouteraient du charme au drapeau roumain. Ils pourraient sortir du pays et voyager, contrairement aux autres habitants, pour le représenter.

Ma sœur avait été repérée à sept ans dans un square où elle avait pour habitude de s'accrocher à des branches d'arbre, la tête à l'envers, pour moi, c'est en me voyant entreprendre toute une collection de sautillements bizarres sur des rebords de murets larges d'à peine douze centimètres que j'ai été sélectionnée pour mon premier cours de danse chez Mme Niculescu.

Cette ancienne Étoile du Ballet de l'Opéra de Bucarest utilisait le salon de son appartement pour recevoir celles qui, peut-être, pourraient intégrer l'École du ballet. Les volets restaient tirés en permanence même dans la journée, de grands tapis étaient roulés et rangés le long des murs. La pianiste ne nous saluait jamais, elle paraissait presque artificielle, immobile face aux touches, ses cheveux d'un rouge de Polaroïd tirés en chignon, aucune partition devant son regard fixe. Parfois, entre deux exercices, elle se baissait, fouillait dans son sac, puis en sortait une cigarette qu'elle posait à la place des partitions qu'elle n'avait pas. Elle jouait des chansons de Barbara, s'était exclamée ma mère un jour qu'elle était venue assister à ma leçon.

Il arrivait que sa voix s'élève d'un coup, du coin le plus sombre de la salle, de l'air, un oiseau imprévu.

« Et lorsquai sonnera l'alarmé, s'il fallait reprendrai les armes, mon cœurrr... »

J'étais la plus jeune du groupe de petites filles « repérées » cette année-là et Mme Niculescu en profitait pour se dépêcher de m'empêcher de grandir, retarder le moment où les vertèbres de mon dos se raidiraient méchamment. Quand les autres élèves s'en allaient, elle me faisait rester allongée le plus longtemps possible en grand écart facial, le dos bien étiré, à plat ventre entre mes jambes. Ses paumes appuyées à plat au milieu de mon dos, elle me maintenait jusqu'à ce qu'il n'y ait plus même un centimètre d'espace entre le parquet et mon ventre. Elle m'enseignait à dormir utile. Allongée sur le dos, les jambes repliées comme une grenouille, chaque soir, j'exigeais de ma sœur qu'elle dépose un dictionnaire sur chacune de mes cuisses pour forcer mes tendons à acquérir une ouverture maximale.

Quand je t'ai raconté ces détails très quotidiens de mon apprentissage, tu as éclaté d'un rire effaré en me contemplant avec pitié ; c'est vrai qu'en guise de souvenirs d'enfance, je ne t'ai parlé qu'articulations, genoux tendus et écart facial. C'est que, jusqu'à l'âge de dix ans environ, la Danse a été pour moi un prolongement de naissance physique, de mise au monde, un état naturel en quelque sorte, à entretenir comme on se brosse les dents. C'est bien plus tard que le mouvement est devenu un langage intelligible, une transmission possible de sensations.

J'ai été l'une des deux petites filles choisies par Mme Niculescu pour être présentée à l'examen d'entrée à l'École de ballet de l'Opéra de Bucarest. Ma sœur avait tenu une année là-bas et avait été réorientée vers le théâtre après avoir été jugée trop indisciplinée pour la Danse. L'examen m'a paru facile, on nous avait cousu des numéros sur nos justaucorps roses, de petits chevaux hâves.

Ce vendredi de juin où j'attendais les résultats, peut-être pour m'armer contre une possible déception si j'étais rejetée, mon père me demanda si vraiment je tenais à entrer dans cette école où il lui semblait que la danse était l'occasion d'un dressage aveugle. Il s'agissait de devenir la Danse, ce corps géométrie, plutôt que d'apprendre à danser, non ? Je protestai, amoureuse de tous les gestes qu'on me donnait à reproduire, des mines rêches des professeurs que j'avais entr'aperçus, de l'odeur de résine collée aux chaussons et aux murs des salles un peu moites de corps obéissants. Mon admission fit un peu débat. Fallait-il distinguer une enfant dont le père venait d'un pays d'Europe de l'Ouest ? Mais à seize heures le jury a prononcé mon numéro, *Doizprezece* *, et Mme Niculescu m'a poussée doucement vers le centre pour les remercier d'une révérence. Un homme trop gros m'a serré la main, félicitant mes parents d'avoir choisi de vivre là où la vraie Danse se transmettait, en République socialiste roumaine.

J'ai continué, tout en étant à l'École de ballet, à prendre ma leçon du samedi après-midi chez elle. Ces quatre-vingt-dix minutes hebdomadaires étaient mon CQFD, mes notes dans la marge, grâce à ses corrections j'en savais plus que les autres, ces conseils me

---

* douze

permettaient d'avoir quelques mètres d'avance. Parfois, elle me pointait du doigt comme si elle venait de reconnaître la coupable dans une scène de meurtre – « Tu mens ! Pourquoi tu mens ! ? » – quand je venais de finir un Adage, immobilisée en cinquième position devant elle, mes côtes haletantes sous le justaucorps. Chaque mouvement imprécis était une « tromperie à la beauté » pour Mme Niculescu.

Puis, au milieu des années quatre-vingt, le régime s'est encore durci. Pour des raisons que j'ignore, Mme Niculescu est tombée en disgrâce et un matin, mon nouveau maître de ballet m'a sommée brutalement de ne plus la mentionner. Ne plus parler de Gabriela Niculescu.

Le samedi suivant, inquiète mais prête à prendre mon cours habituel, j'ai sonné à sa porte. Après un long moment, Madame est venue m'ouvrir comme si elle s'était endormie tout au fond de son appartement. Je me tenais dans son couloir glacé, mon gros sac d'affaires de danse à l'épaule, la lumière du dehors venait frapper sa bouche de drôle de manière, sa lèvre inférieure échappait à son visage poudré et tremblait, sèche et tristement gercée. Elle m'a saluée d'un air embarrassé comme si ma visite n'était pas prévue, a tendu sa main pour réarranger une de mes mèches bien proprement dans mon chignon, puis a proposé de me servir un thé et pourquoi pas une petite crêpe, justement, sa mère lui en avait fait quelques-unes. J'avais la curieuse impression qu'elle s'adressait à des gens que je ne voyais pas dans la pièce, cette façon nerveuse qu'elle avait de détailler à voix haute tous nos gestes – un bon thé ! J'ai même un peu de fromage de Brasov si tu le souhaites, chérie ! – elle semblait obéir et rassurer des auditeurs invisibles. Tout en me conduisant dans sa cuisine (où je n'étais jamais rentrée en deux ans), elle ne cessait de m'avertir d'une voix plus forte que nécessaire qu'elle ne me donnerait plus de classes. Il ne faudrait pas revenir, terminé. La hiérarchie de notre relation était telle que je ne pouvais pas m'adresser à elle simplement et lui demander la raison de cet arrêt. C'était Madame. *Doamna Profesoara*. Je rapportais à mes parents toutes ses remarques comme des théorèmes qui définissaient mon corps et ma présence au monde.

Dans sa cuisine, très intimidée de vivre un moment de vie sans barre ni miroir face à elle, j'ai mangé une petite crêpe à la confiture servie par la pianiste, Elisabeta. Comme détachée d'un décor de film inachevé, loin de son piano, elle traînait un peu les pieds sur le carrelage, ses mains me semblaient plus vieilles que les semaines précédentes.

Chacun de mes gestes m'apparaissait d'une importance démesurée : découper un petit morceau de crêpe sans faire sortir la confiture par les côtés, le piquer et alors rapprocher la fourchette de ma bouche sans pencher la tête, dos rectiligne, mâcher lentement mais pas trop pour répondre aux questions de Madame sans la faire attendre. Ne pas se tromper de serviette, celle de gauche est certainement celle d'Elisabeta. La cuisine renfermait des rumeurs d'horloge, celle du salon, et le bourdonnement du réfrigérateur se confondait avec ce son d'hôpital de feuilleton américain ; quand on y meurt, dans ces feuilletons, le corps ne prévient pas, ni sang ni excréments, juste un visage qui se relâche et retombe sur l'oreiller, plus beau encore que vivant, dans l'horizontalité d'un son électrique.

Peut-être « Mme Niculescu » serait-il un mot clé intéressant.

Sans doute qu'il te faudrait faire un effort pour te souvenir de ce nom, mais aussi, un nom propre, qui plus est d'une langue étrangère, frappe l'imaginaire. Mme Niculescu est peut-être dessinée, habillée d'une voix et d'une coiffure particulières dans ta mémoire. Ce qui t'avait le plus intriguée, c'est son appartement devenu atelier de danse silencieuse et clandestine, après sa mise en quarantaine du Ballet de l'Opéra.

Un premier cours non officiel a eu lieu une petite heure après l'épisode de la crêpe dans la cuisine. Je racontais la variation de *Casse-Noisette* qu'on me faisait travailler à l'École, la difficulté des sauts de chat, assemblés, quand Mme Niculescu s'est dressée d'un coup, m'a tendu les mains pour que je m'arrache à ma crêpe et me lève, puis, se positionnant de dos à moi, elle m'a soufflé : « Effacer le haut du buste. Comme ça. » Ce petit trucage, déplacer l'axe de mes épaules légèrement de biais au public, me permettrait d'enchaîner les deux sauts de meilleure façon, tout en escamotant un peu mes hanches qui, dans cet enchaînement maléfique inventé par un chorégraphe qui n'aurait jamais pu l'exécuter, n'étaient pas parfaitement placées entre la réception du saut de chat et le début de l'assemblé.

« *Ai înțeles ? Așa**... » Les pieds de Gabriela tendaient l'étoffe triste de ses vieilles pantoufles que je ne lui avais jamais vues avant ce samedi, ses pieds poignards autoritaires, « la la-la-a-a-a, laaaa, lalala, et. Et la la-la-a-a-a... », et tandis qu'elle esquissait les pas, sa voix s'enrouait de chanter les mesures de Tchaïkovski à voix basse, les notes à peine effleurées, alors Elisabeta, assise sur son tabouret, s'est mise à taper doucement dans ses mains pour marquer les temps. J'ai dansé

---

* Tu as compris ? Comme ça...

Casse-Noisette en vêtements de ville dans cette cuisine en prenant garde à ne me cogner dans rien, une petite danse précise, urgente et cachée. Après quelques instants, son doigt posé sur sa bouche arrondie de mots qu'elle ne prononçait pas, Mme Niculescu m'a fait signe de la suivre dans ce salon où j'avais passé deux années en compagnie de douze autres petites filles. Les volets étaient ouverts et les tapis bien en place, mais, malgré tous ces signes de vie, cette pièce m'a paru plus abandonnée que jamais. L'air lui-même, tiède et paresseux, semblait stagner autour des meubles. Elle a fermé les volets, nous nous sommes agenouillées pour rouler toutes les trois le grand tapis et dégager le parquet. Ses gestes d'une discrétion mutique ne nécessitaient pas d'explication, je me doutais que son appartement, comme le nôtre, devait être sur écoutes. Ce que je ne comprenais pas, c'est qu'elle n'ait plus le droit de donner des leçons chez elle.

Je te l'ai souvent dit, on ne se posait pas vraiment de questions sur tout ça, ces détails ménagers de la présence des surveillants dans nos vies, les micros dans les téléphones, les lampes des salons et les membres de la Securitate qui forçaient la porte de notre appartement le dimanche quand nous partions pique-niquer au bois, puis ces dîners aux prudents échanges de phrases vagues et vides, entrecoupés de doigts pointés au plafond, comme seule explication au silence. Ces mots, aussi, qu'on ne prononçait que très doucement et jamais chez soi, comme « passeport » et « Hongrie », le pays de passage vers l'Ouest.

Nos corps s'arrangeaient des conditions, se mouvaient selon les règles grotesques et changeantes du Conducator, esquivaient son acharnement à rétrécir nos vies. Parfois, quand même, un événement me frappait, quand l'image sortait un peu de notre quotidien rodé à l'absurde.

Ma mère attendait qu'on soit dans la rue, bien entendu, rien de tout ça ne serait discuté chez nous où il fallait continuer de jouer la même pièce fade chaque jour. Très agitée, elle nous annonçait qu'une de ses amies très chères venait de réussir à sortir, cachée dans le coffre de la voiture d'un attaché culturel de l'ambassade de France, moins contrôlé à la frontière. Fascinée, j'imaginais cette grande jeune femme blonde transformée en membres à plier le plus ergonomiquement possible dans un coffre, son corps valise. Et le soir même, dans ma chambre, je tentais avec ma sœur de parvenir à me plier de différentes façons pour tenir confortablement longtemps dans un coffre.

Tu as joué à te plier en quatre, toi, me dis-tu quand je te raconte ça. Je te précise non, pas tout à fait. J'ai joué à passer inaperçue.

Et s'il ne lui était plus possible de le faire en musique, Mme Niculescu m'a quand même donné ses cours particuliers un samedi sur deux pendant toute cette année-là. Après tout, la Danse classique se transmet visuellement d'une danseuse à l'autre. Je calquais donc ses bras frêles couverts d'un gilet beige. Elle haussait les sourcils très haut d'un air méprisant quand je ratais mes doubles pirouettes, les fronçait pour m'enjoindre de sauter plus haut et, parfois, souriait en hochant la tête quand je m'immobilisais, les bras en couronne, cinquième position, à la fin d'un exercice, en attendant son verdict. Pas un mot ne sortait de sa bouche. Des murmures, quand elle chantonnait l'« Adage » de *Giselle* pour que je ne perde pas le rythme, mais pour le reste, des exercices d'échauffement à la barre jusqu'aux exercices de grands sauts, tout se déroulait dans le silence. Quand je m'élançais pour une série de grands jetés, Mme Niculescu me faisait signe de bien amortir ma réception, je crois que j'ai acquis de très bons sauts ultrasilencieux pour de tout autres raisons qu'artistiques. Il s'agissait de se mouvoir entre les ordres et les arrestations. Pour les pointes, dont le son sur le parquet était trop caractéristique pour passer inaperçu, nous revenions dans la cuisine au lino gris.

L'alibi culinaire de la crêpe du samedi destiné aux micros de la Securitate était parfois remplacé par un gâteau au fromage et, dans la cuisine, nous parlions toutes les trois étrangement fort, excitées de notre petite organisation formidable, ces souffles muets de nos pas glissés qui suivraient.

34,5°=>36

Vous êtes treize dans ce service. Et personne n'est mort depuis seize heures.

« Nos cœurs que tu connais sont remplis de rayons. » Cette phrase, trouvée dans l'*Histoire du cinéma* de Godard, t'enchante. Et j'ai encore ce SMS que tu m'as envoyé pour mon anniversaire ; une faute de frappe ou d'inattention donne à tes mots l'allure d'un discret appel au secours, ou d'une parade amoureuse. « Mon cœur que tu connais », tu écris. Ton cœur que je connais

S'est arrêté.

À REBOURS

On évoque rarement les circonstances de notre rencontre. C'est une amitié à rebours que la nôtre et il a fallu aller doucement pour revenir aux joyeuses futilités des amitiés naissantes. Les couleurs, les films préférés, le nom du lycée, est-ce qu'on a déjà été quittée, à quel parfum les yaourts et le café, sucrés ou non, les romans. Les frères, les souhaits, les chambres, les dégoûts.

Mais nous, tout était trop grave, ces mardis soir dans une grande salle morne, le son trop sourd la première fois que l'on s'est vues. D'ailleurs on ne s'est pas parlé. J'étais assise en face de toi, tu étais en bout de table. Tu fumais, refaisais ton chignon sans cesse, mais une ou deux tresses glissaient de ta pince marron.

Ce que je connais d'abord de toi, ce sont des classifications juridiques de ce moment de ta vie. J'en apprends la date, le décor, l'horaire. Je sais les remarques des premiers policiers qui te reçoivent une nuit de Septembre, tu nous les récites en fanfaronnant, c'est une mise en scène dans laquelle tu prends le pouvoir, refusant le rôle qu'*il* t'a assigné. Cette manière que tu as de te tenir affairée, même assise. Tes imitations du flic qui recueille ta déposition, les phrases maladroites de ton père affolé au téléphone, tout ça devient, raconté par toi, une mésaventure ironique, féroce. Horrifiées d'exploser de rire, nous t'écoutons, ravies que tu nous promènes dans ton cauchemar. C'est ta façon à toi de rester vivante.

Tu es celle, dans notre groupe, à qui *c*'est arrivé pas loin de chez elle, dans sa voiture, l'homme t'était inconnu. Je suis celle à qui *c*'est arrivé sans effraction, dans une chambre tiède, l'*homme* est inconnu des services de police, comme on dit, *il* présente bien et s'annonce comme l'amour, insoupçonnable.

Je n'avais pas les moyens d'être sentimentale. Il me fallait du très solide : une chef de bande, peut-être. On s'est liées de corps. On s'est mises en parallèle, à nos corps défendants et perdants. On s'est rencontrées un Mardi. Obligées de s'écouter le Mardi. Condamnées au Mardi. Les autres jours de la semaine, nous restions seules sans doute, ternes et cloîtrées, agitées d'images sales.

Le mardi, je le voyais arriver dès le vendredi. Un samedi se profilait où, sans doute, acharnée à revenir dans ce que j'appelais la vie, en quête de sensations absentes, il faudrait s'amuser. Au matin du dimanche, épuisée, je me rendais à mon échec. Il faudrait tenir jusqu'au Mardi, ce mélange de refuge et de miroir dégueulasse. Qu'il n'y ait que des Mardis. Mais, une fois arrivée au pied de ce jour, il me venait une colère d'en avoir tant besoin, alors, sur le quai, je laissais passer deux, quatre métros, ne pas faire partie de ce groupe, cette réunion dont personne autour de moi, personne ne connaissait l'existence, un rendez-vous honteux et secret.

Parce qu'ils imaginent, les gens. Ils se représentent, dès qu'on leur raconte. Ils assemblent les images qui leur viennent à l'esprit, en tirent des conclusions. On leur dira groupe, victimes de – mais non, on ne veut pas employer ce mot-là – on dira, en s'efforçant de le faire d'une voix ferme sans affect, un « groupe de parole », quitte à ce que les gens pensent thérapie douce, lumière et abat-jour, femmes assises sur tapis, jambes croisées, tasses de thé, jérémiades et conversations sur les hommes, tant qu'on y est. On dira, mais comment dira-t-on, qu'on a atterri là provisoirement, c'est un naufrage, de ces naufrages du XVIIIe siècle où les gens souvent se noyaient à quelques mètres du rivage et agitaient les bras désespérément devant ceux-là sur la berge qui, impuissants, regardaient les corps avalés lentement.

On commence à se voir toi et moi en dehors de tout ça, *cette histoire*, au bout de quelques semaines. On boit des cafés avant la réunion, puis après aussi. On essaye de prendre le fil par le milieu. Il faut qu'on revienne à un autre début que celui qui nous réunit, c'est ça. On se fait la politesse de ne pas imaginer *l'histoire* de l'autre. On n'évoquera jamais ceux-là qui ont décrété, cette année, la fin de la première partie de nos vies. On ne décrira pas *ce qu'il s'est passé*. On se fait l'amitié de ne pas du tout évoquer la hauteur des fenêtres envisagées, les anxiolytiques, somnifères, antispasmodiques conseillés par les médecins et nos journées passées collées au radiateur, hébétées. Nous marchons des après-midi entiers et tu n'interroges jamais mes refus d'emprunter certaines rues où je ne réussis toujours pas à passer, tomber sur *lui*, la peur plus forte que ma raison. Nos chemins sont tortueux, nos itinéraires, à rallonge. Je ne me souviens pas qu'on ait pleuré une seule fois l'une en face de l'autre ni, bien évidemment, toutes les deux ensemble.

Un soir de cette première année, on dîne dans un petit restaurant indien du dix-huitième arrondissement, l'éclairage rose et orange fonce nos cheveux. La nappe n'est blanche qu'au centre, des traces rouille pâle de taches mal effacées marquent les bords. Les autres collés à nous, ces tablées de conversations normales, tendent un peu l'oreille parce qu'il leur semble bien qu'on ne parle pas d'histoire d'amour, ni d'un quelconque travail. Ils reniflent le sale drame, le secret. Je me rappelle avoir été brusquement stupéfaite de cette amitié, ce pacte impressionnant. Je me souviens de mon admiration comme on dit chapeau bas, je m'incline, mon admiration presque éperdue pour ton courage ce soir-là. Il n'y avait plus de blagues ni d'imitations, mais rien de triste non plus.

Quand tu as compris que tu n'échapperais pas à *ce qui allait se passer*, tu as essayé de marchander avec lui. C'est toi qui emploies ce mot, « marchander », je dis non, tu as tout tenté, écoute, tu as tout tenté. Mais tu ne te pardonnes pas de ne pas t'être battue comme une héroïne de manga, tu secoues la tête et, dans la lumière fauve du petit restaurant, on ne peut même pas avancer la main vers toi pour te consoler, ta peine t'enveloppe, incassable. Moi je suis lâche encore, mais jamais, ni ce soir-là ni un autre, tu ne me demandes une contrepartie de confidences.

« *Dans le monde selon Bensenhaver il était hors de question de laisser un détail sans importance minimiser l'horreur du viol.* »

On cornait la page du *Monde selon Garp*, réhabilitées par un roman, quelques mots. Au moment où tu avais compris que *ça* allait arriver, tu avais supplié ton agresseur de mettre un préservatif. Mourir mais faire attention au sida. En terminer avec la première partie de ta vie sûrement, mais obtenir qu'il n'y ait pas sa peau dans le ventre, son sperme qui coule. Difficilement, comme on confesse un acte impardonnable, tu te condamnais du verbe « avouer » : « Il faut que je t'avoue quelque chose. » Ce détail, et tu te dressais devant moi pour imiter ton avocat soucieux, compromettait ton témoignage, ça pourrait vous coûter cher, mademoiselle. Mauvaises victimes.

Dans les cafés, des filles jeunes et bruyantes nous ressemblent, se penchent l'une vers l'autre d'un air soucieux, commentent des examens et éclatent de rire. Toi et moi passons des après-midi entiers à rechercher les phrases qui nous classeront en victimes correctes, suffisamment traumatisées pour être crédibles. Tu es très au fait des expertises psychiatriques préliminaires au procès, connais la différence entre : « la bouillabaisse fragiliséeetraumatisée et l'expression santé mentale. Quand tu lis ça dans le rapport, là je te dis fifille, il faut re for mu ler ton histoire. Mentale c'est dingo, dingo c'est mytho. »

Quand nous sortons un peu de nos Mardis, il faut répondre à la question : « Mais comment vous vous êtes rencontrées ? »

Je compte alors sur ton côté flambeuse. Tes doigts dans tes tresses, rééquilibrer ce chignon mou, tu avances un pied, te tiens comme une escrimeuse d'un mètre cinquante-six. Puis tu esquisses ce qui, moi seule le sais, est un hommage à l'« Adage » du *Corsaire*, en lançant tes bras maladroitement au-dessus de ta tête tout en tournoyant de travers : « Ta ta Ta tatataaaa ! »

Mais le type bataille, veut jouer quand même et répondre à cette devinette brûlante, tandis que d'autres se détournent, te trouvent commune, vraiment tu parles trop fort, ta chemise dépasse comme un brouillon de ton pull bleu marine.

N'empêche qu'on a honte, non, puisqu'on ne répond pas, je te demande à chaque fois qu'on renvoie cette question en volée. Alors c'est contre moi que tu t'énerves, cette année-là. On le sait bien qu'on a honte. Et alors. On ne va pas, en plus, avoir honte d'avoir honte.

LE CORPS DU MARDI SOIR

— Celle *(trois collègues du bureau après une fête)* qui sera hospitalisée deux mois plus tard pour ses trop nombreuses « crises de colère » raconte son dimanche d'un ton consciencieux. Tous ces détails où l'on devine l'application qu'elle met à ce sport qu'est rester vivante, préparer le petit déjeuner aux enfants et s'excuser pour ses cris, la veille encore dans le salon, cette fureur, des restes de tourbillon.

— Cette fille brune *(un ami de la famille, ça dure depuis qu'elle a sept ans)* au corps engoncé dans des pulls immenses, qui fait une heure de train pour nous rejoindre le mardi, est allée au cinéma avec un garçon hier, gentil. La proximité des bras. Et son souffle pendant le film. Le même son que cette nuit-là, cette régularité envahissante. Rentrée chez elle, a vomi, explique-t-elle, gênée de son échec.

— Pour toi *(un inconnu qui commence par te demander ce que tu fais seule si tard dans la rue)*, ton sketch dit du dépôt de plainte au commissariat reste un de tes succès majeurs, avec l'inspecteur s'installant cette nuit-là devant son ordinateur pour noter les détails de ton *histoire,* qui tente un « vous allez me faire faire des heures supplémentaires, hein ».

— Celle *(le médecin de la famille)* que j'appellerai longtemps l'araignée chuchotante, en raison de sa voix inaudible qui chercherait à sortir d'un corps inexistant, a réfléchi ce week-end à ses histoires d'autolacération. Elle veut bien, finalement, en parler à « une personne qualifiée ».

— Non-lieu, annonce cette étudiante *(l'ex-fiancé)* assise en face de moi tous les mardis soir. Pas de preuves, ajoute-t-elle, droite, avant de rompre, le buste en avant, on se lève alors toutes pour la saisir aux épaules, que sa tête arrête de frapper la table.

Je ne tiens pas particulièrement au statut de victime. Les premiers mois qui ont suivi, même, cette idée venait heurter l'idée que je me faisais du déroulement de ma vie. Ça n'était pas possible que je sois cette chose hagarde, emmurée vivante dans un quotidien rayé. Tandis que, partout, le sexe était ce non-événement naturel et facile, ce choix, ces femmes qui clamaient leur belle santé dans tous les magazines surenchérissaient. Il m'arrivait de lire des témoignages, les gestes que les femmes normales faisaient, comment mieux les faire encore. Leurs jambes légèrement écartées, le satin d'une culotte de marque, le doigt sur la bouche toujours prête à s'entrouvrir, les yeux clos dans l'attente, en réalité elles gisaient, comme démembrées pour mieux servir. Leurs corps confortables qu'elles positionnaient de la meilleure façon pour

Tout bien ordonné pour

Les crèmes, les soins, ce qu'il fallait faire pour s'oublier au moment merveilleux qui allait suivre. Ouvrez. Ouvrez. Ouvrez.

Alors, il me prenait un besoin animal de m'enfuir, me retirer des mots et des images, vivre dans un bois, une montagne, sur une île peut-être et trouver la consolation de mon inadéquation à tout ça dans mon excellent corps dansant. Dans la hiérarchie militaire des corps de ballet, les extensions surnaturelles de Sylvie Guillem et nos tendinites à répétition, dans la peur des blessures et l'amour de mes tendons affaiblis, ces quelques minutes où mes cuisses commandaient aux hanches de m'abandonner, écartelée à terre et en grand écart, respirer par petits à-coups prudents l'odeur poussiéreuse du parquet grisâtre. L'odeur de sueur de camphre et de résine des salles de répétition me parvenait chaque matin comme un bout de terre protégé à un animal qu'on voudrait calmer.

Ôter mes vêtements civils pour enfiler un collant et un justaucorps, passer un élastique autour de la taille, poser la main gauche sur la barre. Pliés dans toutes les positions, en avant, cambrés. Poser la main droite sur la barre. Pliés dans toutes les positions, en avant, cambrés. Tous les jours comme des vertèbres, le corset d'une vie. Reproduire un geste, puis modeler ma chair jusqu'à ce qu'elle devienne ce geste, traquer dans le miroir ce qui m'en sépare. Puis, avaler musculairement la sensation même de ce geste et danser dos au miroir, en aveugle, supérieurement affûtée.

J'essaye de ne pas penser aux raisons qui ont fait que
J'essaye de ne pas m'embarquer dans de longs pourquoi. Ne pas rationaliser cet acte. Pas de « c'est arrivé parce que ». Ne pas me mettre dans *sa* tête qui conçoit *l'acte.*

Je pense aux corps malhabiles des hommes, pauvres de leur assoupissement, les corps des hommes qui n'en ont pas de corps, que des jambes pour se lever d'une chaise et avancer, avec leur sexe au centre de leur chair encombrante, leur sexe bête et vénéré. Et l'insupportable corps des danseuses, leur plaisir d'elles-mêmes, de ce corps électrique.

J'essaye de ne pas voir les choses comme ça, de ne pas penser un instant que de ça, j'ai été punie. Arrachée à mon corps savamment heureux. *Il* notait quand je sortais d'une représentation, « tu as toujours cet air invincible après la Danse ». Je riais comme une minable petite fille qui veut faire plaisir.

Je n'irai pas mendier une explication psychologique qui ferait de cette nuit-là du *14 septembre* un fait, un événement. Avec ses pour et ses contre. J'ai été défaite. J'ai cru aux mots, quelle drôle de chose pour une danseuse qui, depuis l'âge de quatre ans, dédaignait les phrases pour mieux dessiner des mots de son pied, parapher l'instant.

Petite animale peureuse, peau souple écrasée, retournée, maintenue, qui, quand même, prononce ce qu'elle croit encore être le passeport magique : Non.

Dans le rapport de police, il est naïvement précisé : « J'ai dit non plusieurs fois. »

Fais attention quand tu rentres chez toi le soir tard. Si tu es suivie dans ton escalier, frappe chez un voisin. Vérifie que la porte est bien fermée.

Je partais à l'envers de toutes. *Lui* avait les clés et saluait agréablement mes voisins. *Il* s'indignait d'un article récent du *Monde diplomatique*. Signait des pétitions. M'a écrit des lettres où les mots agencés les uns après les autres signalent certainement un sentiment amoureux.

Cette *nuit-là*, quand je rentre chez moi dans l'appartement que je partage à l'époque avec un ami, je mentionne une violente dispute. Incapable de trouver un nom à ce qui vient de se dérouler. De la nuit qui suit, du lendemain et des semaines suivantes, je ne me souviens que d'objets, choses statiques. Un radiateur auquel je reste collée et mon répondeur qui se déclenche régulièrement, des *messages* proposent qu'*on parle*. De *tout ça*.

J'assiste encore à ma classe de classique obligatoire, le corps comme avalé par un virus à retardement. Certains matins, il me semble que rien ne s'est passé, j'aligne des diagonales de grands jetés, des doubles pirouettes à l'équilibre tenu, dans la Danse, peut-être, je dissoudrai cette nuit-là. Je suis éperdument les ordres, les corrections du maître de ballet, lui remets mon corps pour que l'excellence me fasse oublier. Le dérèglement est déjà en route et je ne vois rien. Je m'échine à ces mouvements comme si leur ligne parfaite redonnait forme à l'amas, la loque que j'ai été le *14 septembre*, cette chose molle étalée, impuissante, asphyxiée. Je me corrige, me houspille et quand j'avance devant le miroir pour l'adage, la violence de mon dégoût devant cette forme qui est moi, je ne sais pas quoi en faire. Je ne peux plus me faire face, je trompe peut-être les autres, qui voient des arabesques pures, un port de bras romantique, mais moi, je sais. Ce corps ne m'appartient plus, qu'il soit rendu seul à sa nuit crade.

De septembre à janvier. *Il* laisse plusieurs lettres sur mon palier qui rationalisent pourquoi. Comment. « *Comprends-moi…* » Je range ces lettres. Certains de « nos » amis m'appellent, peu. Leur « ça va ? » suspicieux, doucereux, m'apprend qu'*il* a commencé à raconter l'*histoire*. Et l'amour, ce détail, fait de moi la complice de ma propre fin, une coupable négligente et négligeable. Les murs recouverts de jolis tissus, ces bougies tremblantes autour du lit, des draps, peut-être même choisis ensemble, ce décor pèse comme un ricanement de déni. Alors je me tais, effrayante porteuse de ce récit malodorant, toute cette négation amoureuse, ma mémoire sale de chair.

Je réduis mes déplacements au minimum, la rue m'agrippe de peur, *sa voiture, son parfum* sur un passant. Je ne me trouve bien que dans les bus, le métro, qu'*il* ne prend pas. Un soir au téléphone, une erreur stupide, à une de nos amies communes je dis, tu sais, il s'est passé quelque chose de : pas bien – terrible – violée, au moment où je prononce le mot, je rougis mais sans larmes du tout. Elle laisse passer un moment et d'un ton grondeur me fait remarquer que c'est un mot très grave que je viens d'employer en français. Elle ajoute « en français ».

Au fur et à mesure qu'on me suggère poliment le silence et que je m'exécute, la Danse s'absente de mon corps, le déclarant infréquentable, contaminé.

En février je reste tard le soir sur un banc dans un quartier désert de la ville où *il* n'ira jamais. Et l'homme qui s'assoit à mes côtés parce que qu'est-ce que tu fais toute seule est-ce qu'on pourrait, je plaque ma main sur son visage j'attrape ses yeux ses cheveux, debout je rejette sa tête contre le rebord du banc.

Je ne vais plus en cours.

Un après-midi, mon colocataire tape doucement à la porte de ma chambre, m'annonce *sa* visite. *Il* est là.

Il dit tu as maigri ça te donne l'air…

Il dit tu vas bien

Répète plusieurs fois tu vas bien

Il faut qu'on parle

Il est habillé sa chemise est rentrée dans son pantalon.

Il dit je ne recommencerai pas
Mais
C'est que
Tu es tellement compliquée
Tu comprends
Tu comprends tu es ingérable parfois tu sais
Il dit excuse-moi
Il promet je reviendrai plus tard
Je reviendrai

Je ne me souviens pas si c'est ce jour-là que mon colocataire me donne ce numéro de téléphone – un 08 – après que nous avons discuté presque toute la journée.

Une voix me propose un rendez-vous un lundi à midi. La femme qui m'accueille est petite, occupée et châtain, elle penche tout son corps vers mes phrases inaudibles. Me parle du Mardi, métro Saint-Ambroise, vous iriez vous croyez ? Et un mardi soir, je te rencontre, nous n'avons pas le choix en vérité.

Décrire ici le processus d'un dépôt de plainte, ses différentes strates, pourrait passer pour une demande de cajolement, une tentative afin qu'on me comprenne. Ni toi ni moi ne cherchons à être comprises. Nous ne nous lancerons pas dans un débat. Persuader. Aligner des arguments. Des justifications. Plaider. Donner des raisons « valables ». Comme de dire oui c'était si grave que. Ça fait si mal que

Le mot viol pour parler de ce qui semble être un couple, une paire, qui, même, s'est tenu la main en public, est une fantaisie dégoûtante que j'ai initiée semble-t-il. J'ai sali *un homme insoupçonnable*, à mon passage, parfois, les mines se font désolées et sévères, franchement, j'« exagère ».

Tu es sûre, me demande-t-on, aimablement soupçonneux.

Il n'y a pas moyen de vous arranger, nous sommes entre gens civilisés

Ça ne peut pas être si grave, il t'aime, réconciliez-vous

Comment peux-tu lui faire ça

Il t'aime

Je ne le vois vraiment pas en train de

J'entends : Peut-être que c'est un malentendu

Ce n'est pas son genre, enfin

Et certains, pensifs psychologues, cherchent ma faute : il a dû se passer quelque chose. Qu'est-ce que tu lui as dit, qu'est-ce que tu lui as fait pour qu'il en arrive là.

Je m'incline devant vos peurs, ces amas de trouille bâtis à toute vitesse devant moi. Je vous libère. Personne n'a envie d'apprendre que l'agresseur avait la clé et offrait des fleurs de façon récurrente. Et il n'y a rien à dire de la justice, de sa façon de régler ce *genre d'histoires,* comme le commente la juge qui me fait face. Il n'y a rien à dire des psychiatres du psychanalyste du psychologue qui d'une petite moue clôt la séance : « *En admettant que ce que vous dites là soit vrai.* »

Rien à dire de rien à dire de rien des films malins qui font crier les filles d'une voix faible quand on les retourne des pornos qui font grimacer de douleur des visages de jeunes filles contre un oreiller rien à dire des films non pornographiques qui font fermer les yeux comme à des mortes aux femmes que les hommes pénètrent d'un coup rien non rien des rires dans la salle quand on sodomise un homme qui hurle comme une femme rien à dire rien des copains des amis les proches comme on dit qui ne veulent pas savoir c'est ta vie privée c'est entre vous ça t'appartient peut-être que tu t'es trompée tu te rends compte du mal que tu vas lui faire et s'il allait en prison tu te rends compte c'est sérieux, quand même, la prison.

Sidérée, je les cherche, les mots que je pourrais prononcer pour convaincre. Je cherche. Moi je tiens un sacré mélange au fond de ma gorge et bien élevée je ne le vomis jamais. Toutes les nuits je rêve que je hurle, gueule ouverte, appliquée à ne faire que semblant de crier. Comme *la nuit du 14 septembre* où j'assiste, vidée de moi-même, au dépeçage.

Quand mon avocat revoit ses notes cet hiver-là, il fait la grimace devant la vérité, s'efforçant de polir ainsi une version correcte de *la nuit*. C'est embarrassant que *mon adversaire* ait été en même temps mon « ami » et que son nom soit écrit à de nombreux génériques de films. Il existe des viols parfaits et d'autres non.

Raconter à la police, à un psychiatre, reformuler, répéter, répondre plusieurs fois aux mêmes questions soupçonneuses. Une confrontation face à celui qu'on appellera l'*adversaire* est organisée dans le bureau d'une juge à la mine lassée.

Il veut bien l'admettre, la nuit du *14 septembre*, je « n'avais pas l'air bien », dit-il devant son avocate embarrassée de l'aveu. Vous l'avez clairement entendue dire non, demande la juge. Il regarde son avocate en biais, elle se tend et ouvre la bouche pour parler mais il la devance.

Je n'ai pas bien compris pas entendu elle ne l'a pas dit en tout cas pas très fort
Peut-être qu'elle a dit : non

Mais pas non/non/non.

Alors, tous ensemble, ils se mettent à compter mes « non », évaluent la portée de la voix, la clarté de la requête de ces non(s), cette nuit de *Septembre*.

Ils sont rares ces moments où l'on sent quasi matériellement la fragilité des additions de ce qu'on appelle nos « idées », ces couches de croyances, bases, dit-on, de notre construction psychique, ce décor de l'enveloppe humaine, un prêt-à-vivre conçu pour ce décor démocratique. On a même pu dire, à l'occasion, qu'à la Justice on ne croyait pas cette évidence.

Ces mois où nous nous rapprochons l'une de l'autre le Mardi soir, j'attends les résultats, et il semble que j'aille vers mon officialisation de victime. Puis tout s'enchaîne. La chorégraphie est réglée sans moi mais sa fluidité est remarquable. D'abord, la lettre m'annonçant le non-lieu de mon affaire pour manque de preuves. Puisque je ne suis pas décédée le *14 septembre* et qu'*il* plaide l'amour fou. Non-lieu ne veut pas dire que ces *choses* qu'on est allé porter devant des instances officielles n'ont pas eu lieu. Cela indique le degré d'importance du dommage causé. Un examen méticuleux de chairs sans cesse rouvertes d'un doigt froid qui conclurait que non, décidément non. Il n'est pas sûr objectivement que.

Je me souviens à l'annonce de ce non-lieu de tes bras fins autour de mon dos dans la rue, je ne parvenais pas à reprendre mon souffle, mon corps flanchait comme pris d'une mort subite.

Le spectacle de la justice s'achève en Coda rapide, le 12 décembre de cette année-là, quand je reçois un recommandé. Le nom d'un cabinet d'avocats sur l'enveloppe ne m'alerte pas. La lettre sera ouverte dans la rue. Elle contient deux pages paraphées. C'est une assignation à comparaître. La Justice a décidé de s'occuper de mon *cas*. Il y aura bien un procès au mois de Mai. Je suis accusée de diffamation et d'abus de porter plainte. *Il* est le plaignant.

Deux pages d'un beau papier épais – ne manque qu'un sceau –, ce lourd cérémonial, ces formules éprouvées, la place prévue pour *son* nom, là, et le mien, ici, avec mon « chef d'accusation ». Petit papier officiel si propre, bleu si clair, avec ce cachet fier de siècles d'histoire. Et les mots employés, le plaignant, l'accusée, ce papier est un monde, une terre qui assure *ses ressortissants* qu'ils peuvent circuler comme bon leur semble, je vous en prie, il ne fait aucun doute que.

Mon nouvel avocat est très jeune. À notre premier rendez-vous, il m'explique qu'il a défendu principalement des agresseurs et que ceci est tout à fait à mon avantage : il connaît leurs arguments. Il nous faut des témoins, me dit-il. Il faut trouver des gens respectables, crédibles qui viendraient jurer qu'ils ne m'ont jamais entendue parler en public de la *nuit du 14 septembre,* pour me laver de l'accusation de diffamation. Chercher des personnes qui ne savent rien, à qui je demanderai de venir témoigner dans un procès qu'ils ne savent rien. Évidemment, pour les convaincre de venir, il faudra que je leur raconte ce qu'ils ne savent pas. Il serait bon également que ces mêmes gens puissent confirmer que je ne suis pas folle. Parallèlement aux témoins, une nouvelle expertise psychiatrique sera nécessaire pour prouver mon innocence. Un spécialiste notera le degré de véracité de toute cette *histoire*.

Trois mardis passent où je ne vais plus métro Saint-Ambroise. Des mouvements ravalés me traversent le corps. Je claque les portes jusqu'à la migraine, l'intérieur de mes dents flamboie brutalement au rythme de mes pas, je cours, quitte des bars, des fêtes, des questions et des jardins, le printemps aussi, je cours sur les boulevards, j'acquiers une technique zigzagante pour n'être ralentie par aucun feu rouge et passer d'un trottoir à l'autre. La douleur de mon cœur aux côtes me ralentit à peine. Je renonce aux mots. Les sons dans ma gorge empruntent des couloirs sans air pour sortir bestiaux et dénudés, des larmes, crises de colère, je me fais pitié et honte. Je regarde mes parents s'épuiser de ne pas m'avoir réussie, mes proches horrifiés et peinés. Et la douleur est un ballet malodorant et embarrassant, ramper, hoqueter, jamais aucun geste ne sera assez laid pour extirper de moi cette chose qu'*il* a introduite, plantée. Empalée de cette nuit dégueulasse, j'en laisse des traces partout.

Quand je réussis à revenir aux Mardis-Saint-Ambroise, c'est ton attitude que j'essaye d'adopter, faire de cette histoire un gag surréaliste. Au moment où je dévoile le dénouement formidable de tout ça, ce procès dans lequel je serais l'accusée et *lui, la victime*, les regards des autres filles me semblent faits de cette matière qui me deviendra tellement insupportable quelques mois plus tard que je choisirai de m'enfuir, de me soustraire à l'ébahissement des autres, leur silence gêné, quand ils ne savent plus quoi me dire. Toi, tu as les pieds posés sur la table, tu te balances dans ta chaise, petite shérif au chignon mouvant, cette vraie calligraphie de tresses. Puis tu lèves ta main, comme s'il fallait qu'on te donne la parole tout de suite, comme si tu votais pour quelque chose d'essentiel. Tu veux bien témoigner pour moi.

On se donne rendez-vous dans un café trop bruyant. En sortant du métro, je te vois avant que tu ne m'aperçoives, assise seule collée à la vitre, un sourcil relevé, en garde.

Tu m'aides à commencer à établir une liste de personnes « fiables et respectables » qui pourraient s'ajouter à toi. Notre conversation prend une tournure formidable, nous cherchons ces gens qui ne sauraient rien de moi et accepteraient de venir le jurer au palais de justice, en promettant également que non, je ne suis pas si folle que ça.

Tu renverses ton chocolat sur notre liste vide de noms possibles, ça coule sur mon treillis et quand tu te lèves pour demander une éponge au serveur tu me sembles miniaturisée dans cette vraie vie qui s'affaire autour de nous. Assise à notre tablée de corps immobiles et silencieux, tous ces Mardis soir, hors d'un réel qui continuait dehors, ta voix orchestrait si habilement nos enterrements de première partie de vies que souvent tu m'as paru grande.

« Comment tu vas prouver que je ne suis pas folle ? » je t'ai demandé, tandis qu'on marchait vers le métro, sans avoir rien trouvé de très concluant.

« Ah dis donc, toi, tu es calme comme une bombe, tu me laisses deux minutes ! »

Tu fus donc ma témoin cet après-midi-là au Palais de Justice.

On nous a fait attendre de quatorze heures à seize heures tous dans la même pièce. Il fallait aborder cette proximité inattendue avec *son* enveloppe physique (je n'aime pas dire corps, ce mot trop chargé pour moi de chaleur de mouvement, je ne peux pas) en prenant garde à ne pas manquer de souffle. Que la douleur et le dégoût soient distillés doucement, sans à-coups. Assise à mes côtés, tu me répétais : « Ne regarde pas », d'une voix sévère. Je n'ai vu que ses chaussures. Des chaussures dignes, propres, au cuir nourri d'attentions, des chaussures qui ne traînent pas.

Assise sur le banc des accusés avec, à ma gauche, mon avocat loin derrière moi. À ma droite, celui qu'on nomme *mon adversaire*.

Au moment du procès, après deux avertissements, j'avais été remerciée par la compagnie dans laquelle je dansais, j'avais raté trop de répétitions sans aucune blessure pour excuse. Tu m'avais alors proposé que je vienne danser quelques solos célèbres du répertoire classique pour tes « protégés », qu'ils puissent voir une fois dans leur vie la variation d'Odile dans *Le Lac des cygnes*, tu me disais. J'ai dansé un extrait de *La Sylphide* sur le sol bétonné d'une cour de cité, sur le lino un peu collant d'un gymnase du dix-huitième arrondissement et la variation de Kitri* dans le réfectoire d'un foyer de femmes battues aussi, puis, pour des amis à toi, dans un squat en passe d'être expulsé.

L'avocate chargée de convaincre le procureur de ma culpabilité me décrivit comme une fille instable et « danseuse », dans sa bouche, reprit tout son sens XIXe siècle. Car enfin. Elle vient d'être renvoyée d'une compagnie. De quoi vit-elle. En veut à son argent. Réussite professionnelle. Car enfin. Regardez-la. Légèrement tournée vers son client, elle conclut brillamment sa plaidoirie en lui souriant. Quand ce fut mon tour de parler, malheureusement, j'étais tout à l'image qu'elle venait de donner de moi. Car enfin, regardez-la. Les mots peinaient, mes mains venaient à mes yeux pour faire le clair dans ce déluge. Je répétai aux jurés mon obéissance, un an que je ne parle plus, je le jure.

---

* Personnage du ballet *Don Quichotte*

Même le mardi soir, je n'en parle pas. Jamais dit son nom à personne, jamais pointé du doigt son nom sur une affiche de film.

Puis le juge t'appela à la barre, en qualité de témoin. Tu choisissais tes phrases, récurées et polies, une à une, précises et asséchées, tu les saisissais comme on s'empare d'un livre sur une étagère. D'ailleurs tu avais l'air d'un médecin ou d'une archiviste maniaque. Tu regardais droit devant toi, je me souviens de l'effet théâtral de ta voix dans cette salle, t'entendre parler de moi sans me regarder : « elle », « mademoiselle ». Tu as confirmé. Je présentais tous les symptômes que tu avais expérimentés toi-même, et toi, tu étais une assez bonne victime, en tout cas, ton agresseur, lui, venait d'être reconnu coupable par une cour.

Non, je n'avais jamais prononcé en public le nom du coupable ; le juge te reprit très vite : « plaignant ». Tu ne t'excusas de rien, haussant les épaules. On te remercia.

En repartant à ta place, tu t'es tournée vers moi. Ton regard traçait une ligne, de l'air sur lequel il serait possible de poser les mains pour se remettre assise bien droite, d'aplomb enfin. Tes yeux gris un peu ronds aux longs cils raides. Ton tee-shirt qui dépassait encore de ton pull quand tu es retournée t'asseoir dans la salle.

Quand *il* s'est levé pour se plaindre dignement du fait qu'à cause de moi sa carrière n'était plus aussi belle, j'ai abandonné. Soustraite aux sons des voix, j'ai lâché prise, il faudrait simplement attendre que la journée se passe et repartir. Ne pas se débattre. Car enfin. Dire quoi. D'une voix sérieuse et douce *il* a invoqué l'amour, la peine d'être trahi, sa « stupéfaction » et sa tristesse de me voir dans ces troubles peut-être suicidaires qu'*il* soupçonnait « depuis quelques mois » et au moment où *il* a ajouté ces mots, *il* a baissé la voix, tout à sa confidence au juge. Je me suis tournée vers mon avocat. J'ai été touchée de ses yeux brillants, finalement il n'avait aucune expérience, on avait le même âge, j'avais envie de le consoler. Je ne me souviens pas des conclusions du juge, du procureur, tout ça n'avait aucune importance. Mon avocat a ramassé ses papiers d'une main agitée, elle tremblait, sa main, et une fois le verdict prononcé et moi définitivement coupable, il a demandé la parole une fois encore, je tiens à ajouter quelque chose a-t-il dit, comme s'il allait être banni de ces lieux pour toujours, « le mal était déjà fait en faisant de Mademoiselle une coupable ».

Une fois innocenté officiellement, *il* a serré la main de son avocate, souriant comme après une bonne partie de tennis, puis a rallumé son portable, revenir dans la vraie vie, des rendez-vous remis de quelques heures à peine.

Une bénévole brune du Mardi soir qui nous répétait chaque semaine qu'il serait fou de se sentir responsable de ce qui nous amenait là a balbutié je suis désolée je suis désolée, moi je la rassurais ce n'était que des mots coupable victime. Qu'est-ce que ça changeait. Tu m'as tirée par le bras avant que je puisse parler à ceux qui étaient venus témoigner pour moi, ces deux danseurs et le kinési de la compagnie. Il était hors de propos au Palais de Justice, arraché à son monde d'entorses, de drames pour une tendinite, je lui avais ouvert la poubelle de ma vie et je m'en suis excusée. Le nez rouge, il m'a tenu la main en la malaxant doucement, sa bouche s'entrouvrait sur rien, l'esquisse d'un sourire muet.

On s'est dirigées toutes les deux vers le fleuve sans se parler. Je ne pouvais pas te dire une chose pareille, que jamais rien ne réussirait à colmater ou recouvrir ce qui venait de se clore. Et ce que je pleurais ce soir-là n'était pas ma condamnation mais la conscience du deuil à faire, l'impossibilité de préserver quoi que ce soit des éclaboussures qui s'étaleraient peu à peu sur tout : le printemps à venir, Tchaïkovski le dimanche et le chocolat blanc, deuil de plaisirs minuscules comme dévaler à vélo des boulevards clignotants en décembre ou tes imitations de mon salut à la fin du pas de quatre dans *Le Lac,* toutes ces choses impossibles à définir. J'ai su qu'il n'y aurait plus de légèreté ni d'insouciance. Et que bizarrement j'étais encore très jeune.

Ni toi ni moi n'avons trouvé comment dire aux autres ce qui nous est arrivé. Nos peurs d'animales, toi dans les coins sombres de la ville, les rues désertes, les couloirs de métro, ces tournants aveugles, les parkings, les parcs au crépuscule. Moi face à n'importe quel garçon gentil, attentionné, dans un endroit clos, un appartement accueillant, n'importe quel face-à-face. Depuis cette *nuit-là,* je calcule, je manœuvre, annule les invitations faites à mon corps emmuré, à toi je demande, tu m'accompagnes s'il te plaît, sans que jamais tu n'en souries. On a accueilli chaque humeur de l'autre en sachant à quoi elle était liée, on a vu des dizaines de films en ne se prenant pas la main quand une scène de viol surgissait. On n'allait pas communier là-dessus. Je ne t'ai jamais vue nue, toi non plus. Nos tee-shirts, nos pulls amusants, tes écharpes et mes sweat-shirts superposés restaurent nos corps, nous voilà presque normales, bellement parées. Il m'est arrivé, quand on se donnait rendez-vous, de te voir marcher vers moi et, très vite, de me demander comment tu étais avant. Qui as-tu été avant. Il m'est insupportable de t'imaginer supplier pleurer, ton corps secoué croire que tu vas mourir.

Celles que nous étions les Mardis te semblent loin, je te demande il y a quelques semaines à peine, un soir où tu dînes chez moi. Tu ne réponds pas tout de suite, comme si tu examinais attentivement des cicatrices, leur état.

Je sais que tu réprouves mon isolement qui dure un peu trop à ton goût et je sais aussi que certains de nos amis ont qualifié de fuite mon installation dans l'Île. Je me serais « enfuie » dans l'Île après ma « déception » face au jugement qui a été rendu dans mon affaire. L'histoire. L'affaire. Ce qu'il s'est passé.

L'ÎLE

Au plus petit morceau de terre du pays il est ridicule d'accoler ce nom prétentieux et romanesque d'Île. Enserrée du fleuve et de la rivière, d'où je suis, pas un chemin qui viendrait jusqu'à moi ne m'échappe. Tu te moques de ma propension à aimer les lieux petits et fermés. Les passages secrets comme celui qui mène de la rue de Maubeuge à la rue de Rochechouart dans le neuvième arrondissement, si étroit que les habitants des immeubles qui se font face pourraient toucher le bout de leurs doigts respectifs rien qu'en tendant le bras. J'aime ton studio sans couloir à l'unique fenêtre. Et aussi, sans que je sache si on peut englober ça dans la même catégorie, les échantillons de parfum et de crèmes, les choses finissables.

« Tu achètes tout en petit pour être sûre de pouvoir t'enfuir avec, c'est ça ? » tu te moques en fouillant mon sac. J'ai peur de l'invisible, peur de ce qu'il y a derrière, de rater un signe, un indice, j'ai peur de ne pas avoir vu à temps.

Quand on t'a parlé d'un vieux camion à céder en très bon état, tu m'as appelée, ravie d'avoir trouvé une façon de me sortir de mon studio qui ressemblerait à une aventure. « On le prend on le prend ! Et si tu m'attends, on part dans deux semaines. Je lis les cartes, tu conduis, me dis pas que tu sais pas lire une carte ! Dis donc, chez toi, c'est à quoi… trois mille ? »

Ça faisait deux mois que je ne bougeais plus de chez moi ou très peu. Tu agitais des soirées au ciné, tes amis, des débats même, et là, un voyage jusqu'en Roumanie, pourquoi pas. J'imaginais de hauts marchepieds de fer et conduire en surplombant les autres voitures. En réalité, le camion était un combi très seventies, bleu ciel. Il fallait se contorsionner un peu pour y rentrer mais j'ai tout de suite su que c'était là que je voulais rester pour le moment. Le petit espace renfermait un lit double, des placards de bois dans un minuscule coin cuisine. J'ai rendu mon studio sans réfléchir, on verrait bien. Quitter la ville, la peur des croisements de rues où on ne voit jamais *celui* qui pourrait surgir, de toute façon, je n'allais plus nulle part depuis longtemps. J'ai laissé la majorité de mes livres chez toi et une bonne trentaine de paires de pointes usées que j'avais gardées, souvenirs de rôles spécialement aimés. À ce moment-là, je ne me disais pas : je ne danserai plus. Je venais de me faire une entorse pas très grave, elle suivait une lombalgie qui m'avait laissée allongée plus de quinze jours. Ça s'enchaînait. Le mouvement me quittait.

À l'approche de l'Élection, la ville se raidissait, les corps paraissaient goûter d'avance un certain triomphe brutal. Nous avons quitté la ville au printemps, prêtes à rouler jusqu'à Bucarest. Nous roulions depuis une heure à peine quand, à la recherche d'un embranchement qui nous conduirait sur la bonne route, j'ai vu dans le rétroviseur une voiture de flics qui, comme dans les plus mauvais feuilletons, s'est signalée à moi par de grands phares blancs incongrus en pleine journée. Je me suis garée, prise d'un fou rire nerveux, tu as penché ta tête vers le type qui me faisait signe de baisser la vitre, il a dû penser que tu pleurais, tu t'essuyais les yeux.

« Vous avez l'air… » m'a-t-il dit, l'expression satisfaite d'avoir trouvé exactement la description du délit… « un peu perdues. » J'ai acquiescé, je n'avais aucune idée d'où était l'embranchement recherché. Il m'a alors demandé de descendre. J'ai tendu mon passeport, il s'en est emparé d'un « ah bon » et il est allé jusqu'à sa voiture, « faire des recherches ». Tu ne riais plus et te tenais sur le côté, on avait roulé vraiment lentement, rien de grave. Il est revenu, a demandé ce qu'on fabriquait par là et depuis combien de temps j'étais en France, ce que j'y faisais exactement. Je soutenais son regard par intermittence, comme on prend son souffle avant d'entrer dans un local à poubelles. Ses deux collègues étaient descendus de voiture et se tenaient en arrière, ils exsudaient un contentement massif d'être des hommes, leurs cuisses un peu écartées, je les imaginais serrer la boucle de leur ceinture chaque matin grassement conscients de leur sexe tiède. Ils avaient envie de nous garder, ça a duré plus d'une heure pendant laquelle nous sommes restées attentives à ne leur offrir aucune prise. L'un d'entre eux a plaisanté de tes tresses si longues, « Vous aimez le reggae, je parie », l'autre, au moment où j'ai parlé de danse, a exhalé d'un ton entendu « Ah… danseuse ». Je me tenais le plus droite possible pour faire un rempart de danse classique aux petits sons hormonaux qu'il émettait, vous devez être très souple, mademoiselle. Puis, celui qui tenait toujours mon passeport a décidé qu'ils en avaient terminé et me l'a rendu en rappelant qu'il ne fallait pas « ralentir devant un centre de rétention, mademoiselle ».

Nous avons redémarré en silence, rien de grave, mais aucune de nous deux ne se dépêtrait du malaise d'avoir été si gentilles, négociantes et souriantes pour s'en sortir plus vite.

Une vingtaine de minutes plus loin, le camion s'est tu, j'ai dirigé ses derniers mètres tant bien que mal pour le garer sur le bord de la route. Un petit pont traversait un cours d'eau dont on ne connaissait pas le nom. Le type à qui on a demandé où se trouvait le garage le plus proche, et aussi où nous étions, a semblé désolé pour le garage, situé bien loin, mais, sur notre gauche, là, il n'y avait personne ou presque, on pouvait laisser le camion en panne sur l'Île en attendant. On était gelées, fatiguées de ne pas avoir voyagé et d'être déjà arrêtées, le chauffage du camion sentait la réglisse et le simple fait que ce type ait prononcé le mot Île nous paraissait hilarant, comme si tout devenait à chaque instant plus bizarre encore dans notre périple avorté.

On a poussé le camion au travers d'arbres serrés sur une très mince bande de terre. J'évitais les corps, les regards et les mots depuis un long moment, mais là, ça faisait deux coups de foudre en moins d'un mois. D'abord mon camion bleu, même en panne, puis, une fois passée la minuscule écluse rouillée, cette rivière, permanence liquide qui ouvrait comme un rideau de scène sur l'Île, ces quelques petits hectares de désert aux oiseaux étranges et mystérieux – je n'y connaissais rien aux oiseaux –, on se trouvait tout près d'une réserve ornithologique.

Ce soir-là, on a trinqué à l'année qui s'annonçait. Tu l'as décrétée « année sans mouvement », une façon de prendre acte de l'Élection à venir. On a écouté Cat Power, tu fais toujours mine de tomber de sommeil quand je mets Cat Power ou Leonard Cohen, mais là, assises sur le lit pour notre première soirée dans le camion, une boîte de thon à la main, ça allait vraiment bien. Le lendemain, tu as réussi à brancher le camion au boîtier basse tension de la maison d'éclusier, puis je t'ai raccompagnée à pied à la gare la plus proche, à peine cinq kilomètres.

« Il te faudra un chien », tu avançais à grands pas secs, « et je viendrai le week-end prochain ». Puis j'ai vu que tu pleurais alors qu'on avait passé une soirée si douce et tes tresses ont dégringolé de ton chignon comme un rideau de silence devant tes yeux : « Et si tu en as marre de ton Île, fifille, tu m'appelles, tu rentres. Tu habiteras chez moi. Ma fifille exilée… Bordel de merde. »

Personne ne se rendait sur l'Île à part quelques lycéens qui venaient fumer des joints sur un gros tronc d'arbre qui barrait le chemin, tout près du camion. Les premiers mois, je marchais tous les jours aux quatre coins de la terre, c'était rapide. Je cherchais à savoir de quand datait tel bâtiment, depuis combien d'années l'écluse avait cessé d'être empruntée par de petits bateaux à vapeur qui transportaient le bois. Les détails, je les notais, me promettais d'apprendre le nom des arbres, des algues aussi, rayures régulières du fleuve. À l'automne, le soleil des fins de matinée s'engouffrait dans le vent, les quelques feuilles encore accrochées à l'arbre se balançaient en hochant la tête, jaunes, et l'arbre devenait un support de Post-it géant. Les feuilles comme des tissus mats agités par des acrobates chinois, Post-it de soie de l'Opéra de Pékin. Je restais là, tournais autour des branchages à terre, je n'avais rien à faire, tout le temps du monde. Je quittais l'arbre trop envahi de ces feuilles sombres qui contredisaient l'automne, une soudaine invasion de papillons rouges, ils bruissaient, beaux et inquiétants.

L'ancienne maison de l'éclusier en brique carmin est vide depuis que je suis là. La vieille fabrique à papier a été repeinte l'année dernière, j'ai entendu dire qu'une compagnie théâtrale vient de la racheter. La nuit, les éclairages blafards du terrain de foot à la pelouse pelée passent au travers des arbres, ils se mêlent à la lune. Les exclamations des joueurs me parviennent comme des plaintes errantes. Je continue d'aller presque chaque jour là où le chemin se perd dans les ronces, rien que pour voir l'eau apparaître des deux côtés des arbres et me sentir à la proue de ce morceau de terre. Deux bancs ont été construits, il y a des années sans doute, et l'un d'eux est renversé de toute sa lourdeur de pierre, comme un animal ridicule sur le dos. Puis le grand saule pleureur vient clore, il termine la terre.

Ici, ils ne me disent rien, les gens. Le village, de l'autre côté de l'écluse, semble avoir rejeté l'île le long du fleuve. « Elle compte les cygnes », c'est comme ça qu'ils me décrivent. Elle compte les cygnes, elle va démêler les fougères, ils haussent les épaules, soucieux de montrer le peu d'intérêt qu'ils m'accordent. C'est vrai que je ne peux pas m'empêcher d'attendre le moment où, quand ils sont quatre, les cygnes se croisent en ligne de deux, mieux que les quadrilles de l'Opéra de Paris et sans le bruit sec du chausson sur le bois du parquet.

J'ai acheté des rames de papier et des cahiers dans l'unique épicerie-tabac-poste. Quand le vendeur m'a fait remarquer, pareil à un flic qui viendrait de trouver un indice particulièrement compromettant, que personne dans le coin ne lui achetait autant de papier que moi, j'ai expliqué : je fais des traductions vous voyez, c'est si pratique comme métier, je peux travailler à distance. Je ne suis jamais allée, en tout cas pas encore, jusqu'au garage. Le camion me plaît comme ça, immobile appartement ouvert sur le ciel, et je n'éprouve pas le besoin de me rendre ailleurs.

Tu te moques de ma lenteur de recluse pour tous les détails pratiques, ces courses que je repousse le plus loin possible dans la semaine parce qu'il me faut traverser le petit pont qui me sépare du village et, comme tu le dis, « revenir dans le monde, le vrai ! ». Quand tu viens, tu apportes des produits introuvables dans le coin. « Regarde fifille, du thé russe ! De la ville ! »

Une voiture me dépasse, klaxonne, la vitre se baisse, ça fait « SeuaaalhoPE », à cause du vent. Des types pointent du doigt mes collants bleu électrique, encore aujourd'hui. Et épient nos dimanches quand tu me rejoins, avec les chansons de Mariana Sadovska par la fenêtre ouverte. Certains racontent encore la fois où Giselle a fini sa course après un pigeon dans les douves du petit château du village voisin, après un vol plané de quatre mètres. On s'était avancées tout doucement, effarées de devoir faire face à un cadavre de chien, mais alors on l'avait aperçu, rampant pour remonter la pente, sonnée, la gueule étoilée comme dans un Tex Avery, tout à fait ravie de son expérience d'astronaute.

La chose la plus proche de la Danse dans ma vie ici, tu le sais, ça a été cette chienne qui ne s'est pas appelée Giselle tout de suite. Elle tournait autour du camion tous les matins, reculait en roulant des yeux de folle quand j'avançais un petit bol d'eau vers elle. Dès qu'il y avait un peu de chaleur, elle s'allongeait sur le dos dans une position qui tenait du crapaud immobile, les oreilles retournées sur l'herbe, roses. À force d'efforts, la chienne a répondu à Giselle et elle est restée avec moi. Tu verras, demain matin, je te disais quand tu me rejoignais le week-end, je la lâche sur l'étendue rase, là, et parfois, alors qu'il n'y aucun obstacle au sol, elle fait des grands jetés, je t'assure, des vrais grands jetés. Parfaits. Et on comprend bien en la regardant l'importance de garder le buste droit. La tête dégagée, les épaules basses ! Tu me fixais par en dessous, comme si j'étais en crise d'hypnose, somnambule, et que tu cherchais à me remettre au lit très vite : « ... Des grands jetés parfaits... Et bien ! Giselle, venez ici, s'il vous plaît, nous allons chercher le Prince Albrrrrecht* dehors. »

Elle aimait beaucoup aller vers ce que j'appelle le dos de l'île, là où les roches du cours d'eau s'amassent en chutes. Son bonheur délirant, chaque jour, de sauter les bosquets me donnait parfois le désir de la suivre, je sautais derrière elle, échappée, puis on revenait au camion, elle apaisée, moi empêchée, mécontente de penser encore à ça, la sensation du bond.

On avait prévu d'entamer les réparations du camion après le Nouvel An, c'est ce dont il était question avant ta mort subite. L'isolation est bonne et je n'y ai jamais froid, ça n'est pas humide non plus. Mais le moteur est partiellement rouillé maintenant, depuis le temps qu'il faudrait le remplacer.

Quand tu m'as apporté le DVD de *Lola Montès* l'année dernière, on s'est repassé plusieurs fois la scène

---

* Personnage du ballet *Giselle*.

de la première apparition de Martine Carol – aveuglée d'une lumière azur glacée, livide animale de cirque encagée, indifférente aux hommes qui font la queue pour poser leur main sur elle et s'assurer de sa déchéance, sa capitulation. Et si on s'inspirait de la roulotte de Liszt et de Lola Montès pour le camion, tu m'as proposé sans rire, plus tard dans la soirée. Allongée sur un sofa de velours bleu roi encadré de dorures, le bras doucement replié sous ses cheveux noirs, en déshabillé de velours également, Lola Montès offre ses pieds nus à embrasser à Franz Liszt. La beauté de la peau de Martine Carol, pâle et fraîchement rosie par le Technicolor, est tout entière dans ses pieds adorables, presque sans os visibles ni tendons. Des pieds tièdes, chair souple de Celluloïd. « ... Personne ne rêverait d'embrasser tes pieds », tu m'as glissé, en me transperçant les côtes de ton coude anguleux pendant le film, rejoignant ma pensée honteusement peu artistique. Quand tu as entrepris avec moi les travaux de décoration et d'aménagement du camion, tu as donc fait ton possible pour qu'à défaut des pieds de Martine-Lola j'aie moi aussi des rideaux de velours aux fenêtres et des placards bleu clair le long des parois. Le petit coin cuisine est recouvert de tes trouvailles : un verre russe que tu m'as trouvé aux Puces pour y boire le thé, un ancien calendrier daté de 1975, photos de belles filles narquoises habillées en cow-boys et une carte routière des Balkans où j'ai tracé un soir pour toi le parcours que ma famille a effectué depuis les années trente.

Quand tu n'es pas là, mes soirées se ressemblent toutes et ça ne me gêne pas vraiment. J'avais besoin de reformer ma peau, refermer les portes, je ne sais pas, cet isolement, les premiers mois après le procès, a été une respiration. J'ai lu énormément. Mes livres ont été très vite terminés, et au village la librairie ne vend que des magazines. J'ai donc tout relu en attendant que tu puisses me ravitailler en nouveautés. Puis, un soir, je venais de refermer *Dancing on My Grave*, les Mémoires de l'Étoile Gelsey Kirkland, quand j'ai éprouvé le besoin de la voir, une illustration à ses mots. Quand je t'ai parlé d'elle, tu me l'as très justement résumée en « antidote de Sylvie Guillem ». Le parcours de Gelsey Kirkland, la danseuse butée de Balanchine, choisie par lui à seize ans pour incarner la parfaite bébé-ballerine, ressemble beaucoup, au départ, à celui de Mademoiselle Non. Quelle merveilleuse petite fille. Ces tendons souples, ce dos obéissant, tous se rassemblent autour de Gelsey qui exécute ce qu'on lui demande, plus vite, mieux encore. Mais la voilà qui s'interroge. Voudrait savoir pourquoi. Quel est le sens de ce ballet, qu'on le lui dise, faut-il penser Odile en cygne ou, plutôt, la femme-oiseau n'est-elle que la projection, un fantasme du Prince qui veut l'asservir (alors, penser à danser les bras vers le bas, pour indiquer l'impossibilité de s'arracher à l'emprise du prince). Gelsey veut comprendre pour danser. Alors les maîtres commencent à trouver que les mots de Gelsey encombrent son corps, toutes ces phrases, ces appels, ces exigences. Gelsey, décidément, donne moins de plaisir, elle contredit la jouissance de ceux qui désirent qu'elle plie en silence. Éduquée à plaire, Gelsey ne prononce pas franchement Non. Elle l'avale de travers. Ses refus d'incarner la ballerine muette, d'être ce corps passif lui sont facturés un par un. Sur les dernières vidéos que je trouve d'elle sur le Net, elle semble flotter, hallucinée, ses gestes manquent de précision. Ses yeux fixes et immenses ont l'air d'avoir été déposés sur un masque de petite fille agonisante trop maquillée, parodie d'objet cassé.

Gelsey n'avale que de l'air et de la cocaïne, elle tangue dans le vide affamant et s'applique à mourir sur scène à moins de trente ans dans l'indifférence générale de la compagnie qui l'emploie et de son célèbre partenaire, Baryschnikov.

Voir de la Danse au lieu d'en faire. Je sais ce que tu penses de ça. Tous ces mouvements des autres. Mais si tu en regardes tellement, c'est que ça te manque, tu raisonnes. Je ne peux pas t'expliquer ailleurs qu'ici, en l'écrivant, que mon corps est devenu une enveloppe malhabile et muette, l'accumulation des blessures, ces dernières années, fait que je ne sais plus oublier la peur de me faire mal encore. Et je ne parviens plus à mouler mes jambes mes fesses la fente de mon sexe d'un collant et d'un justaucorps, mimer la liberté à bras ouverts, la tête rejetée en arrière, le battement du sang tout en bas de mon ventre.

Pour l'instant Émile, je t'écris un jour, qu'on m'oublie, afin que je me fonde doucement dans le futur, là où il n'y a plus de souvenirs de *cette histoire.*

Alors je ne sais pas si décortiquer toutes les nuits des vidéos de *Coppélia* est un pas vers redanser, je ne crois pas. Mais tu as raison dans un sens, ces images de pirouettes, adages et arabesques penchées sur lesquelles je m'arrête me réconfortent, parce que même en simple spectatrice, je retrouve ma langue maternelle, mon alphabet sensoriel, mais aussi, c'est une souffrance d'amoureuse exilée.

« Était-elle fatiguée, était-elle déprimée, stressée, faisait-elle du sport, trop peut-être, est-ce qu'elle fume encore, comment dort-elle, un choc récemment, des contrariétés ? »

On cherche. Toi qui es presque morte une fois il y a quelques années, qu'est-ce qui te prend de remourir subitement un samedi après-midi. De quoi te meurs-tu ?

Mourir d'épuisement, mourir de lassitude, mourir vaincue par cette honte fragile qui nous tient depuis des mois. Mourir pour faire autrement que cette vie, voilà tout. Mourir par désœuvrement, mourir comme on se cache. Pénétrées de regrets comme d'une eau épaisse, envahies, enserrées, c'est qu'ici ça ne respire plus tous les jours. Décousues, en vrac, invisiblement mortes, nous restons ouvertes à l'ensemble des ravages. Ces derniers temps, toi et moi vivons suspendues, comme les autres. La sensation d'être assise, constamment, quoi que l'on fasse, même les journées où on a marché vivement d'un endroit à l'autre, se sentir sempiternellement assises, posées dans ce pays et ouvertes à ces bras mécaniques qui savent nous ouvrir et nous emplissent méthodiquement du nécessaire à marcher encore, nos corps comme des poupées, sacs vides. Et cette fatigue dont on ne sort plus, un engourdissement qui part des vertèbres, certains jours on s'attrape d'un coup d'œil par hasard au gré d'un reflet et alors ce qu'on voit, c'est un corps qui se voûte comme sous des coups ou des ordres silencieux. Aussitôt, on se redresse, bravaches encore.

Tu me parles souvent des mails que tu reçois, tu es ensevelie sous des messages qui portent tous la mention « URGENT », emplis de vies à sauver, à soutenir, de chiffres, âges invraisemblables, qui baissent comme la fièvre d'un mourant, sept ans ou, ces derniers jours, six mois. Celui-là ne comporte plus de points d'exclamation. Tant de messages de protestations, d'indignations, à signer, faire circuler.

URGENT est un mail URGENT est envoyé d'une adresse qui ne répond à personne. URGENT et IMPORTANT passent devant URGENT mais derrière **URGENT** ou mieux, **URGENT !!!**

Depuis deux ans, on se salue comme ça : c'est affreux/c'est terrible/tu as vu la dernière/arrêté hier/ dénoncé par un voisin/la police est rentrée dans l'école !/un enfant de sept ans/un bébé de trois semaines n'a pas pu signer la déposition !/

Tu te fais la porte-parole lasse d'histoires toujours plus graves, toujours plus brutales. Tu me racontes ces corps, ces Autres qui sont sous le feu, ces filles et ces garçons des « quartiers ». Eux qu'on désigne mathématiquement, en comptant les degrés qui les séparent de notre NOUS correct : première génération, deuxième génération. Tu me racontes tes amis abasourdis d'avoir épuisé tous les adjectifs possibles. Oh ce jeu de badminton, cet échange appliqué d'indignations apéritives et c'est des « Tu as vu ce qu'IL a dit ? » « ILS vont la faire passer cette loi et personne ne dit rien ! » « Je n'y crois pas, c'est incroyable, ILS iront jusqu'où ? ». Puis le chœur s'éteint doucement et on se quitte, l'arrière-goût presque passé de : « Ce qui nous arrive depuis l'Élection. » On marche vivement jusqu'au métro, troublés de ne plus rien sentir déjà, silencieusement perdus dans ces nuits confortables, bien sûr qu'ILS iront jusqu'où on les laissera aller, tu me dis.

De l'Île, je m'en suis sentie bêtement protégée, de l'Élection, comme si je pouvais, de ce bout de terre à l'abandon, ne plus faire partie de rien, invisible. J'étais seule dans le camion avec Giselle, c'était le premier printemps depuis que j'étais coupable. La semaine qui a suivi, j'ai regardé sur le Net ces vidéos de la nuit de l'Élection où, dans chaque ville, des corps marchaient serrés, hébétés et rageurs. Les pas obstinés de groupes rapides se baissant comme des chats entre les tirs de lacrymo et les canons à eau, ces corps-là me font monter les larmes aux yeux. Quand je t'appelle, tu ne réponds pas, je t'imagine courir, le sang échauffé, la colère comme une température.

Quand tu arrives chez moi le vendredi soir suivant, tu te jettes sur la couchette, tu te sens en vacances sur l'Île et fermes les yeux longuement, épuisée. Calfeutrées, on n'entend que le bruit sec des branches entraînées de vent, elles frottent au carreau, tu te dresses à chaque son, mais les renards ne grimpent pas sur le toit des camionnettes pour les griffer durant la nuit.

Et pourquoi pas pélican ?

Ce mot-clé-là, au moment où j'y pense dans la salle d'attente du service de réanimation, me paraît formidable. Un mot dont ni toi ni moi ne connaissons grand-chose et qu'on a pris l'habitude d'habiller de nos suppositions.

Il y a ce qu'on dit de lui dans le village, son assignation à résidence dans le département. Les questions que je n'ose pas lui poser quand il passe, chaque jour ou presque, me voir au camion. Il y a aussi les mots-pièges qui l'ont conduit sur l'Île. Des mots prononcés en public. Qui se sont démultipliés, comme sur un split-screen où valseraient d'épileptiques sous-titres. Depuis l'Élection, on les décortique les mots, on les force à s'ouvrir plus encore, qu'ils vomissent davantage de sens, mots-gouffres de probabilités et d'assertions contre lesquelles sont brandis jugements, emprisonnements et contrôles judiciaires.

Notre première rencontre a lieu les jours qui suivent mon installation. Je ne l'entends pas quand il foule l'herbe et au moment où il frappe à la portière je ne réponds pas, me fige, genoux repliés, immobile dans mon lit. Giselle me jette un regard terrorisé et s'aplatit sous le siège passager, il repart. Quand je sors, je trouve un petit papier humide de rosée sur le pare-brise : « Bonjour. Mon camion est derrière le grand saule pleureur. Si vous voulez de la soupe. » Et l'absence de point d'interrogation après soupe donne l'impression qu'il est là avec sa soupe tous les jours, que c'est sa fonction sur l'Île. Je me trouve ennuyée de cette présence imprévue, j'avais imaginé que sur cette Île je n'aurais plus à faire face à des corps. Les jours suivants, quand je me promène, j'évite soigneusement le saule pleureur et c'est l'épicier qui, le premier, me demande si j'ai déjà rencontré mon « voisin ». Sa curiosité a l'odeur rance et tenace du témoignage avide fait devant des caméras de télé. « Vous le croiserez ! Il bouge pas de là. A pas le droit... » L'épicier attend certainement que je pose la bonne question mais, après tout, je ne bouge pas de là non plus. Et quand un matin j'entends des pas approcher, cette fois je sors du camion et m'assois sur les marches au soleil. Je rassure d'une main Giselle, apeurée de n'importe quel changement dans son quotidien. Très grand, il s'avance lentement vers moi, enjambe précautionneusement des trous de taupe qu'il semble connaître par cœur, un bol fumant recouvert d'une assiette blanche à la main. C'est un velouté de châtaignes, m'annonce-t-il. Il se baisse lentement et dépose l'assiette près de moi, comme dans ces films policiers où le héros dépose son arme devant un psychopathe pour l'amadouer, puis s'en va un peu à reculons. Quand il est loin, il me salue de la main, un drôle de geste, je ne sais pas s'il veut dire halte ne t'avance pas, ou bonjour. Ou peut-être que c'est un geste de désarroi, comme de dire qu'est-ce qu'on fait là.

Quand je te décris au téléphone celui que je nomme le Pélican (parce que chaque jour ou presque il me porte des soupes, parfois extravagantes, puis des desserts qu'il me présente de façon mignonne, un « quatre-heures »), tu me demandes s'il vit sur l'Île depuis longtemps et je ne peux pas te répondre car nous ne nous sommes jamais vraiment parlé.

« Nooon... Pas un mot ? Ah, le spectacle... Le vieux type dépenaillé avec son bouillon sous le bras et toi qui fais des signes, vous communiquez en légumes, quoi. »

Un samedi où tu es avec moi dans le camion, le Pélican toque doucement à la porte. Surexcitée, tu bondis pour lui ouvrir comme s'il s'agissait d'un animal peureux qui pourrait prendre la fuite avant même que tu ne le voies. Tu reviens vers moi un bol à la main, complètement déconcertée.

« ...Tu aurais pu me le dire ! Je ne le voyais pas comme ça ! Du tout. C'est le côté soupe, j'imaginais... »

Je ne peux pas dire que je n'ai pas été frappée par l'apparence physique du Pélican. Sa peau presque victorienne à force de pâleur, et ses mains, de grandes mains calmes et desséchées. Ses vestes à capuche qu'il porte comme d'autres des chapeaux.

« Mais ce type a des yeux presque violets, splendides, non mais c'est surréel, nous voilà face à Elizabeth Taylor barbue et armée d'un bol de soupe !! », tu t'étrangles, un trop gros bout de pain coincé dans ta joue.

Parfois son visage semble frémir, est-ce qu'une peau peut frémir comme de l'eau, et cette douceur, je ne parviens pas à décrire son regard car à peine a-t-il posé son plat que déjà, comme une spirale, son corps se détourne et doucement il esquisse un au revoir en s'éloignant. Toi, tu as réussi à engager une vraie conversation avec lui un jour. Il t'a, je crois, fait lire le texte qui lui vaut cet éloignement forcé, cet exil régional et mesquin. Assise sur une marche du camion, pensive, tu te tiens les flancs de tes bras croisés : "Non mais… " Tu sais de quoi il est accusé ? De probables activités subversives futures. Ce n'est pas ce qu'il a écrit, tu comprends, c'est ce qui est "peut-être" contenu dans les mots, des interprétations… »

Dans les années quatre-vingt-dix, le Pélican fait partie d'un groupe d'étudiants « cherchant à attenter à la sécurité de l'État », il sourit quand il emploie cette expression officielle devant toi. Quelques-uns, dont lui, sont arrêtés, accusés d'avoir fait exploser une dizaine de locaux de groupuscules fascistes dans différentes villes. Le Pélican est libéré au début de l'année dernière. Un journaliste le contacte pour un entretien. À la question de savoir s'il regrette ses actes passés, l'usage d'armes et d'explosifs, le Pélican, très prudent, répond qu'il n'a pas le droit de s'exprimer à ce sujet publiquement et mentionne des ateliers d'écriture qu'il donne à de jeunes enfants, à partir de quelques vers de Maria Soudaieva qu'il récite au journaliste :

« Cent attentats, mille attentats contre la lune ! »

« Enfants-louves du vain sillage, ne parlez pas, frappez ! »

« Enfant-louves sous la flamme, frappez ! »

Le lendemain de la parution de l'interview, il est convoqué par le juge d'application des peines et assigné à résidence dans le département, en attendant de savoir s'il sera réincarcéré après la lecture de ce poème, qui représente un « trouble à l'ordre public et une apologie de la lutte armée ».

Ni toi ni moi n'avons, c'est vrai, prêté vraiment attention à cette mesure votée tout de suite après l'Élection. Ils en avaient même fait des affiches : « PRÉVENIR CE QUI EST DÉJÀ LÀ ! » « SAVOIR AVANT DE SAVOIR ! » Guetter le futur proche des phrases, fourrager et décortiquer le contenu des livres, des affiches et des films postés sur le Net, afin d'en saisir les sens supposément cachés et alors arrêter d'une façon qu'ils nomment préventive ceux et celles qui pourraient un jour « attenter à la sécurité de l'Etat ». Le Pélican est la première personne que nous rencontrons désignée comme coupable probable dans un futur imaginé pour lui.

Et pour tout ça, ses yeux, les soupes, ses signes de la main et ses poèmes, le Pélican est un des meilleurs mots clés que je t'aie trouvés.

Lundi

Ces deux derniers jours me remontent au visage quand je me réveille vers six heures, j'ai à peine dormi, tout habillée sur ton lit. J'ai passé la soirée chez toi à rechercher des papiers que l'hôpital nous réclame. Ce lundi matin de janvier, je t'attends, revenue à 36°. J'imagine ton corps raide, harangué, déplié, palpé et la voix très forte de l'infirmière qui te somme de reconnaître des mots décousus. Je pense : Belle au Bois Dormant, confiture de mangue et 6381B, le code de ton immeuble. Auraient-ils été de meilleurs mots clés. Quand mon portable sonne enfin, entre mon allô et le premier mot de ta mère se glissent toutes les phrases possibles, leurs différentes combinaisons de mort, de désolation, ton corps abandonné toute cette nuit dans la glace.

Au moins répète ta mère. Au moins vivante. Mais vivante comment, vivante à quel point, les paris, les calculs, les petits arrangements du supportable qu'on trafique alors. Si tu ne peux plus parler. Ou te lever. On s'imagine alors t'entourer de feuilles, de cahiers, recueillir des signes, guetter tes expressions. Si tu ne me reconnais pas.

Mais tu as dégelé formidablement. Voilà que tu viens de réussir à naître doucement et ils se félicitent de ta promptitude à répondre aux questions, elle a ouvert les yeux et elle entend les sons, elle bouge bien ses bras, ses jambes répondent aux stimulations, elle sait que nous sommes en hiver et son prénom aussi.

Aucun mort n'est en train de passer la porte quand j'arrive en courant au service de réanimation, seuls des couples hagards, le front collé à la vitre, et des enfants qu'on laisse jouer dans le couloir, doucement repoussés par les nouvelles infirmières du lundi matin. Ta mère vient vers moi, me tend le bras comme à une mariée ; je te suis promise.

« Elle m'a souri ! »

Il semble que je vais monter sur scène, ça doit être ces gestes mécaniques répétés, ce rite qu'on se doit d'accomplir avant de te retrouver, sécher nos mains à la peau maintenant rêche de propreté dans cette salle de passage avant d'entrer dans le silence des réanimés parsemé de régulières respirations électriques.

Tes yeux sont clos, enfin. Doucement je me suis posée sur le rebord du lit. Tu t'es éveillée, m'as regardée, et ton regard n'est plus le tien, il est comme nettoyé de toi-même, sans fatigue. Faut-il dire bonjour à quelqu'un qui n'est plus mort, finalement. Ça a duré quelques instants, ce silence, je n'osais pas bouger. Puis j'ai tenté :

« Fifille ? »

Et tu as soufflé, une expiration : « …Crapule. »

Je ne sais pas quoi te dire, qu'est-ce qu'on pourrait se dire, alors j'énumère ceux et celles qui sont là, t'attendent depuis samedi. À chaque nom, tu ouvres grands les yeux, « Ah bon ? », tu es douce et perdue. Je te parle de ton « beau cœur », tu souris. On se tient la main. Lina passe la tête par la porte, elle caresse ton front, tu te rendors. Quand surgit le mot « malaise », tu sors de tes sourires vagues, très étonnée, apeurée de ne pas te souvenir de ta vie. Pour ne pas prononcer les mots mort et subite, j'en fais toute une histoire de ce week-end et je commence par notre dernier rendez-vous mais tu n'as aucun souvenir de la piscine de samedi. « On y est allées dernièrement ? » tu t'enquiers, puis tu te rendors.

Celle qu'on veille à présent est une malade, ce n'est plus ce corps aux étranges yeux mi-clos. Assis à tes côtés, on n'ose pas vérifier la chaleur de tes pieds. À chaque geste que tu esquisses, chaque phrase que tu prononces, on jette un coup d'œil rapide vers les écrans, les chiffres encore, guetter des signes d'accident, et si ton cœur ne pouvait plus supporter ta vie. Vers dix-huit heures, tu t'éveilles, regardes autour de toi, visiblement angoissée du décor. La voix un peu assourdie, abîmée par l'intubage de la veille, tu sembles chercher une image, un mot, une combinaison perdue, puis tu notes, comme un début de diagnostic :

« Je ne me souviens plus de chez moi, c'est comment chez moi ? »

Ton étonnement d'abord, puis ta peur, sont palpables, cette recherche d'un scénario que tu connaîtrais. Tu t'assoupis. Quand tu reviens, tu affirmes, comme rassurée de pouvoir mettre un nom sur une image au moins : « Tu l'aimes ? Sylvie Guillem ? Hein ? »

Mardi

Une larme coule sans rapport avec ton visage tout calme ce matin. Je ne sais pas ce que tu pleures. Tu me prends la main, confuse, tu ne sais pas ce que tu as, cette larme tombe de tes yeux, ponctuant tes mots. Je me recule pour ne pas te gêner avec tous ces fils, toi tu avances tes doigts sur le drap, tu ne veux pas qu'on se lâche. Tu m'as manqué je te dis, oui, même trois jours, mais tu ne sais pas que tu as été absente trois jours. Et je ne peux pas te dire la violence de ce manque, l'hypothèse de ta mort. Tu souris de tout ce sentimentalisme inhabituel, tu murmures : « Moi aussi, crapule, tu m'as manqué » et je sais que tu ne sais pas ce que tu me dis, pas tout à fait. Puis très vite tu pleures encore, tu balbuties : « Je me reprends, je vais me reprendre. » Tu notes quand même que c'est encore moi qui te fais pleurer. Je propose pour t'aider : « Pense à mademoiselle Non » mais tu es trop épuisée pour me répondre avec le mouvement adéquat, tu ne fais que l'esquisser du poignet.

Je te raconte légèrement ces jours que tu n'as pas vécus. Ah bon. Ah tiens, fais-tu au récit de ta mort.

J'étais dans le même café que toi, tu imagines, le même ; je voudrais que tu t'émerveilles que même dans ta mort subite j'aie été à tes côtés, inexplicablement. Mais mon ésotérisme de magazine te bouleverse, je ne t'ai jamais vue pleurer autant. Tu me supplies de te dire la vérité. Tu sais que tu vas mourir. Du cancer. Tu te redresses difficilement sur tes oreillers, répètes : « Je vais mourir, hein ? »

Je sors de ta chambre quelques instants, bouleversée de ta peur et de tout ce courage que tu essayes de rassembler en vue d'une hypothétique révélation de mort prochaine. Dans le couloir, je croise ceux avec qui tu arpentes les rues et les vies déglinguées, ils attendent leur tour pour t'embrasser. Je leur raconte. L'un me répond, pensif : « Dis-lui : mais non tu n'as pas le cancer, ce n'est que ton cœur qui s'arrête quand on ne s'y attend pas et tu es morte il y a deux jours, pas de quoi s'inquiéter », j'éclate de rire devant l'ascenseur qui s'ouvre sur un brancard.

Une infirmière rentre dans ta chambre avec le quotidien que tu lui as demandé. Elle le déplie devant toi, le doigt posé sur la photo d'un homme triomphant : « Vous le reconnaissez Mademoiselle ? » Tu nous souris, heureuse de faire plaisir : « Oui. Et j'ai très confiance en lui, il est formidable. » De retour dans la salle d'attente, je raconte, perplexe de ton soudain intérêt pour la politique américaine. Un de tes amis avec qui tu as parcouru plusieurs sommets anti-G8 remarque : « D'accord, elle est devenue neuneu démocrate, mais au moins, elle n'est pas raciste. Faut voir ça comme ça. »

Au fur et à mesure de l'après-midi, tu commences à tout confondre, des trous de mémoire, mais aussi, tu inventes des choses. Tu as du mal à articuler, les mots semblent un peu ramollis et bousculés dans ta bouche. Tu te trouves un flot de souvenirs que tu me racontes d'un air pensif, puis enthousiaste ; tu as des souvenirs de danseuse et ce sont les miens.

Mercredi

Je compte. On se connaît depuis bientôt cinq ans. Bien relevée sur tes oreillers, tes tresses ramenées en jolie queue de cheval, tu acquiesces, confiante. Je me fige, je viens de commettre une erreur, une entaille dans ta guérison peut-être, à évoquer notre rencontre. Les circonstances en sont trop lourdes, une ancre qui ferait chavirer ton lit d'hôpital avec le procès et ces Mardi soir, ces filles comme une couverture triste, patchwork de toutes les formes de viol possibles. Le panel des corps éteints.

C'est que tu es si neuve maintenant dans cette affreuse blouse rosâtre. Quand je repars de l'hôpital, je voudrais qu'ils te gardent, enveloppée de l'odeur de linoléum, du chauffage et des plateaux-repas. Ton retour dans la vie et ses rues, te lâcher là-dedans avec, au corps, tes morts subites, tout ça me submerge d'une fatigue lourde d'années empilées.

Ces derniers jours dans la salle d'attente, comme lors d'un mariage, chacun a évoqué la façon dont il t'a croisée, ce qu'il a fait avec toi. Certains travaillent à tes côtés. D'autres visages, je ne les ai pas vus depuis deux ans, depuis que j'habite l'Île. Leur gêne, je la sens. Leur peur des mots qui pourraient sortir de ma bouche – déclarée coupable par la Cour –, ils se tendent un peu, se préparent à arborer une expression convenant à ce que je pourrais dire de notre rencontre. Dans un groupe de parole pour filles. Non. Victimes de. Non.

On se fait à la peur des autres, à la honte qui transpire de leur dos quand ils se reculent imperceptiblement vers le dossier de leur chaise. On la comprend, leur demande implicite de ne pas lâcher ça n'importe où, il semble parfois que ce que je ne prononce pas est aussi embarrassant qu'une maladie aux symptômes trop génitaux pour être prononcés en public.

JEUDI

Quand je sors de l'ascenseur, tu m'accueilles en pirouettes. Minuscule spirale dans ce long couloir, ton pyjama de satin pâle te fait ressembler à une Shirley MacLaine des années cinquante à tresses. Tes électrodes chavirent, tu esquisses de la main un panier à trois points en revenant dans ta chambre, il y a quatre jours tu étais morte il y a trois jours tu étais congelée. J'essaye de ne pas te le répéter constamment, de ne pas partager avec toi cette sensation de miracle fragile, d'horreur menaçante. Mais tu éclates d'être vivante, tu parles plus que jamais, tu aimes tous ceux qui te font un signe, tu aimes Barack Obama et le *Basket Magazine* que je t'ai apporté, tu aimes la sœur d'une amie qui vient de t'appeler, tu demandes son adresse, tu lui enverras une lettre pour lui dire combien tu l'aimes, tu admires mes vieilles Docks que tu connais depuis des années, tu es abasourdie, tu le répètes plusieurs fois, de la beauté des médecins dans ce service. Tu fais des jeux de mots qui ne te ressemblent pas, enfantins et simples. Tu dresses devant moi un bricolage de joie, des barricades malicieuses. Je t'écoute sans oser avancer une question, une idée qui abîme tout ça. Je ne sais pas ce que tu connais encore de ta vie. On ne parle pas de ce qui t'a amenée dans cette chambre. On ne parle pas de ce qui se trouve derrière tes fenêtres, tu ne me le demandes pas. J'aimerais que ce moment dure, voudrais m'y associer, dormir avec toi dans cette humeur insensée. Que personne ne te porte de quotidiens aujourd'hui, qu'aucun d'entre nous ne vienne à toi, griffé du Dehors. Tu es mon enfant absurde.

Tu sautilles sur ton lit, débranchée de la plupart de tes surveillances électriques. Dans quarante-huit heures, les médecins te feront subir des tests pour comprendre ce qu'il s'est passé, comment tu as pu mourir pendant quatre minutes. Tu fais maintenant partie de ceux qu'ils appellent les « 0,5 % de chanceux survivants à une mort subite ».

Tes gestes vifs m'alourdissent, je me sens gauche, empêtrée dans le souvenir très récent de nos colères quotidiennes, ce désespoir fatigué de vivre dans ce pays agressif que je porte seule, à présent. Pendant quelques instants, un sentiment mauvais me donne envie de te dresser des listes de ce que tu as oublié, sans doute. Puis tu croises les jambes dans ton pyjama trop grand, on tape à ta porte, d'autres amis rentrent, t'apportent des bonbons, des livres. Ils remplissent tellement l'espace de leur soulagement qu'au milieu d'eux, à la fin de l'après-midi, tu sembles à la fois petite, apeurée et disparue. Ils t'obligent au bruit, à la vie, quand toi tu reviens vers nous par intermittence.

Quand je te quitte, ma tristesse est une flaque qui me fait honte, on n'a pas idée d'être si lentement lourde quand tout le monde se réjouit autour de toi. En réalité, jamais depuis que je te connais tu ne m'as semblé aussi légère. Jamais je n'ai vu ton visage dé-préoccupé. Que faut-il te raconter de ta vie ou de la nôtre. Quand j'arrive vers dix-neuf heures au bout de l'escalier mécanique dans le couloir de la station Châtelet, je pleure.

VENDREDI

Ce matin, très tôt, tu appelles et, sans même un bonjour, ta première phrase, presque comme si tu t'éveillais au moment où tu prononces ces mots, est :
« Qu'est-ce que je fais là ? Pourquoi je suis là ? »
Je suis sur le point de répondre légèrement à ce que je prends pour une de tes plaisanteries, quand, à l'angoisse de ton souffle qui attend, je comprends que tu ne sais vraiment pas ce que tu fais dans cet hôpital. Alors, comme à une enfant avide d'entendre toujours la même histoire, je raconte encore, je cherche la meilleure façon de contourner la mort. Et quand j'en arrive à ce hasard immense, le médecin présent dans le café au moment où tu t'écroules, cette fragilité magique de ta survie, à l'autre bout du fil tu pleures.

On est Vendredi.

Lina t'a apporté un très beau cahier dans l'après-midi ; tu l'as remerciée, on est restées un peu toutes les trois. Puis elle s'en est allée et tu as dormi. À ton réveil, tu as regardé le cahier et m'as dit doucement : « Qu'est-ce qu'il est joli... C'est à toi ? », tu ne te souvenais pas du tout de la visite de Lina.

Veux-tu que je te rapporte un livre ? Ton pull bleu que je t'ai offert à Noël, peut-être ? On ira à la Cinémathèque dès que tu iras mieux, je t'apporterai le programme demain. Ces différents objets de conversation, des figurines que je remue sous ton nez, des parfums, et ça, mademoiselle, ça vous dit quelque chose ? Tu ne vois pas trop de quel pull je parle mais la Cinémathèque te fait sourire. Nos après-midi délicieux et cruels sont restés, eux, dans ta mémoire. Ces moments d'hilarité parfois quand on s'installe dans la salle et qu'on note les détails des habitués. Leurs coutumes insulaires, ces bouts de conversations qu'on attrape en passant près d'eux, « ...la version de 1934, bien sûr ! », leurs pantalons froissés comme des pyjamas, gris de passer d'un film à l'autre et leurs cheveux plaqués et ébouriffés à l'arrière du crâne, gardant la forme du fauteuil. Et ces projections, Minnelli, Mankiewicz, la quantité de films qu'on a aimés là-bas dont on ressort ahuries de rêves, presque courbatues de beauté.

VENDREDI SOIR

Je note les messages sur ton répondeur. Ce week-end, des silences abasourdis et des phrases confuses se succédaient, entrecoupés d'un mécanique : « Dimanche, à mi-di. » Depuis ton dégel, les voix émues hésitent à exprimer pleinement leur soulagement – mais comment, quel message laisse-t-on à une fille qui finalement n'est pas morte. Je dors dans ton lit, mange dans tes assiettes et toi tu te souviens de mes souvenirs.

Quand tu étais morte, je me disais, Émile, nous nous sommes hissées à hauteur de vie l'une l'autre depuis toutes ces années. Et il n'y a pas de et. Pas de suite à ce tour de force.

Ce soir, je n'en pouvais plus de rester seule ici et je suis allée à la Cinémathèque.

J'ai parlé à celle que nous avons baptisée toutes les deux la Petite Fille au Bout du Chemin. C'est elle qui m'a approchée dans le hall après la projection, s'étonnant de me voir seule (comme tu vois, il n'y a pas que nous qui observons les gens dans la salle…). Quand elle s'est présentée, son prénom m'a paru inventé, pseudonyme, tellement ce surnom que tu lui as trouvé lui correspond mieux.

Elle a semblé extrêmement affectée que tu sois à l'hôpital. Certaines personnes à qui je parle de tout ça sont touchées aussi, bien sûr, mais la plupart du temps je sens que les mots « mort subite » et l'incompréhension médicale qui règne autour de ton « accident », tout ça les ramène à une peur subite d'y passer aussi, il ne s'agit pas vraiment de toi dans ton lit d'hôpital.

Elle a proposé qu'on aille boire un café, viens, allons nous asseoir, on ne peut pas repartir comme ça. On ne se trompait pas vraiment quand on imaginait qu'elle vivait littéralement dans la Cinémathèque : elle vient ici tous les jours et voit au minimum deux films, souvent trois.

Je ne me souviens plus si tu avais choisi « petite fille » à cause de sa coiffure, ses très longs cheveux avec une petite frange courte coupée juste au-dessus des sourcils, ses collants de laine (pauvre petite orpheline, tu te souviens de ses collants gris, laborieux) ou encore à cause de son duffle-coat rouge, le même que toi quand tu étais petite. Tu notais, horrifiée : « Tu as vu, les manches lui arrivent au coude, elle ne l'a peut-être pas enlevé depuis sa sixième... »

C'est toi, toujours, qui as rajouté à « petite fille » : « Oui, mais alors... au bout du chemin la fifille, hein, au bout du bout à mon avis. » Quand elle prenait un café au distributeur avant la séance, on voyait ses mains trembler. Cette façon, aussi, de marcher légèrement de biais, un peu trouble, comme si elle tentait de contourner une gifle géante. On l'a remarquée à l'automne, on la voyait quelle que soit l'heure de la séance à laquelle on choisissait d'assister. Elle était toujours seule et autant elle nous semblait nerveuse et méfiante même avant de rentrer dans la salle, autant, dès qu'elle s'installait dans son fauteuil, elle semblait prendre sa place comme si ce fauteuil de cinéma était sa fonction même. Elle sortait un cahier, un stylo, on était sûres qu'elle était étudiante en cinéma ou même peut-être réalisatrice. Actrice.

Un soir, elle s'est retournée vers nous juste avant le film : « Je ne vous gêne pas ? », s'inquiétant d'être trop grande. Ses cheveux étaient relevés dans une drôle de demi-couette qui lui rajoutait des centimètres, elle a défait l'élastique : « Voilà. » Je t'avais fait remarquer ses pieds, admirables. Lisses et pâles dans leurs petites sandales spartiates en cuir marron. Le genre de pieds qui me font douter d'être une femme. Les femmes ont des pieds lisses, doux et pâles ou alors dorés et mats. Mais ces pieds d'ouvrière de la pirouette, ces pieds rêches d'abeille acharnée à les faire crisser sur un parquet blanchi de colophane, ce sont des pieds sans sexe, les miens.

Quel beau visage. Je me suis sentie gênée de mon plaisir à la détailler.

Hier, au café, elle parle sans discontinuer. Et puis le serveur arrive, qui nous rend la monnaie, et elle me demande si je n'ai jamais eu l'impression que se rendre la monnaie, tous ces gens qui nous rendent la monnaie, ou à qui on la tend, ce sont des haltes sensorielles, des garde-fous qui retardent les suicides.

Je lui réponds ah non, je ne vois pas trop. Ça se voit, dit-elle, mais sans méchanceté. Tu ne connais pas la vie normale, toi, l'horreur de la vie normale, la vraie vie. Ces journées. Comme un cahier apathique ! Ligne après ligne rayées, des additions de choses à faire, à accomplir pour ne jamais s'allonger dans le blanc trop vaste. Les petites balles de la vie quotidienne qui sifflent à nos oreilles… Et ces choix ! Ces cérémonies immuables… Le travail ? Ou… le travail ? Celui, rémunéré, qui répond à la question et toi tu fais quoi ? Ou alors, une merveilleuse et gracieuse carrière de femme – « chéri on fait quoi ce week-end »–, ah la mienne est en pleine déroute ! J'ai mal négocié tous les points es-sen-tiels ! Alors, tu ne vois pas, elle continue, la caissière du Franprix, l'énorme importance de cette main-là ?? Mais, certains jours, toucher la paume de la caissière du bout de mes doigts en la payant est un événement affectif ! Une douceur. Et souvent, tu sais, j'ai envie de lui dire, attendez mademoiselle, laissez-moi votre main inconnue car la vie me… fait mal et vous fait mal aussi d'ailleurs. Oh, je te le prêterai ce livre d'ailleurs, un recueil de petites douleurs… Alors, quand j'ai remarqué ça, je me suis demandé si continuer à payer en liquide était, je ne sais pas, une forme de sagesse, l'humilité de me soumettre à ma vie, ou si c'était simplement pitoyable de chercher sa paume avec des pièces. Et certaines le savent bien, elles portent des gants maintenant ! Plus de peau, plus de contact ! Il faut tuer les caissières de Franprix ! Bon. Non, bien sûr, non. Les remplacer par des machines alors ! Pour que ça soit sans équivoque ! Sans paume à effleurer. Rien. Être face à ce qui n'est pas là. Face au vide, pour...

Elle a eu l'air de chercher le meilleur des mots possibles, une fleur séchée oubliée dans un cahier, mais lequel déjà, a esquissé un petit signe – attends un peu, je vais trouver – puis elle a avalé son chocolat comme une petite fille à bout de souffle. La Petite Fille, tu avais raison, est vraiment au bout du chemin.

Quand on est sorties du café, elle a fouillé et sorti de sa poche un petit rectangle de papier, une notice de médicament. Cette notice, et elle m'a semblé presque émue en le disant, elle ne la quitte jamais. Cette chose lui a déjà, peut-être, elle a répété « peut-être », comme si ça n'était pas encore tout à fait sûr, sauvé la vie.

Samedi

Le médecin en chef de ton service parle de consulter un psy depuis que tu es dégelée. Il propose un nom qui officie à l'étage en dessous, spécialiste du « choc de l'expérience de la mort subite chez les proches ».

Lors de nos processus de plaintes, nous avons toutes les deux été expertisées par un psychiatre chargé de déceler dans nos mots la véracité de l'« histoire ». C'était assez proche d'un interrogatoire de police, toujours voir ses phrases comme des coups à jouer, les avancer une par une et guetter la question qui suivrait. Le tien avait pour habitude de plisser les yeux et de demander à voix basse : « Mais... dans votre enfance, il n'y a rien eu de... semblable ? », comme si ce que tu lui racontais n'était pas suffisant pour expliquer ton état « post-traumatique ».

Pour moi, j'avais conscience de mon cas « difficile », comme disait mon avocat, et lors de ma première séance, je m'en étais excusée :

« C'est un peu spécial... Je connais l'agresseur. » Il avait semblé ravi de mon « spécial », s'y accrochant très vite.

« …Pourquoi trouvez-vous que c'est "spécial", comme vous dites ? » Il entendait spécial comme : « Vous n'allez pas me croire mais ». Ou encore spécial comme : « Attention voilà une histoire qui ne ressemble pas aux pauvres petites plaintes que tu as l'habitude d'entendre toute la journée, la mienne est meilleure. » Là encore, diagnostic probable de mythomanie mégalomane. La pièce surchauffée bloquait les sons extérieurs de la rue de ses tapis sourds, leur épaisseur usée par les mots, toutes ces jérémiades qui avaient circulé dans cette pièce interrompues par une feuille de maladie à remplir. À chaque séance, j'examinais les pointes de mes cheveux, croisais et décroisais mes chevilles tout en prenant garde à respirer assez doucement, le temps qu'on soit délivrés tous les deux de ma présence. J'étais là pour tenter de convaincre. En réalité, ces séances me confirmaient qu'il aurait été préférable que je meure, mon cas serait devenu plus clair et enfin crédible.

Les femmes seulement violées ne provoquent pas d'empathie. Depuis que je vis sur l'Île, j'ai vu plus de films que pendant toute la première partie de ma vie. Les meilleures violées meurent, saignent, leur tête va de droite à gauche sous les coups de poing d'un homme aux mâchoires serrées, elles se débattent en poussant des cris déchirants quelques instants puis succombent en saintes et regagnent in extremis leur pureté en y laissant gracieusement leur vie. À défaut de mort, il faut qu'elles puissent témoigner de tortures. Qu'on les défigure. Brûle. Mais une simple pénétration de plus ou de moins dans un sexe fait pour être ouvert. Qu'est-ce que c'est.

Le rapport de l'expert psychiatre conclut que je présentais effectivement la plupart des symptômes des victimes de viol, chacun d'entre eux bien noté sur une échelle de cinq. Mais il ne fallait rien en déduire. Il lui semblait que je manquais de confiance en moi, de manière générale. J'étais peut-être fragilisée psychologiquement par mes « choix de vie » et ma situation d'exilée. Il termina par ces mots : « En résumé, il m'est difficile de me prononcer dans cette affaire. »

SAMEDI SOIR

(Quand j'ai commencé à prendre ces notes, il me semblait que tant que je t'écrivais tu ne mourrais pas. Mes descriptions de ce qu'il t'arrivait sans que tu en sois consciente te fabriquaient un plus tard. Si la rencontre avec la Petite Fille est présente dans ce qui aurait dû être seulement le « Journal de tes jours non vécus », c'est que pour le moment je ne sais pas t'expliquer les événements qui vont suivre autrement que de façon chronologique. Cette feuille-là a été écrite le soir du même Samedi.)

J'ai couru m'enfermer à la Cinémathèque. La Petite Fille au Bout du Chemin était là, en robe bleu marine (tu trouverais ça parfait avec son duffle-coat, manches trop courtes aussi), elle s'est plainte d'un début de, (ce sont ses mots) « migraine heureuse », allusion aux quatre projections de sa journée, *Messidor* d'Alain Tanner étant sa dernière étape.

« Un psychiatre spécialisé en proches ? » me demande-t-elle après la projection, presque hilare quand je lui raconte.

« Je croyais que c'était le cas de tous ! Spécialisés en parents, famille, mari... L'épanouissement de l'amour familial ! »

Ses proches à elle l'ont condamnée au psy et celui qu'elle appelle son « ami », lui, l'y accompagne pour être sûre qu'elle ne rate aucune séance. S'en est suivie une sorte de monologue sur les psychiatres et autres « surveillants de la norme », tu aurais adoré ça.

« ...Ces types attendent LE mot, ils creusent tout, ils peignent attentivement tes silences, on ne sait jamais ce qu'il y a à ramasser là-dedans, quelques sales petits secrets moisis, des poux de l'enfance... Faut-il... guérir de tout ? »

Puis, brusquement, elle a décrété :

« Alors que je crois que c'est depuis l'Élection. »

« ... Que quoi ? »

« Je suis comme ça depuis l'Élection. Colère, c'est générique. Fouillons... Hypnotisée ! Je passe mon temps, là, à guetter ce qu'Ils font, ce qu'Ils disent, ce qu'Ils votent. C'est comme si j'étais, je ne sais pas, nourrie de leur merde, mais nourrie quand même. J'attends en me haïssant d'attendre. Non. C'est plutôt : sidérée. Je passe mon temps à attendre que ça soit pire encore, la bouche ouverte à eux. Je suis devenue un horrible... égout ! »

Je repense à notre pacte à toutes les deux d'arrêter de commenter ce qu'il se passe dans ce pays, notre refus de le haïr passionnément, cet Élu, corps éructant de pantin hargneux. Cette impression d'être au centre d'un petit tourbillon d'eau régulier où nous nous faisons tous face en barbotant et en levant nos mains au ciel, oh comme c'est horrible. Cette fausse paralysie théâtralisée nous donne envie de vomir à toi comme à moi. J'ai donc apprécié qu'elle désigne l'Élection comme responsable de son malaise. Ça a un certain cachet.

J'inclus les feuillets qu'elle m'a laissés quand nous sommes arrivées devant chez toi.

Préambule à une Théorie de la Notice (ou de la Caissière ?)

« On me dit qu'il faut que je fasse... Des choses. Je ne fais rien il paraît, depuis que je ne travaille plus enfin je... Qu'est-ce que tu fais dans la vie qu'est-ce qu'on fait ce soir mais c'est que... La vraie vie, ce n'est pas la mienne elle ne me... Tient plus au, au... corps. Enfin je... »

Le médecin a relevé la tête, attendu la suite.

« ...Je crois que c'est depuis l'Élection. C'est. C'est le triomphe du et toi qu'est-ce que tu fais, vous voyez ? Ah, il agit il... trie les corps ! Et moi, je... regarde... »

« On peut résumer en disant que vous n'arrivez plus à... fonctionner ? »

Il n'avait pas envie de mordre à l'élection mais s'inquiétait de ma possible oisiveté.

« Il faut faire quelque chose mademoiselle, il faut redevenir productive, productive de votre propre vie ! »

J'ai souri, j'attendais qu'il mette la main devant sa bouche en s'excusant, quelle blague, vous avez vu les mots que nous employons, c'est à peine croyable, vraiment, voyez comme il faut rester vigilant, nous sommes broyés, mademoiselle, broyés par les mots qu'on emploie. Mais il a simplement fini de rédiger l'ordonnance d'un air affairé, satisfait de me trouver quelque chose à faire, même si ça n'était qu'avaler, finalement. Puis il m'a expliqué que le calmant qu'il ajoutait diminuerait les effets secondaires du premier médicament prescrit et m'aiderait à dormir. J'ai croisé mes pieds sous la chaise.

« Il faudrait parler, aussi. Mettre des mots sur tout ça. Je vous donne l'adresse d'un confrère, très bien très humain. »

Les mots, ces derniers temps, j'y vois des alarmes cachées. Je sens presque physiquement mon corps s'engouffrer dans les mots. Ou peut-être que justement, non, c'est l'inverse : les mots m'engouffrent, si l'on peut dire. Son « très humain », par exemple, ce label dont il a affublé le psychiatre, eh bien, ce mot m'a offert un petit moment de joie volée. Très humain.

Je suis ressortie de là avec une ordonnance pour un médicament assortie d'un : « Vous n'avez plus le choix maintenant, il faut le prendre, allez. »

Ce médicament est autorisé dans les États membres de l'ESPACE ÉCONOMIQUE EUROPÉEN sous les noms suivants.

Des symptômes tels qu'une agitation ou des difficultés à rester assis ou debout tranquillement.

Informez immédiatement votre médecin.

Vous pourriez parfois ne pas vous rendre compte des symptômes mentionnés ci-dessus, et par conséquent, vous pourriez trouver utile de demander à un ami ou à un parent de vous aider à observer d'éventuels signes de changement dans votre comportement.

À la première lecture de cette notice, j'ai essayé de me raisonner, il ne faut jamais lire les notices, tu le sais bien, on me disait quand je la mentionnais. Il ne faut pas regarder les descriptions de maladie sur Internet non plus.

Allez. Arrête de déconner. Prends-les. Prends-les. Allez. Le fait même que je téléphone à des gens pour leur parler longuement de la notice semblait être devenu un symptôme. J'espérais trouver des alliés, que quelqu'un s'éveille, c'était bien ça le sujet. Dans leur silence patient, je sentais l'envie que j'en finisse, que j'arrête de m'alerter, peut-être que je parlais trop fort, ce boucan à propos de rien. La notice leur paraissait être ce qu'elle était : une notice de médicament. C'est comme ça.

Chaque matin au réveil, je tentais de passer de leur côté. Il fallait « faire quelque chose ».

Tu ne vas quand même pas rester dans cet état. À quoi ça sert de souffrir. Si tu avais mal aux dents tu prendrais bien quelque chose eh bien ta tête c'est pareil.

Je sortais la Notice de la petite boîte propre et formidable. Relisais. Les mots de la Notice étaient de bons mots implacables. Ils me désignaient d'un doigt ferme, m'avaient choisie comme élément à réparer. Ils sauraient faire. Chaque matin, ma mère me demandait si j'avais commencé. Chaque soir mon ami me demandait si enfin j'avais commencé, quand même, maintenant. Je disais non je n'ai pas commencé. J'attends encore un peu. Mais qu'est-ce que tu attends enfin, prends-les. Allez. Prends-les.

« JE CHERCHE BEAUCOUP PLUS QUE JE NE TROUVE, MAIS J'AI CHERCHÉ DES GENS QUI TROUVAIENT. » (Sylvie Guillem)

Mais comment tu vis le soir, tous les soirs, seule dans ton camion, la Petite Fille au Bout du Chemin demande. J'ai eu envie de dire exactement la vérité, m'en débarrasser. Le soir, je pars à la recherche de nouvelles vidéos de danse, en fouillant sur le Net comme dans des meubles, on dégotte parfois un morceau de soirée à l'Opéra ou au New York City Ballet auquel on n'a pas encore goûté.

Je mets toujours un casque pour le son. Tu te rends compte de l'absurdité, je suis sur une île où personne n'habite, dans un camion, au milieu d'une forêt. Et je mets un casque. Les premières mesures de la Coda de Don Quichotte retentissent, l'image est un peu tremblante, Baryschnikov tend la main, une invitation vers l'arrière de la scène, c'est certainement le théâtre Marinsky, on voit nettement la scène en pente particulière aux théâtres russes. On dit que c'est ça qui fait paraître les danseurs russes si légers, en suspens au-dessus des autres, cette pente.

Gelsey surgit plus qu'elle n'arrive. On ne la voit pas arriver, elle laisse ça à ceux qui font un pas à la fois. Gelsey ne sait pas marcher, elle se sert de la terre, elle cajole le sol de ses orteils de satin et d'acier, implore du bout des pieds puis d'un coup de poignet clôt la conversation, déboulé déboulé, grande quatrième.

Ah, tu fais de la Danse ? demande la Petite Fille et je dis : j'étais. J'étais danseuse.

En ce moment, je cherche le *Casse-Noisette* de 1977.

À toi, je n'ai pas vraiment décrit l'ampleur et la fréquence de mes soirées nostalgie. Je reste vague, te parle de films. Je crains que si je mentionne ces vidéos tu n'en profites pour refaire un essai, « quand est-ce que tu te remettras à danser ». En retrait, je regarde, pour l'instant.

Sur les vidéos on n'entend pas le halètement des danseurs, aucune image ne suit la sueur qui modifie la couleur des justaucorps. Le long des côtes d'abord, juste en dessous des bras, puis, une mince ligne, très vite, entoure les seins, semblable à un maillot de bain liquide, pour finalement les recouvrir entièrement. Les petites gouttes dans les cheveux fins et légers des tempes contournent l'oreille et serpentent au cou. Dans le dos, maintenant, la tache s'étale, avance le long des vertèbres, arrêtée par la cambrure des fesses.

On ne quitte pas facilement la fonction de danseuse. La Danse colle au corps, on peine à savoir se tenir comme les gens normaux, qui ne dansent pas, légèrement affaissés, redevenir un corps qui ne sait rien en faire. Le dos rectiligne doit réapprendre à adopter la courbe banale et molle des dossiers de chaise, les pieds qui suivaient l'ouverture exagérée des hanches repassent en parallèle comme on rentre dans le rang, un matin, on ne s'attache plus les cheveux en chignon, tirés à l'extrême, et tel un bijou qu'on ne porterait plus, le cou finit par abandonner cette belle arrogance, ce cou qu'on sentait vivant jusqu'aux cheveux, une addition d'osselets intelligents.

Je t'ai appris à repérer les danseurs dans la rue, toi tu m'as enseigné ce qui signale les flics français en civil.

DIMANCHE

Est-ce que tu te sens mieux, as-tu bien dormi et le médecin, est-il passé ? Tes « oui » tombent au milieu de mes phrases, des moineaux affolés. Puis, comme un post-scriptum sans lequel un texte serait incomplet, tu t'enquiers :
Mais… Qu'est-ce que je fais là ?
Tu as eu un malaise samedi dernier.
Ah oui ? Un malaise ?
« Ils ne te trouvent rien pour le moment. Ton cœur … »
Tu me coupes la parole : « … que je connais, est empli de rayons. *Histoire du cinéma*… Tu me l'apporteras ? »

Quand j'arrive dans l'après-midi, tu es entourée de trois personnes que je ne connais pas. Tu me les présentes fièrement : « Ma directrice est venue me voir tu te rends compte », mais celle que tu désignes te regarde comme si tu venais de faire une bonne blague, « ah non, je ne suis pas ta directrice malheureusement » elle explose, il y en a trop de ce rire, toi, tu souris, doucement embarrassée. Ta directrice vient de repartir, l'infirmière corrige.

Tu t'empresses de redevenir celle qu'on attend que tu sois, tu vas au-devant des peurs de chacun de tes visiteurs, te lèves et te lances dans des semblants d'entrechats. Te voilà si gaie que j'ai peur que tu ne pleures d'un coup, comme les enfants en manque de repos. Tu annonces, Reine qu'on ne saurait contrarier, que tu commences à te souvenir de choses, personne ne demande quoi. Le médecin m'attire dans le couloir, il faudrait que l'on te fasse travailler ta mémoire, la spécialiste préconise de lire un article de journal chaque jour avec toi et de voir ce qu'il t'en reste le lendemain. Quand je reviens dans ta chambre, tes amis s'en sont allés.

À moitié hors de ton lit, on dirait que tu viens de poser du blush rose sur tes joues, tu pointes du doigt la jeune infirmière qui note des chiffres dans un grand cahier face à toi.

« Elle ne me croit pas ! Dis-lui, toi, que c'est vrai... Tu sais, quand il a fait si froid, cette famille bulgare, les, les Valienkov, qui vivaient dans l'hôtel atroce, à soixante euros la nuit et en bonus t'as les cafards, le moisi et la... comment on dit... salmonellose, non, enfin, c'est... insalubre quoi. Bien sûr que je l'ai ouvert au pied de biche l'appartement vide dans l'immeuble de mes parents ! Oui ! Pas vrai fifille ? Mais elle... », tu me désignes, « ses bras en spaghetti trop cuits, c'est pas... alors que les pieds, hein, c'est du sérieux ! Je vous jure, elle a tapé dedans, c'est Princesse Hulk celle-là ! »

L'infirmière me sourit, amusée et affairée. Tout ce que tu racontes est rigoureusement exact, chaque détail véridique.

« Et l'écrivain archiconnu pseudo-philosophe qui habite au-dessus, ah, il était là, je suis de gôôôche évidemment, je ne suis pas raciiiste mais vous n'allez pas, quand même, que va-t-on faire de ces gens-làààà, oh la, avec son pyjama calamiteux et il essayait de m'enlever le matériel des mains dis donc ! Il faisait des petits bruits pénibles, tu te souviens, ouin ouin ! Allez hop, tu retournes te coucher, l'appart était vide et là il est plein, c'est magnifique c'est Noël. Au pied de biche et au pied de danseuse. »

L'infirmière m'a adressé un petit geste rassurant de la main en sortant doucement de la pièce. Je m'assois près de toi sans te prendre la main, tu n'es pas si malade aujourd'hui. Si tu connais ce récit vieux de plus cinq ans dans tous les détails que tu en as donné, que te reste-t-il de nos Mardis.

Tes mots sont étiquetés de façon fantaisiste. Certains ont perdu leur contenu, ne t'évoquent plus rien et d'autres au contraire n'ont pas bougé, tu les sors de ta tête joyeusement, comme ce récit épique raconté sans censure devant l'infirmière. Mes bottes te semblent neuves chaque matin et le récit de ta mort subite, lui, ne pèse rien, auquel tu ne sembles pas pouvoir t'agripper. Je suis parvenue à une version allégée qui semble nous satisfaire toutes les deux. Tu étais au café, tu as perdu connaissance, le médecin présent dans le café t'a – je ne dis pas maintenue en vie – ranimée en attendant les pompiers, qui t'ont amenée à l'hôpital. Pas de coma ni de corps gelé dans mon résumé.

Tu te souviens de la chienne, Giselle, qui essaye sempiternellement de dormir sur un coussin trop petit pour elle, pelotonnée en escargot, attristée quand une patte dépasse du coussin parce que alors elle doit se rendre à l'échec de son état d'enfance fantasmée.

Tu parles de l'Île, beaucoup, et du camion aussi, mais sans préciser qu'il ne fonctionne plus. De la couleur des yeux du Pélican, tu t'extasies comme si on venait de le quitter. De la Suède, où nous allons rejoindre quelques-uns de tes amis, il y a deux étés, du bateau que l'on prend pour aller sur une île à peine plus large que la mienne aujourd'hui, Ingmarsö, si parfaitement tenue quand on s'y promène qu'elle nous effraie un peu et qu'on cherche des mégots de cigarette sur tout le chemin sans en trouver un seul. De Mademoiselle Non et de Gelsey Kirkland, « si maigre », tu grimaces en l'évoquant. De mes premiers cours de danse dans le silence et même des crêpes d'Elisabeta la pianiste, tu peux tout retracer. Tu t'étonnes que j'aie oublié une soirée de ballet qui t'a enchantée à l'Opéra, il y a des années. Tu me demandes si le programme de la Cinémathèque est bon, tu as hâte d'y retourner quand tu seras mieux. Peut-être, me dis-tu, oui je vois peut-être qui c'est, mais je n'ai pas l'impression que tu te souviennes de la Petite Fille au Bout Du Chemin.

Tu m'arrêtes d'un geste fatigué de la main, passons à autre chose, quand je mentionne tes questionnaires. Oui, tu te rappelles ce week-end à la mer avec Bintou, la petite fille de dix ans qui habite l'immeuble en face de chez toi. Et de toutes ces photos ratées qu'on a prises d'elle et de nous, elle en est presque absente, noyée et floue. Parce qu'on règle tout sur le blanc, constates-tu, amère. Tu te souviens de cette dame sur la plage qui caresse ses cheveux tressés d'un air émerveillé et lui demande d'où elle vient. Et Bintou qui répond patiemment trois fois de suite « de Paris, XVIIIe », même au moment où la femme éclate de rire et reformule sans cesse sa question non vraiment elle est adorable mais d'où viens-tu *vraiment.*

Tu me racontes, perplexe, cette employée d'un organisme de surveillance sociale qui, un jour que tu t'acharnes à lui expliquer un retard dans tes papiers, te répète : « Je note votre appel. Mais votre appel ne stoppera pas le pro-ce-ssus. »

Tu demandes si je ne pourrais pas t'apporter un gâteau au chocolat « puisque c'est la seule chose que tu saches faire, fifille », tu n'as pas oublié. Tu dis oui, quelle question, je m'en souviens très bien des jeunes, Anthony, Carina, Foulé, tu te tais un moment et tu remontes ton drap presque sous tes yeux, je ne sais pas si c'est parce que tu penses à Miroslav retrouvé pendu dans sa cellule, tu ne dis rien de plus.

Tu me demandes si j'ai toujours peur. Heureusement, j'attends la fin de ta phrase avant de répondre. La peur dont tu parles, c'est la tienne quand tu venais, tout au début, dormir avec moi dans le camion et que tu nous imaginais encerclées d'animaux et de villageois malins. Tu confonds tes peurs et les miennes.

« Tu te rappelles… », et tout de suite je m'en veux de ne pas avoir soupesé cette phrase, ce sondage inquiet auquel on te soumet sans relâche.

« Quoi ? »

« La traduction des Afghanes, tu sais, la soirée où on était allées… ». Je ne sais pas pourquoi je pointe ça comme test, peut-être parce que c'était il y a quinze jours à peine et qu'on en était sorties légères et bavardes.

Ce soir-là, quelques-unes de tes amies accueillent deux jeunes Afghanes membres d'une organisation clandestine dans leur pays, RAWA, composée uniquement de femmes. Paris est une escale dans leur tour d'Europe. Elles souhaitent s'exprimer en anglais pour ne pas être à la merci de l'interprète officielle de l'ambassade qui les suit partout depuis leur arrivée et dont elles se méfient. Tu m'as demandé de traduire. Quand j'arrive, l'organisatrice me désigne une petite pièce où elles se reposent. On m'a parlé d'une Gena. La jeune femme en pull-over bleu marine et jean qui me tend la main se présente sous le nom de « Sonah », plus tard on m'explique que, recherchée par les talibans, elle doit changer en permanence. Son sourire me paraît étrangement mécanique, une ponctuation polie qui vernit son inquiétude. Elle s'enquiert de sa sécurité, sommes-nous prêts à faire face à une possible intervention des partisans du régime afghan. Veut savoir qui je suis. Pourquoi je traduis. Pour qui. Je balbutie que je ne suis personne, je traduis souvent pour de l'argent et, ici, pour rendre service à une amie, je te pointe du doigt dans la salle.

Gena/Sonah ne baisse jamais la tête vers ses notes.

À certains moments mes mots s'emmêlent, je dois reprendre, alors toi, cette image est comme un petit médaillon tant elle m'est douce, tu me fixes avec ce mélange d'anxiété et de fierté, penchée en avant, un peu rouge, ton sourire d'encouragement me donne l'impression d'être sur une estrade de spectacle de fin d'année à la maternelle.

Gena/Sonah tient un verre d'eau décoré d'une figurine de manga, ses doigts tracent nerveusement le contour d'une petite sirène armée pendant qu'elle assène que les Afghans préfèrent mourir d'une guerre civile que de vivre avec plus de quarante et un pays d'occupation sur leur sol. « *Say that again, please* », elle se tourne vers moi, impérieuse. Je répète. Elle préfère mourir.

Après le débat, quand elle me remercie, toi et moi avons douze ans, nous voulons lui écrire, nouer un lien avec tout ce courage, aller avec elle à Kaboul, être extraordinaires, mais la main qu'elle tend m'éloigne d'elle et de sa vie formidable et nous repartons avec une adresse mail anonyme – « mets que c'est pour Sonah, on saura que c'est moi ».

Tu te souviens très bien de l'Afghane en jean obligée de vivre au Pakistan pour rester en vie, qui apprend à lire à des petites filles dans le silence des appartements clandestins, tu n'as pas oublié non plus qu'en sortant de la salle notre excitation de l'avoir rencontrée s'était transformée dans le métro en silence dessaoulé. Toute cette bravoure, ses jolies mains crispées autour de son verre à moutarde pendant sa récitation de chiffres et de mortes. Et nous, qu'est-ce qu'on faisait là ?

Aujourd'hui, on ne comprend plus très bien ce que tu fais dans cet hôpital, ta seule maladie est d'être morte il y a une semaine sans raison et, le matin, de ne plus bien savoir ce qu'on t'a dit la veille. Il me semble que ce que tu ne sais plus ne te manque pas. Comme si tu l'avais délibérément sorti de ta mémoire.

Alors je ne te dis pas que Pina Bausch et Merce Cunningham viennent de mourir, là voilà ton année sans plus de mouvements, je ne raconte pas les feuillets de la Petite Fille au Bout du Chemin qui trimballe dans sa poche une Notice d'antidépresseurs pour ne jamais les prendre ; ta façon de m'accueillir le matin, souriante, presque inquiétante d'adolescence, est une banderole que tu agites devant nous tous : non merci, non.

Il neige quand je remonte l'avenue. On vieillit par à-coups peut-être, comme ça, en petite complice de mots clés censurés. Je te fais l'amitié d'être une télé minable, un divertissement pailleté, je ne dis rien, n'insiste pas. Je ne lacère pas ton monde que tu reconstitues en parc d'attractions glorieux et attendrissant.

Année-Sans-Mouvement-métro-Saint-Ambroise-Procès-Élection. J'accélère pour sentir l'arrière de mes cuisses s'allonger au moment où mon talon attaque le trottoir. Dehors, le sais-tu, le soir aidant, on ne distingue plus très bien les expressions des visages de ceux qui marchent vite pour enfin pouvoir aller – et ils emploient ce verbe – se « poser » chez eux, conscients de ce fardeau, un corps lourd de rien, vide de dommages avalés comme autant de sévices consentis. Les lampadaires en font des tas tristes attentifs à ne pas se frôler. Dans le métro, ils s'affaissent, les bras repliés autour de leur tête, se protègent des coups qu'ils ne rendent pas.

Quand je sors du métro, un message s'inscrit sur mon téléphone. « Et toi fifille ? Tes mots clés ? »

Lundi

J'ai rangé l'intérieur du camion ce matin et chaque objet retrouvé par terre ou dans mon tiroir me renvoie à toi. Quelques questionnaires. Affiche A4 du film *La Rumeur*, les visages noir et blanc de Shirley MacLaine et Audrey Hepburn, toutes deux inquiètes et affûtées, des souris au visage penché. Et un ancien tract annonçant la conférence d'une « spécialiste du viol » anglaise. On était avides de l'entendre, moi je traduisais, les quotidiens parlaient d'un « regard nouveau sur la violence sexuelle ».

Il est possible d'éviter le viol. L'agresseur choisira pour victime celle dont il estime qu'elle ne se défendra pas. Un agresseur sent ça. Il existe des femmes violables et d'autres pas.

J'ai prononcé ces mots rassurants, Notice pour ne pas faire partie de ces petits corps fébriles. Dans la salle, les filles prenaient note, appliquées. J'ai continué de traduire même lorsque tu t'es levée, quittant la salle. Quand j'ai enfin pu te rejoindre dehors, tu m'attendais, adossée à une voiture, les bras croisés, accusatrice.

« Viens ! On y retourne. »

Non, ça suffit Émile, on s'en va, c'est bon, toi tu insistais, viens, on va lui en coller une, viens, on va lui demander ce qu'elle veut dire par là.

Tu m'as toisée. Puis, rapide, tu t'es dirigée à l'intérieur où se tenait celle-là qui classait nos corps. Bien sûr, je m'y attendais, tu es montée sur l'estrade. J'espérai seulement que tu ne me pointerais pas du doigt, ne me dénoncerais pas aux autres. Presque tranquillement, tu as sorti un bout de feuille de ta poche, sans doute rédigé dehors. Tu as alors demandé qu'on t'écoute. La jeune Anglaise s'est tournée vers moi, cherchant dans mon regard une explication, un clin d'œil moqueur à ton encontre, qu'elle est drôle cette petite jeune femme, elle va nous faire un discours, déclamer quelque chose peut-être ?

Mais ton texte faisait que mon cœur, plus inégal encore qu'à la fin d'une diagonale d'assemblés jetés, valdinguait, tes mains pâles que je connais imprimaient leur frémissement au papier qu'elles tenaient, mais le sol, tu l'accrochais de tout ton poids. Pas une de tes phrases ne commençait par « pourtant » (comme dans : ça m'est arrivé et pourtant j'étais inviolable). Tu as simplement énuméré nos cas, celles du Mardi soir. Comme une élégie. Ta voix a pris un ton d'embruns, de houle, on te voyait plus haut que nous, à la proue d'un bateau, appelant dans le vent. À mon prénom tu as rajouté « danseuse/se tient si droite » et ce dernier point était une réponse à l'affirmation de la Spécialiste en serrurerie de ventre qui avait pointé du doigt – faute ! – « cette propension des femmes à envoyer le mauvais signal, en se tenant un peu voûtées, fuyantes, pas sûres d'elles dans la rue ». Quelques personnes dans la salle t'ont applaudie, les autres ont continué de te tourner le dos, marquant leur allégeance à cette découverte, un corps nouveau sur le marché, inviolable, que ni toi ni moi, ni la fille araignée, ni aucune de celles du Mardi soir n'avait pensé à endosser.

Quand tu es redescendue de l'estrade, un petit groupe ricanait doucement, un regard de pitié pour ton corps malhabile et ce tee-shirt à moitié sorti de ton pull, il te faisait une mignonne queue-de-pie verte. Une fois dans la rue, tu m'as gratifiée de ce que tu imagines être un entrechat, le bout de ton nez était rose quand tu as essuyé tes joues. Nous sommes allées fêter ça dans mon restaurant végétarien préféré – « viens on ne mangera rien qui ait une âââme », tu te moques de moi quand nous sommes toutes les deux, mais refuses de toucher une cuisse de poulet en public, « parce que ça m'emmerde qu'on t'emmerde ».

La petite fille au bout du chemin

Elle s'est fait renvoyer de là où elle travaillait pour faute grave. Elle lève les yeux au ciel en prononçant graave. Ne tient pas à détailler ce qu'elle faisait avant, parce que justement c'était avant et elle ne le fait plus. Elle dit : « Moi je n'ai pas de souvenirs. »

Quand on s'adresse à elle, un serveur dans un café, un clochard sur un banc de métro ou moi, elle hoche la tête très vite, vorace de bouts de phrase à grignoter, « hmm ».

Elle vole. Tout est volé chez elle, tout, elle me sourit fièrement et, d'un grand geste, ouvre grand son manteau rouge comme une exhibitionniste. À l'intérieur, elle a cousu des poches conçues pour ranger discrètement ses acquisitions. Elle parle d'entraînement, d'une question de souffle et de sport. Voler pour ne pas avoir peur, dit-elle, pas pour les objets eux-mêmes. Elle sourit et trace de petits cercles dans l'herbe avec sa main quand elle décrit le regard d'horreur de son ami devant sa théorie de la caissière, « comme s'il faisait face à une erreur embarrassante et... puante, oui, c'est ça, je sens mauvais des mots ! »

Je lis les textes qu'elle me tend, certains sont récents, me concernent, d'autres pas du tout, elle note, accumule, se rend aux mots pour ne pas en être renversée.

Il y a deux jours dans ce grand magasin une femme m'interpelle par un prénom qui n'est pas le mien, aux sonorités voisines. Devant mon manque de réaction, elle s'excuse, ne se souvient plus de mon nom exact mais de moi, oui. Très bien. Et des images précises encore. Elle cite deux dîners à Paris où nous nous serions croisées, des amis communs. Puis, très vite, et à ce moment-là les gens qui nous bousculent se placent entre nous, tendant un bras en travers pour s'emparer d'un pull ou d'une jupe, aussi déplacés que s'ils entraient l'air de rien dans une salle de bains, elle me confie que ça tombe bien qu'on se rencontre. Parce qu'il lui arrive quelque chose d'inquiétant, elle va devoir suivre un traitement. Elle ajoute, « Mais ça n'est pas vraiment de la schizophrénie. Non... La solitude me ronge. »

Peut-être qu'elle emploie le mot "me pèse". Très mal à l'aise, prétextant mon portable qui vibrerait dans ma poche, je sors du magasin. Elle hurle mon nom sur le trottoir où la foule bête va d'une vitrine à l'autre, aimantée, je suis d'une lâcheté banale, garde le téléphone collé à mon oreille comme si celui-ci allait conserver mes idées rangées dans ma tête qui menaceraient de se dévider. Elle se rapproche. Tout près. Désolée, elle me sourit doucement : « Tu n'allais pas partir comme ça quand même, sans me dire au revoir ? Excuse-moi... Je m'entends quand je te parle. Ça me fait peur aussi cette... hémorragie de mots. Je suis si. Seule. » Elle répète ce mot d'un air pensif, sans peine apparente, comme si elle constatait l'étendue des dommages d'une maison dévastée.

Je m'acharne à noter ce genre d'aspérités de journée. Examiner ma peur. La crainte, d'abord, de la supériorité troublante du cerveau de cette femme puisqu'elle parvient à mettre un nom sur mon visage, alors que, même aujourd'hui, aucune image d'elle (et en quelles circonstances ?) ne me revient. Puis l'autre peur, minable celle-là, la peur d'être « avec » elle, de reconnaître dans ce qu'elle me raconte ma solitude, mes symptômes, simplement plus avancés, nus.

À mettre en parallèle avec un autre événement pour la Théorie de la Caissière.

Qu'est-ce que j'en pense, de ce texte, me demande la Petite Fille, et la lumière rougeâtre du café dont nous sommes les uniques clientes transforme en halo seventies les cheveux échappés de sa natte qu'elle a fixée, une couronne russe, une distinction quelconque, autour de sa tête. Elle me fixe puis, brusquement, se rapproche en faisant grincer sa chaise, ma cuisse est entre les siennes. S'excusant par avance de ses mains froides, elle relève mes cheveux. Elle, elle sent la violette chaude.

« Dis donc... Tu ressembles un peu, voire beaucoup à Voltairine de Cleyre. »

J'ai éclaté de rire pour la première fois depuis une semaine. Qu'est-ce que ça te ferait rire, ce nom, Voltairine. Pourquoi pas Voltairette.

Elle relâche ma queue de cheval, gênée : « Quoi ? On te le dit tout le temps, c'est ça ? Oui, mais moi, je suis en retard de tout... Il y a six mois, je ne savais même pas qui c'était... »

J'apprends ce soir-là l'existence d'une Voltairine de Cleyre née en 1866, féministe et anarchiste américaine. La Petite Fille promet de m'apporter ses conférences, ses poèmes un de ces jours, « tu seras soufflée » m'assure-t-elle.

Je t'appellerai donc Voltairine, si ça ne te gêne pas Voltairine. Pardonne-moi de t'ensevelir sous ces feuilles volantes, comme on disait au lycée. J'ai retrouvé celles-ci hier soir, et j'aimerais que tu les aies avant que l'on se revoie. Ne tiens pas compte de tout, saute ce qui t'ennuie, c'est uniquement pour ce que j'ai écrit de vous deux que je te laisse ces mots. Va savoir.

FÉROCEMENT LYCÉENNES
Effets indésirables : tentatives de suicide, comportement hostile, d'opposition et de colère.

Les M & M's m'ont brisé le cœur, je me répétais cette phrase en rentrant chez moi, ça me faisait rire mais je m'essuyais le nez et les yeux de ma main libre, il était une heure du matin passée. Quand j'ai ouvert la porte, il s'est très légèrement reculé dans le canapé pour avoir une meilleure vue d'ensemble de ma personne ou peut-être parce que ce corps dont tout s'écoule peu à peu (larmes/sang/humeurs/vie) le dégoûte un peu.

« Mais d'où tu viens ? Et c'est quoi cette tête ? Tu as pleuré ? Dehors ? »

Pleurer dehors était un signe de déchéance certaine, je pleurais dehors et il pleuvait tous les jours, nous étions en août et je venais enfin d'être licenciée pour faute et pouvais retarder au moins jusqu'à la rentrée mes recherches d'emploi, en vérité je n'avais rien à faire de la journée, sauf échapper aux injonctions chimiques de mes proches, vas-y prends-les prends-les. Je n'évoquais plus trop la Cinémathèque à ceux qui s'inquiétaient de mon non-emploi du temps. Confesser que j'y passais tous mes après-midi était certainement une chose qui aurait eu sa place dans la Notice.

« Une cinémathèque ? Ça doit être un peu... austère pour toi en ce moment, non ? Pourquoi tu ne vas pas au cinéma, plutôt ? », m'avait-il dit en voyant le programme du mois d'août collé au frigo, horaires soulignés, rassurant, au moins deux films que j'avais envie de voir chaque jour.

L'Aventure de Madame Muir, Monika, L'esprit de la ruche, Badlands, L'Homme sans frontières, La Drôlesse, The Appartement, Cria Cuervos, Messidor, De l'influence des rayons gamma sur le comportement des marguerites, Comme un torrent.

La pelouse tout autour de la Cinémathèque était sèche, folle, clairsemée et indécise. Ça m'allait. La salle, pleine de transfuges urbains en apnée, comme moi. Avant de s'asseoir, ils se cherchaient une place comme les chiens tournent sur leur vieille couverture et la froissent de leur patte pour la rendre plus familière. Puis, une fois installés, ils rangeaient dans leur sac le livre en cours qu'ils tenaient, vérifiaient plusieurs fois que leur portable était éteint, relisaient le programme qu'ils semblaient déjà connaître comme une prière ou une recette de cuisine. Des jeunes femmes, des couples au même pantalon gris et froissé, pâles, aux cheveux ébouriffés, épais et secs. L'air conditionné de la salle m'épargnait, me permettait de ne penser à rien. Je ne connaissais personne et on ne se saluait pas. Tant de spectateurs venaient seuls que personne ne me remarquait ; j'espérais qu'eux, par contre, ne se rendaient pas compte que je les observais. Tous prenaient beaucoup de notes avant et pendant la projection.

Elles, elles détonnaient un peu, me faisaient penser à des saisonnières ravies qui retourneraient à l'UGC ou au MK2 dès que les superproductions de la rentrée s'annonceraient. Une fois, elles avaient pris place juste derrière moi et les genoux de la grande blonde aux cheveux très longs, poussaient doucement mes omoplates, un massage irrégulier.

Ce soir-là, celui des M & M's, la plus petite a commencé par renverser sa boisson (qu'on n'avait pas le droit d'apporter dans la salle) avant le film. S'en est suivie toute une histoire de mouchoirs quémandés à leurs voisins, de fous rires et regards anxieux vers nous, cette caste à l'autorité sévère. Et puis la grande blonde a opéré méticuleusement une sélection dans ses M & M's. Elle les triait, avalant méthodiquement les rouges, les jaunes et les marron. Quand elle n'en a plus eu que des verts, elle les a alors tendus à sa compagne qui l'a remerciée d'un sourire calme. Ce geste-là m'a vidée, renvoyée à mon néant rempli de paumes de caissières indifférentes. Quelqu'un. Qui protégerait mes manies absurdes. Qui ne les guetterait pas avec anxiété, la boîte d'antidépresseurs brandie au moindre soupçon.

Après la projection, j'ai repris mon vélo. Tout divaguait, même la route, mes larmes, disciplinées au début, joue droite, joue gauche, ne répondaient plus à rien. Je tenais le vélo d'une main, essayant d'avancer quand même mais les roues me heurtaient le mollet. J'ai fini par m'asseoir sur le bord du trottoir, le vélo couché à mes côtés. Pleurer à la maison était devenu périlleux : dès que j'avais seulement les yeux brillants, il brandissait la boîte de la Notice. Enfin vas-y, tu vois bien... Prends-les !

Mes larmes ne démêlaient rien en vérité, elles ne faisaient que dévider des monceaux de morceaux de moi, enchevêtrés et inutiles. Cette peine. Ce n'est pas seulement que je souhaitais un coude touchant le mien sur l'accoudoir de la Cinémathèque, non, après tout, s'il n'y avait eu que ça, j'avais toujours le coude de celui que j'appelais encore mon copain, malgré mes hurlements des dernières semaines, la théière chinoise jetée par terre et des insultes parfois aussi. Ce qui me laissait, ce soir-là, assise sur un trottoir, c'était la façon dont les coudes de ces deux filles s'organisaient. Naturellement, sans se pousser, ergonomiques presque, je les voyais se partager l'accoudoir d'une façon signalant l'amour tressé, si bien mêlé qu'il n'en a même pas l'air, d'un amour, il avance, simple, presque raide de nudité, cet amour.

Quand j'imaginais leur rencontre, je pensais que tout avait sûrement commencé dans un lycée. Je les voyais peindre ensemble peut-être, je ne sais pas pourquoi, par contre je ne les imaginais pas poussant des landaus côte à côte. Il y avait quelque chose de férocement lycéen dans leur façon de venir ici à n'importe quelle heure avec leur sac en plastique rempli de canettes et de M & M's.

Parfois, il n'est plus question que de films, ceux que nous allons voir toutes les deux, après l'hôpital :

Les couleurs du Technicolor me plongent dans des états psychotropes ! Violet des rideaux, et ce lilas dans le coin de la pièce qui renvoie aux gants de Lauren Bacall, bleutés. Et le marron noyer de ses cheveux épais, ondulations lustrées sans doute. Ils font penser à un mouvement de musique, un animal adorable. Je ne me souviens plus de ce film de Douglas Sirk où des gouttes de diamant défilent au côté des noms pendant le générique de début, mais souvent je me retrouve à ne supporter le monde (et ce qu'il solde, dilapide, crache) que grâce à Douglas Sirk et ses losanges de pleurs soigneusement enveloppés de carrés de velours pourpre. Et je te dirais bien :

« Ce qui est drôle, c'est que d'un côté, ça ne va pas tellement et de l'autre côté ça va vachement bien. »

Et toi tu concluras : « C'est parce que tu deviens un peu cinglée » (*Messidor*, Tanner).

P.S. J'enferme ce petit mot cinéphilement tienne (je n'ai plus d'enveloppe et je veux te laisser ça tout de suite) dans une feuille que tu pourras lire également (rien ne se perd !) si tu le souhaites.

« L'enveloppe » du mot est effectivement imprimée recto verso :

C'est l'Élection, je répète sans les convaincre. Je devrais préciser. Ce sont leurs visages adoptant la consternation dans les dîners comme on s'empare d'un enfant pauvre devant une caméra, cette façon de penser en petits économistes doctes, ces phrases sentencieuses : « la situation de ce pays est... », « c'est surtout la Chine le danger » ou « il est évident que l'Islam est une menace majeure ». L'Élection est leur symptôme et moi, bien malade. Prends-les.

Plus encore que celui-là, élu Président, c'est ce ballet des afflictions qui me rend malade. Leurs « avec ce qui nous arrive ». Oh, ce choix de mots délicats comme une maladie, un typhon hasardeux et cruel qui dévasterait le pays. Une lettre qui nous *arriverait* par erreur. Tout ce qui est en train de se passer ne nous *arrive* pas, nous le connaissons, le voyons se construire depuis des années. *Ce qui nous arrive, ce qui nous tombe dessus.* Ces mots thérapie, consolation de groupe qu'on s'échange pour se persuader qu'on a, comme des valeureux médecins de feuilleton, « tout tenté », mais hélas.

Une nuit, au sortir d'un dîner intelligemment cynique entre jeunes gens, je m'étais assise sur un trottoir (encore !) en moquant d'abord leurs échanges, ah ces voix sérieuses, ces inquiétudes de circonstance *jusqu'où ça ira on ne sera bientôt plus en démocratie hein*, le soulagement de mon rire s'épuisait bientôt et je me mis à gémir de douleur et d'impuissance à voix haute, pleureuse urbaine et ridicule. Mon ami tentait de me relever, c'était froid, j'allais mouiller mes vêtements, j'étais inquiétante à la fin, je l'ai alors repoussé si fort qu'il a trébuché sur la route : « Ça suffit, tu ne ressembles plus à rien, il faut que tu les prennes. Tu es ingérable. »

P.S.

L'autre soir, en remontant ma rue, un pigeon gisait sur le dos devant l'épicerie grecque. À moitié mort, il bougeait mécaniquement une patte, en saccades lentes. Les gens passaient, les bras remplis de provisions (de quoi remplir leur corps pour le week-end !), et ce gisant-là, renversé, qui se préparait à mourir, était la seule chose bruyante, vivante de la rue. J'ai d'abord maudit ma sensiblerie, quoi, un animal meurt et alors. J'ai donc continué d'avancer, deux mètres à peine. Puis, ce corps mourant, je me suis dit qu'il fallait le ramasser. Me voilà en train de revenir en arrière et là – mais il s'était à peine passé quelques instants – comme si j'avais tout imaginé, il avait disparu, nettoyé du trottoir, pas une trace de sang. Il ne peut pas être question de mourir ces jours-ci, renversé(e) tandis que les autres, affairés, vont et viennent et vont.

On dit parfois que les événements s'accélèrent. Pas là. Avec elle, dès le début, tout me semble précipité, rapide. Nous parlons dans un hall de la Cinémathèque, puis dans un café, puis je lis des pages et des pages qui tombent comme des dépêches, puis elle vient pour la première fois me rendre visite sur l'Île.

Son duffle-coat rouge recouvre une jupe évasée à carreaux blanc et noir en laine, et son petit pull à manches courtes est si usé qu'à certains endroits le tissu n'est plus vraiment noir. Seules ses chaussures semblent avoir prévu le coup, de bons godillots. Elle touche tout dans le camion, une enfant à Noël, pointe du doigt le petit placard bleu ciel que tu m'as construit, le napperon particulièrement. Nous restons assises un bon moment sur le lit à discuter. La peau de ses bras pâles est sèche, elle la touche sans arrêt, comme si elle espérait l'adoucir. Ses ongles sont tellement rongés que le bout de ses doigts en est rougi, ses yeux très bleus semblent déteindre sur ma vue périphérique, ils accordent le reste à leur couleur. En regardant son visage pas du tout couvert de maquillage, une peau réelle, avec du grain, un minuscule bouton rouge sur sa joue me semble important et presque beau. Je t'entends déjà décider que je suis « amoureuse ».

Je fais visiter, tu connais le parcours. D'abord le chemin de gala, cette piste en forêt qui se rétrécit au fur et à mesure des saules pleureurs que l'on croise, qui mène au bout de l'Île. Puis, en mode transversal, on passe devant la fabrique à papier vide, la petite écluse miniature rouillée. Nous longeons la rivière en écartant les branches à la main, il n'y a plus de chemin tracé par là-bas. Sans Giselle, la marche est plus morne, belle toujours, mais trop de silence, sans doute. Il arrive que ces arbres penchés me fassent un peu peur. Giselle, elle, traversait les fourrés, ressortait de là les oreilles piquées d'épines, une petite martyre hors d'haleine, je la croyais devant moi, elle avait déjà eu le temps de faire deux allers-retours et surgissait de la rivière maigre et trempée, ravie de me retrouver après ces longues minutes de séparation.

« Ce sont des fleurs de meringue ? », me demande la Petite Fille en pointant du doigt ces choses fragiles qui tremblent dans la lumière. Moi, je n'y connais rien mais mon ignorance botanique, habitant ici depuis presque deux années, me paraît difficile à avouer. J'acquiesce. Alors elle se plante devant moi, pose ses mains sur mes épaules, un moment je crois qu'elle va m'entraîner dans une ronde duveteuse en plein soleil.

« Mais enfin, ça n'existe pas, des fleurs de meringue, Voltairine !! Je vais devoir vous noyer dans le fleuve, on ne peut pas vous faire confiance ! Soyez courageuse Léopoldine, venez. »

Plus tard, dans le camion, elle demande : « Si je te chante quelque chose, tu peux danser ? » Je dis : « Je ne danse plus », une annonce de magasin vide.

Elle enlève ses grosses chaussures pleines de boue, s'allonge sur mon lit, ses cheveux emmêlés forment des virgules aux épaules.

« Je ne vais pas te demander « pourquoi », c'est un faux mot, ça, « pour quoi ». On renonce rarement à quelque chose d'important pour un « quoi », une chose, non ? Alors... Pour qui tu ne danses plus ? Ou pour quand aussi, oui, c'est bien ça, pour quand... »

J'ai balayé tout ça sans lui répondre. « Je t'écrirai », je feinte.

Elle souffle, légère : « Rien. Rien de rien. Rien, Voltairine ne dit : rien », me sourit. Puis rajoute en chantonnant l'air de *La Belle au Bois Dormant* : « Dormir dormir... jusqu'à ce que son heure de se réveiller fût venue. »

Je propose, en levant mon pied vers elle : « Entorse. Droite, il y a trois ans, puis gauche. Laxité trop importante des articulations. Lombalgie évidemment. Tendinite chronique du tendon de l'aîne gauche », j'ai pointé ma cuisse. « Les claquages ne comptent pas, c'est trop la routine. »

La Petite Fille m'a regardée fixement sous sa frange, « Ah... Oui... Infirme et muette... Une vraie héroïne des sœurs Brontë... Fais attention. Une cousine disgracieuse t'en veut beaucoup, ta beauté la tourmente. Une nuit, elle te jettera par la fenêtre de ta chambre et tu ne pourras pas crier au secours, la gouvernante est de mèche. »

Nous nous sommes fait des tartines de chocolat en poudre, je n'ai pas grand-chose d'autre de très festif dans le camion ces jours-ci. À moitié étouffée, elle m'a lancé d'une voix séchée par la mixture pain-cacao : « Hmm… Donc : trois films par jour minimum, comme tu le sais déjà. »

Je n'ai pas eu le temps de pointer aussi son obsession des mains de caissières, plus spéciale à mon sens que cette boulimie de contes, qu'elle m'a interrompue pour rajouter à la description clinique de son cas : « Et les morts de réalisateurs, ah… Tu n'imagines pas le malaise. J'ai peur parfois qu'il n'y ait pas assez de films regardables ! » Puis elle se redresse d'un coup : « À moins que je ne change de style bientôt… Et que j'arrête le cinéma. »

De son sac (vieille sacoche de cuir raboté, cartable d'écolière ou de médecin des années cinquante), elle extirpe un cahier rouge à spirale tordue. En tourne les pages jusqu'à tomber sur celle-là, qu'elle me lit en s'interrompant, me jetant un coup d'œil après chaque phrase, comme si elle attendait que je la note.

Vomir ce qui me traverse comme proposition d'existence. Rubrique amour. Rubrique travail. Rubrique loisirs. Quand je les remets en cause, on m'enjoint de consulter. On me met sous Notice. On me parle constamment de « la vie ». Je ne reconnais rien qui me tienne au corps dans leur définition de « la vie ». J'en conclus que je ne vis pas dans la vie.

Je commence à comprendre que je suis exilée de mon sexe. Exilée volontaire. En lutte armée, en résistance. Contre celle que j'aurais dû être. La vraie vie que j'aurais dû mener, celle des ongles ronds et clairs, des cuisines équipées, des ventres tendus prêts à êtres vidés, des sexes moites juste ce qu'il faut, prêt à être écartés, des cuillères en bois qui sèchent soigneusement dans le bac à vaisselle, des cheveux lissés de silicone. Des rires habiles et des regards charmants. Des débuts de semaine over-bookés – quel stress je n'arrête pas de courir. Du souci de l'haleine et du fond de culotte comment garder vos dessous bien BLANCS. Des cordes vocales domptées à reculons depuis l'adolescence, repris un par un, les éclats de voix et les sautes de volume, quelle vulgarité ! On dirait un bulldozer, tu es si... brutale me dit-on. Exilée de ce désir (empalé en nous) d'être achetées, qui va si bien avec se vexer de ne pas être achetée (il ne m'a pas rappelée !!!).

« Je ne veux pas me joindre au troupeau, je ne veux pas me perdre, je ne veux pas m'oublier, je ne veux pas être leur carpette. Je m'aime jeune fille. Je veux être une tombe surplombant la mer. Une vierge d'ébène en moi veille. Je veux être honnête avec elle », écrit Violette L.

Comme j'ai peur, Voltairine, de me faire reprendre, qu'on le saisisse, ce désir de fausser compagnie à mon destin biologique...

Tu veux que je continue ou ça y est tu as peur, me demande la Petite Fille au Bout du Chemin, les joues toutes roses, comme si elle venait d'attraper un peu de bon air et de santé. Non non non, fait-elle en évitant les trous de taupes, je-ne-veux-pas ! Me joindre au trou-peau ! Je veux... Voyager lé-gè-re, tiens, ça aussi, c'est bien comme épitaphe, ah, « *Informez immédiatement votre médecin...* », c'est ça que tu penses, non ? Moi qui t'aime tant, Voltairine... ». Et tout de suite : « Ah ! Il faut il faut il faut que je te parle du Haymarket, Voltairine de Cleyre et le Haymarket. »

Il fait déjà nuit quand nous traversons le petit village collé à l'Île, la séance est à dix-neuf heures, et elle s'en excuse mais ce film-là, elle ne veut pas le rater. Sur le chemin vers la gare elle ne dit rien. Nos pas forment une partition rythmique d'horloge, rythmes intercalés : ti/ta/ti/ta/ti/ta (posé-pas-de-bourrée-assemblé-allegro).

Je ne sais pas si tu te souviens de l'éclairage violet et orange devant la Cinémathèque, ces lampions de carnaval, petit chemin tranquille avant la lumière blanche et agressive des lampadaires de la ville. Nous étions la Petite Fille et moi dans ces lueurs provisoires, et, du fond du parc nous est parvenue une musique lente et sombre, une descente de notes caverneuses jouées par un orchestre de faux violons synthétiques. Quand nous nous sommes rapprochées, intriguées, nous avons vu que le manège, celui qui ne fonctionne jamais, tournait. Quatre ou cinq enfants étaient assis sur des porcs roses, un cheval ou une biche rigide. À cette musique morbide s'ajoutait une sorte de trame rythmique composée du cliquettement des grincements des rouages de la machinerie du manège. Les enfants, impressionnés, ne bougeaient pas du tout, le visage grave sans être triste, des petits vampires inquiets. Nous sommes restées plantées là un bon moment à sourire de façon rassurante aux enfants. Ils nous regardaient comme s'ils ne nous voyaient pas, envoûtés par leur nuit mécanique.

Puis nous avons suivi le fleuve longtemps dans la nuit, ce même fleuve qui traverse l'Île. On a emprunté la grande passerelle de bois qui mène au treizième arrondissement. Alors, au-dessus de l'eau, la Petite Fille s'est penchée vers le vide, tellement, que je me suis demandé un moment si je devais intervenir. Quand j'ai été près d'elle, elle répétait doucement ces deux phrases du film qu'on venait de voir :

« Ah... que le bonheur est proche... Ah que le bonheur est lointain... »

Au moment de nous quitter, elle m'a serrée contre elle, furtive et confuse de me laisser encore un texte. Elle referme sa main sur la mienne, qui tient les deux feuilles A4.

Les plus grandes aventures des femmes se vivent entre quatre murs, maison, club de gym, bureaux, magasins ou dans ce corps toujours resserré et raffermi de régimes.

Chez « moi »... Ces murs, ces petits bouts de décoration comme autant d'évasions ratées. Le cimetière de désirs. La photo de l'anniversaire de mes seize ans, entourée de mes meilleures amies. On était parties en stop faire de l'escalade dans les Pyrénées. J'ai peur, un jour, de reparler de cette semaine-là d'une voix ralentie par la mélancolie. On parlait fort dans les rues, une ligne de quatre et nos corps se cognaient mais on ne voulait pas se replier sur le trottoir. Nos serments de ne jamais devenir ces filles qui avalaient tout, les préférées des garçons dans notre classe.

Avant-hier soir, la porte fermée, le poids de ce blindage raisonnable, tout ça m'a semblé d'une tristesse pitoyable. Fermée sur quoi, cette porte. Protègent quoi, les verrous. Alors il m'est venu une montée de mouvement comme un orgasme en route. Je le sentais le calfeutrage de cet appartement et le chauffage engourdissant comme un sale sort délétère et les serrures, qui abritent deux corps idiots et leur bonheur satisfait de se coucher « tôt ce soir pour être en forme demain ». Dîner l'un en face de l'autre. Mâcher des choses longuement comme si c'était une activité, j'essaye de ne pas me fixer sur les sons de bouche, de corps malotru.

J'ai tenté de transformer tout ça en dialogue. Et tu ne l'as pas toi, cette envie d'échapper à.

Il répétait : à quoi, échapper à quoi, et plus ses mots se répétaient, plus la bouche qui les prononçait me paraissait automate déréglé : àquoiàquoiàquoiheindismoiàquoiàquoi.

Tout ça s'est terminé sur « Allez vas-y, maintenant, prends-les ».

Ils font des travaux, tous. Parfois je me demande ce qu'ils préparent, l'arrivée de quel messie. Et voilà le pays entier qui se passionne pour ça, repeindre, aménager des chambres, des cuisines, obsession de niches et autres nids et terriers. Ils se plaisent à faire comme s'il leur fallait tout fabriquer de leurs mains. Inventent, imaginent la meilleure façon d'être enserrés, douillets. Tels des vieux nourrissons, ils frétillent d'avoir plus chaud.

Bientôt ils passeront du chez-soi au chez-nous, ce nous dont ils usent comme d'une carte de visite.

Le chez-nous jusqu'aux viscères. La passion intestinale des « chez-nous ». Passion de ce qu'ils y mettent, là-dedans, mitonné, cajolé des heures durant, passion des origines. L'origine nationale. Mais de quelle région vient ce plat. Souvenirs fiers et émus de leurs régions comme autant de petits drapeaux intestinaux. Ah moi, je suis du Berry mais attention, du Berry post-central, hein, c'est pas pareil. Et l'attention à ce que tout « passe » bien, annonce publique des activités de leur ventre – moi, les oignons ça ne passe pas, je ne digère pas. Te voilà invitée d'honneur de la flatulence, comme plus tard de leur tentative procréative lorsque d'un petit sourire sérieux et niais, ils t'annoncent « on va mettre un bébé en route ». Te kidnappent, te jettent dans leur lit moite et inconnu, te font témoin de leur essai de production humaine. Et il faudra commenter leur nouveau « projet » comme on a commenté leur voyage en Inde l'été précédent, le redétailler, réévaluer avec les déceptions, « toujours rien » (et dans ces cas-là, la femme soupirera, préoccupée, et son partenaire de projet baissera la tête, coupable du toujours rien).

Leur amour-producteur efficace, une autoroute de bébés fabriqués consciencieusement, alors que l'amour ne produit pas autre chose que des extraits d'étincelles (parfois inoubliables…)

Oh, Voltairine, ne soyons pas d'ici, surtout. Pas de « chez-nous » entre nous. Errance immédiate pour toutes ! Et attelons-nous à une Déclaration d'in-descendance ! On y déclarerait ne vouloir descendre de rien ni de personne. On se réjouirait d'être les enfants des mots, des idées qui tiennent chaud, celles qu'on invente. On lirait Guyotat : « La réduction de l'affect à la petite zone humaine qu'est la famille, et encore pire, après, au couple, est quelque chose de terrifiant pour moi. On devrait pouvoir vivre avec l'humanité entière. »

Vous pourriez parfois ne pas vous rendre compte des symptômes mentionnés ci-dessus, et par conséquent, vous pourriez trouver utile de demander à un ami ou à un parent de vous aider à observer d'éventuels signes de changement dans votre comportement.

Mardi

Au début de ce rêve, je me trouve dans une salle de danse. Une barre suit les murs face aux miroirs. Je m'allonge au sol pour m'échauffer et c'est tellement réel, incroyablement précis, je ressens cette douleur à l'aîne que je connais si bien, mon tendon raidi quand j'ouvre les jambes en écart facial.

Quand le prof arrive (lui ne m'évoque personne que je connaisse), il nous annonce qu'on dansera ce jour-là sur un morceau de musique « merveilleux », il répète sans arrêt c'est merveilleux c'est merveilleux. Il commence à montrer les pas. Je lève la main comme à l'école pour lui dire qu'il n'y a pas de musique, il se trompe ; tu apparais à côté de moi, tu sembles très concentrée sur tes mouvements, mais tu les parodies avec de drôles de petites grimaces. Tu me fais signe de me taire en un geste-pantomime étrange, exagéré. Le silence dans lequel nous dansons se transforme peu à peu en bande-son d'inspiration un peu métallique, des sons horribles, grinçants, enchevêtrement de souffles asthmatiques. Je continue à essayer de me faire entendre du professeur et de toi. Vous fais encore remarquer que ça n'est pas le morceau « merveilleux » annoncé, mais tu m'ignores, je ne te vois plus que de profil, tu refuses de tourner ton visage vers moi, et d'un coup, je vois que tu danses les yeux mi-clos, comme quand tu étais dans le coma il y a dix jours. Au lieu de ressentir de la peine, je sens monter une colère, une haine terrible de votre ignorance. Cette façon que vous avez de vous épauler dans l'aveuglement. Alors je saisis une théière et la jette par terre des deux mains. Tu ouvres les yeux et me dis : « Qu'est-ce que tu fais, là ? » Tu ne dis pas : « Qu'est-ce que tu fais là ? », non. Le « là » est prononcé après un temps d'arrêt qui en fait une question différente de la tienne, habituelle. Je tombe par terre à genoux, ces sanglots silencieux me prennent tout le corps, m'étouffent.

À mon réveil, j'ai essayé de redonner à chacune ses images : à la Petite Fille, sa colère, fracasser des objets en public qu'elle explique comme un signe de son impuissance à se faire entendre de ses « proches ». À toi, peut-être, cette demande silencieuse que je perçois dans ta bonne humeur actuelle, de ne te parler de rien qui ne soit pas « merveilleux ».

Quand ce matin au téléphone je t'ai raconté mon rêve, tu as ri puis tu as ajouté : « Tu le sais toi, non ?... Ce que je fais là. Tu sais et tu n'oses pas me le dire. C'est pour ça que tu essayes de me faire marrer avec tes rêves, hein. »

Quand j'arrive devant l'hôpital, ils contrôlent les identités des visiteurs. Une queue s'est formée, nous attendons comme à l'aéroport. Une femme demande des explications, ce n'est qu'un hôpital, pourquoi ces vérifications. Et il est perceptible dans les corps mornes qui m'entourent ce rétrécissement, cette raideur de leurs muscles trop courts mal exercés au mouvement, je la sens, l'addition des corps rétractés sous leur manteau, le plus éloignés possible de celle qui vient de rompre le charme de l'obéissance appliquée, cette femme qui exige de savoir ce qu'on fait là, à tendre nos papiers aux flics devant un hôpital.

Toi, tu n'as rien. Ton cœur est parfait. Il n'y a aucune explication médicale à ta mort subite. Mais on ne peut pas te laisser comme ça, ajoute le médecin qui commente tes examens. La science t'imagine un hypothétique futur dans lequel il y a une chance infime pour que ton cœur s'arrête de nouveau, un jour, sans raison. Il va falloir se prévaloir de cet avenir et border ton cœur d'un contrôle permanent. Ce médecin (que tu continues de trouver formidablement beau, chaque matin) emploie des mots de contrôleur décomplexé, surveillance, vigie, donner l'alerte. Ils vont te poser un défibrillateur.

« Vous le lui avez dit ? »

« Pas encore, la décision vient d'être prise. C'est une minuscule intervention. Mais malheureusement, ensuite, certaines choses lui seront interdites. La danse à son niveau, par exemple, avec le danger des chutes ou des chocs sur l'appareil, ça n'est plus envisageable. »

À son niveau, je répète, sans trop comprendre de quoi il me parle. Il m'entretient alors gravement de la fin de ta carrière de danseuse professionnelle. Je ne rectifie pas, ne dis pas non, ce n'est pas elle, c'est moi.

Je ne lui pose pas non plus l'autre question, savoir quand mes réponses à ton « Qu'est-ce que je fais là » se fixeront dans ta mémoire au lieu de disparaître, comme si ça n'était toujours pas celles que tu attendais.

Tu t'es assoupie. Tes tresses forment une étoile aux branches souples autour de ta tête, dorées. Des livres, des DVD, des chocolats (mais pas ceux que tu affectionnes), partout autour de toi. Je dépose sur ta table un petit texte-poème que la Petite Fille m'a confié pour toi.

> Un pull cousu d'étoiles noires
> Ma passoire à thé
> Le goût de ne rien faire
> Un bon quart de ma vie
> Perdue, perdue
>
> Perdre et puis recompter
> Ce qu'il peut bien rester
> Plus ou moins que la veille
> Que l'année passée
> Perdue, perdue
>
> Et vouloir retourner
> Là où on ne savait
> Pas encore ce qu'on sait
> Cette légèreté des pas
> Perdus, perdus
>
> Au croisement des égarés
> Ne pas continuer
> Et relâcher en douce
> La direction assistée
>
> Sur un plan de carrière
> Absente ce matin
> Brutalement se mettre
> À penser aux violettes, aux chemins de traverse, aux tout petits cailloux, aux orages sous la nuit, aux rues de Bucarest, à se perdre plus loin
> Et rester cachée
> En attendant que passe

Cette horde qui
Ne s'avouera jamais
Perdue, perdue

« Tu veux me le lire ? » Tu regardes, douce et embrouillée de sommeil, les mots sur le papier.

Je m'applique à respecter le rythme des phrases et chaque fin de strophe m'embarrasse, je chuchote ces « perdus », tente d'en adoucir la répétition, toujours cette peur de te vexer, dans chaque « perdue », je ne voudrais pas que tu entendes « paumée amnésique pauvre fille ». Tu te redresses un peu sur tes oreillers, te fais un chignon et croises les bras en me regardant par en dessous.

« ... Au croisement des égarées, dis donc. Au Bout du Bout du Chemin, hein... Et les rues de Bucarest, c'est spécial dédicace à toi ? C'est un texte-demande, ça. »

« Qu'est-ce que tu racontes ? Elle a tenu spécialement à ce que je te le donne, je n'aurais même pas dû le lire. »

« C'est bien ce que je veux dire, c'est une demande à la père/mère, c'est moi ton parent dont il faut obtenir la permission... de n... »

Je me précipite sur toi pour te bâillonner de ma main, tu es capable d'entonner un rap, de te mettre debout sur ton lit. Plus rien ne te retient, aucune perfusion à ton bras, seulement quelques électrodes posées sur ta poitrine. Et tu te sens tellement remise que, comme au téléphone ce matin, tu aimerais bien que je te dise, et pour une fois ta question fait sens, ce que tu fais *encore* là.

Deuxième partie

« Il est temps de passer de la nausée au vomissement »
(*Mujeres Creando*)

Nous sommes assises dans ce café, serrées contre un couple de trentenaires secs en mocassins de daim, la jeune femme a tressé des plumes dans ses cheveux, un enfant au prénom moyenâgeux se tient entre eux deux.

J'attrape un quotidien qui traîne sur la table et avant que j'aie eu le temps d'en lire le titre la Petite Fille me l'arrache si fort des mains que la page se déchire. Elle pouffe, jette un coup d'œil furtif derrière elle vers le comptoir pour s'assurer qu'on ne l'a pas vue, moi je reste là, un tout petit bout de page à la main. Elle repose le journal en vrac sur la table, le lissant de sa main pâle de jeune mariée et se lève pour payer.

À l'envers, je ne vois que des bribes du titre : « OISEAU TOMBE… », elle me tire déjà dans la rue par la manche de mon pull. Je veux bien entendre ses théories de caissière, de Notice mais qu'elle m'ait arraché le journal m'inquiète. Alors elle s'avance vers moi, une tentative de pas hachés, et doucement me serre un peu contre elle, je suis désolée Voltairine, elle murmure à mon oreille. Trois voitures de police ivres de vitesse et de poursuites passent et assourdissent ses mots tandis qu'elle m'explique.

C'est que j'essaye de suivre un nouveau programme que j'ai basé sur Lautréamont.

« Et Lautréamont a dit qu'on ne lirait plus de journaux ?? »

« … Attends. Voltairine… Nous sommes dans… une épidémie de morts subites, une… très discrète épidémie. C'est la guerre en milieu tempéré, là – quand je dis ça on me rit au nez, tu ne sais pas de quoi tu parles, la guerre, quelle guerre ! Il faut. Guetter les signes de contagion, tu comprends. Pointer du doigt : LÀ. Mettre à nu les saloperies qui n'en ont pas l'air… »

Sa respiration est celle d'une enfant qui s'avancerait, une toute petite lampe à la main dans l'obscurité d'une forêt fermée. Je ne sais pas de quoi elle parle. Mais je sais de quoi elle parle. C'est que je ne veux pas savoir de quoi elle parle et je ne veux plus qu'elle parle.

« On dit qu'il ne se passe rien, on s'en plaint, ah voyez comme le pays est éteint depuis l'Élection ! Mais c'est faux ! Ça combat certainement dans les arrières, ça complote ! Et les journaux, ils les laissent en tas, ces gestes, un tas de désordres qui ne font pas sens, des humeurs inconséquentes, incompréhensibles ! Des gesticulations !! Alors que c'est le contraire. Et de quoi on nous parle ? Des chutes ! Des renoncements. Ah, la belle et triste histoire de ceux qui ont essayé mais qu'on a rattrapés… Ce ne sont pas des informations, ce sont des suggestions, des mots d'ordre de velours. Tordre ton cerveau un peu fracturé jusqu'à ce que… Depuis l'Élection, tu peux bien chercher, l'évasion cérébrale, même momentanée, est impossible ! Enfin, c'est plutôt qu'elle nous est vendue comme impensable et dépassée, oui, c'est un truc d'un autre siècle de se bagarrer, j'ai entendu ça, tu imagines. On ne te raconte pas ces évadés en cavale longue durée, ou les chômeurs heureux, et ces filles qui ne sont pas traumatisées d'avoir avorté mais soulagées. On ne les mentionnera jamais ! Mais ce qu'on te raconte, ah ça, on te la raconte, la terrible histoire des nerfs cisaillés ! Ils la distillent chaque jour, Voltairine... Alors, bon, pour Lautréamont, attends... J'ai un peu oublié le début, mais ça fait à peu près ça : « ... l'on décrit le malheur pour inspirer la terreur, la pitié. Je décrirai le bonheur pour inspirer leurs contraires... Tant que mes amis ne mourront pas, je ne parlerai pas de la mort. Voilà. Je pratique Lautréamont. »

La Petite Fille tire sur les manches trop courtes de son manteau l'une après l'autre, elle parle parle en essayant de me suivre sur le trottoir, moi j'accélère, un besoin d'être un peu seule, sans textes à lire, mots clés à chercher, paroles à comprendre, phrases à éviter.

C'est bizarre, nous sommes tout près du fleuve et je lève les yeux au ciel parce qu'il me semble que j'entends des mouettes. Elle m'attrape le bras, répète mon nom, enfin, ce prénom qu'elle me prête. Voltairine, attends Voltairine. Je n'ai pas envie que l'on ne se parle que d'oiseaux morts elle hurle. Elle recule, giflée par le son de sa voix, un revers brutal dans le vent, elle va vers le fleuve et brusquement s'accroupit en tendant la main à des canards grisâtres et maigres. La Petite Fille au Bout du Chemin se balance, elle répète en boucle on va pas y arriver on va pas y arriver on va pas y arriver, comme une maladie, un diagnostic terrible, une certitude qui vient d'atterrir.

Je me suis rapprochée d'elle et me suis assise les jambes dans le vide vers les canards et les canettes de bière flottantes. Les sacs de couchage bleu ardoise

173

de ceux qui dormaient sous le pont ont à peine frémi de nos cris.

Elle m'a récité la une du quotidien arraché dans le bar. Et elle n'a pas utilisé ces mots, je veux te protéger, mais, précautionneusement, elle a relevé une mèche de mes cheveux échappée à ma barrette bleue, ses doigts ont touché la peau de ma joue. Et c'est moi qui me trouvais au bout du chemin.

« *Une employée de France Télécom se jette par la fenêtre. Son collègue, présent dans le bureau, raconte : j'ai vu quelque chose tomber par la fenêtre, je me suis dit, tiens. Tiens, un oiseau qui tombe.* »

Nous n'allons pas compter les oiseaux un par un. Les pointer du doigt. Tiens, un autre qui tombe. Nous n'allons pas commenter. Bouche bée, guetter, les attendre, les oiseaux qui tombent. *Cría cuervos y te sacarán los ojos.* Nourris les corbeaux et ils t'arracheront les yeux. C'est un proverbe espagnol. Cessons de nourrir les corbeaux sucrés qu'on nous sert, dont on nous gave le corps.

L'autre jour, je voulais te parler de Voltairine de Cleyre et du Haymarket, mais je ne suis pas institutrice et ne vaux rien sans mes notes. Je lis comme je choisis les films et cette chose-là, je ne mentirai pas, je l'ai trouvée tout à fait par hasard : la biographie de Voltairine de Cleyre a été citée dans un article de journal il y a des mois. Elle faisait partie des livres retrouvés dans l'appartement de cette fille arrêtée pour détention d'explosifs (je ne sais pas si tu as suivi cette histoire vide et folle, aucune preuve à part quelques livres, du désherbant dans le coffre d'une voiture et quelques apparitions à des manifestations post-Élection !). Je me lance dans les livres suspects, les films récents ayant du mal à l'être...

Ce que je voulais partager avec toi n'est qu'une petite phrase, trouvée en fouillant une histoire pleine de faux suspects, pendus, eux. Voilà. (Tu comprendras que je résume pour en venir à ma fameuse phrase.)

Le 1er mai 1886, une grève générale éclate dans plusieurs villes américaines. On s'oppose à la mécanisation du travail, l'exploitation des enfants et on exige la journée de huit heures. À Chicago, les trois cent quarante mille ouvriers qui manifestent sont rejoints par les étudiants et même des blanchisseuses. Le 3 mai, August Spies, un jeune libraire qui dirige *Le Quotidien du Travailleur*, prend la parole devant la foule. Au moment de la dispersion, des casseurs de grève attaquent, les pierres volent, la police tire à balles réelles. Ils tuent six grévistes et en blessent des centaines d'autres. Spies, bouleversé, court écrire un « Tract de la Revanche » (qui paraît dans le journal *Alarme !*), il appelle à un rassemblement pacifiste pour le lendemain au Haymarket Square. Des milliers d'ouvriers, des femmes et des enfants, et même le maire de Chicago, Carter Harrison, viennent écouter Albert Parsons, un activiste qui écrit également dans *Alarme !*, Samuel Fielden et August Spies, tous très impliqués dans ce mouvement depuis des mois. Il commence à pleuvoir. Les gens se dispersent. Un régiment de policiers (sous le commandement du capitaine Bondfield) surgit, encercle les manifestants restants et déclare le rassemblement illégal. Fielden a à peine le temps de finir son discours que la police charge. Et on ne sait pas d'où elle est lancée, mais il y a une explosion terrible, une bombe explose. La police tire dans la foule. En quelques minutes, sept policiers meurent et des dizaines de manifestants (lors du procès, on n'évoquera presque pas la possibilité que les policiers se soient tiré dessus, puisqu'ils étaient les seuls à être armés...).

Dès le lendemain, les flics perquisitionnent, arrêtent et interrogent des centaines de personnes susceptibles d'être proches des « meneurs ». C'est le début d'une véritable hystérie, une chasse aux sorciers anarchistes, même Voltairine de Cleyre s'égare et fustige les « poseurs de bombe anarchistes » (mais elle réalise très vite qu'il s'agit d'une manipulation...).

Le *Chicago Tribune* du 6 mai 1886 demande la « déportation en Europe et l'extermination des hyènes ingrates, des loups slaves et des bêtes sauvages, en particulier des bohémiennes tigresses sanguinaires »... Des meetings sont attaqués, les journaux sympathisants placés sous surveillance. August Spies, George Engel, Adolph Fischer, Louis Lingg, Michael Schwab, Oscar Neebe et Samuel Fielden sont arrêtés et déclarés coupables de meurtre. Certains d'entre eux n'étaient même pas à la manifestation. Spies et Parsons l'ont quittée très tôt.

Le 21 juin 1886, à la cour criminelle de Cook County, le procès, c'est celui de l'anarchisme. Le premier jour, Albert Parsons, qui s'était caché dans le Wisconsin, entre dans la salle d'audience et, calmement, vient s'asseoir sur le banc des accusés auprès de ses amis. L'accusation (selon les propres mots du juge...) ne se fonde pas sur leur réelle participation aux actes, et reconnaît que le poseur de bombe ne se trouve probablement pas dans la salle. Mais, dit le procureur aux jurés : « La question à laquelle vous devrez répondre est surtout celle-ci : ces hommes ont-ils encouragé, conseillé et soutenu les poseurs de bombe par des écrits et des discours ? » (J'ai lu pas mal de textes parus à cette époque et les anarchistes évoquaient souvent la dynamite dans leurs écrits, mais surtout comme un symbole, je crois.)

Le 19 août, ils sont condamnés à mort sauf Oscar Neebe (absent de Chicago le jour du rassemblement), condamné quand même à quinze années de pénitencier... Deux d'entre eux, Schwab et Fielden, sont condamnés à perpétuité.

Louis Lingg se suicide en prison le 10 novembre, n'offrant pas à l'État le droit de lui ôter la vie. August Spies, George Engel, Adolph Fischer et Albert Parsons sont pendus le vendredi 11 novembre 1887, date qu'on appelle depuis le « Vendredi Noir ». Les témoins qui ont assisté à l'exécution racontent qu'aucun d'entre eux n'a eu le cou brisé et que leur mort par strangulation fut lente et terrible.

Deux cent cinquante mille personnes se tiennent silencieusement sur le parcours, et plus de vingt mille personnes marchent derrière leurs cercueils, ils chantent *La Marseillaise*.

On n'a jamais su qui avait lancé la bombe. Ce dont on est sûrs, c'est qu'aucun des accusés n'aurait pu le faire. Tu me diras qu'on s'en fiche, mais en 1893, le gouverneur de l'Illinois John P. Altgeld, après une enquête, a demandé pardon aux survivants et condamné « l'assassine malveillance » de l'instruction du procès.

Aujourd'hui, des foules résignées marchent le Premier Mai d'une République à une Nation. Les mots qu'ils scandent ne sont que simulacres de menaces et de bagarres. Au-cune au-cune au-cune hé-si-ta-tion. Il me vient quasiment des sanglots de rage quand je croise ces rassemblements circonscrits de policiers et de camions-poubelles qui suivent lentement, ramassent et effacent les traces d'un désordre qui ne survient pas.

J'ai trouvé une photo du cimetière de Waldheim, à Chicago. Un monument, une stèle bien solide, de la pierre qui les tient tous là, personnages historiques assagis par l'oubli. Et gravés, ces mots, les dernières paroles d'August Spies prononcées au travers du drap qui recouvrait son visage, au moment où la trappe s'est ouverte sous lui :

« *Le jour viendra où notre silence sera plus puissant que les voix que vous étranglez aujourd'hui.* »

Mon silence, Voltairine, est faible et solitaire, il n'est rien qu'une non-voix banale qui a failli m'étouffer déjà. Alors, à l'aide de ce que je lis et vois ces derniers mois, je tente de le nourrir, ce silence, qu'au moins il se transforme en une masse dure, quelque chose de résistant. C'est eux ou nous, Voltairine.

Pardonne-moi pour les oiseaux d'hier.

P.S.

Le poème que Voltairine de Cleyre écrivit pour le martyr August Spies (« L'ouragan ») commence par cette phrase-là (qu'il adressa au juge, je crois, pendant le procès) :

« Nous sommes les oiseaux de la tempête qui s'annonce. »

Où est le début. Comment commence l'histoire que je te raconte. Le simple fait que les choses s'enchaînent – ce qu'on choisit de faire ou pas –, est-ce une logique en soi. Est-ce que ce « Journal de tes jours non vécus » est une suite logique d'événements.

Est-ce que j'ai raison de choisir ta mort empêchée comme point de départ. Pourquoi cette mort-là plutôt que l'autre, qui nous condamna au mardi soir. Pourquoi dater ton premier jour non vécu au moment où la médecine constate ta mort subite et pas des années avant, avec moi dans mon camion mort, sur l'Île vide, et toi qui ranges l'un après l'autre tes questionnaires dans des tiroirs.

Qu'est-ce que je fais là qu'est-ce que je fais là, me demandes-tu depuis ton réveil, ton insistance agitée jamais satisfaite de mes réponses, inlassablement à la recherche d'une raison, une cause. Alors, je te raconte encore l'histoire de ton cœur à bout et de ta mort rapide et provisoire, ce conte auquel même la médecine a du mal à croire. Et peut-être que ça n'est qu'une banale histoire de choc post-traumatique et que ta mémoire, vraiment, efface mon récit chaque matin.

Mais ce sont tes mots qui me donnent le départ, des mots flous, pleins de peur, d'angoisse, tes mots qui, finalement, viennent clore nos morts.

Qu'est-ce que je fais là

Qu'est-ce que je fais

Qu'est-ce qu'on fait, là ?

Une gêne au fond de la gorge, un agacement de la peau, une balle perdue retardataire, tu étais sur le point de t'endormir et la revoilà, elle te revient, la question, flottante. Qu'est-ce qu'on fait qu'est-ce qu'on fait là, n'en faire rien de ces mots, comme de tous les autres qui nous traversent, cette mélasse de questions agitées rendues à presque rien, tant le confort de nos morts épaissit l'air qu'on croit respirer. Mais voilà qu'un soir le mécanisme se grippe et, comme un amant irritable, mauvais d'avoir été mis de côté, les mots s'immobilisent sans plus faire de débat. Exigent d'être remarqués.

Ce qu'on en a fait. Ce que je n'ai pas fait. Qu'est-ce que je fais là, Émile.

Qu'est-ce qu'on fait là ?

Nous décidons de le faire. C'est presque une blague, au début, une idée lancée par l'une d'entre nous (laquelle, je ne sais plus).

Nous rassemblons :
— Des feuilles de papier A4.
— Des marqueurs, plusieurs, de tailles différentes.
— Des draps découpés qu'on double pour qu'ils soient plus solides.
— Du fil de fer.
— De la colle et des seaux, des brosses. Des rouleaux de linoléum. Ne rien oublier.
— Le plan de Paris.
Nous passons l'après-midi à :
Écrire en caractères suffisamment gros, lisibles. En noircir l'intérieur au marqueur sur les banderoles de lino. Bien calculer l'espace entre chaque lettre pour être sûres de pouvoir aller au bout de la phrase.

Choisir les rues les plus empruntées. Les ponts aussi, quels sont les ponts les plus traversés et les moins surveillés.

Et les ponts au-dessus du périph', me lance-t-elle accroupie devant trois mètres de draps cousus ensemble, un marqueur à la main. « Parce que là, même pas besoin de lever la tête, tu vois tout ! Et le passage... »

Attend-on des réponses à notre question. Ou s'agit-il seulement de la poser. Et si on souhaite des réponses, il faut laisser une adresse. Laquelle ? Qui sommes-nous ?

Jusqu'à là, j'ai vécu sans ponctuation d'aucune sorte, comme nous le faisons tous. Une vie de journées enchaînées. S'il n'y a pas de point, de respiration ou même des parenthèses, on répète indéfiniment, on radote sous oxygène. La seule chose qui, d'une certaine façon, avance plus que moi, ce sont mes cahiers, ces feuilles que je distribue parfois et qui m'ont si souvent valu des regards effarés et consternés. Sans compter mon psychiatre qui les a lues, stoïque, mais lui est payé pour rester impavide en toutes circonstances, tu dois être la première personne qui, ayant lu ma Théorie de la Caissière (très négligée, ces temps-ci), ne m'ait pas qualifiée d'inquiétante/insensée/allez vas-y prends-les prends-les, tu connais le refrain.

Nous sommes deux. Notre ridicule manque d'effectif n'est pas une révélation, c'est simplement que je n'avais jamais entrepris quelque chose de si bien à deux. Cette nuit sera un point qui permettra de passer à une nouvelle phrase. À la ligne. Demain, pour la première fois, je vais ponctuer mon existence.

Je te propose que nous fassions une réunion pour être sûres de notre itinéraire. Je peux rater la projection de dix-neuf heures et être sur l'Île à dix-sept heures.

Oui, ce qu'on fait cette nuit-là ne sert à rien. Ne changera rien. Nous aurons seulement posé des mots dans la ville. Des regards passeront un instant à peine, les interrogeant. Il y aura une pause. Un souffle de question dans un espace soigneusement rangé de réponses qui se succèdent sans cesse les unes aux autres, débit mécanique détraqué d'un soliloque ne reprenant jamais haleine, ne laissant de place à rien.

La nuit du 28 janvier nous ne fûmes que deux, notre plan à la main, concentrées et faisant face à toutes sortes de détails imprévus et risibles : sentir le mélange gluant dans le seau de colle passer peu à peu au travers d'un minuscule trou du sac en plastique, et venir maculer nos genoux à chaque pas. Ne pas trouver de réponse aux questions des passants – « Mais qu'est-ce que vous faites, là ? » –, aux moqueries aussi, de ceux qui, arrêtés devant nous accroupies maladroitement devant les vitrines, les murs, attendent que la phrase « QU'EST-CE QU'» s'affiche en entier. Être félicitées et n'avoir rien à répondre quand même. Devoir rebrousser chemin et dissimuler le seau et les affiches le plus discrètement possible devant des voitures de flics patrouillant autour de nos objectifs. Et puis. Se prendre par la main pour accélérer plus encore en descendant la rue de la Folie-Méricourt, rire des crevasses de colle qui déforment la peau de nos mains, les imaginer envahir tout notre corps, comment on expliquerait cette maladie étrange qu'on aurait contractée seulement toutes les deux.

Acheter à boire dans une petite épicerie et tester la fraîcheur des canettes sur nos joues pour en pâlir un peu l'empourprement. À chaque rue terminée, reprendre notre plan en main et biffer la ligne précédente, vas-y vas-y raye, ça avance ça avance.

La nuit du 28 janvier, nous ne fûmes que deux mais le résultat nous parut admirable. Cinq arrondissements de Paris dans lesquels nous avions repéré les murs les plus nus, les carrefours les plus en vue. Les vitrines des Grands Magasins, quelques banques malgré les caméras. Un pont au-dessus du canal Saint-Martin et un autre, qui traverse la Seine. Celui-là nous ne l'avons emprunté qu'au petit matin. Le corps penché loin au-dessus de l'eau, tentant de nos mains maladroites et glacées de nouer les fils de fer passés dans le plastique de la nappe-banderole à l'architecture de la passerelle. Trois jeunes touristes américaines emmitouflées comme pour une expédition ont demandé la permission de nous photographier pour leur blog. Nous avons alors remonté nos écharpes jusqu'aux yeux, la Petite Fille m'a dissimulé les cheveux en les cachant dans mon bomber's. J'ai posé ma tête sur son épaule le temps de la photo, elle, elle pointe du doigt la banderole qui se balance un peu trop pour qu'on puisse imaginer qu'elle va y rester longtemps, accrochée là au-dessus du fleuve.

QU'EST-CE QU'ON FAIT LÀ

QU'EST-CE QUE JE FAIS LÀ

QU'EST-CE QU'ON FAIT,
LÀ ?

Il y a ce texte qu'elle me confie le lendemain de notre nuit QU'EST-CE QU'ON FAIT LÀ :

QUAND MÊME

Finalement il était peut-être surtout question de ça : de mots. L'Élection ne visait qu'à pouvoir réutiliser des mots, les représenter, rafraîchis, à un nouveau public. Vermine. Envahissent. Citoyens honnêtes et propres. Ils. Voyoucratie. Tolérance zéro.

De leurs questions nationales ils ont accroché un bout d'intestin pendant du ventre d'un mort, et ça vient, ça vient bien même. Voilà que le pays tout entier a hâte de répondre, ça se presse pour donner son avis ! Puants de merde séchée, les citoyens honnêtes et propres dévident leurs restes sur le Net dans des forums libres et ouverts, sûrement que la technologie désodorise. Les mots, Voltairine, sont polis d'écrans. Ils ronronnent, tièdes et constants, vidés de leur électricité.

Mais les corps, eux, je les vois, Voltairine, les nôtres, hagards et las, tremblants et durs à la fois. Dans les supermarchés, leur habileté, ce drôle de savoir qu'on a acquis à manœuvrer nos corps-chariots assez précisément pour toujours s'éviter. Nos corps devenus les spectateurs hébétés et incrédules de nos soumissions morales. Jusqu'au *quand même*.

À quel moment, Voltairine, glisse-t-on dans le *quand même* ?

Oh, je saurai t'empoigner, te serrer, te frictionner, crier dans tes oreilles, t'arracher au *quand même* rampant. Car *quand même* est la phase terminale de notre état.

J'ai assisté à son triomphe progressif toute l'année passée, jusqu'à une banale réunion entre amis. Ce soir-là, le parc d'une ville voisine où des réfugiés politiques vivent depuis des mois vient d'être évacué par les Polices sous l'œil des médias. Ce film immanquable, nous l'avons tous vu. Traînés par terre tels des sacs informes, les coups de matraque électrique quand un mouvement désordonné ralentit le convoi.

Nous commençons l'exercice. Commentons mollement. Une fois le tour de table des « terrible » « inhumain » effectué, notre indignation râle, toussote, proteste de ne pas dormir encore. Alors, un type, au corps que j'imagine roide et frais, conclut la soirée d'un : « C'est affreux » et, après quelque secondes de réflexion, rajoute : « Quand même. » Dans ce vertige de petites lâchetés entassées comme autant de secrets puants, « quand même » propulse ces réfugiés au premier rang des ignominies, mais de justesse. Le prix de la plus belle indignation.

Puis on évoque une manifestation dans une ville voisine qui n'a pas pris le pli prévu, n'a pas nettoyé elle-même poliment les traces de son passage et a méthodiquement brisé les vitres des banques, des agences immobilières, pour ensuite allumer un grand feu devant un centre de rétention dans lequel sont enfermés ceux qu'on vient d'évoquer.

Je fais part de mon admiration. Ces chorégraphies minutieuses entre deux trottoirs ! Là des bras se lèvent pour lancer des pierres, ici des jambes accélèrent, le corps esquive, prévoit, vif, entraîné. Autour de la table, ils m'écoutent, le sourire indulgent, la peau de leur visage tendue de belle santé. Leur mauvaise humeur grimace derrière leur sourire. Mauvaise humeur de se sentir rabaissé à la pesanteur d'une chair confortable entraînée à contempler, à disserter. Et puis quoi. Ils brisent des vitrines. Ça ne sert à rien, hein. Ça fait simplement fonctionner les assurances. Ha.

Un bon nombre des manifestants pacifistes, eux, se sont fait arrêter, mentionne une fille. Certains ont écopé d'une peine de prison ferme. Alors, tels de vieux adolescents qui protesteraient mollement contre une punition parentale injuste, le « quand même » opère un splendide retour. L'adorable petite ronde de *quand même* et de *démocratie*. Liberté d'expression ! (quand même quand même). Si on ne peut plus manifester (quand même). À l'indignation bavarde se mêle un imperceptible soulagement. L'ordre a mis fin au mouvement dont on ne fait pas partie. Nous pouvons alors entrer en scène armés d'indignation – quand même. Puis. Un silence vide. Puis. Une main se tend vers la bouteille. Quelqu'un voudra du fromage ?

Toi et moi faisons partie des corps de masse. Nos vies blanches et tranquilles qui jamais ne déclenchent les détecteurs de mouvement. Qu'est-ce qu'on en fait ? Que ferons-nous de nos corps incontrôlés (pour le moment, pour le moment...),

Alors c'est moi, après avoir lu ces textes, qui ne peux plus dormir. Ses mots désordonnés m'envahissent, un fourmillement agaçant de machine à coudre qui viendrait surligner mes doutes qui dépassent, s'extirpent du rangement que je parfais depuis des années. Tous ces *quand même* bien intentionnés qui m'ont poussée hors de la ville, des rues qu'*il* peut continuer d'emprunter, *quand même ce n'est pas un violeur quand même tu te rends compte quand même de ce que tu racontes.*

Et les miens, ça n'est pas si mal *quand même* cette vie sur l'Île.

Pourquoi je donne à la Petite Fille au Bout du Chemin ce texte à ce moment-là, je n'en sais rien ; c'est sans doute sa façon de se présenter au monde, hors d'haleine et pelée de tout, crue, neuve, folle et tellement vivante que, face à elle, on se sent petite et racornie, assoupie. On ne peut pas simplement rester là à la regarder passer, la Petite Fille initie le mouvement, tout circule, le sang et les *quand même*, l'odeur douce de violette et les qu'est-ce qu'on fait là.

Je lui donne ces deux feuillets que je reproduis ici.

(Ce texte m'a été demandé par mon avocat après notre premier rendez-vous, je n'en change pas un mot, ratures comprises.)

« *Monsieur,*

J'ai connu mon adversaire il y a presque deux ans, dans un cadre professionnel. J'étais danseuse dans la compagnie du Ballet du N et je cherchais une musique originale pour un pas de deux à présenter au Concours (le concours, dans une compagnie de danse classique, permet de « monter de grade », de passer de coryphée, par exemple, à sujet dans le corps de ballet).

J'avais entendu parler de son travail de compositeur pour des films et des chansons. Notre relation a d'abord été professionnelle, puis plus personnelle.

(à cet endroit-là, le récit s'interrompt, c'est un brouillon. Le texte continue à la main sous formes de notes non rédigées)

Nous nous sommes fâchés au mois de juillet et lors de cette dispute il

Il

À la suite de ça

En septembre, j'étais décidée à partir. J'ai conscience, cher Maître, que tout ça n'est pas très bon pour mon cas, difficile à expliquer et j'aurais du partir dès   . Mais j'espérais

(tout un paragraphe rayé)

Je sais que vous avez besoin d'un déroulement précis mais je ne me souviens plus du début de la soirée du 14 septembre. Nous avions rendez-vous chez lui, comme souvent. Je ne voulais pas me fâcher.

Je n

L'ambiance était très tendue mais je ne voulais pas me fâcher. Je crois que je voulais que tout se passe bien. Je n'ai pas le début de la soirée, désolée.

Il a

Comme je vous l'ai dit lors de notre rendez-vous, j'ai bien dit « non » (plusieurs fois). Après, quand j'ai compris qu'il que ça ne alors je n'arrivais plus (physiquement) à prononcer de mots il a eu peur quand il m'a vue (c'était après)

Quand j'ai ramassé mes vêtements, je m'en souviens,

Ici, plusieurs lignes vides et le texte qui suit est écrit comme à la hâte, certains mots sont difficiles à relire même par moi, peut-être que je pensais les reformuler plus tard.

Je redis avec une voix   Je redis non je dis arrête tu me fais mal. Je le dis. Le moment où il insiste alors que je le <u>dis</u> j'agis encore comme un être humain

mon visage contre l'oreiller je pleure (de profil alors je sais qu'il me voit). Il

j'ai mal.

Là c'est un grand blanc de silence dans ma tête je sais que tout s'éclate je sais que je C'est arrivé. Il jouit en poussant un cri de bonheur. Je pleure. Je suis muette je ne réussis pas à prononcer   Rien. Il a peur m'engueule, m'

Très énervée je me lève (je ne veux <u>pas</u> – être habillée – pas nue c'est il me plaque contre le mur me saisit par les épaules me secoue

Il a ramassé ses affaires   Mais (je crois) qu'il n'était pas entièrement déshabillé   je te ramène chez toi il a dit. ~~Comme on charge de la viande malodorante du linge usagé.~~

(dans la voiture, il roule très vite) je répète je t'ai dit non les yeux fixés sur la route il répond alors tu aurais dû le dire deux fois, voilà.

J'ai tout de suite regretté d'avoir laissé tout ça à la Petite Fille. Je me suis dit ça y est c'est terminé, que s'engloutissent ces jours, ces soirées surtout, rivées au déferlement de la drôle de rage de celle que nous avons appelée dès que nous l'avons vue la Petite Fille au Bout du Chemin. J'étais gênée de la gêner. J'ai attendu deux jours entiers qu'elle m'appelle. Et quand elle l'a enfin fait, elle ne m'a rien dit de spécial, simplement demandé si je serais au camion le lendemain en fin de journée.

Je regardais la lune s'avachir sur des mètres de peupliers tant elle était large ce soir-là et c'est le Pélican que j'ai aperçu en premier par la vitre du camion. J'ai passé un gros pull sur ma chemise de nuit et j'ai posé mes pieds en chaussettes sur le marchepied. Le Pélican était suivi de la Petite Fille.

« Je me suis perdue… » elle a fait, ses cheveux traversés d'air froid, légers dans la nuit. Le Pélican a refusé un thé, il est reparti lentement en levant la main vers nous quand il a été loin.

Il n'est absolument pas question de grandes choses. Nous ne débattons de rien. La Petite Fille me fixe droite comme une joueuse de tennis qui n'a pas l'intention de transpirer longtemps sur le court et je commence à l'aimer.

Elle parle cette nuit-là comme si nous conspirions, sa tasse de thé tiédie appliquée contre sa joue, ses genoux serrés contre la poitrine, tout son corps me semble ramassé, en attente. Simplement rayer, défaire le silence, arrêter ça. Faire en sorte qu'il sache que je sais. Qu'il ne puisse jamais oublier qu'on sait. Que ça sorte de cette chambre, ce lit. Que ça ne se passe plus entre toi et lui, ce face-à-face, me dit-elle. Je vais te démarier du cauchemar, de cette raclure, elle propose.

Je l'écoute me détailler son plan. Elle me demande l'adresse et le code, peut-être que c'est le même, avec un peu de chance, elle a l'air de quoi cette rue, y a-t-il du passage la nuit. La mémoire de cette rue étroite où je n'ai pas marché depuis le *14 septembre* barre ma gorge. Aller à l'abattoir.

Tard dans la nuit, nous regardons ce film en mangeant un quatre-quart aux pêches, cadeau du Pélican : Sylvie Guillem est en coulisse, dans les cintres, avant que le spectacle commence. Filmée de profil, elle est assise penchée en avant, légèrement voûtée, une boxeuse efflanquée, et sa peur l'entoure comme un habit électrique. Mademoiselle Non expire, ses épaules pâles remontent presque autour du visage. On perçoit des sons étouffés d'instruments qui s'accordent devant la scène. Des danseuses du corps de ballet se pressent, toutes vêtues du même tutu court blanc, celui du *Lac des cygnes*, Acte II. Elles passent et le tulle chuchote devant la caméra, elles s'allongent, attrapent une jambe et la plaquent contre la poitrine, échangent quelques phrases en vérifiant leurs chignons d'une main rapide. Mademoiselle Non semble emmagasiner de quoi envoyer un accident nucléaire, une secousse sismique. Puis, brusquement debout, elle s'avance vers le côté de la scène en ôtant ses jambières grisâtres de laine. Fait glisser sa veste de survêtement à terre, une habilleuse se précipite et s'en empare. Elle secoue la tête de façon saccadée, teste la solidité de sa coiffure, ce diadème en toc planté dans son chignon laqué. Un régisseur agité passe devant elle et lui fait signe, on entend des bribes de ce qu'il lui glisse à voix basse, « Moins trois… bientôt. »

Alors la merveilleuse Mademoiselle Non se dresse sur les pointes, elle déploie ses bras, d'un seul trait ils lui traversent le buste, font d'elle une longue croix affolante, une idole prophétique rageusement dessinée d'un seul trait. Sylvie Guillem plane au-dessus du régisseur, tournoie.

En voix off, elle commente les images. D'abord c'est un petit rire agité, puis, d'une voix rapide, elle ajoute : « … On danse pour échapper à la légalité des gestes normaux, usuels… Le mouvement contre la mort, non ? Mais le mouvement, dans le corps je veux dire, il commence où, quand ? En vérité, le mouvement a commencé depuis longtemps et moi je le suis, je le souligne… »

Plus tard, la Petite Fille se couche à mes côtés dans mon lit un peu trop petit.

J'irai demain dans la nuit, elle décide, puis elle s'endort tout de suite en me tournant brusquement le dos.

Elle vérifie les derniers détails de l'adresse, palpe les poches de son manteau rouge rempli de bombes de peinture. Vous lui donneriez dans l'instant vos enfants à garder, vos plantes à arroser, on lui confierait un immeuble, même, tant elle est feutrée de douceur, la Petite Fille au Bout du Chemin, cette nuit-là. Que de la minceur et du flottement de cheveux.

Et tandis que je l'accompagne de la gare jusqu'au métro qui l'amènera dans cette rue où je ne vais plus, je sens une couverture de raideur me quitter, un appel d'air léger encore. Nous nous quittons sans rien nous dire de spécial.

Et je cours jusqu'au train, jusqu'au village, dans la forêt sur l'Île, le chuintement de la rivière est un acouphène gracieux, et comme je cours et je pleure, il faut reprendre mon souffle en goulées rauques, je cours encore jusqu'au camion et quand je m'arrête enfin, je m'assieds sur le siège avant pour la dernière nuit de nuit. Ces dernières heures avant qu'enfin elle ne ponctue le temps, ce temps que j'ai tant étiré.

Cette rue est plus empruntée que dans tes souvenirs et je n'ai pas pu écrire la phrase prévue. J'espère que celle qui m'est venue en tête te conviendra.

J'ai le cœur ravagé, Voltairine. J'ai le cœur ravagé, Voltairine. Et encore. Pendant que j'inscrivais la date sur ce mur, j'étais en sueur, la peur sans doute, je ne sais pas, la proximité du corps de ce type qui dort certainement. Tout ce qui arrive trop tard a le goût de ces larmes-là. Mais au moins c'est inscrit quelque part quelques instants. Comme épitaphe, je veux bien : « A eu de temps en temps l'âme déchiquetée et l'a pendue à un fil comme si on pouvait la sécher au soleil. »

Vers quatre heures du matin la nuit dernière, elle s'est arrêtée devant le numéro 56 d'une rue du centre historique de Paris. A sorti deux bombes de peinture noires. Sur la porte d'entrée de l'immeuble massif, a inscrit en grandes lettres hérissées
14 SEPTEMBRE
Deux fois.
Ensuite, mon petit plan à la main, a emprunté la rue pavée sur la gauche et a facilement trouvé cette petite cour calme qui protège un studio de musique dans lequel se trouve aussi un coin chambre à coucher. Sur la vitre qui donne dans la cour, a inscrit à la bombe
14 SEPTEMBRE PAS DE JUSTICE PAS DE PAIX

Le lendemain, le soleil trouve sa place entre chacun de ces moments – des oiseaux étonnés de douceur s'arrêtent sur le fleuve, la Petite Fille s'étire devant le camion en pull et en collant de laine noir, l'ombre ramassée du Pélican s'avance lentement vers nous, une assiette recouverte d'une autre à la main. C'est un printemps bizarrement anticipé, toute cette lumière qui donne envie de tournoyer et de courir bêtement, sautiller sur place jusqu'à ce que les muscles des ischio-jambiers se déclarent et, en même temps, cette douceur subite de l'air intimide le corps et fait prendre conscience de son engourdissement.

Il est plus de midi, on a mangé tous les biscuits au gingembre du Pélican quand mon portable sonne. Ta petite voix m'apprend que tu seras opérée dans quelques jours peut-être. Tu viens me voir avant que je ne sois plus tout à fait moi, biologiquement parlant, tu demandes, inquiète. Je note le numéro de ta chambre, ils t'ont changée de service. Puis, quelques secondes après avoir raccroché, mon portable sonne de nouveau.

Derrière les mots, je perçois des voitures, un brouhaha de rue. J'imagine *la main* qui tient ce téléphone, *les pas* rapides, agacés. Ses mots exacts sont : « *J'ai eu du mal à avoir ton numéro. Tu te caches ?* »

Puis : « *Je t'appelle parce qu'il s'est passé quelque chose de bizarre cette nuit.* »

« *Quelqu'un... A tagué une date, sur la porte de mon immeuble et sur la porte du studio aussi... La même.* »

Le souffle régulier inspire expire inspire expire, une horloge de fureur.

Je n'avancerai pas les premiers mots, *le* laisserai préciser *lui-même*, m'expliquer quelle est cette date.

« *...Quelqu'un a tagué une date. Tu comprends ?* »

Dans le vide de mon silence, *il* ne peut pas dire la nuit où

Ne peut pas demander la nuit où, tu t'en souviens.

Ne peut pas trouver le mot – la nuit où. Mais où quoi.

« *C'est la date de la chose la plus grave que j'aie faite de ma vie.* »

Le voilà geignard, grave et ému de lui-même, tout ce courage qu'il lui a fallu pour cet aveu d'enfant fautif mais enorgueilli aussi de toute cette belle honnêteté qu'il se trouve. A-t-il choisi les mots au réveil. La nuit la plus. Quand même hein, quand même, cette nuit-là, *la plus grave de sa vie.* Est-ce que le souvenir de ce plaisir, le cri de jouissance d'une mise à mort, *d'un but atteint*, est-ce que tout ça lui revient en même temps qu'il me gémit son aveu comme une bêtise.

« *... Quand j'ai vu ça, les tags... j'ai eu peur... J'ai eu peur pour toi, que... J'ai eu peur qu'il te soit arrivé quelque chose de... grave. J'ai pensé que...* »

Quelque chose de grave.

« *...Tu t'étais peut-être...* »

« *Que quelque chose pourrait être arrivé. Tu...*

Ce n'est pas que je n'écoute plus mais à cet instant les mots se relient entre eux comme sur un graphique. Alors je sais qu'*il* sait ce qu'il a fait. *Il* a toujours su. Même au *moment où*. Même juste à ce *moment-là* où *il*. *Il sait*. Qu'on pourrait bien, après une nuit pareille, même deux années après, se

... jeter par la fenêtre, peut-être... »

Il m'a creusée, un trou de silence. Je pense à mon dos plié, manœuvré, agencé de la meilleure façon cette nuit-là, prêt à être utilisé. Je crois qu'à un moment je me suis encouragée à subir – allez vas-y quoi vas-y c'est quoi la différence ce soir – faire ça comme on colle des gommettes à l'école, crever béante le mieux possible. Et la conscience que *ce qui est en train d'avoir lieu* est une exécution, pas un acte sexuel.

Silencieux à mes côtés, sans rien comprendre sans doute, la Petite Fille et le Pélican me regardent me lever puis me rasseoir. Je ris j'éclate dans ce téléphone, il n'y a pas à dire, je pourrais mordre de la chair planter mes doigts dans son œil, cogner ses dents contre de la pierre, un trottoir, je suis vivante. Le Pélican se lève beaucoup moins lentement que d'habitude, ne me tend pas les bras, il m'attrape comme si l'orage allait tomber, une grosse pierre du ciel, son cœur dans sa poitrine fait un mur au mien. Le téléphone reste à mon oreille.

Le ton de *sa voix* est parfaitement posé.

« *Tu as encore parlé ?* »

Pas tu *en* as encore parlé, mais : tu as encore parlé.

À aucun moment *il* ne s'égare. Pas de menaces. Pas de violence. Pas de cris. Être si sûr de sa place qu'on ne fait que *recommander, proposer posément.*

« ... *En tout cas, il faut que ça s'arrête. Tu m'entends. Il faut que ça s'arrête.* »

J'ai raccroché. Tout était à terre, en tas, un fouillis incroyable. Tout ce que j'avais essayé de croire et de me faire croire. Que peut-être, *il* ne savait pas ce qu'*il* avait fait cette nuit-là. Peut-être. J'avais vu *les choses* d'une certaine façon et j'étais trop sensible, follement. Peut-être que j'étais vraiment coupable de *l*'avoir diffamé.

La Petite Fille au Bout du Chemin, de deux phrases taguées, a dégagé les mots et mis à nu la guerre.

Le Pélican s'est éloigné pour laver les assiettes au jet d'eau devant le camion. Qu'est-ce que tu vas faire, elle me demande. Si tu préfères qu'on se taise on se taira, dis-le-moi, allez, dis-moi, qu'est-ce qu'on lui répond. Alors je propose qu'on attende. Un peu. Elle se voûte et je veux m'approcher mais d'une main tendue elle m'éloigne d'elle, ferme les yeux quelques secondes puis se redresse.

« Tiens », elle dit en me regardant. « Tiens. Encore un. » Encore un oiseau qui tombe. Car Voltairine, *il attendait un appel.* Un appel, un de ces jours, qui lui annoncerait que tiens, tu es tombée des suites du *14 septembre*.

Dans l'après-midi, c'est moi qui ai demandé à la Petite Fille si elle ne pourrait pas, la nuit même, retourner dans cette rue-là y inscrire les mêmes mots. Encore.

Il n'a pas jugé utile de me rappeler devant tant de désobéissance.

Et ces quelques lettres, sans doute maladroitement inscrites à la peinture noire sur une porte dans la nuit, je ne les verrai jamais, car elles ont été effacées aussi vite que possible (oh imaginer *ses gestes* rapides, furtifs, laver à grande eau pour que les voisins ne retiennent pas ce *14 septembre* malencontreux).

Mais ces mots-là, P A S D E J U S T I C E P A S D E P A I X, me sont une armée, des corps et des corps de lettres qui se tiennent, forment un mur vivant, du souffle, de l'air entre mon corps nu, la honte et puis une suite, enfin.

Le lendemain, je décide d'en finir avec ce récit et vais à l'hôpital avec l'intention d'offrir à Émile avant son opération ce « Journal de ses jours non vécus » tenu pendant deux semaines. Entourée de bonbons, de fruits et de magazines, Émile est assise sur son lit, ses tresses comme les cordelettes d'un rideau de maison de poupée autour de son visage de souris. L'infirmière et les médecins me saluent, voilà votre « sœur », et personne ne les corrige. Ils parlent de reprendre tout doucement la Danse après l'opération et de voir alors le niveau qu'Émile pourra atteindre et personne ne les corrige non plus.

On se regarde en souriant à toutes ces phrases optimistes – le plus dur est derrière toi – tu seras comme neuve tu verras – dont les proches croient utiles d'encombrer les chambres d'hôpitaux. Puis un oncle, ou un cousin peut-être, se tourne vers Émile et s'émerveille de ma présence quotidienne à ses côtés : « Mais comment vous êtes-vous rencontrées toutes les deux ? » Émile lui répond nonchalamment qu'elle n'en a plus aucune idée.

« Et toi ? » me demande-t-elle, « … à force, ça fait longtemps… »

Je ne corrige pas. Et il y a tant d'amis dans sa chambre cet après-midi-là que je garde le cahier avec moi.

Toutes ces années, nous nous sommes tirées chacune par la main. Nous avons partagé l'expérience de la vie morte. Nos peurs, nous les guettions l'une pour l'autre, laisser un de nos corps en arrière aurait fait tomber toute la chaîne de nos nuits sans vie, un boucan terrible. Et peut-être que nous avons fini par nous mélanger et les additionner, nos peurs, pour former ce magma pesant de frayeurs enchevêtrées.

Se protéger, s'enfermer sur des Îles, dans des camions sans moteur, remplir des centaines de questionnaires, se demander sans arrêt ce qu'on fait là et enfouir les réponses dans un tiroir parce qu'on ne sait pas quoi en faire. Décréter le début de l'année sans mouvement, celle-ci. Lever son verre à l'année sans mouvement. Qui n'a jamais existé.

Quarante-trois heures à peine

Elle m'attend au coin du boulevard et de l'hôpital, elle veut passer chez elle se changer. L'appartement ne ressemble pas à celui d'une fille dont la colère mérite toute une Notice chimique. Rien ne traîne par terre, il y a plus de DVD que de livres dans les étagères et quelques photos punaisées au-dessus du bureau. La Petite Fille, très jeune, entourée de trois autres filles dépenaillées et hilares, puis elle encore, la tête posée sur l'épaule d'un jeune homme qui fixe l'objectif d'un air satisfait. Une affichette un peu abîmée, sans doute achetée dans un musée et quand je m'y arrête, elle note : « Il faut que je t'en parle. » Je n'ai pas le temps de détailler le tableau, deux garçons aux yeux vagues et comme infusés de psychotropes, allongés sur une sorte de radeau qui dérive, elle m'entraîne dans la chambre à coucher, viens viens voir. Nous nous asseyons sur le lit et elle essaye de ramasser les livres, une bonne dizaine par terre, ses textes sont rangés dans des boîtes en carton dont s'échappent quelques feuillets. Posé sur la table de nuit, un bric-à-brac de bouts de bois, certains peints en violet, petite œuvre naïve et la feuille d'un arbre, séchée, d'un rouge passé. Punaisées au mur au-dessus de l'oreiller, deux pages arrachées à un cahier. Sur une :

rire des vieilles amours mensongères, frapper de honte ces couples menteurs

et sur l'autre un seul mot écrit dans la marge :

PATIENT(e) :

Les deux points laissent l'espace de la page vide. Son rire paraît légèrement embarrassé pour la première fois depuis que je la connais quand elle m'explique le sens de ce papier-là. C'est qu'elle ne peut pas tout punaiser au mur. Elle s'excuse d'avoir l'air paranoïaque peut-être, hein, tu vas me dire, vas-y prends-les finalement, elle ajoute avant que j'aie pu le penser.

Elle sort de son sac un de ses cahiers, « je le tiens toujours sur moi celui-là », dans lequel elle me montre la même page, « PATIENT(e) », suivie de son étymologie.

Adj. **1.** 1re moitié XIIe siècle « qui supporte patiemment les défauts d'autrui » (*Psautier d'Oxford,* 85, 14, éd. F. Michel, 123) ; **2.** 2e moitié XIVe siècle « qui souffre sans murmurer les adversités, les contrariétés » (*Brun de la Montaigne,* éd. P. Meyer, 3126) ; **3.** 1370-72 t. didact. « qui subit » (Nicole Oresme, *Éthiques,* V, 23, éd. A. D. Menut, 327) ; *ca* 1380 emploi subst. (J. Lefevre, *La Vieille,* 196 ds T.-L.). **B.** Subst.**1.** XIVe siècle. « malade » (Brun de Long-Bore, *Cyrurgie,* ms. de Salis, f° 102d ds Gdf. *Compl.*) ; **2.** 1617 « personne qui est condamnée au supplice » (A. d'Aubigné,

Avantures du baron de Faeneste, I, 12, éd. Réaume et de Causade, II, 419). Empr. au lat. *patiens* « qui supporte, endurant », part. prés. adjectivé de *patior* « souffrir, supporter, endurer ».

II. – *Subst.* et *adj.*

A. – (Celui, celle) qui subit, qui est l'objet d'une action.

1. *PHILOS.* [P. oppos. à l'agent] (Celui, celle) qui subit, qui est passif.

2. *LING.* [P. oppos. à celui qui agit] L'être ou la chose qui subit l'action (le procès).

B. – *Vieilli* ou *littér.*
1. Supplicié(e).
2. *P. ext.*
a) (Celui, celle) qui subit un châtiment, qui affronte une épreuve pénible.
b) Malade ; (celui, celle) qui subit ou va subir un examen médical ou une opération chirurgicale.

« Pas mal, non ? À trifouiller, voire trépaner, comme mot, hein... »

Puis elle pose son bras sur mon épaule et d'un doigt m'indique les deux cartes postales punaisées au-dessus. Une jeune femme aux cheveux relevés ne regarde pas l'objectif, elle fixe une personne qu'on ne verrait pas, peut-être dans le coin de l'image.

« Elle a l'air de poser une question et... Oh la... Elle ne lâchera rien avant d'avoir eu une réponse... » je chuchote, sans trop savoir pourquoi.

La Petite Fille au Bout du Chemin me sourit, elle semble fière de mes conclusions : « C'est Voltairine de Cleyre ! »

L'autre photo, plus classique, la représente sage et la tête légèrement inclinée, un camée autour du cou, à la main un petit bouquet de fleurs à la main, des violettes je crois.

« Et ça aussi, tiens, lis, je l'ai découpé dans le journal. »

PRISON OUVERTE

À Witzwil (Suisse), on a élaboré un concept de pédagogie et de thérapie par le travail dans une prison ouverte. Il faut environ un mois pour que chaque détenu sache ce qu'il a à faire et comment le faire. Pourquoi ne pas s'enfuir quand on le peut ? Parce que ça ne sert à rien. En 2009, tous les évadés (vingt-sept) ont été repris. Certains sont revenus d'eux-mêmes, d'autres ont été retrouvés chez eux (ils avaient donné leur adresse à l'administration pénitentiaire). À Witzwil, les barreaux sont remplacés par un contrat social. La connaissance de chaque détenu, de ses besoins, de ses potentiels, de ses difficultés est le pivot de la sécurité.

En visite, le ministre a déclaré : « Ce système est transposable en France : bientôt, nous aurons une prison adaptée à chaque personnalité, de la prison classique à un régime de quasi-liberté où la contrainte est morale. »

Elle lisse l'article, pensive : « Le supermarché de la punition. La quasi-liberté... », et ses yeux sont pleins de larmes tout de suite, elle s'évente très rapidement d'une main comme pour les dissuader de s'agglomérer.

La Petite Fille au Bout du Chemin a été vendeuse de vêtements, puis serveuse dans des bars et pas n'importe quels bars, me précise-t-elle, ah non, les pires, ceux où se réunissent les jeunes corps fermes et blancs qui sont dans, elle se lève et jette ses bras au ciel en disant ça, une écuyère de cirque : « L'événementiel ! La communication ! » Elle a travaillé dans un service de téléphonie il y a un an. Et dans un bureau de change, son dernier emploi. Elle raconte, en me précisant qu'il ne s'agit pas de s'en plaindre, mais de prendre note de quelques faits, voilà. Le conseil donné aux employés « Tâche 1 » de ne pas se mêler aux « Tâche 2 » à la cantine.

L'interdiction d'aller aux toilettes sans demander au « boss », qui tient beaucoup à ce qu'on l'appelle comme ça, l'interdiction de garder une tasse de thé sur son bureau – tu n'es pas dans ta cuisine –, et ce stage de « Dénonciation civique » obligatoire où les employés se voient remettre une circulaire de la Préfecture avec un numéro de téléphone gratuit inscrit en gras, où on laissera « de façon sécurisée et anonyme ! » l'identité des clients étrangers qui semblent « suspects ». Elle me demande si les danseuses ont un CV, aussi. Me dit qu'elle pense à rédiger son CV de fille, c'est un métier, la féminité. Ou une condamnation, tu crois ?

Écrivons notre C.V. banal et exemplaire, Voltairine, me propose-t-elle, son énergie tout à fait retrouvée. Elle récite à toute vitesse, les yeux fermés : « Alors... Encouragée à la docilité dès son plus jeune âge, félicitée pour sa douceur son écoute sa patience et ses jolis pieds. Anorexique comme il se doit de douze à dix-neuf ans environ, quoi encore... Cicatrise mal. Allergique et dubitative. Déclarée socialement apte à être pénétrée, elle se lasse assez tôt des frottements de muqueuses et se fourre des mots et des images là-dedans jusqu'à ce que tout ça commence à déborder sérieusement et que les proches – ah ce mot ce mot – lui conseillent de faire quelque chose. »

« Tu veux aller dans une fête ce soir ? », elle propose sans aucun lien avec sa phrase précédente.

La robe rouge qu'elle me tend ne me va pas, les manches en sont trop longues, « tu es une grande Petite Fille », je remarque. Elle prend une brosse, s'assied derrière moi et coiffe mes cheveux, appliquée à défaire les nœuds. Nous ne parlons pas de la plainte qui va certainement me tomber dessus, nous ne parlons pas de cette nuit qu'on vient de passer sans dormir. La Petite frôle de sa bouche le bord de mon oreille : « Voltairine, nous allons déchirer nos carnavals absurdes cette nuit. Puis nous nous attaquerons à nos cicatrices. »

Dans le salon, au-dessus de l'affiche des deux jeunes hommes drogués, un Post-it jaune rappelle, comme une petite liste de choses à faire, à ne pas oublier :

« Questionner les Notices/Répandre les questions

Qui coupe les nerfs ? »

Dans cette fête, les voix forment un tas sonore, une pelote de laine de petits désespoirs quotidiens et solitaires, mais personne ne verse de larme sur rien, ah dis donc tu es sérieuse, ça ne rigole pas, me lance une fille quand je refuse un verre d'alcool. La Petite Fille au Bout du Chemin porte des chaussettes hautes à losanges sur ses collants de laine noirs, elle est assise à mes côtés. Les losanges s'arrêtent là où la laine du collant se fait plus fine, elle tient ses mains jointes sous ses cuisses, je voudrais que cet hiver dure toujours, pour ses collants.

Elles penchent la tête quand un garçon s'adresse à elles. Agitent leurs mains en parlant, les doigts légèrement écartés comme si leur vernis n'était jamais sec. Portent les aliments à leur bouche d'une mine maussade et quand elles dansent, seul leur bassin bouge, les filles de cette soirée déclinent leur sexe comme une identité, addition de détails appliqués. Ça fait si longtemps que je vis seule dans l'Île que cet amoncellement de peaux pleines de savoir, tout un programme, me donne l'impression d'être évadée à la féminité, comme une chose qui serait partout autour de moi et où je n'irais jamais, une piscine en hiver. La Petite Fille me jette un coup d'œil de louve, marrante, elle se tient un peu voûtée et ressemble, dans cette lumière, à Charlotte Rampling jeune.

Elle n'a pas l'air de connaître beaucoup de monde, je me pose même la question de savoir si elle n'a pas débarqué là-dedans par hasard.

« Comment vous êtes-vous rencontrées ? » nous demande un jeune homme.

La Petite Fille le regarde un moment par en dessous avant de lui répondre d'une voix grave : « Pauvre type. » Puis elle me glisse : « Jeanne Moreau, dans *Eva*. Tu l'as vu, j'espère. »

Une fille demande qui participera à la journée sans Président prévue la semaine suivante et des mains se lèvent prestement. Les règles en sont rappelées : interdiction d'évoquer le Président pendant vingt-quatre heures, c'est vrai, on en a assez, il faut faire quelque chose, jusqu'où tout ça ira si on ne fait rien. Leur prudence d'enfants sages qui, derrière la porte fermée de leur chambre douce, une lampe de poche à la main, sursauteraient au moindre bruit que leur activité secrète engendre.

« Et si on allait voir si la banderole est encore là ? » je lui demande, fatiguée.

Les manteaux sont entassés dans une des chambres à coucher. La Petite PAS DE JUSTICE PAS DE PAIX en soulève un, le secoue légèrement, je me prépare à lui dire que ça n'est pas le sien mais elle me sourit et recommence avec un autre, puis un blouson, et encore un autre manteau. En dix minutes à peine, il y a un tas de clés sur le lit. Elle les mélange comme un jeu de cartes puis m'en tend une. « Vas-y ! »

« Quoi ? »

« Re-mets-la dans-le-man-teau-de-ton-choix ! » elle chantonne d'une voix de fée Dragée * en commençant par enfouir une clé de voiture dans un manteau beige.

« Venez Voltairine ! »

Tandis que nous marchons vers le pont où nous avons accroché QU'EST-CE QU'ON FAIT LÀ, elle veut savoir si je me sens encore étrangère ici et je ne réussis pas à répondre. Nous avons sommeil toutes les deux, c'est sans doute pour cela qu'on rit tellement, ça nous agite en soubresauts, on rit parce qu'on a froid, parce qu'on se marche sur les pieds en laissant la place à un groupe de flics sur la largeur du trottoir, on rit quand on rit aussi.

Nous sommes près de la banderole, elle est encore bien là, un peu déchirée en son milieu, la toile cirée prise dans le vent aigu. À quoi a-t-elle pensé quand elle a tagué la porte la nuit dernière ? A-t-elle eu peur d'être surprise ?

« J'ai eu peur que quelqu'un me demande ce que je faisais là. J'ai été très déçue en vérité Voltairine. »

« De quoi ? »

« D'avoir peur. J'ai tellement lu, tellement vu de films… J'avais pris ça pour une sorte d'entraînement. Mais rien qu'en inscrivant deux phrases, j'ai eu peur. Il faut que je travaille en résistance… »

« Je peux te montrer si tu veux… »

« Quoi ? »

---

* Personnage du ballet *Casse-Noisette*.

Et nous sommes sur le pont, je pose ma main gauche sur la rambarde et les jambes ouvertes en première position, le dos rectiligne, je lui montre comment faire un plié bien lentement, en résistance.

Nous n'avons nulle part où aller, pas chez elle en tout cas et l'Île est hors de portée, il n'y a plus de trains. Alors nous marchons encore. Je lui parle d'Émile, de cette terreur de la perdre si envahissante qu'elle ne cède pas encore la place au soulagement qu'elle soit là, finalement, en vie. Et j'ajoute, même si cette pensée me fait un peu honte, qu'il ne suffira pas de respirer correctement toutes les deux, nous satisfaire de ce seul fonctionnement mécanique. Nous passons du cœur arrêté aux Mardis soir de la rue Saint-Ambroise. Voilà, je lui dis, comment j'ai rencontré Émile.

Je voudrais savoir : pourquoi tu as fait ça pour moi. À vrai dire, Voltairine, me dit-elle en pressant le pas de froid, c'est ça ou l'oubli, de l'autre côté de mon geste il n'y a que le néant, du rien. Toi, cachée sur ton Île, pendant que celui que tu appelles ton adversaire est grossièrement à l'aise dans toutes les rues. Je n'ai fait qu'inscrire une date dont vous êtes les seuls à connaître l'odeur. Je n'ai pas tagué viol/violeur. Seulement égratigné un bout de silence. C'est ce que je fais là. Depuis quarante-huit heures, la peur s'est déplacée. Il sait que quelqu'un sait, il ne sait pas combien nous sommes. Ses mouvements, ses déplacements vont se faire plus furtifs, anxieux. Il va certainement reporter plainte contre toi, même si je suis sûre qu'il sait que tu n'es pas celle qui a inscrit ces mots-là.

Sa respiration est presque bruyante, siffle, elle s'arrête quelques instants et secoue la tête quand je veux poser ma main sur son épaule, non. Dévoiler la guerre, Voltairine. En mettre à nu les fils, tous ces circuits soigneusement recouverts de normalité, avant que nos cœurs subitement ne s'arrêtent.

Quelques bus passent, exubérants dans le vide des boulevards. Soudainement, la Petite Fille éclate de rire : « Excuse-moi. Je pense aux clés. Nous venons de créer un léger désordre... La Grande Nuit des Clés ! »

J'aimerais dévier de ce compte rendu chronologique, j'aimerais pouvoir m'égarer un peu à raconter comment, depuis le PAS DE JUSTICE PAS DE PAIX je me sens presque idiote de légèreté, une sensation de fin de convalescence. Je voudrais tracer des lignes entre les différents possibles qui surgissent cette nuit-là, ce parcours de rues qu'on choisit d'emprunter. Nouer d'un ruban serré ces petits éclats de hasard. Et si nous n'étions pas passées rue du Chemin-Vert. Et si nous n'avions pas entendu ces voix, est-ce que la Nuit des Clés n'aurait été que ça, ce pas de deux ébouriffant.

Les jardins, la nuit, sont fermés à Paris, alors, quand, en passant devant ce square entouré d'arbres immenses et desséchés, nous percevons des conversations dans la nuit, nous nous rapprochons. Il fait trop sombre mais on distingue quand même un groupe d'une vingtaine de personnes.

« Une conspiration ! »

Ravie, le visage plaqué à la grille, la Petite Fille relève sa jupe et tente d'introduire le bout de son godillot dans un espace minuscule du fer forgé. Nous l'enjambons assez facilement et avançons sur l'herbe vers le petit groupe qui s'est retourné en nous entendant. Nous les saluons et très naturellement la Petite s'assoit dans leur cercle en me faisant une petite place à côté d'elle. Comme nous ne disons rien, ils pensent peut-être que nous sommes en retard et ne demandent pas qui nous sommes. Ils forment une assemblée disparate. Filles pâles et chuchotantes au regard emmêlé qui soufflent sur les mains l'une de l'autre pour se réchauffer, deux jeunes femmes aux cheveux recouverts d'un foulard, silencieuses, qui prennent des notes, des garçons nerveux emmitouflés dans de grosses écharpes noires, le visage dissimulé d'une capuche pour certains ou d'un bonnet. Une fille aux grands cernes bistre se retourne fréquemment vers le fond du parc comme si elle avait peur. Et puis il y a ceux-là qui se tiennent ensemble, un groupe dans le groupe, le corps mal enveloppé de vêtements ternes, de manteaux qui ne semblent pas leur appartenir, trop grands, ou au contraire vêtus de pantalons qui laissent apparaître une fine bande de peau marquée de l'élastique des chaussettes. L'un d'entre eux cherche un bonnet, il a perdu le sien au foyer, dit-il. Ses cheveux légèrement ondulés recouvrent laborieusement son crâne et le bout de ses doigts, quand il m'offre un gobelet de thé chaud, est si envahi de corne qu'il paraît cartonné. À plusieurs d'entre eux il manque des dents. Il ne s'agit pas d'un rassemblement de gens de notre âge qui viennent boire dans un parc au milieu de la nuit, ils n'ont pas tous l'air d'étudiants, leurs mines sérieuses et mystérieuses me sont complètement illisibles. La Petite Fille me fait passer un petit bout de papier : « Paranoïaques en préparation de colonie de vacances ou cellule dormante très baltringue ? » Elle se penche vers moi, chuchote, fascinée : « Mais qu'est-ce qu'ils font là, Voltairine ? Oh ! Tu as vu derrière, là, dans le fond du parc ? Un vieux kiosque à musique ! »

Il est question d'un départ imminent, vers où, on ne sait pas, aucune destination n'est prononcée, qu'un très vague « endroit prévu », leurs précautions nous intriguent. Un garçon semble en savoir plus et c'est à lui que les questions s'adressent : « Est-ce qu'on restera longtemps ? », « Il faut apporter des pulls ? Il fera plus froid qu'ici ou moins froid ? », « Qu'est-ce qu'on risque ? », « En résumé, qu'est-ce qu'on prend ? »

« Le minimum, vraiment... On ne va se trimballer avec des malles hollywoodiennes ! Alors, une culotte et une brosse à dents ! » Nous rions avec les autres, surtout parce qu'on ne comprend rien et qu'on a très sommeil. Le froid se serre autour de la nuit de février, accélère les rires, aiguise les voix, l'air est excité de devinettes et de rébus.

Quand on se quitte, une des filles nous recommande d'être bien à l'heure le lendemain à la gare de Bercy. Nous n'avons vu aucun film depuis plus de quarante-huit heures.

Il faudrait dormir, il faudrait mettre un point, une pause. Et comme une sale habitude paresseuse, un instant, il me prend l'envie de reculer et de continuer cette vie dans laquelle je ne vis pas, toute cette torpeur égale de la nuit au jour. Trop de gens, trop de rues, de questions, trop de Petite Fille au Bout du Chemin qui embrouille mes clés. Mes tendons d'Achille se tendent à chaque pas, anormalement courts soudainement. Nous buvons un chocolat puis je reprends le premier train vers l'Île, elle, elle va se reposer quelques heures chez elle, nous parlons de nous rappeler plus tard, sans trop de précisions ni de décisions.

Seul entre deux saules pleureurs, le camion me paraît vieux, presque un souvenir. Je ramasse quelques vêtements que je range dans mon sac, la peur de dormir seule là-dedans, une peur de mauvais film, en ombre de fond, partout.

Je te préviens il faut que ça s'arrête.

Juste avant de m'endormir, je regarde quelques minutes d'un documentaire autour du *Raymonda** de Sylvie Guillem. Toutes les huit mesures, comme une gifle incongrue dans ce décor doré et rouge, Mademoiselle Non tape une fois dans ses mains puis parcourt l'écran en diagonale, piqué tour attitude assemblé soubresaut. Et je ne sais pas si c'est la fatigue de ces dernières heures. Ou si c'est qu'en vérité je n'ai plus le choix, je ne vais pas rester là sagement à attendre un papier officiel où *son* nom sera précédé de la mention : *le plaignant*. Mais le son des paumes de Sylvie Guillem l'une contre l'autre, ce claquement impératif de fouet m'invective, elle s'injecte en moi, surprenante et fraîche. Et je suis encore assise mais je ne peux plus faire comme si je ne savais pas ce que je fais là, depuis trop longtemps.

Au matin, je vais jusqu'au Pélican. Il est déjà dehors, long corps appliqué à ramasser les canettes et les pierres que les gamins du village lancent vers son camion quand ils viennent se saouler le samedi soir sur l'Île. Nous buvons un thé aux épices avec son gâteau aux pistaches, assis silencieux l'un en face de l'autre dans son minibus plus spacieux que le mien. On distingue mal sa bouche au milieu de sa barbe, ce flou rend ses yeux encore plus clairs, vertigineusement vivaces. Je ne pense pas à cet instant-là que je quitte tout ça, non, je vais comme chaque jour à l'hôpital. Et ensuite, je retrouverai la Petite Fille qui est devenue mon manteau, mon coup de poing américain et une maison douce aussi, tout ça mélangé à ses théories, ses textes

---

* Ballet de Marius Petipa en trois actes.

et ses Voltairine. Et ses jambes, cet instant de peau nue que j'imagine entre ses chaussettes montantes à losanges et son collant noir.

Alors on ne se dit presque rien. Par quoi aurait-on pu commencer ?

J'aurais aimé dire au Pélican qu'il nous faudrait bien retrouver un début quelque part. Parce que, qu'est-ce qu'on faisait là depuis des mois tous les deux, à part compter les oiseaux qui tombaient et craindre des Fins qu'on attendait quand même, assis près de nos camions immobiles.

De nouveau entourée de machines, Émile, pour une fois, est seule dans la chambre.

« Comment tu te sens ? »

« Ça va. J'essaye de ne pas penser que je vais avaler un ordi demain matin... »

« Tu hésites ? »

« ... Si ça rassure tout le monde que j'intègre un flic nanotechnologique... »

« Mais... Tu n'as pas peur, toi, qu'il s'arrête encore, ton cœur ? Là, tu seras tranquille... »

« ... Je n'ai aucun souvenir de ma mort. C'est toi, enfin, c'est vous qui avez eu peur. Moi, je suis simplement morte dans le café. Tiens, d'ailleurs, quelle pub incroyable, imagine... Au MK2 café, le café est mortel !! Je me suis réveillée ici, vous aviez tous l'air de chrétiens enfarinés. Vous m'avez parlé comme à une attardée, mais non, tu n'as rien, simplement tu meurs inopinément et depuis on me persécute avec des articles de journaux à apprendre ! »

Émile raconte son cœur comme elle racontait la fin de la première partie de sa vie, quand elle nous faisait rire jusqu'à s'en étouffer le Mardi soir, près du métro Saint-Ambroise, et elle se dresse dans son lit pour parfaire le mime de ses agonies.

Elle a insisté pour que je ne revienne plus à l'hôpital, non fifille, je viendrai la semaine prochaine sur l'Île, je sors dans quatre jours. Elle m'a demandé ce que j'avais fait ces temps-ci, j'ai évoqué la Cinémathèque et aussi la Petite. Puis, elle m'a tendu sa joue de façon exagérée, ses tresses jolies penchées comme un pendule morne. « Viens me faire un petit bisou, depuis que je suis décédée tout le monde m'embrasse, allez !... Crapule roumaine. »

Je lui ai montré mon majeur et j'ai refermé la porte. Je n'ai pas parlé des tags.

Quand nous nous retrouvons, la Petite Fille et moi, à peine quarante-huit heures après PAS DE PAIX, nous ne reparlons pas tout de suite du groupe du square et de leur rendez-vous à la gare. Mais nous ne nous intéressons pas non plus au programme de la Cinémathèque. J'ai dans mon sac quelques affaires de rechange et une brosse à dents, mon passeport et un ancien programme de l'Opéra offert par le Pélican.

Le ciel est dessiné d'un trait, ardoise et statique, et j'aimerais qu'il neige, ici on attend toujours qu'il neige. Nous sommes l'une en face de l'autre dans ce café, intimidées de ces derniers jours si gais, c'est une distance polie de lendemain amoureux. Elle boit un chocolat, son pied qui s'agite sous la table imprime un tressautement à la soucoupe de ma tasse. La télé commente l'arrestation d'une étudiante, « ... grâce à la présence d'esprit des voisins de la suspecte. Si vous avez le MOINDRE DOUTE, nous vous rappelons le numéro spécial de vigilance quotidienne antiterroriste ».

À ce moment-là, nous ne sommes déjà plus seulement assises côte à côte sur cette banquette froide d'un bordeaux grisâtre. Nous sommes liées par des gestes. Je suis plus coupable que jamais et si jusque-là ce jugement m'a tenue assise, presque sonnée, là, trop de mouvements contenus chargent mon sang du désir d'en découdre, encore. Deux années. À disséquer, brumeuse, les pirouettes de Gelsey et traduire les mots des autres, en vérité ce temps-là me fait honte.

« Donne ta main », elle ordonne. Elle avance la sienne sur la table, vérifie que nos coudes sont dans le bon alignement, ses mains sont glacées. Elle veut faire un bras de fer, n'en a pas fait depuis le collège. Le serveur passe et se retourne sur nous. Elle sent la violette chaude quand son bras renverse le mien d'un coup d'épaule tout à fait illégal, son souffle effleure ma joue d'un rire. Le cœur embarrassé, comme enchevêtré de mots que je ne sais plus dire, son odeur me rentre dans le corps, une petite vague régulière et tenace, un refrain.

Quand le serveur revient avec l'addition – on a passé plus de quatre heures dans ce café – et qu'il lui tend la monnaie, très cérémonieusement elle fait signe de la donner à mademoiselle, en me désignant. Les doigts du jeune homme effleurent ma paume. Elle se lève vive et ravie, je sais qu'elle pense à sa théorie de la Caissière et à ces paumes avides et solitaires dont elle ne fait plus partie.

Et on aurait beau chercher, on ne trouverait rien, aucun futur. Nous ne sommes plus celles que nous étions il y a deux semaines à notre rencontre, il n'y a aucun endroit où aller, rien à continuer. Vides et sur le qui-vive. Et il semble qu'entre ce moment où la Petite Fille revient de sa nuit PAS DE JUSTICE PAS

DE PAIX et celui où nous trinquons avec des gens qu'on ne connaît absolument pas dans un train de nuit presque désert, le temps ne soit plus ponctué de sommeil ni de nuit. Ou alors, c'est le contraire, et il n'y a que lune, étoiles et vent frais.

On peut toujours aller voir, ils ne sont pas antipathiques. C'est vrai, des gens qui se réunissent la nuit dans un square du XIXe siècle, dans lequel on trouve trois noisetiers de Byzance, un savonnier de Chine et un oranger des Osages, tiens c'est difficile à dire orangédézozags, me dit-elle. Oui, allons jeter un œil à la gare, voir s'ils partent vraiment.

Dispersés sur le quai, ils ne se regroupent pas, comme s'ils ne voulaient pas avoir l'air d'être ensemble. Dès qu'elle nous aperçoit, la fille aux grands cernes vient à notre rencontre, s'enquiert de nos papiers d'identité. À cet instant-là, je n'ai pas vraiment l'intention de monter dans un train pour je ne sais où. Mais il y a une gaieté. Quelque chose comme un préparatif de fête et cette fébrilité avec laquelle on soigne les détails d'une table, le choix des lumières dans une pièce où l'on dansera plus tard. Et les billets ? je demande au garçon qui semble se charger de l'organisation, qui a les billets ? Sa bouche est dissimulée derrière son écharpe et les mots qu'ils prononcent flottent, brumeux, défiant la ville, la nuit et les militaires en tenue camouflage sur chaque quai, une mitraillette à la main.

Je pense au long manteau kaki des miliciens roumains en hiver. À leur visage tendu, maussade, comme si le froid de Bucarest et l'obligation qui leur était faite de surveiller les rues et les gens, cette allégeance au régime, les avait terriblement ennuyés. Le lendemain, ils auraient pu être maîtres d'école ou épiciers. Alors qu'ici, en France, chaque visage depuis l'Élection me semble plein d'un désir de participer, une réelle envie d'en être, de cet effort national qui soigneusement trie les corps. Avec cette attention permanente aux billets validés dans les gares, les métros, ces vigiles à l'entrée des bars, des boutiques, des supermarchés, leur acharnement à fouiller les sacs et ces sondages qui font le compte des fraudeurs, faux chômeurs qui seraient là dissimulés parmi « nous ».

Quelque temps avant sa mort subite, un jour, Émile m'appelle, elle sort d'un musée où elle a emmené des garçons du quartier. La femme au guichet exige un justificatif de précarité à un des jeunes, pour son tarif réduit. Il fouille ses poches un moment, puis présente un papier officiel mais datant de plus de trois mois. La guichetière l'inspecte longuement puis le lui redonne en secouant la tête. « Non, ça ne prouve rien. » Émile intervient avec légèreté, après tout, il s'agit d'un musée, de l'art « Laissez-le rentrer… », tandis que l'autre répète : « Je ne fais que mon travail, c'est tout, mon travail. »

La Petite Fille, de dos à moi sur le quai, passe un coup de fil. Un peu par défi, parce que jusque-là je ne me suis pas montrée très téméraire, je m'approche du marchepied du train, je n'ai pas prêté attention aux annonces et ne sais vraiment pas où il se dirige. Il est bientôt vingt-deux heures et voilà qu'on me pousse, me bouscule pour rentrer aussi, ceux du square sont surexcités. Ravie de moi-même je fais signe à la Petite de se dépêcher, elle met sa main devant sa bouche, sans doute qu'elle pouffe de rire, elle me rejoint à la hâte. Au moment où on quitte la gare, tous se mettent à crier de joie, s'enlacent, courent d'un compartiment à l'autre, « on y est, on y est ! ». La Petite Fille ne bouge pas du couloir, son front appuyé contre la vitre comme Giselle quand elle voyageait, la truffe collée au mouvement des arbres rapides qui défilaient.

Il se peut que je ne revive jamais quelque chose d'aussi fluide que cette nuit-là. C'est envisageable. Alors je convoque l'odeur d'un train de nuit trop froid. Je convoque ces visages dont je ne sais rien, ni leurs prénoms, ni ce qu'ils font là. Puis ces conversations. J'en entamais une avec une jeune fille, un type s'approchait, nous devenions ce trio qui débattait sans s'être jamais parlé, je me retournais et mon regard croisait les yeux de renard du garçon aux mots brumeux, il me serrait dans ses bras, on portait un toast, j'ai laissé la nuit me réinventer. On courait, disloqués par les cahots, deux voitures sur les cinq qu'on traversait semblaient être les pièces vides d'une maison sombre et glacée. Nos déplacements, cette nuit-là, ont la rapidité des acteurs de film muet, nous allons et venons sans cesse. Il faut trouver Ivan, me demande-t-on. Mais qui est Ivan. C'est le grand au pull bleu, tu verras, il est sans doute là-bas. Nous voilà parties à la recherche du pull bleu, nous claquons chaque porte, hurlons entre les wagons, nos corps tendus de plaisir dans ce bruit de machines et de vent, arc-boutés de peur à l'idée d'être repris à la vie, celle-là, si belle enfin. On se croise on se heurte on s'excuse on se sourit, ça va et toi, tu dors dans quel compartiment, le train est une grande suite où rien n'est prévu pour nous et nous voulons en embrasser chaque lieu, nous asseoir à chaque place. Puis, c'est une fille qui propose : « On va trinquer ! » et nous formons une petite ligne maladroite jusqu'au bar.

Nous avons beau connaître notre destination maintenant, on se regarde avec la Petite Fille, heureuses de cette troisième nuit ensemble, aucune idée de ce qu'on va faire dans cette ville-là. Les contrôleurs ramassent nos papiers d'identité et, dans le recoin qui leur sert de bureau, rédigent, furieux, quarante-deux amendes à la main. À deux heures du matin, nous passons une frontière avec succès, ils ne nous font pas sortir, et la Petite Fille frappe ma main comme une basketteuse américaine, le redémarrage me fait tomber maladroitement en avant dans ses bras.

Ni elle ni moi ne nous préoccupons de ce que ce groupe prépare. Nous allons sans préméditation. Qu'est-ce qu'on fait là, PAS DE JUSTICE PAS DE PAIX, et même la Nuit des Clés sont des petites marches, des bulles, nous passons de l'une à l'autre, ravies de nos succès. Ce que nous avons initié il y a soixante-douze heures ne doit pas s'arrêter là, on ne peut pas rentrer à la maison. Quand je ferme les yeux quelques instants, les conversations des autres dans le compartiment ne m'empêchent pas de dormir, je flotte dans le plaisir de ce moment sans but, je voudrais qu'il n'y en ait aucune, de destination, que ce train aille, avance, le temps de me remettre de n'avoir rien fait toutes ces années. Et d'où je reviens, je n'en ai pas le nom, tandis que je cours, évadée dans les couloirs sombres d'un train de nuit, me cognant aux vitres à chaque virage.

Vers trois heures, le train s'arrête longuement dans l'étrange silence d'une gare enneigée, une autre douane, la plupart d'entre nous se sont assoupis, il n'y a que les pas rapides des contrôleurs qui expliquent aux douaniers l'histoire de ce groupe sans billets. Quelques personnes descendent sur le quai, s'étirent, font des petits mouvements de bras pour se réchauffer, fument, et je crois que la première part d'un jeune contrôleur, une boule de neige frappe Ivan. La Petite Fille se redresse d'un bond sur la banquette : « Qu'est-ce qu'il se passe ? On est arrivées ? » Sur le quai, c'est une bagarre de boules de neige sous les lampadaires orangés d'une petite gare de montagne. J'ai à peine le temps d'enfiler mon blouson, elle est déjà dans le couloir et claudique en remettant à la hâte ses chaussures, elle crie : « On fait deux équipes ! On fait deux équipes ! Avec moi ceux de la Godard !! » Un barman essoufflé de rire court derrière les wagons comme un terroriste de série américaine pour nous surprendre, il fait tomber sa casquette sur les voies, tant pis, le train va repartir, nous l'aidons à remonter, il propose de nous payer à boire. La Petite se penche par la vitre dans l'air glacé : « La terreur blaaaaanche de vos prisons envahira vos déraisons… Croupissez dans vos nuits nooooires, vous aviez Fritz Zorn et Tanneeeer !! » Elle est très applaudie. Vers quatre heures du matin, quelques-uns sont saouls, parlent fort et un peu trop, et s'agrippent à moi quand le train tangue, le bar est dévasté, j'ai les pieds et les cheveux trempés du mélange d'eau gazeuse et de mousseux avec lequel les barmen nous ont accueillies tout à l'heure, un arrosage d'accueil, la réponse aux boules de neige. Vous savez où on va, vous, nous demandons, tentant de profiter de l'état d'ébriété de certains. Il me semble comprendre qu'ils ont l'intention de rentrer dans un lieu symbolique. Leur méfiance, pas seulement à notre égard, mais entre eux, nous impressionne et nous enchante, la Petite et moi, cette organisation, cette préparation minutieuse, le numéro de téléphone d'un avocat qu'ils donnent à chacun assorti de recommandations en cas d'arrestation.

Lors d'un dernier arrêt, nous nous unissons aux serveuses pour canarder le train d'en face, Lucie, la fille aux grands cernes, sautille en agitant un tee-shirt blanc pour qu'on l'épargne. Puis, l'air reprend son souffle dans l'aube, c'est un beau repos de silence, le sommeil jusqu'à huit heures. Je me réveille glacée et bizarrement en forme, j'ai dormi sur l'épaule d'Ivan. La Petite Fille n'est pas là, je la retrouve en grande conversation avec le barman. Il est penché vers elle, souriant à ce qu'elle lui raconte.

Ivan et Lucie nous rassemblent, ils reçoivent chacun plusieurs coups de fil, L'ambiance a changé. Ils n'ont pas investi ce train simplement pour y faire des batailles de boules de neige. Quand on entre en gare dans cette capitale européenne, nous sommes tous entassés dans le couloir, prêts à descendre, et je ne me demande pas ce que je fais là, je n'ai rien quitté à part Émile à qui je pense avec une légèreté nouvelle. Et la voix qui annonce dix minutes d'arrêt est un détail excitant, une étape aventureuse de plus que je lui raconterai bientôt.

Sur le quai, un jeune couple nous attend, ils font signe de se presser, vite, sortir de là.

Ivan me tend mon passeport que le contrôleur lui a rendu avec l'amende, promet qu'on ne la paiera pas.

Quand on ne connaît pas une ville, les premiers pas qu'on y fait restent en mémoire sous forme de vignettes incohérentes, un rébus. Des statues de chevaux de pierre massifs, des poings dressés et des églises. Des marches, reliefs crayeux doucement ébréchés et des arbres, des peupliers je crois. Des rangées de palmiers, aussi, et des vendeurs de tee-shirt et de drapeaux. Des casquettes « White Power ». Et cet agencement de vitrines, la fade odeur de synthèse européenne de tous les centres-villes avec, en miroir, les petits pas saccadés des femmes appliquées à calquer les corps de plastique de ces mêmes vitrines.

La presse, les jours suivants, consacre toute une page à cette « *opération minutieusement préparée depuis Paris, sans doute rendue possible grâce à la complicité de certains connaissant le fonctionnement et les activités prévues dans la Villa* ».

Mais ces termes militaires sont très loin de l'ambiance rocambolesque de notre arrivée ce matin-là. L'endroit que la presse appelle la Villa est, depuis l'Élection, le lieu de vacances de la femme de l'élu, là, aussi, où se réunissent les penseurs du régime, ses proches zélés.

Quand nous arrivons devant le mur qui entoure le parc immense, Ivan, un plan à la main, fait quelques mètres en scrutant les détails des pierres, puis il s'immobilise, nous demande de l'aide et, sans même se cacher des passants, enjambe le mur. Quelques minutes plus tard, il nous siffle et nous fait passer une grande échelle en bois grisâtre. Je me souviens des yeux ébahis du chauffeur de taxi et du conducteur de bus arrêtés au feu rouge. Un par un, la plupart très maladroits, nous posions les pieds sur l'échelle pour passer dans le parc. Certains tanguaient, poussaient des petits cris. Et cette sensation de faire partie d'un dessin-animé, quand nous nous sommes tous mis à courir sans bruit en file indienne dans les allées rectilignes de la Villa, entre les pins parasols et les statues de lions. De temps en temps, un éclat de fou rire partait des buissons comme un départ de feu, alors, les autres, tout en continuant d'avancer vers la Villa, se retournaient en un chœur de chut majeur.

Nous avons poussé une très lourde porte en bois au-dessus de laquelle était gravé dans la pierre « À Napoléon les arts reconnaissants ». Ivan et les autres s'attendaient à rencontrer une résistance, des gens dans les salons, quelque chose. Mais la pièce aux plafonds immenses dans laquelle nous nous sommes retrouvés était totalement vide, une odeur de vieux tabac et de poussière posait un voile étouffant sur le matin et sa clarté. On s'est arrêtés là. La fête était finie. Des bouteilles de champagne vides d'un format impressionnant, des verres renversés, parfois privés de leur pied et partout des assiettes salies de traces roses et séchées, précieux petits boomerangs de porcelaine. Dans ce décor de lendemain de fête, nous semblions à la fois trop jeunes et sales, mal attifés, gauches de fatigue. Déplacés. Ces signes d'opulence, la nonchalance de la vaisselle brisée et la nourriture éparpillée traçaient une ligne frontière entre le groupe du train et ceux-là, qui avaient célébré on ne savait quoi dans ce palais. On sentait les meneurs du groupe désemparés de ne croiser personne à qui expliquer notre voyage improvisé et le sens de notre présence (que je ne connaissais toujours pas…).

Ceux que j'avais remarqués la première nuit dans le square parce qu'ils semblaient frigorifiés en permanence, emmitouflés de vêtements disparates et qu'à la plupart il manquait des dents, ceux-là se sont assis sur le grand canapé. Enfin, ça n'est peut-être pas un canapé mais plutôt une pièce de musée quand le tissu qui le recouvre est brodé de scènes de chasse pâlies. Ils se tenaient bizarrement, croisant les jambes comme si en face d'eux se trouvait un interlocuteur très élégant. L'un d'entre eux n'arrêtait pas de caresser le velours vert des accoudoirs, la mine étranglée. Je lui ai souri, on ne s'était pas beaucoup parlé dans le train, il avait dormi pendant nos batailles de neige. Le soleil faisait des larmes dans son regard, il hochait la tête comme pour dire je me reprends je vais me reprendre.

Nous avons trouvé une cuisine dévastée, elle aussi. On ouvrait chaque placard, chaque tiroir, sortir des tasses, du café, du pain peut-être quelque part, on avait l'appétit d'une bande d'enfants perdus. Dans les toilettes décorées de petits fauteuils d'un velours grenat adorablement passé, au pied d'immenses miroirs patinés, des collants beiges ou noirs très fins et roulés en boule gisaient, déchirés.

Il a été question de rédiger un communiqué à l'attention des agences de presse pour expliquer notre présence. Ni la Petite Fille ni moi ne sommes intervenues, leurs discussions, nous les avons écoutées. Je me suis endormie quelques instants, bercée par leurs voix et ce soleil, une ligne chaude à travers les vitres. Je ne me suis jamais sentie autant en sécurité, apaisée, que pendant ces quelques heures sur les tapis sans prix de la Villa.

Vers midi, trois officiels français affolés sont arrivés et, d'un ton faussement chaleureux, ont cherché à savoir qui nous étions. La Petite Fille et moi répondions à leurs questions avec bonne humeur, non, nous n'avions aucune idée de ce qu'on faisait là et ne connaissions personne. Ils contournaient nos rires, allez, quoi, ce n'est pas possible quand même, et nous de répéter, réjouies et absolument honnêtes, mais si, on ne sait vraiment pas ce qu'on fait là. Ni la Petite ni moi n'avions compris que c'étaient des membres des Renseignements Généraux français envoyés en urgence pour essayer de voir clair dans ce groupe disparate qui venait d'entrer si facilement dans ce palais, sans réelle effraction. Ils prenaient des notes, l'un a même subrepticement sorti son téléphone pour en prendre quelques-uns (Ivan entre autres) en photo. Son appareil a été jeté par la fenêtre avec entrain.

Une femme en tailleur gris, une autorité de la Villa, courait d'une pièce à l'autre, blême, son portable à la main, je l'entendais prononcer le nom du ministre de la Culture avec déférence tandis que, dans le salon enfumé, le groupe discutait chaque phrase d'un communiqué en cours.

Puis, tels de jeunes monarques barbouillés aux yeux gonflés, les fêtards de la Villa sont enfin descendus des étages. Comédiens célèbres, journalistes, j'ai reconnu deux écrivains aussi et une ministre, la cour de l'Élu avait passé la nuit à la Villa après une fête dont nous venions de trouver les restes. Ils nous faisaient face. On s'est observés. Ivan a pris la parole. On le sentait ému, fatigué aussi d'avoir pensé à cet instant depuis des mois j'imagine. Il sortait un peu d'un poème, Ivan, proposait d'« entrer dans l'univers comme dans une danse, sans invitation ». Lucie a lu le communiqué à voix haute. Je ne me souviens pas des phrases exactes, mais la façon dont ils se définissaient, « les contaminants », m'a beaucoup plu. Le choix de la Villa était parfaitement clair dans le texte. Entrer là où ça semble impossible d'entrer. Provoquer l'inattendu. Envahir d'imprévu un espace réservé à d'Autres. Dynamiter le grand Triage discret, cet entre-soi indiscutable. Ceux de la Villa se tenaient le visage penché comme pour mieux comprendre le fonctionnement d'animaux rares, n'osant jamais aborder ceux et celles d'entre nous dont le corps trahissait la nourriture pauvre et le manque de soins. Je les voyais chercher d'un coup d'œil des indices, la forme du sweat-shirt, le vocabulaire, l'âge aussi, tous ces détails qui feraient de l'un de nous un interlocuteur acceptable, de leur rang. Qu'est-ce qu'on faisait là à essayer de leur parler. Leurs voix ressemblaient à celles qui annoncent les retards des trains, un assemblage de mots indifférents au mouvement, répétés quoi qu'il arrive.

« Bien sûr c'est très intéressant vraiment intéressant mais quand même vous ne pouvez pas vous imposer comme ça ici c'est un lieu spécial privilégié quelle chance en France quand même on est quand même encore dans un pays qui respecte la culture l'art hein vous ne pouvez pas vous ne pouvez pas débarquer comme ça mais c'est intéressant intéressant oui la précarité oui mais c'est normal oui normal qu'il y ait des lieux comme celui-ci privilégiés et qu'est-ce que vous faites là ça ne sert à rien c'est violent quand même quand même d'envahir un endroit vous n'avez rien à faire ici qu'est-ce que vous faites là mais c'est intéressant bien sûr quand même oui. Mais nous. Nous n'y sommes pour rien. Mais. N'y pouvons rien. C'est comme ça. »

Je voyais Ivan, Lucie et les autres dont je n'avais pas retenu les noms se déliter, les traits de leur visage se brouiller. D'un petit salon attenant me parvenaient les conversations d'invités qui n'avaient pas souhaité « prendre position » et qui attendaient que « tout ça se termine ».

« Ils n'ont rien cassé ?/et toi, ton roman, ça avance ?/ tu as une invit' pour mardi ?/bon, ça dure un peu là, cette histoire, ils sont bien gentils mais j'ai un mal de crâne/remarque ce qu'ils disent n'est pas idiot/mais. »

Au milieu de l'après-midi, nous avons enfin trouvé de quoi manger, quelques brioches et des restes secs de la veille. Le déroulement de cette journée n'avait aucun sens, sans heures ni repos, rien que de petits intervalles de sommeil partout dans la Villa, recroquevillés tour à tour sur des tapis, des canapés. Je me souviens des allées de ce parc brutalement splendide dans lesquelles on s'est promenées toutes les deux. On s'arrêtait ébahies et pataudes devant les statues, des paysannes invitées en noblesse.

Puis, telles des petites filles heureuses de s'inventer quelque chose à faire un mercredi, la Petite et moi avons passé l'après-midi assises par terre à tenter de découper au ciseau à ongles des draps épais dénichés dans une des chambres à l'étage pour en faire une banderole. Accroupies l'une en face de l'autre, on se souriait avec chacune une mine pas possible, en se souvenant de nos « qu'est-ce qu'on fait là » peut-être toujours suspendus au-dessus du fleuve.

Il a fallu enjamber le grand balcon principal pour l'accrocher, celle-là. La femme en tailleur gris tentait de parlementer et de faire enlever la banderole qui signalait l'« incident » à l'extérieur, Ivan, lui, profitait d'être perché sur le balcon pour répondre à une interview, il hurlait ses réponses aux journalistes amassés en bas. Des équipes de télé interrogeaient les passants regroupés qui essayaient de comprendre la banderole. Ces mots dérisoires sans doute, tracés d'un trait de marqueur trop sec pour bien noircir les dernières lettres :

« LE COURAGE DES OISEAUX QUI CHANTENT DANS LE VENT GLACÉ. »

Plus le temps passait, plus des visages inconnus apparaissaient parmi nous, tentant de lier la conversation. L'un d'entre eux m'a demandé d'où venait mon « charmant et léger accent étranger ». Je ne sais pas pourquoi je me suis mise à penser à Émile qui se flattait de toujours détecter les flics en civil. Et au groupe du Mardi soir où on se terrait, bêtes furtives. À chercher des mots convenables, acceptés par les juges, des mots qui ne serviraient à rien. Ivan nous a hélées, la situation devenait tendue, on était envahis de civils, est-ce qu'on était d'accord pour exiger du directeur, comme prévu, qu'il ouvre la Villa aux habitants de la ville le lendemain pour y organiser des discussions ?

Et au fait, comment vous vous appelez toutes les deux, m'a demandé Ivan. Voltairine. Et elle, j'ai ajouté, c'est la... Petite Fille au Bord, non, Bout du Chemin. Elle a hoché la tête en précisant : « Enfin, nous... sommes les petites filles au bout du chemin, c'est un... collectif. » En appuyant sur le Nous.

Dès qu'il est parti, elle m'a demandé : « Tu l'as vu ? Moi pas », et j'ai appris que *La Petite Fille au Bout du Chemin* était un film des années soixante-dix avec Jodie Foster. Nous nous sommes promis de le regarder au plus vite.

J'ai été soulagée que la nuit tombe enfin, chaque preuve du temps passé en ces lieux, une petite victoire.

Les fêtards de la Villa étaient remontés dans leur chambre, agacés et indifférents, il n'y en a eu qu'un seul pour rester discuter avec nous dans le salon. Le directeur de la Villa, revenu précipitamment d'une soirée officielle à Paris, a reçu Ivan et Lucie. Il a donné son accord à une ouverture de la Villa au nom de la « liberté d'expression », le lendemain matin.

Alors, peu à peu, un froid étrange a gagné ces pièces immenses, une à une, et nous avons compris que le chauffage venait d'être coupé. Ils voulaient nous rendre la nuit difficile. On s'est installés pour quelques heures de sommeil sur des coussins, Lucie nous a distribué des couvertures de survie.

Tard dans la nuit, la Petite Fille, allongée sur le dos, les bras repliés sous la nuque, m'a chuchoté comme une motion qu'elle viendrait de voter seule : « Il faut que nous réfléchissions à une théorie de l'échelle, Voltairine », puis, devant mon silence perplexe, elle a poursuivi : « Tous ces films où la police est omnipuissante, tu sais... D'une intelligence scientifique ! Et où, pour les déjouer, il faut être surentraînée ou... informaticienne, déchiffrer des codes, tout ça. Et là... On est entrés avec une échelle en bois dans la Villa... »

Elle s'est levée de son sac de couchage. En petite culotte, elle a enjambé sur la pointe des pieds les endormis et, collée à la fenêtre, elle a admiré les lions de pierre du jardin sous la lune. Sur son cahier, j'ai aperçu :

Retrouver les échelles en bois partout !! À faire également : une liste des symptômes du Bout du Chemin.

Elle m'a fait signe de me lever et de la suivre. Derrière le salon, nous avons trouvé une petite issue de secours qui menait vers une pièce bleue, à l'abandon. Le parquet un peu abîmé, d'un beige mat et rugueux, émettait des sons différents à chaque pas. Je me suis amusée à en éprouver la variété, passant d'une latte à l'autre. En vérité, j'ai dansé.

Le ventre – un bouclier palpitant – répond aux vertèbres, le pied au bout des chevilles est une flèche qui saurait parfaitement ce qu'elle fait là. Un peu au ralenti, une tentative, des retrouvailles, j'ai traversé la pièce dans une diagonale de déboulés finis en double pirouette devant un miroir aux dorures sales. Elle m'a applaudi en chuchotant, enthousiaste, « bravo bravo », le bout de son nez rouge de froid. Grelottantes, nous sommes retournées dans le grand salon où tous dormaient encore. Dans mon sommeil, les froissements de l'aluminium de nos couvertures de survie se confondaient avec un bord de mer et du vent. Au petit matin, nos corps emmitouflés et immobiles sur le parquet ressemblaient à de grandes papillotes dorées, un nouvel an géant.

Et je n'ai rien entendu, j'ai dû m'endormir juste avant leur arrivée. Des flics cagoulés et gantés de noir, une unité spéciale sans doute, surgissent en hurlant, les civils français très nerveux se tiennent loin pendant qu'on nous frappe à coups de pied. Terrorisés et engourdis de sommeil et de froid, certains restent assis dans leur couverture, hébétés. Entre le bruit des bottes dans les escaliers et leur irruption dans le salon accompagnés du directeur et de la responsable toujours plus pâle en tailleur gris, il s'est passé trop peu de temps pour qu'on se lève et qu'on rassemble nos affaires. Je reconnais le type qui, la veille, d'un ton amical, a expliqué à la Petite Fille qu'il comprend l'idée de cette expédition, montrer que nous ne sommes pas encore encerclés, répandre des possibilités de mouvements. Je crois même qu'ils ont évoqué Deleuze ensemble. Ce matin, il porte un brassard orange à son bras et son regard attrape, happe un morceau de viande tiède au moment où une fille s'habille devant lui.

Nous nous regroupons au centre de la pièce, la plupart en sous-vêtements, nos cheveux ternes et embrouillés, Ivan hurle : « Tenez-vous tous par le bras, ça va aller. » La Petite Fille est derrière moi, je ne la vois pas mais j'entends le son sec d'un crachat et tout le groupe est ébranlé quand deux flics se précipitent sur elle. Le directeur essuie la salive qui coule sur sa joue et au moment où il la traite de salope, juste avant le deuxième crachat qui l'atteint dans l'œil, cette fois, le dégoût qui déforme sa voix d'intellectuel responsable d'un lieu splendidement culturel provient sûrement de son erreur d'évaluation, la Petite Fille n'est pas, ce jour-là, au Bout du Chemin.

Nous descendons lentement les marches d'un escalier de service très étroit, ils veulent nous sortir discrètement de la Villa, loin des caméras qui attendent devant l'entrée principale, je guette nos pieds, j'ai peur qu'un de nous ne tombe et entraîne tous les autres, j'ai peur et les corps masqués qui nous entourent tiennent tous une gazeuse à la main, leur doigt sur l'embout, prêts, un garçon n'arrête pas de répéter s'ils gazent là-dedans on est foutus foutus. Dehors, les télés ont compris et fait le tour ils nous tendent des micros mais on n'entend rien, leurs questions sont noyées par les ordres des flics qui nous poussent dans un grand car en donnant des coups de matraque dans le dos de ceux qui n'avancent pas assez vite.

Contrairement à Ivan, je ne me suis pas sentie trahie par la promesse mensongère du directeur de la Villa de nous laisser ressortir libres. Dans l'édition du soir du *Monde*, il décrira le groupe comme une bande d'étudiants et d'artistes, mais aussi, ajoute-t-il, « des précaires, visiblement ». Son « visiblement » examine, d'un œil avisé d'homme des Arts et de la Culture, les corps aux dents manquantes, aux peaux ternes, aux ventres gonflés d'alcools tristes, ce « visiblement » qui claque comme un dossier refermé rapidement, distinguant « visiblement » les Autres parmi un Nous aux cheveux souples et aux voix vives qu'il imagine artistes.

Il n'y a pas assez de sièges ni de bancs pour nous au commissariat central. Un par un, le commissaire inspecte longuement nos papiers. Quand c'est mon tour, il va de mon passeport à mes seins, arpente mon corps comme un chemin possible qui se présenterait à lui. Je ne le comprends pas mais le rire que sa phrase déclenche chez son collègue est un sous-titre clair. Il se penche avec intérêt sur l'écran de son ordinateur. Je ne sais pas dire : « Il y a un problème ? » Ça dure trop longtemps. Il tend alors mon passeport à une collègue, elle mâche mollement un chewing-gum, la chair de ses bras rosés enserrée d'une chemisette bleu marine étroite m'évoque un mollet malade. Elle m'ordonne de me lever et de la suivre. En repassant dans la grande pièce où se trouvent les autres du groupe, assis par terre ou sur des bancs qui attendent d'être contrôlés, certains s'agitent de me voir emmenée ailleurs, invectivent en anglais la policière. La Petite Fille, elle, est rentrée après moi dans le bureau du commissaire.

Elle m'interroge pendant ce qui me paraît être une heure, j'ai très soif. Elle veut savoir ce que je fais en

France. Ce que je fais vraiment, elle veut dire. Quel réseau, ma « danse », seins nus ? demande-t-elle, le sourire mauvais, son anglais aussi informe que le chewing-gum décoloré qui apparaît entre ses dents. Ma condamnation qu'elle peut certainement lire en détail sur son écran n'arrange rien, elle me fixe, ravie de l'aubaine d'être tombée sur une affaire pareille. Fronce les sourcils comme si l'odeur de mon parcours, quelque chose dans tout ça, l'envahissait, la dégoûtait.

Depuis quand je suis liée à ce groupe. Qui est le responsable. Avez-vous déjà participé à des actions violentes de ce type dans d'autres pays de l'espace européen. Puis, elle se ravise comme on change de chaîne, penche la tête en articulant des mots plastifiés de salive. Savez-vous que la séquestration se juge aux assises. Terrorisme classe 3. Je souris, j'attends qu'elle fasse de même, quelle séquestration, quelle classe 3.

Elle ne note rien de mon récit, comme si elle attendait que j'aie une meilleure version à lui donner. Quand je confirme n'avoir rien d'autre à ajouter, elle émet un son entre l'éternuement et le raclement, les nerfs sans doute, se lève et sa chaise écorche le carrelage. Elle me reconduit auprès des autres. La Petite Fille est toujours avec le commissaire. « Ça va, petite fille au bout du machin ? Écoute, on ne signe rien, d'accord ? » Ivan a profité d'un passage aux toilettes pour passer discrètement un coup de fil à un avocat à Paris.

Dans la soirée, nous nous poussons pour faire la place à deux jeunes femmes roumaines. Anxieuses, elles attendent de savoir si elles seront renvoyées à Bucarest où elles ne connaissent personne, elles n'y ont jamais vécu. Nous évoquons ensemble à voix basse différents quartiers de la ville, je leur dessine un plan approximatif du centre. Mon émotion est telle qu'elle m'embarrasse, je ris à plusieurs reprises pour qu'elles ne s'alarment pas de mes larmes aux yeux, elles qui sont pleinement de l'Ouest et moi qui fais semblant de l'être depuis toujours.

Certains du groupe dorment au sol, épuisés. Nous demandons à boire, un jeune garçon doit prendre un médicament contre l'asthme, il n'aura rien, nous n'aurons rien, ni à boire, ni à manger. J'en conçois un certain apaisement. Ils ne sont pas courtois, nous sommes leurs ennemis.

N'être coupable de rien quand on est griffée de tout rend l'innocence bien pesante. Et elle s'apparente, cette innocence, aux peureuses précautions, ces décisions raisonnables qu'on prend chaque jour de ne pas changer de position, ne pas bouger de là où on se trouve assez bien en vérité.

Avant le procès, mes expériences avec la police sont surtout liées à mon pays d'origine. Ses règles, ses non-dits. L'habileté fourbe dont il fallait savoir faire preuve pour ne jamais avoir affaire à la Securitate. Être malin, discret et silencieux. Le dimanche matin, la télé roumaine diffusait de vieux épisodes de *Ma sorcière bien aimée* et j'entrevoyais ce monde magique dont je ne connaissais rien d'autre que ça, un appartement américain des années cinquante, des avenues rectilignes et la coiffure dépassée d'une femme au foyer appliquée à être bête et drôle.

La vie à l'Ouest m'apparaissait comme une sorte de sac cadeau dans lequel il y aurait un passeport, une cuisine équipée et des conversations loin des micros cachés dans nos téléphones et nos lampes, le tout légèrement parfumé d'une odeur fraîche, du lilas soluble peut-être, plus jamais celle des saucisses de porc grillées qui envahissait les étés de Bucarest. En passant d'une frontière à l'autre, je croyais qu'on acquérait cette vie-là claire et mise au propre, une existence facile, sans complications, complots, uniformes ni dénonciations.

Mes premières années à Paris, je me laisse avaler avec délices, soumise à l'envoûtement des Monoprix, de Drucker au soir des samedis et des jeunes élèves de l'École de Danse. Je calque leur nonchalance blasée, leur sweat-shirt qu'ils déchirent minutieusement aux ciseaux. Les enfants de l'Ouest n'ont peur de rien et j'idolâtre leurs dégoûts. Leur regard est empli d'un savoir tranquille, ils mettent une majuscule à droits, ils savent que leurs ennuis, s'ils en ont, ne dureront pas. En deux mois, je n'ai plus ou presque d'accent étranger. Quand parfois on me demande d'où je viens, je parle de Canada, d'Autriche, de lieux que je connais si mal qu'ils me semblent invérifiables.

Lors des réunions de famille, je les observe, ces familiers étrangers, silhouettes apeurées aux habits raisonnables, discrets, et je les hais. Leurs vies méticuleuses, je les méprise. Leur application à être bien notés des Français, cette énergie terrible qu'ils mettent à ne pas être en faute, mais de quoi. Leur regard qui se jette au sol dans le métro dès qu'ils pourraient être remarqués. Je hais les recommandations de mes parents, leurs sourires qui se figent quand je parle trop fort en roumain en public. Surtout fais bien attention, me dit-on. Sois gentille. Il s'agit d'être gentille ici. Ravale, avale. Souvent, des amis de mes parents me congratulent d'être blonde, c'est vrai tu ne fais pas roumaine. Et il me semble qu'on me félicite de mon odeur moins forte que prévu, c'est appréciable. Se faire aimable, souple, blanche et moderne. Nous, les Autres, puisque j'en suis aussi, même si en arrivant ici je me suis calquée à vous, nous nous appliquons à disparaître, formés comme nous le sommes à la discrétion. On se fond, on se courbe, on se plie en quatre dans des coffres de voiture, sans faire de bruit. *Les filles de l'Est sont plus compréhensives,* dit *celui qui deviendra mon adversaire,* lors d'un dîner, à ses amis amusés, «... *mieux qu'avec une pute, on peut tout faire et c'est gratuit.* »

Je blague, il rajoute.

Jusqu'à ce procès qui me désigne comme coupable, je manœuvre parfaitement. Je me lisse, me couche et me vends à ce pays pérorant sans cesse, exhibant fièrement ses colères sociales très vite éteintes comme autant de preuves de sa magnanimité de gauche. Ses Droits pour tous, ces SOS au racisme.

Je fais bien attention et ça fonctionne, tandis qu'année après année, je vois les Français s'enhardir. Dans la rue, ils se retournent sur les femmes aux cheveux couverts, suffisants – dis donc, ça fait de la peine de voir ça *chez nous* – à la télé, des petits chanteurs ébouriffés d'en être arrivés là parlent de l'odeur des Roumains du métro devant un public conquis, souvent on m'implore d'avoir de l'humour, quand même, et je leur souris, me colle à eux et à leur haleine simple de dents saines. Je n'ai pas d'ennemis, on m'a juré qu'ils sont morts avec Ceauşescu. La simple notion d'ennemi est une image de mauvais feuilleton, de type sombre et barbu à la recherche d'une mallette de billets. Les jeunes filles modernes n'ont pas d'ennemis.

Et puis je rencontre Émile et les autres filles-déchets planquées dans les Mardis soir, en étant poussée d'un coup de bassin dans la grande Démocratie du viol, ce dégoût d'une identité aux jambes écartées.

Nous sommes en garde à vue depuis près de quinze heures. Le commissaire prend la peine de parler en anglais pour que nous comprenions tous quand, au hasard d'un passeport, il déchiffre un nom de famille qu'il estime juif, « ah ! Un pote d'Hitler », il fait mine de se boucher le nez d'un geste enfantin, « tu pues toi » devant un corps fagoté d'un pantalon terne, aux filles en tee-shirt il déclame « je te troue le cul » et à celles dont les cheveux sont recouverts d'un foulard il chantonne « Ben Laden Ben Laden ». À côté de lui, parfait numéro de duettistes complémentaires, la femme flic lève les yeux au ciel et reste lourdement assise.

Puis on nous fait rentrer dans une pièce où se tient un fonctionnaire devant des documents empilés. Et un autre, muni d'un appareil photo. Le premier empoigne notre main, tache nos doigts d'encre, puis indique un petit espace vierge de papier sur la feuille : « *Sign here.* » Un par un nous répondons : je ne signerai rien. Le type ne semble même pas nous entendre, fait simplement signe d'avancer devant le mur. On se succède. La Petite Fille savonne ses doigts noircis dans le lavabo, je me prépare à être photographiée. Juste au moment où le flash se déclenche, elle se tourne vers moi et secoue ses mains trempées dans ma direction. Sur la photo qui m'inscrit au fichier Europol, j'éclate de rire, ravie.

Nous sortons de là affamées, la gorge sèche, les yeux troubles et enfoncés. Le matin se déclare au trottoir du commissariat, Klaxons aigus qui s'enchevêtrent aux couleurs des maisons ocre, le linge se balance aux balcons et les cuisses des femmes sont pâles comme des fleurs de plastique sur les affiches publicitaires. Un car affrété par la police et l'Ambassade de France nous ramènera à Paris, il partira en fin de journée.

Nous nous promenons toutes les deux en attendant le rendez-vous du retour, nos vêtements sont sales, nos cheveux aussi et dans la petite glace des toilettes du café où nous buvons enfin un thé, j'ai l'impression de me revoir, reconnaître quelque chose de mon visage échauffé du manque de repos et de l'excitation, un chemin par lequel je serais déjà passée. C'est une humeur d'évadée, de temps repoussé ailleurs, plus tard, plus loin. La Petite Fille soulève les tranches de pain d'un énorme sandwich à trois étages, ôte des bouts de tomate, deux crevettes tout aplaties qu'elle saisit et balance dans un cendrier.

« Quel succès, Voltairine, depuis que nous n'allons plus au cinéma... Enfin, nous ne sommes que fichées, pas recherchées, il ne faut pas non plus trop se vanter... »

Elle a écopé d'une amende supplémentaire (« résistance violente à personne dépositaire de l'autorité et délit d'outrage par geste, parole, ou regard »). Nous parlons d'Émile qui me manque, de sa façon de me couvrir, attentive depuis des années, de me pardonner mes différentes paralysies, cette tiédeur de son amour. J'ai envie de rentrer. Mais je ne sais pas où revenir, vers quoi. Au même moment, la Petite contemple sa jupe toute froissée et sans relever la tête elle fait : « On ne peut pas reprendre. N'est-ce pas ? »

Plus tard, il est presque l'heure d'aller au car, elle secoue la tête avec force et éclate de rire. « Tu sais, les gens qui marmonnent, "ah mais ils ne savent plus quoi inventer"... C'est peut-être un cri de désespoir. Une constatation terrible. Ils ne savent plus quoi inventer ! Mais que va-t-on devenir si plus rien n'est inventé ! Une pénurie... Je ne sais plus qui a dit ça, qu'une société qui abolit toute aventure, fait de l'abolition de cette société la seule aventure possible... »

Elle attend un peu, les sourcils fâchés, puis, comme une enfant qui n'a rien mangé depuis la veille, elle se rapproche d'un coup et jette ses bras autour de ma taille tandis que ses cheveux se posent sur mon épaule.

« J'aime j'aime que tu ne me dises jamais : sois simple... »

Le car est presque propre pendant les premières heures du voyage. Ivan, debout au centre, s'accroche aux fauteuils et je n'écoute rien de ses phrases convaincues, il me semble qu'il s'agit de préparer la suite, il n'y a pas d'inquiétude à avoir, notre procès aura lieu au printemps sans doute, mais l'accusation de bande organisée avec tentative de séquestration ne peut pas tenir, nous n'avons commis aucune dégradation et forcé personne à rester avec nous. Ivan semble croire encore qu'il y a un rapport quelconque entre ce qu'on fait et ce qu'on peut être accusé de faire.

Le chauffeur accepte de s'arrêter toutes les heures, nous fumons des cigarettes sur des aires désolées de lampadaires fatigués. Nous grignotons des barres chocolatées, des bonbons, des biscuits mous d'humidité qui s'émiettent au fond de nos sièges.

Elle dort, son visage contre la vitre embuée. Quand on passe la frontière française, je réveille la Petite Fille. Paris se rapproche, une bouche grimaçante, sale, béante de vide et de tournants dangereux, noircie de quartiers où il n'est plus possible d'aller, comme dans un jeu vidéo, certains parcours clignotent, brutalement interdits. Y retourner serait s'excuser, je lui dis, tu ne trouves pas ? Si on rentre maintenant, contrites, sales et dépenaillées. Non ? Tu ne crois pas ?

Elle rajoute doctement en bâillant : « Et fichées Europol, s'il vous plaît. » Rassurée, je m'endors à peine une heure. Depuis notre départ, mon corps subsiste du minimum que je lui offre, agrippe un peu de sommeil dans un train, l'eau d'un café et des tranches de tomates molles extirpées d'un sandwich.

À mon réveil, elle me tend ça.

AU ROYAUME DE l'IRM
Sois simple. Tu ne pourrais pas faire simple ? Tu ne pourrais pas être plus claire.

Soyons clairs ! Une armée de corps simples et fiers de connaître le mot de passe, le mot d'ordre de ce Royaume de l'IRM. Cette transparence.

Sois soluble. Résumable. Gratte l'aspérité comme on brûle les mauvaises herbes. Range-toi en rubriques. Amour travail sexe famille loisirs. Travaille *sur* toi-même et fais de toi ta plus grande œuvre ! Résume-toi d'une phrase courte et agréable, qu'on puisse t'arpenter rapidement, sans trébucher sur ce qu'on ne saisit pas.

Au Royaume de l'IRM triompheront les bitinelles. Nos jolies vies de bitinelles.

P.S. La bitinelle de Navacelle est ce minuscule escargot de la taille d'un grain de riz qui vit dans l'eau en milieux souterrains. Et elle n'a plus d'yeux, ils ont disparu puisqu'ils ne lui servaient à rien. On voit son cerveau, ses intestins au travers. Les savants qui l'ont découverte ne l'ont pas classée espèce en danger, mais vulnérable par sa transparence. Il faudrait peu de chose pour la faire disparaître.

Elle replie ses longues jambes en tailleur sur le siège, elle a une idée ! Il faut que je lui fasse confiance, elle propose : Jumièges ! (je n'ai aucune idée de ce que c'est). Ou la mer alors ? L'Océan, hein, pas de l'eau plate, de la volcanique seulement. Ses cheveux noués serré paraissent plus sombres quand ils sont ramassés. J'ai envoyé plusieurs SMS à Émile sans trop m'étendre sur notre parcours, pour la première fois je ne raconte pas. Je demande à la Petite Fille si elle a prévenu son fiancé de son départ, n'a-t-elle pas peur qu'il appelle la police. Nous ne connaissons rien l'une de l'autre, nous n'avons jamais évoqué de lycée, de fac, de petits amis, de parents ni de maisons. Rien que des histoires, des rêveries de cinéma dont les images tremblent sous l'émotion du temps. Peut-être à cause de tout ça, de la Cinémathèque, du tag et des banderoles de notre belle nuit « qu'est-ce qu'on fait là », nous sommes détachées du temps tandis qu'il s'écoule. Nous n'avons pas de futur nous avons tout notre temps.

Et si parfois certains ont pu croire que nous avions tout organisé, prévu, en réalité, au moment où les choses « basculent », comme il est écrit dans les faits divers, il n'en est rien (et d'abord quand a lieu ce moment ? Quand elle décide de renverser ma peur lors de la nuit du tag ? Ou quand nous descendons de ce car avant d'avoir atteint Paris ?), nous ne savons rien de ce que nous sommes en train de faire. D'ailleurs, nous sommes en train de ne rien faire. Ce ne sont que des tentatives maladroites, nous nous tenons au fin fond du hasard. Et c'est cette ignorance fanfaronne qui me tient à cœur aujourd'hui.

Notre arrestation un peu ridicule et ce fichage démesuré à l'échelle européenne pour « occupation, séquestration et association terroriste » nous libère de la peur. Pour moi qui étais déjà condamnée, retranchée dans mes silences et l'Île, être accusée d'un fait tangible, même si celui-ci est aberrant, m'apaise. Je peux dire je suis coupable d'être entrée dans cet endroit, je peux dire je suis coupable d'avoir escaladé une échelle en bois, je n'ai pas pu dire je suis coupable de la nuit du *14 septembre*. La Petite Fille au Bout du Chemin, elle aussi, semble presque revivifiée de cet arrêt de justice comme si, tous ces mois, elle s'était diluée dans sa solitude de paumes de caissière à effleurer et de Notices menaçantes. Elle cherchait des coupables et elle se trouve des ennemis, c'est mieux.

Extirpées de rien et aussitôt menacées, notre fatras de désirs, ces balbutiements d'une vie possible, nous commençons à les serrer fort contre nous, des petits paquets impossibles à lâcher. Et c'est ça ou se conformer tout de suite à leur injonction. Ça ou saisir comme une chance la possibilité de ne plus craindre d'être sanctionnées, puisque c'est fait. Ils ont choisi pour nous. Nous gagnons le temps de la peur.

À près de cinq heures, ce matin de février, nous estimons que ce dernier arrêt cigarettes est le bon, celui qui, sur la carte, semble être le plus près de ce Jumièges où la Petite Fille veut absolument aller.

Le car s'éloigne, les vitres blanchies de froid animées des au revoir de ceux qui, déjà réveillés, agitent gentiment leur main.

« C'est comme un départ en vacances », elle sautille sur place. Le bonheur lui infuse le sang, à certains moments, on le voit presque, ce bonheur électrique, lui enfreindre la peau, une joie tellement insensée qu'elle rit, la gêne de ce plaisir gratuit lui sort de la voix, déborde. D'être toutes les deux. D'être dehors. Sans rien, rien de plus que le rien de ce matin, où nous allons encore aller n'importe où de bien, pour voir.

À chaque fois que nous sortons d'un abri, il se met à pleuvoir, un printemps annoncé, si cette pluie n'était pas glacée. Après deux arrêts, un sous un peuplier inutile et l'autre dans un bar-tabac désert et puant, notre troisième tentative est de nouveau douchée. La Petite Fille lève ses mains vers le ciel, elle rit, la bouche grande ouverte, sa jupe colle à l'intérieur de ses cuisses et ses cils font de petites ombrelles à ses yeux, des faux cils de pluie luisant de mascara détrempé. Une voiture tangue vers nous et s'arrête à notre hauteur. Ils sont trois et justement ils passent par Jumièges. Nous sommes serrées contre ce type d'une vingtaine d'années. Il n'est pas sûr qu'il le fasse exprès, il ne se pose sans doute même pas la question de ses cuisses largement écartées sur le siège, de son jean qui touche mes jambes fermées. Il n'est pas sûr non plus que leurs rires, ces sous-entendus, soient autre chose qu'un reste de beuverie de la veille. Mais ma peur remonte comme une nausée, cette voiture, il ne fallait pas, ils sont trois, nous, deux. La colère de craindre tous ces riens, ce compte permanent, mes évaluations pratiques de fille.

Le dégoût las de cette peur d'animal faible au dos courbé devant le danger. Sur le siège, je me rapproche un peu de la Petite qui fait la conversation au conducteur, elle ne s'est aperçue de rien, ne me regarde pas. Et qu'est-ce qu'on fait là, toutes seules, lance-t-il, ils échangent de petits signes dans le rétroviseur. Alors elle tranche. Décide brutalement de la fin : « C'est bon. Tu t'arrêtes là, au stop, devant. »

« Ah mais c'est loin d'ici Jumièges encore... »

Et tout ça n'est rien, on ne peut pas leur reprocher leur vulgarité, la certitude de cet étalement de cuisses ouvertes, de leurs haleines trop proches, ces regards furtifs vers ma bouche à chaque question qu'ils me posent, il y a peu de place sur le siège arrière après tout.

Mais ma peur, la voix tendue de la Petite vient d'en autoriser le déferlement, j'en suis hérissée. Ils se mettent à rire comme si je venais de lâcher une belle plaisanterie, imitent quelque chose d'aigu, ma voix tressautante : « On veut descendre on veut descendre. » Leur voix travestie en parodie de petite fille terrorisée on veut descendre on veut descendre. Je ne la vois pas fouiller dans son sac. La Petite ouvre la portière d'une main, la pluie rentre en biais dans la voiture, le type se retourne en hurlant elle est folle, c'est dangereux, de l'autre elle tient un stylo-plume ouvert et je n'y comprends rien, le garçon assis sur le siège du passager qui n'a pas dit grand-chose jusqu'à présent, on n'a entendu que son rire, se tourne vers elle, tente d'une main de refermer la porte, et alors il hurle, porte la main à son cou. L'encre fait de l'entaille un gribouillis raté, brouillon violacé de sang.

« Tu crois qu'il va porter plainte » elle me fait, évidemment sous la pluie au milieu de la petite route. Et sans attendre ma réponse, hoquetante de rire, « tu crois... qu'on... on... va... avoir... un rocé, un procès ??! »

Elle attrape mes mains, m'entraîne dans une ronde concentrique ultrarapide, notre mouvement fouette les gouttes d'eau qui valsent.

« Un pro-cès ! Un pro-cès ! Un pro-cès ! »

Règle numéro un, Voltairine, me dit la Petite Fille quand nous sommes enfin à Jumièges en train de petit déjeuner, « Déjouer le piège chrétien de la rédemption féminine obligatoire. Ne pas devenir des saintes, si tu vois ce que je veux dire. Non ? Dans les films, les filles qui partent en voyage seules se retrouvent toujours à tuer un type ou un flic de façon grotesque et meurent à la fin. Comme ça, tout le monde est content. Elles ont essayé de partir seules mais... ah, le moooonde est dan-ge-reux. Il faut payer pour sortir mesdemoiselles. Donc, règle numéro un : ne payons pas, si tu veux bien. Un stylo-plume, oui, mais plus... », conclut-elle en détachant ses cheveux sans lâcher son croissant, « ché un métier ».

« JE JUGE QUE DOIVENT ÊTRE AFFAIBLIES
LA FORCE ET LA PUISSANCE DE LEUR
CORPS, PUISQU'ILS ONT OSÉ LES EMPLOYER
CONTRE LE ROI, LEUR PÈRE. »

Quand nous entrons dans le parc de l'Abbaye, elle récite des dates et des noms, très vite, comme elle le fait souvent : « Le *in tam arduo negotio* de l'Abbé qui a hésité à condamner Jeanne D'Arc. Bon, il n'a pas hésité très longtemps. Corinne de Tygier. Ne me demande pas qui c'est. Mais elle a construit le cloître. S'appeler Corinne, c'est déjà un événement en soi quand on construit un cloître... Ah ! Le voilà !! L'if ! Le voilà ! Planté au XVIe siècle. Touchons l'if, Voltairine !!... En 996 je crois que c'était par ici, la révolte des paysans de Normandie. Non, en 997. J'adore j'adore dire ça : neuf cent quatre-vingt-dix-sept neuf cent quatre-vingt-dix-sept ! Ils voulaient l'exploitation libre des rivières et des forêts, ils avaient formé ensemble des genres de parlements pour vivre selon leurs propres lois... Oh ! Touche... Touche l'écorce enfin ! Reviens ici tout de suite Voltairine, tu n'es pas en sucre, ce n'est que de la pluie ! »

Nous rentrons dans le musée et je le reconnais avant qu'elle ne me le pointe du doigt, ce tableau dont la reproduction est affichée dans son appartement. Elle se penche vers moi, chuchote toujours très rapidement, ses mots se mêlent à ceux du guide qui vient de s'arrêter devant le même tableau.

Calme-horreur-Simone de Beauvoir-les surréalistes-cercueil aquatique-tableau-apparemment normal-arracher les nerfs et les tendons.

Un radeau sur un fleuve. Un radeau aménagé en chambre à coucher. Dessus, deux garçons étendus, de jeunes gueules hagardes de rock-stars au repos, appuyés mollement sur des oreillers épais. La main de celui de gauche s'abandonne à l'eau. Leurs mollets sont enveloppés de plusieurs couches de tissu d'un blanc de pansements, maintenues par de fines lanières de cuir. Une couverture brodée est posée sur leur corps, un linceul, presque. Au-devant du radeau, petite proue mystique, un reliquaire décoré de roses et surmonté d'une bougie à la flamme tremblotante. Nous sommes seules dans la pièce devant le tableau d'Evariste-Vital Luminais, *Les Énervés de Jumièges*.

Sur un recueil à côté du tableau, nous lisons ça :

« *Ce tableau s'inspire d'une légende fort connue. Peint en 1880, il représente les deux fils de Bathilde et de Clovis II, qui, quand il partit en pèlerinage en Terre sainte autour de 660 confia le pouvoir à l'aîné. Le fils s'opposa alors à sa mère et, avec son frère cadet, complota contre ses parents. Quand Clovis rentra en France, il eut affaire à une armée menée par ses fils. Une fois vaincus, le roi décida de les faire exécuter, mais Bathilde proposa d'avoir recours à un supplice (qui se perpétua jusqu'à Charles Martel au moins) qui consistait à brûler ou arracher les nerfs et les tendons des jarrets, privant les suppliciés de leur mobilité. Ainsi, les personnages ne sont pas énervés, ils ont été énervés. Transformés en corps apathiques et dociles, dans une terrible souffrance, les deux fils de Bathilde devinrent extrêmement religieux. Ne sachant pas dans quel monastère les envoyer, leurs parents les remirent au hasard de la Seine, à la dérive sur leur radeau qui finit par arriver à Jumièges. Là, saint Philibert, le fondateur de l'abbaye, les reconnut et les fit moines. La légende prétend qu'ils sont enterrés dans le tombeau de l'abbaye de Jumièges. Mais cette histoire est historiquement fausse. En effet, Clovis n'est jamais parti en pèlerinage en Terre sainte et il est mort trop jeune pour se voir contester le pouvoir par ses fils ; aucun d'eux, chacun ayant régné à son tour, n'a été un moine "énervé" à Jumièges.* »

La Petite Fille se retourne vers moi, muette. Son silence me sous-titre. Ce calme terrible mais apparemment normal de leurs corps. Ces corps dont on ne comprend pas tout de suite que leur détente est mortelle. Oh, mais aussi l'apaisement, le soulagement de ne plus les avoir, ces nerfs, d'être empêchés par nos Pères… Tailladés les nerfs, ne reste plus qu'à dériver, la brise est douce, il n'y a plus rien à faire qu'à laisser faire.

C'est l'histoire poison qu'on nous raconte et qu'on redemande inlassablement, notre préférée, celle qu'on reconnaît avant même qu'on nous en donne la fin, cette légende indispensable à notre sommeil. Celle à laquelle on croit avec la volonté d'y croire encore et sous toutes ses formes. C'est la légende reposante de l'impossible échappée et de ses conséquences, une légende si douce et triste à la fois, qu'on mâchonne depuis l'enfance. Fais attention. Tu vas te faire mal. Tiens un oiseau qui tombe, ne regarde pas. L'histoire de la menace qui guette celles qui s'aventurent là où on leur avait pourtant bien dit qu'il ne faudrait jamais aller, l'histoire de celles qui entrouvrent les portes et les nuits, enjambent des murs, parcourent les forêts, les rues et les parkings. L'histoire des Thelma et Louise qui trinquent à la belle vitesse de leurs voyages, aussitôt saisies, toujours rattrapées. Et qui, alors, pour se défendre, tuent comme par mégarde. Et elles ont beau continuer à courir encore, les voilà maladroites comme des bêtes décapitées de permission de promenade, sans autre solution que leur mort, une reddition définitive. Voilà ce qui arrive aux évadées.

Je ne peux pas dire aujourd'hui que ce tableau fut le point de départ de tout ça ou un catalyseur quelconque. Pas davantage que faire une ronde à toute vitesse en se tenant par la main sous la pluie d'hiver normande, ou voir le sang se mêler à l'encre et s'en trouver ragaillardies. Pas davantage que ces Notices, Énervements contemporains que l'on conserve dans ses poches comme autant d'avertissements et que, d'une main tremblante, on froisse, pour ne pas oublier ce qui nous guette si on fléchit.

Les points de départ n'existent pas Voltairine. Ou alors, si, et il y en a constamment, partout, qui passent discrètement. (L'instant est ce qui repasse, ce qui revient, et qui permet ainsi de *reprendre* ce qui avait été oublié.)

Nous n'aurons besoin que d'un instant pour méconnaître ces légendes, ces litanies d'Énervés en sursis, et alors, enfin, ne plus savoir ce qu'on fait, pour le faire enfin.

Elle reste sur le pas de la porte sans bouger, ses chevilles blêmes sous le beige jaunâtre du collant. Chacune de ses réponses est ponctuée d'une expiration bizarre suivie d'un silence tendu, pareil à une fureur qui n'éclaterait jamais. Elle tient une petite maison d'hôtes en dehors du village et quand nous toquons, elle ne répond pas mais une main soulève un coin du rideau de la fenêtre. Plus de chambres, elle secoue la tête en soufflant, pointant du doigt les voitures garées dans le jardin, de belles voitures. Allez voir à la ville nouvelle, il y a un foyer, ajoute-t-elle et ses yeux nous balayent, un phare-scanner de nos détails sales, jupe, cheveux et ongles.

Il n'y a même pas deux kilomètres entre ces rues pavées où des panneaux fiers indiquent une église datant du XIe siècle et la ville nouvelle. Des lambeaux d'affiches bleues et blanches datant de l'Élection subsistent, on lit encore « NOUS VOUS SURPRENDRONS ! » et aussi « PROJET BIEN-ÊTRE : LA SANTÉ MENTALE POUR TOUS ! » Là, sur la place principale, les directions proposent un Champion

Géant et un foyer au nom poétique de fleurs, je ne sais plus si c'est l'Espace des mimosas.

C'est une méprise. Nous imaginons que c'est ici qu'on pourra trouver une chambre pour la nuit. Nous nous présentons à l'accueil. Sur le Plexiglas marron de la table, des dépliants présentent le Foyer social de la ville nouvelle qui accueille « des seniors isolés en grande précarité ainsi que de jeunes travailleurs en difficulté ». Nulle part il n'est question de location pour la nuit, d'ailleurs il n'y a pas de prix, seulement de petites photos, certaines légèrement floues et dont les couleurs bavent les unes sur les autres. Les seniors à l'atelier-cuisine. Les seniors à l'atelier d'écriture. Nos jeunes travailleurs et les seniors dans l'atelier photo.

Une jeune femme surgit dans le couloir et s'installe derrière le Plexiglas : « Bonjour, excusez-moi, je ne vous avais pas entendues arriver. Vous êtes attendues ! Bon, certains sont un peu anxieux, vous verrez, dès qu'on change d'équipe d'animation c'est compliqué ! Comme en plus vous êtes un peu en retard... Troisième étage ! »

Nous la remercions et allons vers l'ascenseur sans nous parler. Depuis que la Petite Fille est à mes côtés, les squares bruissent de voyages chaotiques, les mots se font gestes, les dates s'extirpent de mon ventre et les portes s'ouvrent, nous ne cessons d'emprunter l'espace sans payer aucun prix.

« Non... ? » fait-elle, ravie.

« ... Je ne sais pas... Un atelier du sommeil pour la nuit, ça serait pas mal... »

Le néon verdâtre de l'ascenseur amplifie la couleur ternie de nos cheveux informes et de nos vêtements froissés et tachés. En trois étages, on resserre les élastiques autour des cheveux et on tente d'aplanir les plis des jupes. Dans le couloir sombre à l'odeur plate de moquette râpée et synthétique d'hôtel, la Petite m'arrête d'une main et fouille dans son sac, puis me pousse contre le mur. Elle s'applique. Me dessine une bouche carmin et pince mes deux joues très fort. Elle veut un mouchoir et je n'en ai pas, alors elle me présente sa paume à embrasser, je ne comprends pas qu'elle veuille un baise-main, mais elle soupire et appuie fortement sa paume sur mes lèvres. « C'était trop rouge ! » elle chuchote en atténuant l'empreinte de ma bouche sur sa main toute coloriée.

Ils sont une quinzaine, assis autour de plusieurs tables mises bout à bout, un grand rectangle grège, et nous saluent, polis. Tout de suite, la porte se rouvre sur une femme essoufflée aux cheveux très courts teints en orange, un pull en maille bleu coordonné à absolument tout ce qu'elle porte, des boucles d'oreilles turquoise aux lunettes marine jusqu'à ses chaussettes dont on aperçoit un petit bout sous son pantalon bleu ciel.

« Excusez-moi ! Je vous cherchais, on m'a dit que vous étiez montées. Ah ! », elle peine à reprendre son souffle, va s'asseoir en tapotant une tête ou deux au passage, « voilà notre groupe de seniors ! Je vous présente... ? » elle tend la main vers nous.

« Alors... Le... collectif des petites filles au ban, pardon, au bout du chemin et notre présidente, Mlle Voltairine », fait la Petite, charmante.

Et c'est une méprise mais pas une blague. Nous restons près de trois heures dans cette salle. Ces corps regroupés dans une catégorie propre à leur usure parlent tous ensemble, ça déferle ça s'entasse, nous apprenons qu'il est question dans la semaine d'un autre atelier, « de vie ! Attention ! Ça sera un atelier de vie !! » précise la dame orange et bleue. Un écrivain viendra recueillir leurs mots, « votre vé-cu ! » pour en faire un vrai roman. Aussitôt certains protestent, on va leur voler leur vie ! Et, méfiants, ils se retournent vers nous, qu'allons-nous faire d'eux ? Alors, à la dernière minute, je me souviens des questionnaires d'Émile, ceux qu'elle ne finissait jamais.

Je demande à me concerter avec ma collègue qui pouffe. Tout nous fait rire depuis quatre-vingts heures environ, le mot collègue aussi. Nous sortons quelques minutes dans le couloir. La Petite Fille est sceptique, certains ont l'air si triste, elle se demande même si on ne devrait pas…

« Quoi ? Mais non, enfin, on ne va pas repartir comme ça, ça serait dégueulasse quand même de ne pas faire notre atelier. »

Ça n'est sans doute pas un atelier d'écriture. Ça n'est certainement pas non plus une thérapie de groupe. D'ailleurs, je ne sais pas trop le nom qu'il faut donner à notre séance improvisée. La Petite Fille note leurs réponses à toute vitesse, elle n'arrête pas, remplit les pages d'abréviations, j'aperçois des flèches devant des prénoms, parfois, elle lève la main pour réclamer qu'une phrase soit répétée, ne rien perdre de cet après-midi-là au foyer social de la ville nouvelle. Nous n'avons pas écrit de roman avec leurs vies. Si je joins les feuillets de la Petite Fille au Bout du Chemin plutôt que de raconter, c'est qu'il me semble qu'elle a su saisir ce qui s'est déversé ce jour-là, ces éclaircies de leurs corps claqués.

Personnes âgées de plus de 65 ans :
La posologie initiale habituellement recommandée est de 5 mg par jour en une prise

Racontez-moi, dis-je bêtement pour commencer, comme si dès qu'une personne avait des cheveux blancs il était requis qu'elle fouille dans ses tiroirs devant les autres, racontez-moi de quoi vous rêviez à douze ans.

« Avec ma sœur, on avait prévu de tuer notre père. J'avais douze ans, j'en parlais à tout le monde dans le village, ils savaient bien, les voisins, ce qui se passait chez nous. On avait caché la hache derrière la porte de la cuisine, vous voyez. Mais on l'a raté, enfin, on n'a pas fait ça correctement. Alors on s'est enfuies avec maman pendant la nuit et on a passé plusieurs jours cachées dans un bois. Tout près d'un zoo ! La nuit, on entendait les lions... Vous ne pourriez pas organiser une sortie au zoo ? » demande avidement la petite fille aux cheveux blancs en pull pastel. « J'aimerais tellement voir un lion de jour... »

Odette approuve (énergiquement, comme pour confirmer une décision de départ en vacances) : « Faut tuer », les bras croisés devant son jus d'orange.

La hache de la petite fille aux cheveux blancs en pull pastel cachée derrière une porte.

Informez immédiatement votre médecin si vous avez des pensées.

Ses mots à lui passent entre quelques-unes des dents qu'il lui reste. Non, rien, il répète, je n'ai rien à vous dire, et j'ai alors le sentiment qu'il me refuse un contrôle d'identité. Ça fait plus de soixante ans, vous comprenez. Il essuie des larmes d'une main sèche sans les cacher. Se tait. Inspire.

Comme des bêtes... Les femmes, dans le coin... Vous savez comment on les appelait les femmes ? Les bêtes de Somme... Et ils riaient hein les autres... Les bêtes de Somme.

Il est donc très important que vous suiviez exactement. Que vous n'arrêtiez pas.

Ses longs cheveux gris lui font une natte de nuages encombrés. On lui demande quotidiennement de couper ses cheveux. Enfin ! On ne peut pas garder des cheveux comme ça à son âge. Elle, elle saisit sa natte des deux mains comme on se jette sur un radeau, dans la solitude d'une vie en pleine mer. Dina rit au large. Son rire hache toutes ses phrases comme pour nous empêcher d'aller plus près.

« Je suis là... Pourquoi déjà... Pour... Regarder les fleurs pousser (rire). Ça vaut mieux pour les autres dehors, hein. Paraît que j'étais trop en colère... Douze ans ? J'ai pas eu ! Pas eu douze ans moi, mmmmnon ! (rire) »

La responsable du foyer s'agite, nous jette des coups d'œil affolés, sa voix sort d'elle comme une sirène, une ambulance toute bleue pin pon pin, vous savez la colère c'est la vie vous savez bien enfin, c'est la vie Dina !

« Ah oui ? », Dina tourne brusquement tout son corps vers l'ambulance agitée. « Je suis vivante moi ?... Première nouvelle !! » Et elle pouffe en agrippant sa natte de la main gauche.

Et quand les vraies animatrices appellent en fin d'après-midi pour s'excuser de n'être pas venues ce jour-là, nous n'avons rien à expliquer parce que tout le monde s'en fiche. Odette se penche vers nous avec le ton qu'elle a employé pour recommander le meurtre à la hache dans certains cas : « On avait peur qu'il faille dire des secrets, des choses bien à nous, voyez. Mais là, non. On a eu de bons mots ensemble. C'était bien », et elle serre cérémonieusement la main de Voltairine, puis la mienne.

Allongées sur le petit lit dans la chambre des vraies animatrices de l'atelier. La lampe de chevet crème tournée vers le plafond. De loin, on perçoit la voix aux cheveux orange hurler dans les couloirs : « C'est l'heure de la COQUE ! » «... L'APÉRO ! LA COQUE ET LE CRAQUEU ! »

Le sommeil nous tourne autour, c'est un parfum.

Je veux lui faire écouter Cat Power, mais la Petite Fille me sort un CD de Dolly Parton, rien qu'une fois, rien qu'*I will always love you*, Voltairine tu verras, tu ne te moqueras plus jamais de sa coiffure.

J'accepte. Renversée sur le lit, elle a posé les mains sur ses yeux clos, ses seins viennent à la lisière du tee-shirt bleu gris, l'encolure est un peu abîmée. Dans le silence, je glisse son vieux CD dans le lecteur. Après le premier refrain, elle rouvre les yeux, se redresse, ses coudes en équilibre dans le matelas mou et m'ordonne d'un geste de mafieuse de le faire. Danse !

Je dois rouler le tapis dans un coin de la petite chambre et il faut prendre garde à la table, se glisser entre la chaise et le lit. Mon pied dans un grand développé seconde effleure la lampe. La chanson dure trois minutes quatre secondes. À la dernière note de guitare slide, la Petite Fille se jette sur le lecteur et remet la chanson. J'évite les arabesques, il n'y a pas assez de place, mes pirouettes sont freinées dans la moquette, puis, ça doit être la slide, justement, mes mains commencent à tracer mes hanches et je la fixe, la Fille, comme dans une chorégraphie de bar texan. Alors elle vient debout derrière moi, je n'arrête pas de danser et ses bras se posent sur l'arrondi des miens. Comment tu fais pour que ça soit si joli, elle demande à mon oreille. Il faut imaginer, je chuchote, qu'une goutte d'eau coule le long du bras, si tu lèves un peu trop le coude, c'est perdu. Le souffle me manque. Trois minutes quatre secondes. Encore. Encore. Le tissu de sa robe est un peu rêche. La Petite Fille me prend par les mains pour que je sois face à elle. Puis. Sa paume appuie le creux de mon dos vers son ventre. Ses doigts passent dans mes cheveux, ôtant une épingle de mon chignon, puis une autre.

« ... Je suis Franck... Sinatra... C'est ce film... comme un torrent, tu sais », me chuchote-t-elle à l'oreille et elle emmêle mes cheveux, longtemps. Son genou me partage entre les jambes, fondue.

Quand elle dort, il me semble que son visage regarde défiler des Notices froissées, des échelles en bois et des caissières en fuite. Je pense aux haches cachées derrière les portes des cuisines, aux lions pelés et malades des zoos dans la nuit.

Elle est assise par terre à genoux, en culotte et en pull, un morceau de Scotch entre les dents quand je me réveille. Autour d'elle, des feuilles de son cahier à spirale mises bout à bout forment dans la chambre un éventail de la même question.

« QUI A COUPÉ LEURS NERFS ? »

« DÉBUSQUER LES ROIS BARBARES »

« QUI A COUPÉ LEURS NERFS ET BRISÉ LEURS OS À CES ENFANTS DES ROIS BARBARES ? »

« QUI A COUPÉ VOS NERFS ET BRISÉ VOS OS ? Les Petites Filles Au Bout du Chemin. »

« Nous allons acheter de belles nappes en plastique ! Fleuries ! On est à la campagne, Voltairine, il faut s'adapter. »

Découper le plastique, le border de Scotch épais, dans les trous, passer du fil de fer et repasser les lettres au marqueur, bien noir. Nous achetons un sac à dos de marcheur pour y ranger les banderoles, de taille plus modestes que notre maxi « QU'EST-CE QU'ON FAIT LÀ ? ».

Je me demande combien de temps tout ça va durer. Est-ce que ça pourrait durer encore, voguer, flâner, j'ai des courbatures derrière les cuisses et nos cheveux sentent le même parfum outrageusement fleuri du savon qu'on a utilisé pour se les laver chacune ce matin. Comme nous sommes constamment ensemble, l'une à côté de l'autre, je ne peux pas lui dire ce qui ne peut que s'écrire. Alors les mots s'absentent, de toute façon, ils auraient formé un petit tas banal de – je n'ai jamais ressenti ça avant parfois il me semble que ça me traverse si tu savais je suis embrasée de toi t'allonger sous mes mains.

Nous donnons deux autres ateliers. Il nous suffit de lancer une question et un chahut dézingué de salle de classe surgit. Ils ont tout à nous dire les uns par-dessus les autres. Leurs vies nous fondent dessus mais sans invasion. De ces après-midi la Petite Fille et moi ressortons comme prises de vitesse, encore relancées dans le mouvement.

Je n'arrive pas à me souvenir du nombre de jours précis que nous avons passés dans la ville nouvelle. Tout est jeté là, des images qui ne se suivent pas chronologiquement, flottent. Les rangées d'immeubles jaunâtres, ce « Passage de la brèche des rêves » que nous traversons pour aller à l'hypermarché et ces boulevards sans pause, seules les dalles gribouillées de papiers sales et d'excréments d'oiseaux près d'une pharmacie clignotante permettent de se repérer, se donner rendez-vous. Les femmes aux cheveux couverts évitent mon regard, depuis l'Élection, une loi les condamne. Puis, ce matin-là où je glisse sur une flaque de yaourt et m'étale dans l'hypermarché, deux filles voilées se précipitent vers moi, me relèvent, insistent pour me conduire dans un café, nettoyer ma jupe, elles s'inquiètent de l'énorme bleu sur mon genou. La Petite Fille et moi sommes ensuite invitées pour le thé chez l'une d'entre elles, elle nous lit ses poèmes, on l'applaudit et on reste jusqu'à ce qu'il fasse nuit et qu'on évoque alors ce qu'elle appelle nos « stratégies » à chacune. On s'arrange tous pour être tranquilles, pas trop embêtées, toi aussi tu obéis à un ordre, faut pas croire, me dit la poétesse de la ville nouvelle, regarde-toi... Et ce n'est pas parce que la suggestion est plus « tendance » que ce n'est pas un ordre ! Moi c'est le foulard. À chacune ses tissus de tranquillité. Les hommes choisissent souvent les tissus pour les femmes, hein...

Notre séjour au foyer est rythmé par la cérémonie de 18 h 30 : la distribution des médicaments. On entend d'abord ses talons cliqueter dans le couloir, alors les pensionnaires se regroupent autour de l'animatrice aux cheveux orange et aux tempes grises. Sa démarche fait valser sa robe trop courte à volants noirs autour de jambes solidement rosées. Essoufflée, elle s'écroule sur une chaise quelques secondes, puis se redresse et, les mains sur les hanches, crie : « L'APÉRO ! » Ils défilent un à un devant sa grande boîte de plastique, chaque casier contient des pilules différentes. Parfois il me semble qu'elle y plonge les doigts au hasard, gaiement. « LA COQUE POUR TOUS ! »

Il y a une promenade, un dimanche, avec Odette, Monique et Dina jusqu'à un barrage immense à quatre kilomètres de là. Elles laissent tomber leur vélo bruyamment sur la petite route en se tapant sur les cuisses et en essuyant des larmes de rire quand nous annonçons que nous avons oublié notre pique-nique au foyer dans la chambre, oui, les œufs durs aussi. Nos cris à toutes quand le béton de l'immense pont tremble au-dessus de l'eau folle du barrage.

Et ce square où on rencontre celui qu'on nommera *2007*. Assis seul sur un banc parce que ce sont les vacances, il nous écoute sans discrétion depuis un moment (je raconte à la Petite un épisode piquant d'un « non » entre tous les « non » de la merveilleuse Mademoiselle Non). Peut-être qu'on lui offre un biscuit, je ne sais plus, mais nous faisons connaissance (il a entendu parler des nouvelles animatrices du foyer) et très vite il nous raconte la mort de son frère renversé en scooter par une voiture de police à l'automne. Là, en 2007. Il désigne d'un doigt la place devant le square. D'une voix toute plate, il répète : « Je n'oublie pas 2007. » Puis, d'un ton de psychologue d'émission télé : «... Mais si je me laisse atteindre, toute ma vie en sera boule-ver-sée, je ne pourrai pas vivre mon enfance normalement. » Son enfance qu'il observe, soucieux de ce bien qui lui échappe par bouts déchirés. Nous quittons le square, la Petite Fille, agitée – « faut-il l'embrasser ou lui trouver une arme, Voltairine, le consoler ou le consolider, c'est insupportable, tu sais, ils sont... trop petits. »

Nous assistons à un contrôle social au foyer. La Petite Fille prend ces notes :

La contrôleuse parle des personnes « très malades » qui ne sont pas descendues de leur chambre et qui sont les seules à avoir « une excuse ». Elle ajoute : « Bien sûr on a le droit de guérir ! Mais si vous ne venez pas on est tenus d'appliquer une mesure de carence. » Elle détache les syllabes les unes des autres, les pèle comme des fruits sans jus. Ses « hein » en fin de phrase, je les entends « han », bûcheronne méthodique et désolée, qui prend appui dessus pour craqueler les corps. Elle répète sans cesse : « Je trouve ça normal de vérifier vos revenus et de sanctionner les fraudeurs. C'est notre rôle. On est tous dans un dispositif qui a ses règles ».

Un des derniers jours que nous passons dans la ville nouvelle, nous accompagnons *2007* à un « après-midi bien-être » pour les enfants en difficulté, ces termes qu'Émile déteste. La psychologue propose un jeu, elle articule tellement qu'il me semble qu'elle va se mettre à sangloter tant les mots lui découpent la voix.

« On commence par la lettre P. Tu me dis ce qui te vient à l'es-s-p-rit, d'a-cc-ord ? Tu as d-eux min-u-t-es ! Allez ! »

Le petit garçon du square fait : Pan. Piéton. Papa. Psychothérapie. Pharmacie. Parloir. Prison.

(Très long silence.)

Purgatoire, dit-il. Et :

Porte ?

« Les d-eux m-in-ut-es sont écoulées merci ! Martina, L-l. »

Je n'ai eu que sa mère au téléphone depuis deux jours, mais un matin je tombe enfin sur Émile, l'opération s'est bien passée, même pas vingt minutes dis donc, elle s'étonne. Elle voudrait suivre une formation, n'importe quoi mais pas continuer à travailler dans le quartier. A hâte d'aller au cinéma. Me demande où je suis maintenant, je parle d'un long week-end campagnard, j'omets le train et la Villa. Tu sais, je dis à Émile, c'est la première fois depuis ton... accident que tu ne me demandes pas ce que tu fais là, ce qu'il t'est arrivé. D'une voix douce encore un peu fatiguée, elle fait ah oui, ah bon, puis, comme pressée de passer à autre chose, me demande si je serai rentrée ce week-end, est-ce qu'on ne pourrait pas se voir au camion. Et j'ai une vidéo pour toi fifille, Svetlana Zakharova dans *Les Mirages*!

Quand je raccroche, je retrousse le bas de mon pantalon, j'enlève mes chaussures et prends appui sur la table dans la petite chambre du foyer encombrée des papiers de la Petite Fille, de Scotch, de colle et de marqueurs énormes. Le premier plié en première replace mes pensées perdues, les idées vagues et les vertèbres affaissées. Puis, les dégagés dans toutes les positions et je passe aux ronds de jambe. Ma jambe de terre tremblante et apeurée me fiche un coup, je ne savais pas que je tenais à peine debout, haletante et cramponnée à la barre.

Nous décidons de repartir un samedi matin en train. La Petite Fille a deux places pour une soirée spéciale à la Cinémathèque, un cadeau qu'elle m'a choisi avant notre départ, on ne peut pas rater ça. On se promet mutuellement de ne pas traîner dans la capitale et de repartir vite ; je renoncerais bien à cette projection mais elle s'agite et m'implore, c'est une énorme surprise, je vais être ravie, elle en est sûre !

Nous donnons notre dernier atelier. Chacun des participants a écrit une lettre à une personne de son choix. Celle de Dina est la seule qui nous soit adressée. Je lui demande, comme aux autres, si je peux la lire à voix haute. Elle acquiesce, tordant des deux mains sa natte grise. Sa lettre parle de bateaux et d'oiseaux. Des oiseaux dont on a cru qu'ils repasseraient plus tard dans la journée. Des oiseaux qu'on suit le plus longtemps possible du regard en se penchant dans le vide pour mieux les voir s'éloigner. Des oiseaux qu'on calque, les bras grands ouverts. Des oiseaux écrasés. Les vieux oiseaux aussi. Les oiseaux fatigués du ciel dont les pattes s'embourbent dans des marécages. Et ces cris d'oiseaux qui tournent dans la tête et dont on tait les piaillements sous peine de se voir assommée de neuroleptiques encore. Je m'interromps. M'excuse. C'est qu'en lisant sa lettre, je la vois, toute petite avec sa natte, regagner après l'atelier sa chambre et attendre chaque soir l'APÉRO tandis que nous repartons plus loin, ravies de notre expérience, une parmi d'autres.

Je reprends. Mais je ne sais plus parler français. « Dina, vous m'émeuve beaucoup, pardon. » Tous se tournent vers Dina qui tord avec force sa bouche de côté, sévère, les bras croisés sous la poitrine tandis que ses yeux, eux, foncent vers les larmes. Elle repousse sa chaise brutalement, furieuse d'être menacée de chagrin. J'arrête de lire. Il faut aller lui chercher un mouchoir. On s'affaire pour tirer un rideau sur les oiseaux de Dina. La Petite Fille au Bout du Chemin se lève et la serre dans ses bras, une grande fleur tremblante dans sa robe bleu ciel rapiécée sous les aisselles. Dina s'agrippe à son bras un instant, les voilà toutes les deux comme devant quelque chose que je ne verrai pas, un monstre caché dans les flammes, là. Puis Dina éclate de rire en se mouchant et les autres reculent, effarés. À la fin de ce dernier atelier, on nous offre un verre de cidre et des biscuits secs, sortis précieusement d'une boîte à couture. La petite fille aux cheveux blancs et au pull pastel me tend un paquet sous les yeux des autres qui attendent que je l'ouvre. Je déplie un sac à main d'un noir brillant, entièrement tricoté de minces bandes magnétiques. « Sac musical, vous voyez ? Toutes mes vieilles cassettes, je n'ai plus rien pour les écouter, alors… » Comme je l'embrasse pour la remercier, elle pose ses mains sur mes cheveux, « quand vous reviendrez, on ira au zoo, n'est-ce pas ? » et je ne veux pas me mettre à pleurer de nouveau alors je parle trop fort sans rien promettre, tout en caressant les bords coupants du sac musical. Nous prenons l'ascenseur à quelques-uns. À l'étage où Dina a sa chambre, je me transforme en présentatrice météo sucrée et affable, les mots luisants de mensonge, je fais : « À bientôt Dina. » Elle s'arrête un instant avant de sortir, m'interroge d'une voix d'aigle : « Vraiment ? Ah ? Vraiment ? À bientôt ? »

Puis elle marche à reculons vers le couloir et se cogne au mur, reprise de larmes, le chagrin traverse son corps comme un orage qu'on ravale. Ici au foyer, les fiches racontent que Dina est très cultivée, sans doute qu'elle en a lu beaucoup, des livres, et de toutes sortes. Ils ont ramassé Dina dans la rue il y a deux ans. Elle calculait des racines carrées à voix haute, ses cheveux emmêlés de crasse, sa jupe salie de merde, elle s'est empoigné les cheveux à deux mains quand la coiffeuse du foyer a tenté de les lui couper – ça serait beaucoup plus adapté Dina, à votre âge.

Qu'est-ce qu'il fallait faire. Ne pas rentrer dans le Foyer social, ne pas commencer quelque chose. Ne pas se mêler de ce qui ne regardait pas vers nous. Ne pas croiser le chemin de la Vieille Petite Fille qui n'en avait plus, de Chemin, et qui signe sa lettre comme ça : « Petites Filles au Bout du Chemin, dites-vous. Pourvu que vous ne mentiez pas et alliez véritablement au Bout. » J'ai trop parlé et laisse Émily Dickinson clore : « J'espère que vous aimez les oiseaux. C'est économique. Cela nous épargne d'aller au Ciel. »

Dans le train vers Paris, nous découpons l'article de la presse locale qui évoque notre collage nocturne, photo à l'appui. Assis en face de nous, un jeune couple dégage une même odeur d'ambre et de citron, une salade d'effluves banals. Les lèvres de la fille sont des petits morceaux de poisson mort incongrus dans ce paysage de peau beige uniforme et mat. Lui a l'air repu, brutalement satisfait de tout : de son repas SNCF, de la façon dont son corps prend place dans le siège, de l'Élection qu'il présente à sa compagne comme « du nouveau peut-être !... Rester ouvert ! » Ils ont nagé avec des dauphins aux Bahamas il y a quinze jours, l'année passée c'était l'Indonésie.

« Et vous, qu'est-ce que vous faites ? Vous êtes maman aussi ? »

La Petite Fille au Bout du Chemin découpe à l'aide de mon couteau de poche une tranche de poire et la grignote, ses yeux brillent, acides, son sourire décoche les mots, méprisante : « Pardon ? Comment ? »

Puis, très sèche : « Voltairine est en congés, voyez-vous. Elle est morte subitement voilà trois semaines. Elle a renaît, euh, renacquis. Renécu. Mais d'ordinaire, nous sommes dans… l'événementiel. »

Et c'est à cause de moi, enfin, sur mon conseil que, plus tard, la Petite rouvre enfin son téléphone pour avertir son ami de son retour. Elle ne dit presque rien, à peine un oui d'accord de temps en temps, puis elle me tend l'appareil, morne : il veut te dire quelque chose. D'une voix plutôt douce et fatiguée, il se présente et s'excuse d'avoir insisté pour me parler, ça n'est pas qu'il n'ait pas confiance en elle mais c'est quand même plus rassurant de ne pas la savoir seule. Où êtes-vous, je n'ai pas bien compris, ça a coupé. Et le sujet semble le passionner, ses mots dévalent, comme s'il n'avait pas eu assez d'interlocuteurs ces derniers jours. L'embarras hideux de l'entendre la déshabiller devant moi, les mains protégées de gants, il pèle la Petite Fille au Bout du Chemin – *les marqueurs cognitifs de cette pathologie – le médecin est formel – vous avez dû remarquer – elle ne sait pas s'occuper d'elle – moments de crise – maintenant que faire que faire.* Il dit vous comprenez ça n'est pas rien, elle souffre quand même d'un symptôme du trouble oppositionnel, deux fois il répète, gourmand de ces mots peut-être récemment appris, trouble oppositionnel.

Et vous, comment la trouvez-vous ? Répondez-moi par oui ou non si vous avez peur qu'elle comprenne qu'on parle d'elle. Violente ? Agitée ? Vous avez remarqué, des incohérences parfois ? Moments d'exaltation ?

La Petite Fille me tapote gentiment sur l'épaule et me montre du doigt ce qu'elle vient d'inscrire au marqueur sur la vitre du train, SILENCE EXIL RUSE, puis, en tout petit, elle recopie de son cahier à spirale ouvert sur ses genoux :

P.S. : c'est parce que nous sommes tous d'étranges oiseaux, plus étranges encore derrière notre visage et notre voix, que nous ne souhaitons qu'on le sache ou que nous ne le savons nous-mêmes.

Je raccroche tout de suite, je voudrais, je lui chuchote, extirper de ton corps ceux qui le scrutent, le Noticent. Elle me dit : je voudrais extirper de ton corps et je ne la laisse pas terminer sa phrase, les gens autour de nous dans le compartiment se raidissent, nous sommes barbouillées de larmes, les joues empourprées du chauffage au goût de fer de ce voyage, sa langue passe et repasse comme une consolation au creux de mes lèvres.

SYMPTÔME DU TROUBLE OPPOSITIONNEL : être en opposition avec ce qui se trouve autour de soi.

Note : À l'attention de ceux et celles qui feraient grand cas de se poser là et scruteraient l'avenir comme une belle vague, je le redis : il n'y a pas eu de point de départ. Rien, ni cet appel-là ni la lecture du quotidien que j'emprunte dans le train, qui liste les arrestations préventives ayant lieu dans le cadre de la nouvelle loi. Et en particulier celle d'un homme assigné à résidence dont le préfet se félicite qu'il se soit rendu « sans violence », le Pélican.

PARIS

Nous marchons comme on conspire toutes les deux sur ce grand boulevard qui mène à l'hôpital. Europol et la lettre de Dina me font une sorte de traîne d'énergie joyeuse ou alors c'est d'être dans l'« événementiel » avec elle, ce Bout de Chemin ensemble. Pendant le voyage, nous avons continué un jeu commencé au foyer social, compléter la phrase UNE VIE…

Pour : Errer/ Rien en faire/ Lire le matin/ Courir (sans qu'il y ait personne derrière !)/ Se consoler d'avoir grandi ? Une vie d'arbre évadé (de toutes les forêts).

J'aimerais aller jusqu'au camion, il me manque un peu et j'en ai assez de laver alternativement les deux seuls vêtements que j'avais pensé à apporter la semaine dernière. La lettre officielle qui est certainement arrivée maintenant me retient. Comme si le petit papier bleu de la justice allait m'enserrer et me coucher, aussi inexorable qu'un sédatif, et mettre fin à tout ça.

Le même hall qu'il y a trois semaines, cette chaleur mentholée, ces sons étouffés et les corps médicaux qui se croisent, habiles sur l'autoroute des couloirs. La porte de la chambre est entrouverte. L'infirmière m'accueille d'un « Ah, voilà la petite sœur ! » Le lit d'Émile est vide. Ses parents m'embrassent, me trouvent pâle. Émile vient de descendre à l'étage en dessous, les médecins testent le nano-ordinateur placé sous sa peau entre les muscles de sa poitrine, qui surveillera à partir de maintenant ses errances cardiaques. La Petite Fille fabrique le silence tout autour d'elle quand elle s'inquiète de savoir si Émile parviendra quand même à mourir un jour, avec ce nouveau cœur infaillible.

Quand elle revient dans la chambre à petits pas attentifs, un large tee-shirt blanc sur son pantalon de pyjama bleu marine, je serre enfin Émile dans mes bras, et l'idée de sa mort subite me remonte la gorge, une violente bouffée de chaleur et de sueur. Ce jour, le dernier qu'elle passe dans cet hôpital, je lui présente officiellement la Petite Fille au Bout du Chemin qui allonge sa silhouette, plus mince encore que d'habitude pour ne pas faire de bruit. Et il me semble que je raccommode le temps, je construis un escalier du passé à maintenant, un escalier rapide, avec le corps si vif de la Petite et ces kilomètres sans sommeil que nous avons parcourus toutes les deux en moins d'une semaine. Je lui présente la Petite Fille comme on dirait à une mère qui viendrait nous rechercher à la fin d'une colonie de vacances, regarde, regarde Émile comme j'ai bien fait, regarde-moi brûler le camion en panne et l'Île immobile.

Nous passons la fin de l'après-midi toutes les trois dans cette chambre. Et si nous ne racontons pas tout à Émile ce jour-là, c'est uniquement par manque de temps, un souci des priorités. On ne peut pas dire en quelques phrases, regarde comme nous défaisons l'ombre et le silence, regarde-la ton année sans mouvement, qui fut la mienne, aussi, regarde-la en boule sur le sol, comme un vieux manteau qu'on prend en horreur après l'avoir porté des années.

Le lendemain, Émile sort de l'hôpital. Cette première nuit dans son appartement, chacun de ses soupirs m'éveille.

Malgré mes doutes – est-ce qu'elle ne devrait pas se reposer – le jour suivant, nous retrouvons la Petite Fille au Bout du Chemin dans le hall de la Cinémathèque comme si rien n'avait existé depuis Septembre quand on notait ses mains tremblantes et ses manches de manteau trop courtes. Je sais immédiatement que je n'aurais jamais dû la laisser rentrer chez elle, la laisser sortir de notre valse électrique. Elle semble avoir avalé des angles, elle est pâle comme l'air qui rôde. Je lui demande si ça va, à voix basse elle m'implore, Voltairine on ne peut pas reprendre je ne peux pas reprendre cette histoire où je l'ai laissée. Puis elle me tend mon billet, celui qu'elle a pensé à me prendre avant notre départ, ma surprise. C'est un documentaire inédit sur Mademoiselle Non suivi d'un débat avec celui qui lui a écrit un de ses plus célèbres solos, William Forsythe, mon chorégraphe favori.

La merveilleuse Mademoiselle Non assèche l'écran tandis qu'elle tend et arme son corps de tendons et de muscles. La Petite note. Pendant toute la projection. Pendant le débat aussi, elle ne cesse d'écrire. Émile me jette des coups d'œil embarrassés, ce qui la gêne j'imagine, c'est ce qu'elle pense de cette fille-là, avec les blagues qu'elle n'ose plus me faire, au Bout du Chemin. Je guette l'une, puis l'autre, comme si je ne savais plus où aller.

« Ce qui m'intéresse, explique Forsythe, c'est l'archéologie du mouvement, pas le mouvement lui-même. Déconstruire, déstabiliser, c'est là-dessus que je travaille, les moments où les limites sont transgressées, où la chute est imminente. Lorsque j'improvise avec les danseurs, je cherche à maintenir un état de vibration, un moment de tremblement. Ce qui engendre le mouvement peut-il être représenté ? »

Puis il se tait un moment et, légèrement penché en avant, murmure dans le micro, comme une note pour lui-même : « Mais si le mouvement n'émanait pas du centre du corps ? Et s'il y avait plus d'un centre ? Et si l'origine d'un mouvement était une ligne entière ou un plan entier et pas seulement un point ? »

Quand nous sortons, Émile se sent un peu étourdie et nous nous rendons vite dans un café proche.

Comment tout ça commence. Peut-être que la Petite Fille relève d'abord ce moment du documentaire où Mademoiselle Non explique que les danseurs économisent leur corps, essayent de ne pas effectuer d'autres gestes que ceux de la danse. Je confirme et raconte mon enfance interdite d'équitation, de ski, de course à pied et de patins à roulettes. Ne pas développer de muscles contradictoires à la danse, ne pas contrarier cette formidable construction en cours, une fabrique d'apesanteur.

Je leur parle de l'angoisse constante de la chute, des trottoirs abrupts, des marches irrégulières, ne pas jouer à cache-cache avec les autres enfants, dans les jardins surtout, à cause des trous traîtreusement dissimulés dans le gazon. Je les fais rire toutes les deux quand j'avoue que je continue aujourd'hui encore à descendre les escaliers comme une grand-mère ankylosée tant la peur de tomber m'a été inculquée (les danseurs appellent ça tomber pour rien, en opposition avec la chute après une quadruple pirouette par exemple, un incident attendu).

Puis, la Petite classe ses notes prises pendant la projection, les relit à toute vitesse, passe d'un feuillet à l'autre, s'excuse, après tout, elle a écrit dans le noir, pas facile de s'y retrouver. Elle rapproche sa chaise de nous, serrées autour de la minuscule table du café. C'est quelque chose que je savais, fait-elle, mais là, c'est merveilleux, ce que je savais déjà, je l'ai enfin compris. « Ces histoires de cordes… Ce ballet, au début du film, tu sais ? », dit-elle. Avant que j'aie eu le temps de lancer un très inquiet « Tu t'en souviens », c'est Émile elle-même qui raconte à la Petite ce ballet que nous avons vu toutes les deux.

Elle tente de les décrire, ils faisaient mal à voir, ces danseurs, chutaient, retombaient lourdement de leurs sauts ou, le buste tordu vers l'arrière, la tête rigidement rentrée dans les épaules, ne semblaient pas réussir à se déployer. Comme entravés de cordages invisibles. Puis : « À un moment, la musique s'est arrêtée. Au début, ça calme, mais très vite ça a été l'angoisse parce qu'on n'entendait plus que leurs pieds et des souffles, des râles, presque. Affreux… »

Leurs talons heurtaient maladroitement le sol, ponctuant leurs hoquètements d'agonisants soumis et on ne comprenait pas à quoi. Et le désir nous prenait, à nous, dans la salle, de ne pas voir ça, une colère, l'envie qu'on nous offre autre chose, du délié, du souple. À la fin de la représentation, la moitié de la salle se mit à huer violemment, comme si ce spectacle de mouvements douloureux et empêchés nous était insupportable, une gifle, un miroir, alors qu'on était venu manger de la liberté, de l'air. Dans le programme qu'on nous distribua après le spectacle (alors que d'habitude on le donnait avant), un texte de Forsythe expliquait que, durant les trois mois de répétitions, il avait enserré chacun de ses danseurs de cordes qui limitaient et même empêchaient leurs gestes. Puis, quelques jours avant la première, il les fit enlever et demanda aux danseurs de danser la même chose. Nous venions d'assister à leurs souvenirs des cordes.

« Des corps entravés, empêchés, énervés » elle répète, et la Petite semble calculer les idées, comme si tout se multipliait dans sa tête, donnait des équations, des résultats rapides qui l'enivrent et l'affolent en même temps.

« Tu vois Voltairine, me dit-elle, ses joues coloriées de chaleur, on en revient toujours là, toujours cette question toujours, comment extirper de soi les rois barbares et ces cordages qu'on avale et qu'on ravale et qu'on ravale. Il faut... Une telle vigilance... Et ! Il faut expliquer à Émile ! Pendant que tu étais au Bois Dormant, Émile, on a commencé une excellente théorie d'oiseaux !!! »

Un bref espace de silence dans le café. Cui cui cui, fait une voix de fille. Et le petit groupe assis à la table d'à côté explose de rire.

La peine. Le chagrin que ces rires lui causent. Ils auraient aussi bien pu d'un cutter tracer le chemin du sang sur ses avant-bras si maigres. Ou la secouer comme une poupée vide, la bourrer de coups pour qu'elle se balance, ça serait moins coupant que leurs ricanements hennissants de spectateurs.

Elle s'avance vers eux et ça n'est pas le patron qui appelle la police, mais un des types du groupe, je le vois saisir discrètement son portable tandis qu'un serveur attrape la Petite, lui passe un bras autour du cou pour l'obliger à lâcher le verre brisé qu'elle serre comme une lampe hirsute bordée de sang.

Nous quittons le café sous les insultes, Émile et moi la tenons par une main chacune pour la faire aller plus vite, j'avance à cloche-pied dans le caniveau. Nous prenons tous les virages sans raison, je ne pense qu'à mettre de la distance avec ce qui vient d'arriver. Quand nous arrivons enfin chez Émile, je redescends aussitôt acheter une brosse à dents et des culottes. À mon retour, Émile m'ouvre en chuchotant : « Elle s'est endormie. Je crois qu'elle était très fatiguée… » et je l'aime de ne pas employer d'autres mots que ça.

Pour la première fois depuis sa mort subite, nous nous asseyons l'une en face de l'autre dans la cuisine autour de cette demi-table jamais complètement nettoyée des grains de sucre versé dans le café. Elle penche la tête en m'observant, ses mains de princesse Disney sans os ni tendons autour de sa tasse.

Je voudrais être sûre que nous sommes du même avis. Qu'on en parle, qu'on en reparle avec Émile de ce moment où la Petite Fille s'approche du groupe. Cui cui cui, fait celle qui pouffe dans la manche de son sweat-shirt perlé sans doute japonais. « Qu'est-ce qui te fait rire ? », s'enquiert la Petite. Et la fille ne lui fait pas face, non, elle resserre frileusement ses genoux de Lycra l'un contre l'autre, son corps a la maigreur d'un objet abandonné, déjà.

« Oiseaux ? C'est ça ? Cui cui cui. Ce n'est pas la bonne histoire que je raconte dans un café ? Ça te fait marrer ? C'est dans quelle rubrique les oiseaux... Ah, bien sûr ! Les oiseaux sont toujours dans la rubrique loisirs et poésie ! Tu sais, je crains que... tu n'aies rien que... des rubriques sous la peau... Oh oui, rien d'autre... » et la Petite Fille est toute proche de l'autre qui rit nerveusement et n'arrête pas de répéter : « D'accord d'accord ! Faut que tu te détendes là ! » tandis que son ami répète : « Hé, mais reprends-toi là c'est bon » en tendant un bras mal assuré vers la Petite Fille.

« Tu es si... fait-elle en les détaillant, ... triste. À... Obéir à des ordres que... » elle s'empare de l'iPhone de la fille, il tombe, « personne ne t'a jamais vraiment donné... » « Qui ?.. » et la Petite Fille se met alors à marcher autour de la table tandis qu'elle enchaîne : « A coupé... Tes...Nerfs... Qui... A... Coupé... Tes... Nerfs. » Elle accélère et se met à gambader légèrement autour du groupe – Qui... A...Cou-Pé...

Et je voudrais qu'Émile et moi soyons d'accord : rien n'est plus absolument vrai que ce qu'elle scande devant eux, qui baissent la tête vers leur verre tant ils ont peur de cette grande fille en manteau rouge qui sautille autour de leur table, son visage tendu démentant la légèreté de ses pas. Et la Petite tourne, elle tourne de plus en plus rapidement jusqu'à ce qu'elle change de phrase et de sens, comme mue par le signal d'un maître de ballet invisible : « De quoi... Tu... Es... Remplie. De quoi... Tu... Es... Remplie. Demande-toi de quoi de quoi de quoi tu es remplie de quoi tu es remplie remplie remplie. » Et puis oui. Il y a ce verre qu'elle brise sur leur table et le chaos, les hurlements de la fille que la Petite menace – mais quoi, elle ne la touche pas, à aucun moment, je peux en témoigner et puis, c'est son sang à elle sur le verre, on ne va pas en faire tout un foin.

« Pourquoi tu pleures ? » me demande Émile en rapprochant sa chaise de moi, neuve et inquiète. Je ne veux pas entamer cette discussion qu'Émile et moi n'avons pas eue, jamais, et que la Petite Fille vient d'initier sans le savoir. De quoi nous sommes-nous remplies. De quelle histoire. Qu'on se raconte le mieux possible jusqu'au moment où : le cœur lâche, les chevilles se tordent, jusqu'au moment où les vertèbres se raidissent et alors il faut l'emplir de plus en plus vite et encore et encore l'histoire, la fleurir comme une tombe emplie de ce qu'on ne sera plus, la fleurir, la pourrir d'images, sa tombe, de vidéos regardées en boucle toutes les nuits, de Notices et de prescriptions pour continuer à croire encore à cette histoire sans oiseaux ni tempêtes. Se répéter qu'on est en paix et crever de l'être, en paix.

Je voudrais dire à Émile, merci pour tout merci pour l'Île et le camion, merci mais je ne veux pas dormir, merci mais de quoi es-tu remplie, les questions ne doivent pas rester dans les tiroirs, mais qui a coupé tes nerfs.

Au milieu de la nuit sa voix me réveille, Voltairine Voltairine, viens. Il ne fait pas encore jour, j'enjambe Émile endormie et j'ouvre la porte de la pièce minuscule où dort la Petite Fille. Elle s'est enroulée dans la couverture comme si on campait, assise en tailleur sur le matelas. Elle me sourit dans un chuchotement : « Tu sais où il y a du papier ici ? Je n'ai plus rien, mon cahier est fini. »

Je lui trouve un paquet de feuilles recouvertes de poussière, elle arrache la dernière page de son cahier et me tend ça.

Je serai l'insauvable

Attitude de repli, asociabilité, mutisme : 2 mg.

Tu ne sais pas ce que tu dis m'affirme-t-on quand je dis ce que je sais. Mais qu'est-ce que tu racontes, me dit-on sans point d'interrogation à la fin de la phrase, une injonction, pas une question.

Il faut que tu en parles à « quelqu'un », conseillent-ils, inquiets, quand les mots d'un oiseau qui pourrait bien tomber les dépassent. Ce « quelqu'un » est un être-fonction, plus efficace qu'un être humain, dépêché au chevet des oiseaux qui ne savent plus ce qu'ils disent. Allons, parlez parlez, qu'on y voie plus clair, expirez-moi ces maux et vite s'il vous plaît, on en a des rangées de corps comme le vôtre remplis d'une bouillie de mots mêlés, collés les uns aux autres. Le « quelqu'un » aide à vomir sans odeur, à chercher le redémarrage, reprendre le rythme, tout pour faire repartir le corps, le faire fonctionner encore.

Mais voilà que je ne veux pas être réparée. Sauvegardée. Rafistolée pour continuer à avancer. Je ne voudrais pas qu'on colmate ce que je m'acharne à défaire, découdre.

Vois-tu, je travaille à être insauvable, irrécupérable. Aussi fugace, irrattrapable et fragile qu'un moment dans le temps. Pour ne pas offrir de prise, il me faudra rentrer en silence comme on va en résistance. Et à toute interrogation, leur répondre : je ne sais pas, je me demande, je cherche. Je dépose des questions. Je fabrique des doutes.

Nous ne savons pas ce que nous sommes en train de fabriquer, Voltairine, nous savons que nous sommes « en train de » quelque chose. Mais quel beau silence. Nous savons que nous avons de plus en plus envie, de plus en plus d'envies, qu'il nous est indispensable d'être toutes les deux réunies sans raison aucune, aucun intitulé. Alors, puisque nous sommes ensemble, nous cherchons ce que nous pourrions faire ensemble. Quand nous aurons trouvé, nous aurons la liste de ce qu'il faut défaire aussi. Cette liste, nous la réécrirons sans nous lasser. Nous gratterons nos peaux, pisterons également ce qu'on pourrait avoir avalé par mégarde, des choses incrustées si naturellement en Nous que nous ne les percevons plus comme ces prothèses qui nous forcent à marcher droit. C'est que, comme tu le sais, il faut se mettre en mouvement pour éprouver la raideur de nos démarches. Ce qui reste à détruire, il va falloir aller le chercher aussi dans nos gueules, puisque nos mots sont imprégnés de prothèses.

Songe qu'on dit de soi et devant témoins : « Je vais me reprendre. »

Songe qu'on affirme fièrement, je suis raisonnable, cet aveu qui dit en vérité je me laisserai raisonner par Vous.

P.S. Il faut que je te parle d'August Spies, un des condamnés du Haymarket.

Recouchée auprès d'Émile je guette le rythme de sa respiration. De la pièce d'à côté je perçois des grignotements, minuscule bêche qui semble creuser, dégager ce qui serait caché. Par instants, le crayon s'éloigne du papier. Puis repart. J'entends les accélérations de la pensée de la Petite Fille au Bout du Chemin. J'entends les points qu'elle pose, ce qu'elle interroge et ce qui ne fait aucun doute.

Je ne peux pas me rendormir, alors je teste mes chevilles sous le drap. Pointe. Flex. Pointe. En dehors, flex, en dedans. Il faut repartir et trouver un endroit qui ne soit pas compris dans ce présent. Je cherche, j'énumère dans ma tête des lieux, des possibles, la France est un pays mortifère d'enclos peureux et de dénonciateurs marécageux. Rance. Ils ont élu des Contrôleurs. Et si je crains les papiers bleus qui me mèneraient une nouvelle fois devant un tribunal, j'ai bien plus peur encore de dire, attendez, je vais le faire toute seule, je vais *me reprendre*. Peur d'oublier la théorie de l'échelle en bois, si gaie, peur de finir par ne plus chercher que de jolis refuges de campagne où être bien, des terriers ou des nids à construire, m'appliquer à les border de couvertures et prendre bien garde à n'y installer que des lumières indirectes, apaisantes. Finir par s'y installer, dans l'oasis, dans la pause, et oublier qu'on ne faisait que passer avant de repartir. Finir par ne plus s'occuper que de son propre corps à sauvegarder, une jolie plante fraîche à arranger, soigner, nourrir. Se suffire de *à peu près* et *presque*. Et ne plus savoir comment commence, mais qu'est-ce qu'une tempête. La craindre, la conspuer même, la moquer, cette tempête, dès qu'on en renifle les débuts, en répétant, mauvais et frileux, « ça ne changera rien », se prendre à souhaiter qu'il n'y en ait plus jamais des tempêtes parce qu'on s'y est fait à ces journées, *finalement*.

« Nous sommes dans une épidémie de discrètes morts subites, Voltairine », me dit la Petite Fille il n'y a pas si longtemps. Et je ne comprends rien à ce qu'elle raconte, je crois que ce sont les phrases toujours un peu fantaisistes d'une longue fille aux yeux cernés, drôlement vêtue de robes aux manches trop courtes pour elle. Alors qu'elle prend note de ce qui a lieu devant nos yeux, ce qui est en train d'avoir lieu.

Je tends mon pied sous le drap, je sens la crampe le prendre tel un orgasme. S'arc-bouter de tous ses muscles. Ne pas danser avec le souvenir des cordes. Ne pas danser sans se souvenir qu'on est peut-être bien en train de danser avec le souvenir des cordes.

Puis, certainement, je m'endors et c'est Émile, au matin, qui me secoue. « Viens voir… il faut que tu voies ça… » Elle m'entrouvre la porte de la chambre.

Endormie sur le dos les bras en croix et la tête tournée de profil, refusée à la lumière du jour, la Petite Fille au Bout du Chemin est délimitée, entourée de dizaines de feuilles de papier gribouillées, qui, tout autour de son corps, lui font comme des ailes brisées.

Nous nous installons précautionneusement dans la cuisine. Émile se propose d'aller à ma place sur l'Île voir si j'ai du courrier, prendre quelques vêtements et saluer le Pélican.

« Mais tu n'as pas su ? Il a été arrêté. »

« Ah bon ?? Quand ça ? Mais c'est n'importe quoi, ils ne vont pas le garder simplement parce qu'il a récité le mauvais poème, ça va s'arranger… »

Le Pélican sur l'Île. Resté à les attendre. Avec sa grande silhouette sage. Sa façon de partir à reculons vers la forêt, son petit geste de la main. Ses soupes à la châtaigne.

Et il n'est même pas neuf heures du matin, je commence une phrase normale, sujet verbe et aussitôt celle-ci me lasse, je la laisse tomber, depuis que nous sommes revenues à Paris, du temps, il n'en reste pas ou c'est le contraire et nous sommes encore vautrées dans ces années passées à discuter, évaluer et commenter, et ce temps-là me fait hurler que ce n'est pas n'importe quoi, c'est ce qui est/en train/de se passer/

Émile m'enjoint de me calmer, blême, elle parle fort comme si elle ne me supportait déjà plus, enfin arrête tu es folle arrête mais qu'est-ce que tu as fait, là, la semaine dernière, arrête.

Et je n'ai jamais fait ça, je n'ai même jamais compris qu'on le fasse, je m'empare d'une petite théière que j'ai offerte à Émile la première année où nous nous sommes rencontrées un mardi soir et je la jette contre les tommettes de la cuisine, Émile Émile faut mettre un point, pas enchaîner continuer continuer continuer, arrête de continuer au Bois Dormant !

Les soupes du Pélican me brisent le cœur, je fais en riant un peu pour m'excuser de pleurer. Assise, Émile replie ses pieds nus sous elle sans rien dire tandis que je balaye les restes de mon geste ridicule, tous nos gestes sont criards et absurdes quand on devient étrangère aux pensées des autres.

La Petite Fille rentre dans la cuisine, abasourdie, et ses longues cuisses blanches sont celles – je ne peux pas m'empêcher de noter la façon dont les muscles sont utilisés – d'une grenouille élancée.

« Qu'est-ce qu'il se passe ? Qui a crié ? »

« J'ai cassé la théière d'Émile. Je… Je reviens tout de suite. »

Je les laisse, m'extrais de trop d'explications à donner et puis l'air me fera du bien, je voudrais racheter une théière, la même.

Comment décrire au mieux l'ambiance de la ville depuis l'Élection. L'air en est-il changé. Le fameux charme des vieilles pierres parisiennes sous la lumière humide. Le fait de croiser à chaque coin de rue des uniformes divers, comme autant d'exemples possibles d'ordre et d'arrestation, là, des policiers en bleu typiquement français, ici des militaires en tenue camouflage, dans le métro des milices privées tout droit sorties de séries américaines. Leur visage jamais fatigué.

Je m'arrête un instant dans un café, la télé allumée se reflète dans le miroir rectangulaire. Le président éructe sa jouissance interminable du coup de reins en force, « voyoucratie/enragés/vont pas nous empoisonner la vie/pedigree judiciaire ». Maintenant, plus que ses interventions continuelles dans les médias, je vois l'infiltration fangeuse de ses mots s'insinuer dans nos corps jusqu'à en fabriquer le fondement naturel.

Paris est devenu un grouillement d'habitués, de vieux habitués, me dit la Petite, un jour que nous sortons de la projection de *Monsieur Klein* de Losey.

ÇA VA PÉTER

Une clientèle blasée de l'arrestation arbitraire, de la Vérification. Qui a souhaité l'Élection d'un grand Contrôleur (celui qui agit !) et qui, de façon quotidienne, s'autocontrôle. Une clientèle affairée, habile et moderne qui sait se faufiler partout et ne reste jamais trop longtemps sur les lieux des petits crimes quotidiens.

Mais ces temps-ci, un léger frisson parcourt le centre-ville, le secret espoir que quelque chose devienne dangereux, historique peut-être. Alors, comme l'enfant qui vante à ses camarades le camion de pompiers qu'on lui offrira à Noël, on affirme : ça va péter, ça ne peut pas continuer comme ça, c'est obligé. Et on répète ce diagnostic, ça va péter, comme si on évoquait un phénomène météorologique qui ne concernerait personne en particulier, tout en sachant que l'aventure se déroulera ailleurs, aux portes de Paris, là où on ne va jamais, chez ces Autres que l'on plaint et que l'on craint. On prédit l'endroit où éclateront les premiers éclairs, loin du centre. Mais de loin, on verra très bien. Et doucement, sur le ton de la confidence, une évidence partagée, on se soucie des artificiers peu sûrs. Ces Autres qui feront tout péter, ces Autres qu'on aimerait aimer s'ils n'étaient pas des Autres incontrôlables, *ingérables (car enfin que veulent-ils ? Mais... ils ne le savent pas eux-mêmes).* Puis, on reprend le fil de la conversation à peine interrompue : et toi, alors, quoi de neuf en ce moment ?

Quelqu'un a baissé le son dans le café et la télé diffuse des flammes muettes. L'incendie d'un bâtiment neuf qui ressemble à une prison de Lego beige, devant lequel une présentatrice aux cheveux raidis et légers ouvre et ferme sa bouche brillante. Le texte défile en bas de l'écran : « À COMPTER DE CE SOIR LE COUVRE-FEU SERA APPLIQUÉ EN VERTU DU DÉCRET DE L'ÉTAT D'URGENCE ».

Nous passons cette journée-là toutes les trois, assises autour de la nouvelle théière remplie de chaï, je m'en veux de cette fâcherie.

Ce couvre-feu, on ne sait pas quoi en faire. Puis Émile reçoit un appel. Incrédule, elle répète : « Non ! Non… » Quelques-uns de ses amis viennent d'être arrêtés très tôt le matin à leur domicile par une brigade d'intervention spéciale. Personne ne sait de quoi ils sont accusés. Finalement, c'est sur le Net que nous trouvons : repérés lors des manifestations de la Nuit de l'Élection, suivis des semaines durant, une perquisition a permis aux enquêteurs de trouver chez eux des livres et du « matériel suspect », de grandes quantités de désherbant et de sucre glace. Ils sont soupçonnés d'« actes terroristes visant à attenter à la sécurité de l'État ». On se regarde, notre assiette posée sur nos genoux, la fourchette en attente. On hausse les épaules puis on répète les mots terrorisme-d'État-sucre-glace comme un rébus complexe. Et c'est Émile qui la première explose d'un rire aigu de petit oiseau invité d'un jeu dont les règles viennent brusquement d'être érigées en lois.

« Ouh la ouh lala... Je crois que... Moi aussi ! J'ai plein de... sucre dans mon placard... Suis... terroriste d'État... En plus d'être déjà morte il n'y a pas longtemps... Le scénario se complique ! » elle crache dans sa tasse, des bulles de thé dansent dans ses sinus.

« Va falloir être à la hauteur », confirme la Petite Fille tandis qu'elle prend quelques feuilles de papier vierges sur la table et commence à y tracer des colonnes, les sourcils froncés. Plus tard, elle dépiaute le Net comme un artichaut et s'enchante de cette histoire d'incendie dont j'ai vu les premières images à la télé. Un feu immense brûle depuis plus de douze heures dans un centre de rétention pour étrangers, quelques détenus sont toujours debout sur le toit, ils brandissent des draps sur lesquels sont tracés des mots. Il semble que le cameraman n'ait pas l'autorisation de filmer la phrase en entier, la seule chose que l'on voit nettement est un QUI, suivi d'un ?

À la radio, un journaliste parle d'un autre incendie, en plein centre de Paris celui-là, dans le quartier des ministères. « L'acte a été revendiqué par un groupe inconnu qui dit n'avoir rien, justement, à revendiquer de plus que le feu. »

La Petite Fille au Bout du Chemin porte ses deux mains à sa bouche, aspire aussi brusquement que si elle plongeait : « Ne rien revendiquer. Mais ça c'est... Génial ! Laisser la question, le feu comme une question Voltairine ! Parce que... attends, je note... Quand on y pense, au moment où tu revendiques, tu... clos la question, tu la limites, non ? Tu dis : je fais ceci et je voudrais obtenir ça. Et si je l'obtiens, j'arrête, je me calme ! Mais là ! Pas d'arrêt ! Le feu ouvre la page à tout !! On sort ? On va voir ? Allez !! Voltairine ! »

Le couvre-feu ne nous inquiète pas. Nous avons le sentiment (la conscience ?) de n'être rien. Sans danger, signalement ou importance, tellement invisibles et à peine réveillées, cantonnées depuis des années à nos îles et nos appartements. Persuadées sans se le dire que le couvre-feu est une affaire d'hommes, de personnages principaux.

Je ne me souviens plus avec exactitude de notre parcours cette nuit-là, il me reste simplement l'odeur de ces heures, leur empreinte. Et s'il fallait en faire un ballet, j'opterais pour une série de petits sauts en diagonale, les pieds bien tendus, acérés, glissade glissade petit jeté assemblé.

La Petite Fille parcourt les rues à toute vitesse, comme un chien à qui on aurait dit vas-y, cherche ! Me tend les bras pour une valse muette dans le noir des impasses coudées, on ne croise personne et c'est ébouriffant d'avoir la ville dans cet état, un vrai 15 août multiplié par Noël. Et dans l'euphorie d'une course terminée assises toutes les trois sur le trottoir en pleurant de rire, je m'empare d'un geste théâtral d'un paquet de vieux journaux dans une poubelle et j'y mets le feu (difficilement et partiellement, au briquet). Je tiens ce petit bouquet rapide à la main quand Émile demande, eh, on est le combien on est le combien, je crois qu'on est le 17, ça fait un mois que je suis morte! note-t-elle fièrement. La Petite bondit vers la poubelle et en sort d'autres journaux qu'elle allume aux miens. Nous nous tenons là, avec nos mini-torches de papier – bon anniversaire Émile – et avant qu'il ne me brûle les doigts, je pose mon bouquet cendré sans trop réfléchir sous une voiture de police garée devant moi. Nous restons quelques instants, la flamme semble ne pas prendre, nous nous enfuyons, ravies.

Disons que c'est un geste thérapeutique, j'explique à la Petite Fille totalement abasourdie, une fois de retour à l'appartement. Et le silence d'Émile m'encourage à raconter cet après-midi de Février où j'ai porté plainte à la DPJ de Louis Blanc.

Y A-T-IL EU EFFRACTION ?

Ils rentrent et sortent de ce bureau sans arrêt, certains flics traînent le temps que je termine ma phrase, entendre peut-être comment *il*   .

Je me force, pendant les quatre heures de la déposition, à dire l'imprononçable, je me force à aller jusqu'au bout de mon récit comme on finit son assiette, comme on écarte mieux les jambes pour atténuer la douleur, une petite Roumaine pâle aux vêtements soigneusement choisis le matin pour « faire sérieuse », assise droite sur la chaise d'une institution du pays des droits de l'homme. J'articule les détails de *l'acte,* précise, avide de bien faire, combien de fois j'ai dit non. Avec le ton de celle qui déclare un vol à son assurance, pourtant monsieur je vous assure les fenêtres étaient toutes bien fermées.

DÉTAILS

Comme les cheveux, par exemple, mis en vagues et laqués du commissaire qui me reçoit, qui collectionne certainement les billets de concert de Johnny Hallyday depuis les années soixante. Tous ces détails, les photos punaisées au-dessus de la chaise du commissaire. Des cuisses roses écartées, des lèvres luisantes et des doigts manucurés. Les doigts aux ongles nacrés de la fille qui s'écarte les lèvres sur les photos, parfaitement assortis à la teinture irisée du flic. J'imagine celui qui a pris les photos : un peu plus, vas-y, écarte. Le flic appelle « *les actes* » ce que je dois décrire en détail face à ces filles béantes au regard mort.

RÉPÉTITION GÉNÉRALE

Il m'a fallu quelques Mardis soir pour mettre au point ma déposition. Nous polissions à plusieurs la meilleure version possible de *cette nuit-là*.

Quand je suis sortie de la DPJ Louis Blanc, Émile m'attendait. Nous avons marché jusqu'à mon cours de danse, j'étais soulagée, je me sentais *en règle*. Nous nous tenions par le bras, petites machines abîmées et ne servant plus, absurdement vivaces encore.

(La Petite Fille ne dit rien, elle hoche la tête et porte plusieurs fois sa main à son cou comme on replace son collier bien au centre mais elle n'a pas de collier.

Alors je poursuis mon récit.)

L'ACTE

Et maintenant, Maître ?
Maintenant, mademoiselle, votre adversaire va être entendu également. C'est votre parole contre la *sienne*. Mais soyez confiante. Au vu des détails que vous m'avez donnés sur l'*acte*, toutes les chances sont de votre côté !
Je vous remercie, je réponds à l'avocat, vous savez, le commissaire a vraiment tout noté, il a l'air sérieux.

INSUFFISANT

Quelques semaines plus tard, la deuxième convocation, un jeudi matin. Le commissaire aux cheveux irisés et immobiles me tend des feuillets sur lesquels il y a *une signature* que je reconnais. C'est *sa* version de l'histoire.
« Votre affaire est classée sans suite », fait le commissaire en m'indiquant, tout en bas de la page : « Infraction insuffisamment caractérisée et manque de preuves matérielles. »

CETTE VERSION CORRIGÉE

Commence de la même façon que ma version.
Nous sommes arrivés comme chaque soir à mon studio. J'avais conscience que cette relation ne menait à rien   . Mais : rien passé de particulier une discussion un peu tendue.

Réarranger les draps, lisser. Repositionner le corps. Recouvrir le corps. Frotter les taches des draps. Changer le corps de position. Et. Ne pas oublier de. Supprimer le son. Le son qui ne convient pas à l'image. *Ensuite*, dit-il. (Ensuite, après quoi, pour en finir.)

Je l'ai ramenée, elle souhaitait dormir chez elle. Un peu fâchée. C'est logique n'est-ce pas. Je venais de mettre un terme à notre relation. Un terme.

FILLE DE RIEN

Prostitution avérée Roumanie. Homosexuelle ? Manipulation évidente j'étais tellement amoureux mais mon statut professionnel mais je ne lui en veux pas mon statut dans le monde de la musique quand même   .

« Comment expliquez-vous qu'elle ait porté plainte contre vous ? »

« *Je crois que ça s'explique par le fait que j'ai réussi et qu'elle, elle n'est rien, malheureusement. Elle vient même d'être renvoyée de la compagnie dans laquelle elle dansait.* »

rien

Les mots manquants sont des cicatrices. Les mots manquant dans cette histoire sont des cicatrices. Ce soir-là, je leur dis à toutes les deux, Émile et la Petite Fille, que les mots manquants dans *sa* déposition sont pour moi l'ombre de la mort. Il ne reste plus rien de cette nuit-là. Sauf ce que je sais. *Il* sait aussi. Ainsi, nous sommes deux à connaître l'histoire. Quand *il* réorganise la nuit en en effaçant des bouts entiers, *il* sait. Protège son futur. *Tais-toi dit-il*, je crois que c'est au début, avant qu'*il*   . Sur le papier, *il* ferme ma bouche à mots choisis. Le film tressaute légèrement au milieu, hâte certains passages.

Très. Agitée. Depuis longtemps. Des problèmes psychologiques. La fuite, enfant. Déracinée. Agitée. Le milieu de la danse. J'ai essayé. Mais…   . *Quand elle a dit non évidemment j'ai*   ! *Je n'aurais jamais   ne suis pas un monstre ! L'ai ensuite ramenée chez elle. Désolé pour elle. Diffamé dans tout mon milieu professionnel ! Rien. Elle n'est rien. C'est bien triste je souhaite qu'elle*   .

LA GÉOGRAPHIE DES MOTS

Ne pas, ne plus parler de folie comme d'un territoire, un satellite de la vie normale qu'on contemplerait de loin sans en comprendre la géographie. Depuis ce jour à la DPJ de Louis Blanc, je ne dis plus jamais d'un air entendu cette fille est folle, je crois qu'elle débloque à hurler comme ça, elle est cinglée. Avant d'avoir senti ces *mots-là*, lentement déchirants, pareils à des roues dentelées de fer se ficher au centre de ma chair, avant de les avoir lus et sentis, des harpons – un ici, un là – en moi, je ne pensais pas qu'il était possible de perdre ma tête et la commande de mon corps et alors me mettre à hurler de peur devant ces mots corrigés et réécrits par *lui*. Cette peine. Avant d'avoir lu la déposition qui contient *une autre version de la nuit du 14 septembre, la sienne*. Avant de comprendre que mes mots venaient d'être recouverts de meilleurs mots, plus fiables, plus crédibles.

Pas de lettres, pas de cartes, pas de mails, à peine quelques SMS, neutres. Émile s'est parfois moquée de ce soin que je mets à ne jamais répondre par écrit. Elle a mis ça sur le compte d'une paranoïa typiquement roumaine, un reste de méfiance d'espionnée. Et je n'ai pas osé, même à elle, donner la raison de ma rétention de mots. Mais cette nuit-là, notre proximité à toutes les trois dans ce petit appartement me décide à parler des preuves que la police sort d'un tiroir, qui classent mon affaire « sans suite ».

Ce jeudi de février, dans les bureaux de la DPJ de Louis Blanc, les pièces à conviction offertes à la police par celui qu'on nomme mon *adversaire* et que le commissaire m'exhibe comme s'il s'agissait d'une victoire personnelle, ce sont mes lettres d'amour. Une par une, je confirme. Je reconnais mon écriture. Et ce sont mes mots à moi, écrits avant le *14 septembre,* qui classent la nuit sans suite. Ce ton de petite fille de rien. Ce ton abasourdi d'avoir été choisie par un homme d'importance, français, reconnu.

Je t'aime je t'embrasse je suis. À toi.

Pour finir, le commissaire me tend une feuille de magazine protégée dans du plastique. Et il se renverse un peu en arrière sur son siège en me regardant par en dessous. Je peux lire :

ÊTES-VOUS UNE SALOPE ?

Dans le commissariat, j'ai passé le doigt sur cette page de magazine, *qu'il* a jointe à sa défense.

Nous devions être assis à une terrasse tous les deux et je cochais, je cochais en bleu, un glaçon dans la gorge, un baiser tout de suite après, le bel été. Je suis une salope de l'Est fais gaffe c'est les pires, tu as vu les résultats du test, j'ai dix triangles, c'est salope maximum. Mon écriture joyeuse protégée de plastique, l'encre turquoise, peut-être quelques paillettes, même. Il y avait une tache de café, un petit gribouillis aussi à côté des comptes de A, de B et de triangles et d'étoiles. Mes triangles bleu turquoise *je t'embrasse.*

Le commissaire s'est levé, me signifiant l'expiration de mon cas, mon temps écoulé, « j'imagine que vous n'avez pas besoin que je vous explique pourquoi votre affaire… », et il a articulé des guillemets de mépris autour de ce mot, votre « affaire », a été classée. Il m'a escortée vers la sortie.

Au métro Louis Blanc m'attendait Émile, elle tendait ses mains vers moi ce matin de février. On pourrait dire qu'elle m'a ramassée, un amas incohérent qu'il faut rassembler et vite sortir de la rue et de la ville aussi, qu'il faut protéger des corps qui évitent, gênés, ce tas de sanglots aux mots entrecoupés. Qu'il faut orienter comme un animal aveuglé de peur hors d'un terrain accidenté.

« Je n'écrirai jamais plus de lettres à personne », je dis à Émile et à la Petite Fille. Dans la pénombre, toutes les trois allongées sur le tapis trop court, nous écoutons Cat Power. Nous inspirons en contretemps, une-une-deux, et puis une, une-deux. Nos ventres se soulèvent et doucement se répondent.

Quand nous allons nous coucher, il fait presque jour, les inspirations d'Émile sont plus régulières qu'avant, avec son autre cœur, il me semble. Dans la pièce à côté, des bruits de pages qui se tournent et à mon réveil, ce petit bout de papier posé sur mon oreiller :

J'ai traversé la vallée de l'ombre de la mort et mon âme porte encore de blanches cicatrices... À côté de la bataille de ma jeunesse, tous les autres combats que j'ai dû mener ont été faciles, car, quelles que soient les circonstances extérieures, je n'obéis désormais plus qu'à ma seule volonté intérieure. Je ne dois prêter allégeance à personne et ne le ferai jamais plus ; je me dirige lentement vers un seul but : la connaissance, l'affirmation de ma propre liberté, avec toutes les responsabilités qui en découlent (Voltairine de Cleyre).

GRANDS SAUTS

Le lendemain matin, elle veut que je lui raconte la Danse. Raconte-moi encore, demande la Petite Fille au Bout du Chemin.

Raconter les entorses strappées sur lesquelles on danse quand même, le muscle ischio-jambier perpétuellement en alarme à la cuisse gauche, souvenir d'un claquage, on a repris trop tôt, les médecins de la compagnie qui les offrent, les anti-inflammatoires, et les pesées hebdomadaires devant les autres élèves de l'école de danse.

Raconter le passage initiatique – tu as douze ans maintenant – le droit de « monter » sur pointes, enfin, le droit à s'élever dans le sang. Raconter comme on les « brise » en coinçant l'extrémité dans l'encoignure d'une porte pour les assouplir, certaines tapent dessus à coups de marteau pour qu'elles fassent moins de bruit sur scène. Raconter la façon dont on protège ses orteils de sparadrap avant de les enfiler. Raconter les soirées, ces longues heures passées à coudre les rubans aux chaussons (de coton, les rubans, qui adhèrent mieux au collant, le satin est plus joli sur scène, mais glissant).

Le petit élastique qu'on passe autour de la cheville pour que le pied ne bascule pas par-dessus le chausson quand on se tient en équilibre. Et ce symbole (trèfle, croix, cœur) gravé sur la semelle par l'artisan qui les fabrique pour te rassurer, les mêmes pointes devraient offrir les mêmes pirouettes. Ces recettes rituelles.

Dépeindre l'entourage, ce petit cercle d'indispensables. Le maître de ballet qui sait tout de toi, une mère ou un amant. Et son pendant, le kiné (ou l'ostéopathe). Un qui répare ce que fait l'autre. Celui qui te tient la main tandis que tu plonges en arabesque penchée, qui connaît ton « meilleur pied » et ta peur des portés trop acrobatiques et l'autre, qui accroche dans sa salle d'attente des photos dédicacées d'étoiles comme d'autres des images pieuses, une fierté à les avoir eus, amoindris, allongés et anxieux sur sa table, et il enveloppe tes cuisses de camphre, de froid et d'électricité, te tendra un mouchoir avant même que tu ne pleures quand il te suggérera de ne pas « forcer » sur cette entorse et de t'arrêter soixante-douze heures. Et toi : mais je ne peux pas m'arrêter je ne peux pas.

Raconter ces matins où, dès le réveil, les yeux clos comme pour une prière cotonneuse, on les interroge, on teste sous le drap ses tendons raidis des sauts de la veille. Question : est-ce que je peux plier ce matin (pourvu que je puisse plier). Toutes ces attentions, ces manies dont on entoure son corps-bébé pour qu'il obtempère, les bains, les packs de glace, les crèmes (une pour les douleurs musculaires, une autre pour les tendinites), appliquées avant d'aller se coucher, des sacs de plastique découpés et scotchés serré autour du genou douloureux, la chaleur pour hâter la guérison. Cette routine folle.

Tu vois, non, décidément, je n'y arrive pas, je te parle de chaussons, de rubans et de kinés. Je ne sais pas te dire les mains du partenaire qui te saisissent aux aisselles, ses pouces au bord de tes seins, son corps tout contre le tien et tu l'entends compter – et un, deux – pour bien prendre ses marques dans *Le Sacre du printemps*. Et quand le ballet se termine et que tu t'immobilises sur la dernière note de l'orchestre, tous deux enlacés en attendant d'aller saluer, vos halètements sont brutaux et brûlants comme sa sueur salée qui coule de sa tempe à tes paupières, entraînant le fard noir le long de ta joue.

« Et dans le monde entier, c'est toujours en français, alors si tu dis à un danseur russe : sissone assemblé entrechat changement, il le comprend comme un alphabet, une partition universelle si tu veux. Et donc, après la barre, on passe au milieu... »

« Ah. Au milieu de quoi ? »

« C'est une expression. Ça veut dire qu'on n'est plus à la barre, enfin, une main posée sur la barre. On va au milieu de la pièce et on fait des suites de pas. Et là aussi, il y a un ordre, on ne commence pas par les grands sauts ! »

« Cryptofachos psychorigides de tous les pays, la danse classique s'offre à vous comme un merveilleux voyaaage ! »

Émile vient d'entrer dans la chambre. Elle se penche vers la Petite et froisse de sa main intriguée le tissu de sa robe bleu marine aux poches en formes de marguerites blanches et jaunes.

«Et ce que Mademoiselle pseudo-Voltairine – attention hein, toutes les danseuses on les appelle Mademoiselle, même à cent dix ans – ne te dit pas, c'est le plus beau ! Je me souviens, moi, quand on s'est connues, du chorégraphe qui ne voyait aucun problème à ce que tu danses le soir même de ton entorse. Mais oui, bien sûr, il suffisait de prendre deux aspirines. Et le mieux, c'est que tu l'as fait ! Avec ton pied énooorme ! Et sans protester, encore ! Et la seule chose qui t'inquiétait... », j'essaye de la faire taire et avance une main pour la bâillonner, « è quhe ha allait he oir !! »

Quand elles s'éloignent, je termine les étirements que je fais chaque matin depuis la Villa. Et comme elle est sous la douche, c'est moi qui réponds machinalement au téléphone de la Petite Fille. La voix peinée implore un rendez-vous en fin d'après-midi, ou demain, mais il faut qu'on se parle, me dit le fiancé, je comprends qu'elle ait besoin de temps, mais je veux au moins te parler. Nous nous mettons d'accord sur un café pas loin de là, le lendemain. Je ne suis pas vraiment curieuse de ce qu'il a à me dire, je cherche simplement à gagner du temps, à le tranquilliser, le faire disparaître du paysage, le tenir loin de nous. À moins que j'accepte d'aller le voir pour savoir qui il est. Ou pour savoir qui elle est. Est-ce cette **erreur**-là qui s'organise et s'installe, un virus dans notre parcours à toutes les trois.

D'abord il s'enquiert de choses prévisibles. Comment nous sommes-nous rencontrées. Quand. Au moment où j'évoque la Cinémathèque, le voilà qui prend vie de façon exagérée. Il semble que ce mot confirme de graves soupçons qu'il aurait depuis longtemps, voilà le genre de fille qu'on rencontre dans les cinémathèques. Sa bouche se pince tandis que j'en rajoute, décrivant en détail le merveilleux programme – une rétrospective Jodie Foster la semaine prochaine ! –, ses lèvres ne forment plus qu'un petit ovale rosé de chair torturée.

« Il en faut du temps libre pour aller à votre Cinémathèque tous les jours quand même, tu es étudiante ou chômeuse, toi ? » et son ventre esquisse un rire qui ne va pas jusqu'à son visage, sa chemise bleu pâle suit le mouvement de ses contractions abdominales. À mon « danseuse » (je suis, enfin, j'étais), je rajoute très vite « classique », au cas où lui viennent en tête des images de strass, plumes et grand escalier à descendre les seins projetés bien en avant.

« Et on en vit, de la danse ? » lâche-t-il sans me poser vraiment la question à moi, un simple réflexe. Je pense aux feuillets de la Petite Fille au Bout du Chemin que je range au fur et à mesure qu'elle me les donne dans ce cahier, la théorie de la caissière, la théorie de l'échelle, le gouffre du « quand même » et son petit poème « Perdu(e) ». J'ai bien envie de lui demander à mon tour : comment ont-ils pu se rencontrer ? Qui était-elle lorsqu'ils ont pris la décision désastre de s'aimer.

Et j'ai dû rater le début, car le voilà en train de m'expliquer longuement les tracas de sa rubrique travail, comme elle le dirait si bien. Je n'ai jamais entendu « consulting » et chaque fois qu'il le prononce j'ai l'impression qu'il fait sonner le cristal d'un verre, tinggg, et qu'il va m'annoncer son mariage. Il me sourit, confus d'avoir trop parlé : « On ne se définit pas par ce qu'on fait, je le sais bien... Elle me le dit souvent. Elle est tellement... » J'ai peur qu'il ne se mette à pleurer, son « tellement » se remplit à toute vitesse, il semble que je vais le perdre dans ce mot qui monte autour de lui, une eau maléfique. Un moment, il me vient l'envie de le rassurer, de le consoler. Lui dépeindre la Petite Fille au Bout du Chemin comme je la vois. Ses merveilles. Violette chaude. Ses manches courtes qui font de ses mains aux ongles rongés des petites fleurs acerbes qui s'en échappent. La Petite Fille aux mots inventés. La Petite Fille armée d'un stylo-plume et d'un marqueur noir. Qui m'a fait JUSTICE. Il ne sait pas que nous avons pris un train de nuit il y a une dizaine de jours et que nous faisions partie des occupantes de la Villa mentionnées dans *Le Monde*, en première page. Il ne sait rien du 14 SEPTEMBRE PAS DE JUSTICE PAS DE PAIX, il ne sait pas que nous sommes fichées par Europol et que j'éclate de rire sur la photo. Il sait que nous étions à Jumièges.

« Jumièges… Ah oui ! Ce tableau… Mais quand même. Partir comme ça, si longtemps, pour regarder un tableau ? Tu me diras, elle relit bien plusieurs fois les mêmes livres… »

Mais la fixation sur ce tableau, m'assure-t-il, ça n'est rien, comparé au reste ! »

Et ce que je fais à l'instant où il évoque ce « reste », cette entaille est ma **première erreur**. On ne vaut pas mieux l'un que l'autre. On a bien fait de s'attabler tous les deux : je propose un petit scalpel, je le lui tends même, qu'il s'occupe d'éventrer ce « comparé au reste ». Il déverse aussitôt les détails à mon intention, aimable. Adopte soudainement un ton de spécialiste soucieux, ce ton qu'il avait déjà quand la Petite Fille me l'a passé la première fois dans le train. Emploie les mots : prise en charge médicale, mesure de contention, il baisse la voix comme s'il tenait des propos racistes en public. N'arrête plus de hocher la tête, pareil à une poupée dévitalisée soumise aux mouvements d'une voiture avant arrière avant arrière. Il énumère, raconte avidement, petit garçon effaré qui aligne les anecdotes comme autant de preuves. Et elle a fait ça, ça. Et ça. Et le jour où. J'entends, je la vois la Petite, en train de me psalmodier drôlement allez prends-les prends-les prends-les.

« Tiens, je crois qu'il y a eu un tournant le jour où on est allés – on y va rarement ensemble – au cinéma, il y a quoi… deux semaines ? Tu connais beaucoup de gens de notre génération qui font un scandale devant *Pulp Fiction*, toi ? »

Il y a deux semaines la Petite Fille venait me voir pour la première fois sur l'Île. Nous avions consulté le programme de la Cinémathèque, un cycle Tarantino. J'avais mentionné à la Petite Fille sans trop oser m'y attarder que je n'avais vu que la moitié de ce film que tant de gens de notre âge adorent. Sans préciser que j'étais sortie pendant la scène du viol. Je n'avais pas dit les rires effarés ravis d'être effarés, cet abandon gras dans l'obscurité confinée de la salle, un relâchement de panse-vas-y lâche-toi un peu-ce soulagement. Regarder en se riant d'un cul d'homme noir pénétré, rire fort pour se détourner de la sensation de son propre sexe qui se tend et alors, mêler son rire plus fort encore à la gêne, rire ensemble tous ensemble des cris d'animaux que ça fait un homme quand on le

Je me souviens d'être sortie de la salle comme on se détache d'un attroupement banal sur un trottoir, cette meute qui guette le détail de la blessure, sa gravité. D'avoir attendu le petit groupe avec qui j'étais allée voir ce film-culte et les avoir vus sortir, ravis, leur corps propre et poli, des vêtements en coton naturel sans doute, l'humidité muqueuse calmée. Dans le hall, je les regardais un à un, ceux à qui le réalisateur venait d'offrir le grand huit : se retrouver à la place de celui qui pénètre un corps fermé, hurlant, tas de viande en sueur qui braille en rythme sous une vague de rires dans la salle, orchestre parfait dirigé par un réalisateur qui vendait quelque chose mais quoi ?

Ce que tu dois acquérir c'est de la distance, arrête de te prendre au sérieux, me conseillait-on gentiment ce soir-là. Je me faisais l'effet d'une ouvrière malhabile, quelqu'un dont il fallait sempiternellement rectifier la coiffure ou les mots. C'est de la fiction, enfin ! La musique est formidable. Rester léger, ce souci permanent de la légèreté, cette trouille visqueuse d'être pris en flagrant délit de pesanteur. Légers et détachés, ici à l'Ouest.

J'aurais aimé devenir cet être pourvu de degrés. Ici à l'Ouest, ils ont le deuxième et le dixième degré. Ici à l'Ouest, ils rient de tout, parlent de tout. Vendent des pulls pastel tricotés d'images de sida, filment des viols sous un angle « nouveau », offrent des vagins rosés sous des culottes transparentes pour de l'eau minérale, trifouillent l'identité nationale d'un doigt jusqu'à ce qu'elle exulte nettoyée au Kärcher. Prends garde à toujours assez reculer pour avoir une vue d'ensemble du problème, tu comprends. Ne te fixe pas sur les détails.

Je coopère des années durant. Regarde consciencieusement des images, tous ces films que ma génération idolâtre, et si ça n'est pas une femme qu'on baise, c'est un homme qu'on encule jusqu'à ce qu'il pleure comme une femme. Je regarde des heures de corps de femme manœuvré, ébranlé à grands coups de reins par celui qui la maintient, la pénètre. Un tas de rien, ce corps, quelque chose d'à moitié mort si l'on excepte le son, les petits gémissements de chat. Des heures de caméras qui fouraillent au plus près la bouche d'une fille qui se tord, sa peur risible. Membres écartés, petites voix suppliantes de pleureuses impuissantes aux gestes apeurés et malhabiles. Chatons ambrés, pétales plastifiés, des kilomètres d'actrices aux muscles inutiles qui affleurent à leur chair dorée, leurs seins parfaitement retendus, prêts à l'utilisation. Mais arrête de t'énerver, me dit-on en souriant !

Je coopère des années, les écoute ces contes – tu n'as pas le sens de l'humour – qui répètent encore encore comme si on n'avait pas compris encore, l'histoire de celles qui ne savent pas courir, l'histoire des vaincues qu'elles ne savent pas raconter elles-mêmes, les entravées, énervées, mais qui vend l'histoire de nos nerfs coupés.

Sur Internet, à *Pulp Fiction*, on trouve la scène du viol en extrait, détachée du reste de l'histoire :
À NE MANQUER SOUS AUCUN PRÉTEXTE (salut je cherche la musique que l'on entend en fond quand Marcellus se fait violer une des meilleures scènes du film avec des putains de répliques cultes mon pote.)

J'observe le fiancé qui me raconte sa séance *Pulp Fiction*. Indigné/inquiet/compatissant/honteux/avide d'être compris. Les petites diapositives de ses expressions. Soigneusement classées, les émotions de la Petite Fille au Bout du Chemin rangées dans la rubrique appropriée. La façon dont, au milieu du film, elle se tourne une première fois vers ce type qui éclate de rire juste derrière elle. C'est à cet instant-là que le fiancé remarque qu'elle se tient les mains entrelacées et sanglote, légèrement penchée en avant. Sans bruit. Ses larmes rondes et rapides composent une écriture, un message en morse peut-être, qui trouble la peau de ses joues, elle sanglote en ouvrant simplement la bouche de temps en temps pour reprendre de l'air. Le fiancé la prend alors dans ses bras, mais elle reste très droite, ne s'abandonnant à aucun réconfort. Puis le type derrière explose une nouvelle fois, un rire en A. Alors la Petite se retourne encore. Demande : arrête de rire. Pas très fort, une petite petite supplication. Et peut-être qu'il n'entend pas, à cause du solo de sax qui rythme les hurlements du corps pénétré. Et quelques secondes plus tard A A A son rire saccade la musique et les hurlements, et la musique encore, et les coups de reins et arrête arrête elle se dresse sur son siège ARRÊTE DE RIRE. Elle est debout maintenant sous les protestations des autres spectateurs, le fiancé la tire par sa robe pour qu'elle se rasseye mais le type rit encore, de quoi rit-il, alors que faire, elle se penche un peu plus encore et agrippe sa chemise, ARRÊTE. Le fiancé ne voit pas bien ce qu'il se passe. Entend simplement le type qui ne rit plus mais se débat, des bouts de voix, protestations hachées. Les sanglots de la Petite Fille font comme un trampoline à ses gestes, elle puise sa force dans ses hoquets, c'est qu'elle le prend à la gorge d'une seule main le ventre scié par le siège du cinéma arrête arrête arrête de rire.

Les vigiles sont sans doute prévenus par une silhouette furtive qui s'est glissée hors de la salle pour faire cesser ce mouvement imprévu, cet éclair de fille. Le fiancé et la Petite sont alors escortés dehors dans le noir, le type les suit en hurlant, il portera plainte, regardez ce qu'elle m'a fait et il ne s'adresse pas du tout à la fille en robe bleu marine, une drôle de robe comme sortie d'un vieux pensionnat fermé depuis des années, mais il invective le fiancé, si vous ne pouvez pas la maîtriser ne la sortez pas. Elle est assise à côté d'un flic dans le hall du cinéma. On lui a apporté un verre d'eau. Elle se tient très droite, très seule. Le type hoche la tête. Le fiancé hoche la tête. Si on ne peut plus rire hein, c'est de la fiction, non, quand même.

Il me répète cette phrase, dans le café, « si on ne peut plus rire quand même – le droit de s'exprimer » puis de son sac il sort une pochette de plastique. Dedans il y a deux boîtes de médicaments. « Qu'est-ce qu'on peut faire ? » me demande-t-il doucement et le voilà qui se défait de cette masse de contentement qui entoure ses mots et ses cuisses un peu fortes étalées sur la chaise. Je prends le sac qu'il me passe comme le témoin d'une course qu'il abandonnerait provisoirement. Qu'est-ce qu'on va faire d'elle, de son corps alerte, elle qu'on regarde de loin, une fille presque au bout d'un chemin où on ne la rejoindra jamais.

Je n'ai raconté cette histoire à personne, pas même à Émile. Je ne veux pas être obligée d'expliquer, de plaider. Je ne présenterai pas la Petite Fille aux morsures.

Mais il m'arrive souvent d'y repenser, de l'imaginer ordonner à ce type d'arrêter et puis, finir par prendre son rire à la gorge. Alors je me sens soulevée, rehaussée, une sorte d'ascenseur ou de tapis volant, de l'air, je sens presque mes vertèbres se placer autrement qui affleurent sous la peau de mon dos. Arrêtez de rire.

Je crois que c'est le lendemain de cette séance ARRÊTE DE RIRE que la Petite Fille est venue sur l'Île me proposer d'aller tagger *sa rue*. Et que toute seule, dans une petite rue du centre historique de Paris, elle fait savoir à l'encre noire que le silence commence à se défaire.

Quand je repars du café je ne sais plus où aller. Il me faut un peu de temps. Il faut que tout ce que le fiancé m'a dit passe ou s'envole. Je m'agenouille près d'une porte cochère magnifique au heurtoir paisiblement français. À mon arrivée à Paris, je pensais que tous les immeubles bourgeois parisiens étaient des ambassades. Je pensais que le monde vu de France contenait plus de pays.

Je reste assise un moment place Saint-Georges. Ce que je voudrais faire : réussir à protéger cette fille au corps affûté, oh l'étreindre tout en lui laissant la place de continuer à assembler les notices et les caissières, les oiseaux et les habiles coupeurs de nerfs. Sa tête chercheuse. Et ses mains qui ne tremblent plus depuis que nous sommes toutes les deux en voyage, grande vacance.

Et ça n'a aucune importance pour moi si ça n'en a pas pour elle, les confidences de celui qui, parce qu'il l'a pénétrée, s'arroge le droit de parler de sa « santé mentale ». Qu'elle ait été renvoyée de son dernier travail pour vol d'une somme considérable, son enfant d'un an et demi qu'elle n'a pas vu depuis presque six mois, ou qu'elle ait ce que le fiancé – informaticien du corps de la Petite Fille – a appelé un historique, « quand je l'ai connue elle suçotait des glaçons de jus d'orange et pesait trente-neuf kilos », si ça n'a aucune importance pour elle, ça n'en a pas pour moi, voilà tout.

Quand j'ouvre la porte de l'appartement, elle est assise par terre, les yeux presque collés à l'ordinateur, son éternelle tasse de thé à la main.

Depuis que je sais trop de choses, j'ai peur de ne plus réussir à la voir autrement que comme une toute petite perdue sur le chemin. Mais elle lisse avec application sa robe froissée comme pour une présentation de spectacle de fin d'année et vient vers moi en faisant « chut », avant que je ne me décide à lui dire que je l'ai trompée.

« Émile dort ? »

« Je ne crois pas, non… », elle continue à chuchoter. « Et c'est bien ça qui m'inquiète… Avec toute cette technologie, elle n'arrivera jamais à mourir et elle va rester là des années… À écouter son cœur… C'est atroce ! Son cœur ne tient plus compte d'elle ! »

Émile m'appelle de sa chambre, le drap blanc remonté jusqu'au cou la fait ressembler à une blessée de série américaine, le teint exquis, les yeux mi-clos, elle n'a jamais eu l'air vraiment malade, même quand elle était morte.

« Aucune nouvelle des arrestations… », elle me souffle, préoccupée. La Petite Fille surgit et tend son thé à Émile d'un geste péremptoire comme une cantatrice confierait son châle à un régisseur avant d'entrer sur scène : « Mais c'est une chance, ces arrestations grotesques, Émile ! Mais oui ! Ça révèle le vrai texte ! De la Notice actuelle, celle qu'on nous récite depuis l'Élection ! Maintenant, ça y est, ah oui, ça y est… Il faut continuer, passer au feu ce qui dans le discours de l'Élection est encore écrit au jus de citron invisible !! Le rendre encore plus clair, tu comprends ?... Comment ça, pourquoi au jus de citron ? Comme dans le Club des Cinq ! Enfin ! Voltairine ! Vous êtes analphabète ? » Puis elle développe le parallèle entre ces arrestations-là et l'histoire du Haymarket, « … ils sont en train de choisir nos martyrs, soyons aux aguets ! » et trace des lignes à toute vitesse entre les points, donner du sens, Voltairine, et je sais qu'elle reste Petite Fille jusqu'au Bout du Chemin.

Juste avant le couvre-feu, nous allumons la radio. Des arrestations « en amont de toute violation de la loi » ont lieu dans tout le pays.

« Qu'est-ce que ça veut dire en amont de la violation ? »

« Ça veut dire préventive, avant, en prévision de ce que tu feras peut-être… » nous explique Émile.

Est-ce qu'on peut faire quelque chose. On devrait faire quelque chose. Mais qu'est-ce qu'on peut faire, là ? « Non ! » dit la Petite Fille à Émile qui mentionne un rendez-vous pour un rassemblement de soutien le lendemain. « Non, je n'irai pas dans une manif. Défiler du point A au point B à l'heure dite avec les camions-poubelles derrière moi. Et puis revenir maison couchée panier. Non. »

Elle nous regarde en souriant, jusqu'à ce que ce sourire devienne une petite série de pouffements qu'elle étouffe de sa paume.

« Quelle bande on forme... La Folle, La Morte et... J'hésite, Voltairine, j'hésite... Tu n'es pas morte. Tu n'es pas folle. Tu échappes au sens commun ! Tu es *The Mute Rumanian*, ou non ! Je sais ! La taularde des Balkans ! Et multirécidiviste avec ça ! »

La Folle. La Morte. La Taularde. Les trois dégueulasses. Les filles de rien du tout. L'Elfe raté. La Tarée. La Revenante. Les Petites Filles au Bout du Chemin.

Et toutes les trois nous sortons lentement de nos gonds. Enfin désaxées. Enfin hors jeu, un mécanisme se grippe. Tandis que personne, absolument personne ne nous regarde, nos vies mécaniques sont frappées de morts subites sans que je sache comment, pourquoi là. Il se pourrait que d'être rassemblées ainsi depuis plusieurs jours provoque des réactions chimiques, que des imbrications se fassent lentement entre la nuit du tag, notre fichage après la Villa, l'ambiance de la ville serrée, le couvre-feu, ces arrestations et le nouveau cœur d'Émile. Tout s'accélère. Ça sera pour tout de suite. Nous allons, dit la Petite Fille, mettre à nu leurs Notices, toutes les Notices et nous faire des ennemis. Sortir de la paix comme on se relève d'un lit, d'un repos débilitant. En finir avec toutes ces innocences pour devenir enfin de vraies coupables. En finir avec les revendications, les résumez votre pensée en deux phrases, ces bandes-annonces de survie. Parce que qu'est-ce qu'on ferait de ces réponses généreusement distribuées à chaque prémice de mouvement. Toutes ces phrases entendues, lues, raisonnables et sensées (*ça ne sert à rien ! C'est infantile !*) qui entourent le moindre geste imprévu, hors jeu, sans mobiles apparents. Ils n'ont que des conclusions à offrir. Puisqu'ils prévoient nos fins, cherchons le début, dit-elle.

Comment dire cette sensation inverse de l'étouffement, le corps secoué, traversé de petites électricités, des couleurs comme des rubans dans l'air, et la fatigue qui vient nourrir encore le rire et l'envie, comment dire je suis en début de souffle. Trois vies sous vide qu'on vient agacer d'une pointe de ciseau jusqu'à en rompre la carapace. Bang.

Nous poserons donc comme principe que dans le monde du rêve on ne vole pas parce qu'on a des ailes, on se croit des ailes parce qu'on a volé.

Troisième partie

LE BRUIT DES INCENDIES

(*Sensation vertigineuse lors du passage
à la position debout*)

Les Événements, la semaine des événements

Comme certains appellent encore aujourd'hui les dix jours, ce printemps-là, où, sans qu'on puisse en donner une raison exacte, la ville tout entière se trouve démantibulée pour la première fois depuis l'Élection.

On a dit que le premier incendie, celui d'un centre de rétention pour étrangers, a donné un signal de départ. Ce centre dans lequel un demandeur d'asile afghan de dix-neuf ans est retrouvé pendu. Sa demande vient d'être rejetée et son expulsion programmée pour le lendemain. Quand les autres l'apprennent, ils refusent de réintégrer leurs cellules. Le feu (parti d'un matelas) commence à gagner les étages. Plusieurs retenus réussissent à enfermer les gardiens, ils montent sur le toit où, avec leurs couvertures ils composent les lettres PAS DE JUSTICE, filmées par un hélicoptère de la télé. Et encore d'autres mots, des questions, jusqu'au petit matin où ils sont repris et reconduits dans leur cellule. Très vite, des gens se regroupent devant le bâtiment, la police les disperse ou les arrête, mais d'autres accourent et s'amassent encore après avoir vu cet alphabet nocturne de tissus. Un feu est allumé devant le centre, des bouts de bois enflammés au sol, une réponse, PAS DE PAIX. Tout ceci pourrait s'arrêter là. Mais, les jours suivants, c'est une épidémie d'arrestations dans les milieux étudiants et associatifs. Les perquisitions à l'aube se multiplient. Une course au livre suspect où chaque texte est scruté, discuté, les mots interprétés.

Alors, sans que jamais la presse n'en parle, de petits groupes sans banderoles se mettent à arpenter la ville dans la nuit. Puis, ils s'assoient et ne bougent plus. Place de la République, et sur le rond-point des Champs-Elysées, aux portes de Paris, de plus en plus nombreux, ils s'arrêtent. Sans rien demander, chaque nuit. La police les chasse violemment. Mais quand une rue est vidée, c'est l'arrondissement mitoyen qui refuse de rentrer se coucher. Ces marches s'additionnent dans plusieurs villes du pays, opaques et indéchiffrables. Parfois, certains lisent à haute voix des passages de livres déclarés « suspects ». D'autres dansent sans musique, un soir où je sors faire des courses, je croise une cinquantaine de personnes qui bloquent la Bastille, valseurs maladroits sur les pavés, les voitures collées à leurs mollets. Puis ils sortent de la ville. Se déploient sur le périphérique. Investissent les usines, se rendent dans des écoles, les lycéens s'installent dans les supermarchés où les employées s'assoient avec eux au centre du magasin après avoir ôté les antivols des marchandises.

Toutes les trois nous regardons à distance, presque intimidées de cet accès de mouvement dans un pays alourdi de deux années de digestion. Il y a bien eu, quelques mois auparavant, un mouvement social avec son lot de revendications, de négociations et de victoires délavées, mais les sociologues perplexes ont relevé que ce conflit n'a pas été exceptionnel et que les Événements ne sont pas forcément liés à tout ça. Personne ne parvient à trouver l'origine des Événements, pourquoi ce printemps en particulier. Et de cette façon-là.

Ces gestes illisibles car muets prennent sens au moment où ils s'accélèrent encore, un amoncellement d'étincelles qui précise et donne le rythme. Des feux surgissent. On ne connaît pas ce qui est en train d'arriver mais on le comprend. L'odeur de brûlé infuse les rues, stockée dans l'air en permanence, l'air traversé de gyrophares et de sirènes hagardes qu'on compte comme autant d'indices. Alors, comme le dit la Petite Fille en relisant son carnet au troisième soir des Événements, « Les limites sont transgressées – la chute est imminente – le mouvement ne part pas que du centre du corps... Il y avait plus d'un centre !! Forsythe avait tout compris avant nous !! »

Je ne me souviens pas d'un temps classé en jour, nuit, matin, repos. Pas de pauses. Rien que des instants où la mémoire doit reprendre son souffle pour avaler la masse de tout ce présent en marche. De cette première nuit où nous décidons de sortir inscrire quelques questions, je garde le parfum de nos déplacements, la radio allumée en continu et nous trois dans l'appartement, nous disputant sur les meilleurs mots, les phrases, essayant des marqueurs sur des bouts de papier, cherchant partout un vieux pot de peinture dont Émile était sûre qu'il était là, nous interdisant mutuellement de répondre au téléphone de peur de perdre du temps dans des conversations, on arrête on arrête de parler là, Voltairine.

Le couvre-feu n'a pas suffi ! On assiste à une contamination d'incendies. Aucune revendication. Sans mobile apparent. On apprend à l'instant que. De nombreux appels au numéro de vigilance ont signalé des groupes organisés. De très jeunes enfants. Nous rétablirons l'ordre et la puissance publique triomphera contre le terrorisme. Voyou ou français il faut choisir. La guerre que j'ai décidé d'engager contre les voyous cette guerre-là elle vaut pour plusieurs années elle dépasse de beaucoup la situation d'un gouvernement, d'un parti, c'est une guerre nationale a déclaré le président. Quant aux arrestations des jours précédents. Documents suspects. Appel à la violence. Le ministre a déclaré que ces groupes avaient l'intention de

Et comme ça chaque nuit : dès que nous entendions parler d'un incendie, nous sortions, impossible de laisser ces questions en flammes hurler dans le vide, disait la Petite Fille. Parfois on croyait que tout était fini, on avait beau parcourir deux, trois quartiers, personne, aucune odeur non plus, ni fumée ni sirènes. Le matin venait presque et, à peine tristement rentrées, on allumait la radio quand même, alors il fallait se dépêcher de cracher le dentifrice dans le lavabo tout en réenfilant son manteau, ça continuait ! On s'occupe du Service Après Vente, criait la Petite en dévalant l'escalier de l'immeuble, pin pon pin, Émile et moi derrière, tellement en manque de sommeil qu'on écarquillait les yeux en permanence pour encourager nos corps à sauter encore une nuit de repos. On croisait un feu presque éteint dans une rue qu'il fallait rallumer à plusieurs, on n'y connaissait rien, on apprenait peu à peu. L'essence siphonnée dans les voitures, des bouteilles vides ainsi que des boîtes de conserve (on fouillait toutes les poubelles pour en trouver), des bouts de tissu pour en faire des mèches. On tombait sur un petit groupe de personnes qui avaient bien l'air d'être sur le point d'en commencer un, c'était formidable, on se saluait et on distribuait les tâches, toutes les trois on collait sur les murs d'en face, qui ne seraient pas noircis. Nos textes se faisaient de plus en plus brefs comme si le temps n'était plus à la palabre. On continuait d'interroger : « QUI ? » « A COUPÉ NOS NERFS ? » (allez Voltairine, allez, il est inusable celui-là ! On n'est pas dans un défilé de mode, les mots ne s'éventent pas !), on signait Petites Filles Au Bout du Chemin sur tous les murs, pochoirs sur les trottoirs, au milieu des boulevards, des places et des squares.

Toutes les trois étions enfin prises des symptômes du trouble oppositionnel, j'ai fait remarquer une nuit à la Petite Fille, et, sans lâcher son marqueur, sans rien me répondre – « IL EST TEMPS » – j'ai craint un moment de l'avoir blessée, mais elle m'a souri, appliquée : « …DE PASSER DE LA NAUSÉE AU VOMISSEMENT ».

Parfois, l'actualité demandait une réponse. Un soir, dans le 93, quelques lycéennes sont arrêtées pour n'avoir « pas respecté le couvre-feu ». La mère de l'une d'elles accuse deux policiers d'attouchements pendant la garde à vue. Dans l'émission qui « analyse » l'affaire, aucune n'est présente, le ministre de l'Intérieur et un philosophe spécialiste des violences urbaines débattent.

La plus jeune tient un blog pour le moins   . Déjà eu des partenaires sexuels… Décrédibiliser nos institutions policières ! Nous sommes en train d'assister au viol collectif de notre république ! Alors si maintenant n'importe qui peut   car enfin   elles ne sont rien !

Émile et moi décidons d'écrire un texte et de le compléter avec nos souvenirs des Mardis soir. Quand elle le lit, la

Petite Fille au Bout du Chemin le proclame Manifeste des Filles de Rien, elle tient à le signer la première.

Quatre nuits, cinq, on dormait l'après-midi sans doute, je ne sais plus. Chacune de nos réussites fouettant ce désir de repartir encore. Nous fûmes (oh cette gloire !) contactées par des groupes mystérieux qui, ne faisant pas confiance à la sécurité sur le Net, inscrivirent à la main des messages à notre intention en bas de plusieurs de nos affiches, souhaitant « faire des choses ensemble ». Dans l'appartement d'Émile, réjouies d'imaginer leur surprise à nous découvrir si rien du tout, on mimait leur déception. À une jeune fille qui passait une nuit devant nous en train d'œuvrer et qui demanda si le groupe Petite Fille au Bout du Chemin était déjà très important, si elle pourrait le rejoindre, je répondis que nous n'étions que la section Est, ce qui fit beaucoup rire Émile qui m'accusa d'avoir de vieux restes bolcheviques. On décida d'en faire toute une histoire de ce malentendu, un texte collé sur les murs des permanences du parti de l'Élection incendiées toutes les nuits, dans chaque arrondissement. Des mots qui déclenchèrent (peut-être ?) un peu la suite.

Elle est passée par ici. Elle repassera. Tant qu'il y en avait une ça allait, mais voilà qu'elles « sommes » plusieurs ! Une Petite Fille au Bout du Chemin, ça n'a l'air de rien. Les Petites Filles Au Bout Du Chemin ne sont pas loin.

Jamais on ne s'est dit ça ne durera pas ça ne peut pas durer, pourquoi ça n'aurait pas duré. Chaque matin, le gouvernement répétait sur tous les médias que l'ordre revenait et il tonnait tel un sorcier dont les sorts s'embrouilleraient, inefficaces.

De la même façon que pour parler de Danse je m'égare dans des détails de chaussons à coudre et de tendinites, je n'ai jamais réussi à évoquer la Nuit des Incendies sans en ressentir une immense frustration, manquent toujours ces détails, instants dont je ne parviens pas à rendre compte.

Retrouver ce qui vint en premier. Quel mouvement entraîna l'autre dans l'air épais saturé de lacrymo, aussi tangible qu'un animal. Je repense aux visages croisés pendant les Événements. Tous ces moments où nous nous sommes penchés sur le même problème, notre confrontation à des choses qu'on n'avait jamais envisagées faire de nos vies, nos gestes maladroits. Réfléchir ensemble à ce qui nous semblait le plus urgent, à quoi fallait-il s'attaquer. Régulièrement incendier des poubelles au milieu des rues pour attirer la police tandis qu'on irait ailleurs. Réfléchir au vent. Qui éteindrait ou propagerait les flammes. Réfléchir aux matériaux. Aux meilleurs accélérateurs de feu. À la bonne quantité de solvant, aux proportions de farine, de sucre et de chlorate. Aux gants à enfiler. Aux cheveux à protéger pour ne pas qu'un seul tombe à terre. Aux verres dans lesquels on ne buvait jamais là où on passait, ou alors en faisant bien attention de ne pas y apposer nos lèvres. Toutes ces nuits plus opaques que des nuits, épaisses d'obscurité, les lampadaires ayant été détruits les premiers jours pour nous rendre moins visibles aux patrouilles. Toutes ces nuits aux températures inégales, l'approche des feux un trou brûlant dans le froid immobile du ciel. On n'avait plus besoin de rentrer chacun chez soi pour savoir si les Événements existaient vraiment, on les voyait, ces petits appels de phares se succédaient, un nuancier géant de bleu et d'orange portait les nuages qui fumaient en s'élevant, comme s'ils tiraient le feu à eux. Le couvre-feu s'emparait du silence, l'ordonnant aux rues dès dix-neuf heures, interrompu par des pointillés de sirènes qui passaient à toute vitesse. Et ce bruit des Caddie qu'on poussait par dizaines sur les trottoirs, cet amoncellement de chariots qui ont renforcé les barricades.

Je crois qu'au plus fort des Événements il y en a eu des dizaines dans Paris. De très importantes aux grands boulevards, tenues par des centaines de gens, et d'autres barricades minuscules, d'à peine quatre ou cinq personnes, aux apparences de buvettes. Certains y passaient la nuit à discuter autour d'un café. Des vieux accouraient, munis de sacs entiers de gâteaux et de fruits, s'excusant parfois de ne pas rester plus longuement, tressautant aux alertes. Les enfants s'endormaient sous des couvertures, la Petite Fille avait acheté des dizaines de marqueurs pour les plus petits, ils noircissaient l'intérieur des grandes lettres sur les affiches, tirant un peu la langue en respirant. On s'était munis de sifflets pour s'appeler de rue en rue et la Petite Fille était devenue experte, capable de distinguer un sifflet de métal d'un en plastique, près de chez Émile, c'était le métal qui prévalait.

Certains quartiers de la ville, deux arrondissements plutôt huppés, semblaient imprenables. Il y avait eu des blessés parmi les policiers qui avaient tenté de les encercler. On a parlé de plusieurs sidérurgistes qui bloquaient un boulevard à l'aide de lingots d'acier de deux tonnes transportés en Fenwick, et se protégeaient grâce à des sortes de lance-projectiles qui envoyaient des débris de ferraille.

Mais une anecdote en particulier éclaire la façon dont ces quartiers tenaient : la recette du cocktail Molotov avait été donnée le matin sur une radio amateur qui émettait dans ce coin-là. Le soir même, un petit groupe de femmes de ménage et de nounous du quartier est arrivé à la barricade. Puis elles se sont assises et en silence ont travaillé. L'une d'entre elles mettait le sucre, l'autre la farine, puis le savon et l'essence et enfin la dernière rangeait méticuleusement les bouteilles dans une caisse. C'était un centre de livraison incroyable qui essaimait dans toute la ville.

Les premiers jours, il arrivait qu'un visage m'intrigue. Pas assez jeune. Pas préparé. Trop bien habillé. Aux réflexions naïves. Puis je me voyais à distance avec mes avant-bras sans muscles apparents, « tes spaghettis », disait Émile, mes très longs cheveux et mes ratages permanents (ne pas réussir à soulever un bidon d'essence ou une grille de caniveau, paniquer quand les lacrymos me brûlaient la peau). Je n'étais pas vraiment le genre de fille qu'on se serait attendu à trouver là. Mes pieds me faisaient mal, mon dos me faisait mal, ma gorge aussi, une migraine que je repoussais de matinée en matinée, on dormait si peu – je n'ai plus souvenir d'une vraie nuit entre notre retour du foyer social et la nuit de l'Incendie. Ni la Petite ni moi ne mangions. Parfois une bouchée de barre chocolatée, un morceau de pain, je ne sais pas si c'était la peur ou plutôt l'envie de rester en alerte, ne nous poser nulle part, rester vides et acérées, ces lignes de nos vies mortes enfin tranchées net.

Lors d'assemblées organisées hâtivement, sous des porches parfois, la Petite Fille levait la main pour prendre la parole, les épaules un peu voûtées, ses textes à la main. Comme si elle avait fait ça des milliers de fois, elle évoquait le feu « une fleur à soigner, un enfant à veiller » ! Je me souviens des regards sur elle, cette fierté que ça soit à mon oreille qu'elle vienne chuchoter. Qu'est-ce qu'on faisait tous là à protéger le feu et la nuit. Certains soirs, le manque de repos et de repères dans le temps me lassait d'un coup, je serais bien revenue quelque part en arrière. Mais je n'avais pas d'endroit où le faire et, très vite, ce sentiment d'avoir dix ans et d'ouvrir les yeux sur une journée mouvante où n'importe quoi pourrait bien arriver me reprenait, notre sang sombre avait stagné beaucoup trop longtemps.

Abasourdis, les journaux de gauche comme de droite attendaient une direction. Une revendication. Un signe connu. Pouvoir lier les événements à une histoire déjà racontée. Et ce qu'on sentait monter dans toutes leurs tentatives de sous-titrage de nos gestes muets, c'était leur peur. Que veulent-ils. Qui sont les leaders.

Or personne ne voulait rien. Pas d'amélioration. D'aménagement. Rien qui s'achète. Rien qui se négocie. Repousser la conciliation, cette couche trop tiède. Rien que du feu, être réunis à frotter les corps comme des armes à recharger, les pierres et les désherbants sur les cartons, rien que faire vivre les heures, courir pour essouffler le temps, enchaîner sans pause, rien que réapprendre le geste, tous ces mouvements perdus, et répandre la joie explosive de nos fêtes impolies, irréconciliables.

Qu'ils le fassent. Qu'ils inspectent et commentent les Événements. Qu'ils en cherchent les indices, des raisons. Qu'ils soulignent les mots suspects. Écrits, prononcés. Qu'ils colmatent tout ça de lois hâtives et préventives appliquées comme des compresses acides à nos vies, de petits animaux féroces lâchés entre nos jambes. L'époque est dure aux voleuses de feu, Voltairine. Bientôt, sans doute, ils diront que tout ça n'a pas existé. Ils diront de nous que nous n'avons pas eu lieu. Ils diront de nous que nous sommes un bruit qui court. Et ça n'a pas d'importance car ils n'ont jamais pris garde aux bruissements d'ailes.

Le sixième matin de la sixième nuit

« *PORTRAIT DES NOUVEAUX GROUPES TER-RORISTES AMATEURS QUI ENFLAMMENT LA CAPITALE* »

Sous le titre de ce quotidien, deux photos : un bâtiment administratif en flammes, le drapeau français soulevé par le vent, parcouru de flammèches orange, et l'autre, une affiche collée sur un mur anonyme signée :
LES PETITES FILLES AU BOUT DU CHEMIN

Émile se rend à son rendez-vous de contrôle à l'hôpital quand elle m'appelle vers midi. Je n'entends que d'inquiétants petits souffles, entrecoupés de « c'est » et « moi ». Alors, je demande ? Ils m'ont fait accélérer le cœur, elle répète, hilare, accélérer le cœur mais pas autant que. Que. Accélérer son cœur ordinateur à l'aide d'un stimulateur de défibrillateur, mais pas autant qu'apercevoir, en première page du journal, cette affiche inconnue signée de « notre » nom.

Une heure plus tard, on se retrouve toutes les trois comme pour un anniversaire-surprise dans la cuisine, on se sourit, de vieux cow-boys endurcis, presque gênées de notre émotion. Cette contagion, on saute de joie sur le carrelage, il faut la trouver, insiste la Petite, savoir si on est d'accord avec les autres au bout du chemin où s'il nous faudra les éliminer !

« Je ne pense pas qu'on puisse appeler le journal, là, tout de suite pour connaître l'adresse… », fait remarquer Émile. Le journaliste trace le portrait de plusieurs groupes « parmi les plus actifs ces derniers jours ».

« Les Petite Filles : sans queue ni tête !

Ce groupe a certainement pris naissance, comme bon nombre d'entre eux, la nuit de l'Élection. Leur mode d'action est imprévisible, leur équipement artisanal. Leur dangerosité réside spécifiquement dans ce choix d'un matériel très simple que chacun peut se procurer. Par trois fois, ce groupe a laissé sur les lieux de l'incendie une notice d'explication, « recette » d'explosif sans doute destinée à d'autres qui voudraient s'en inspirer.

Les « Petites Filles au Bout du Chemin » comportent certainement peu de filles, sans même parler de petites filles. La brigade antiterroriste qui examine le mode opératoire du groupe (nombreux textes collés dans tous les quartiers de la ville, appel à la violence urbaine systématique sous couvert de références littéraires…) penche plutôt pour une bande affinitaire de jeunes gens sportifs et entraînés. Si le nom qu'ils se sont choisi dénote une tendance à l'humour et même un certain romantisme (à moins qu'il ne faille y voir une culture cinéphilique, avec le film du même nom de Nicolas Gessner sorti en 1976), les enquêteurs les prennent tout à fait au sérieux. Il semble que la séduction de ces petites filles-là soit dangereusement contagieuse, on trouve déjà sur Internet des dizaines de sites à ce nom. Le porte-parole du Parti socialiste a déclaré, en accord avec le président, qu'ils seront sanctionnés de façon exemplaire. »

Avant le couvre-feu, il est décidé d'aller au hasard à la recherche de l'affiche, cette Petite invitée dont on vient d'apprendre la présence formidable. Nous traversons trois arrondissements. Nous nous séparons pour scruter plus de murs. On ne la trouve pas, mais des inscriptions Petites Filles au Bout du Chemin, oui. Alors on tourne scrupuleusement autour des lettres, être sûres qu'aucune d'entre nous n'en est l'auteur. Est-ce que tu te souviens d'avoir été dans le quatorzième, toi ? Tu as déjà utilisé du rouge ?

Nos collages machinaux depuis des semaines m'ont parfois semblé dérisoires. Presque surannées, ces feuilles déchirables de rien du tout. Et là, nos mots qui se répètent, s'empruntent, écrits à la main parfois, donnant lieu aussi à des poèmes (parfois exécrables), des dessins de petites sorcières, qu'est ce qui leur prend, à tous, de se sentir au bout du chemin, me demande la Petite Fille à la fin de notre journée d'enquête. Alors on longe le canal jusqu'à la Villette, le soleil ondule, doux et lent, une erreur de saison. Ce skate-boarder au bras en écharpe qui saute au-dessus de poubelles renversées, petite fille ou pas petite fille ? Cette femme, qui répond aux questions de son fils d'une voix monocorde sans jamais le regarder, est votée au bout du chemin à notre unanimité. Et celle-là, la caissière du Monoprix, que je protège d'un « Petite fille ! » tonitruant au moment où la Petite s'avance vers elle, me chuchotant : « Tu te souviens de la théorie des caissières ? »

Emily Dickinson : tout à fait Petite Fille. Shirley MacLaine dans *Comme un torrent* ! Marilyn Monroe évidemment, mais Patrick Dewaere, aussi ? Ah oui,

Patrick Dewaere et James Dean, petites filles au bout du chemin, bien entendu et Jeff Buckley aussi. Arthur Rimbaud : petite petite fille. Glenn Gould, oh, oui ! Le Pélican ? propose Émile, timide. Oui, merveilleusement Petite Fille, mais stoppé avant le Bout du Chemin. Émile ! Pour toi, il faudrait d'abord savoir de quel cœur on parle, l'étais-tu, Petite, ou l'es-tu devenue maintenant que tu es électrique, fait la Petite. Quant à toi, Voltairine, et elle s'est agenouillée en tendant la main vers l'obscurité puante du canal, sa question presque posée sur l'eau, un souffle d'interrogation : « Il faut voir... Tu veux t'arrêter ? » Mon cœur a bougé de place comme avant un mensonge et je n'ai pas eu le temps de répondre, elle a relevé la tête vers moi :

« Non ! Justement ! C'est maintenant que ça commence à devenir intéressant. Traverser le vide. En fait, on joue à un jeu. Le jeu du temps et de l'espace vide. Celle qui tombera raide morte en premier. » Puis elle s'est relevée et dans une petite révérence a précisé : « Alain Tanner, *Messidor*, LE film au bout du chemin. »

Tu m'as appris que la Danse liste les positions de la première à la sixième (même une septième après Serge Lifar, quelle bonne élève je fais !), ainsi, elles sont comprises dans le monde entier. Depuis que tu m'as présenté Mademoiselle Non et son armée des ombres duvetées de plumes de cygne (ça parle oiseaux, brumes et morts subites, mais c'est fort comme des dockers !), quand j'entends « il faut prendre position », je vois des corps emprunter une pose de combat, raides, à attendre que la guerre se déclare. Immobiles sans même oser respirer. Alors que. Dans la Danse, les positions s'enchaînent avec fluidité jusqu'à former un son, du feu sans relâche.

J'ai trouvé cette phrase de Nicolas Le Riche pour toi, intensément petite fille au bout du chemin je crois, le Nicolas : « Je suis prêt à me faire une entorse sur scène pour le plaisir de l'instant. Ce qui est beau, dans un saut, c'est l'élan, l'impulsion, la volonté de le conduire au maximum, de le rendre éclatant. Pour la réception au sol, on verra bien ce qui se passera...

L'OISEAU DE FEU
Ronde des Princesses

(L'énumération qui suit est incomplète et désordonnée. Elle est empreinte de mon état d'esprit au moment où j'ai vécu ces événements, l'urgence, la peur souvent, l'excitation. J'ai évité d'être trop précise pour des raisons évidentes.)

Je ne vais pas disséquer les fantasmes de la presse ni classer les accusations. Revendiquer la maternité de telle ou telle action n'aurait pas d'autre sens, aujourd'hui, que de nous positionner en héroïnes, exemples à suivre. Alors que nous n'étions rien, un trio de démarches rapides et de désirs défroissés presque au bout du chemin, on en avait fini de nos rondes minuscules, ces tournoiements sur nous-mêmes, terminés ces tours d'enclos autorisés.

Au lendemain de la « Nuit des Incendies », la presse a recensé cinquante-neuf actes de « terrorisme » dans le pays, dont une bonne vingtaine attribuée aux « Petites Filles au Bout du Chemin ». Parmi ceux-là : l'incendie des locaux d'une firme pharmaceutique fabriquant principalement des neuroleptiques, l'incendie (dégâts matériels considérables) des locaux du quotidien officiel de l'État. Celui, aussi, d'un magazine féminin tirant à plus de cent mille exemplaires chaque semaine (un article félicitant les Françaises d'être les « championnes de la natalité » avait été suivi d'une double page de publicité pour une campagne nationale de stérilisation des femmes « issues des minorités »). La distribution éclair, place du Châtelet, très tôt au matin du cinquième jour, de milliers de faux billets de trains et de fausses places pour l'Opéra de Paris (par un petit groupe de personnes masquées et coiffées de perruques à nattes « Fifi Brindacier »). L'explosion d'une bombe de « moyenne intensité » dans l'entrée d'un bâtiment abritant un cabinet d'experts psychiatres auprès des tribunaux. Un incendie à la gare Saint-Lazare qui détruisit totalement les données informatiques, fichier des amendes compris, action signée « NETTOYAGE DE PRINTEMPS ! LES PETITES FILLES AU BOUT DU RAIL ». Le piratage des systèmes de sécurité de deux centres de rétention pour étrangers (les multiples sas et portes blindées restent ouverts pendant près d'une heure). La prise d'otage du directeur d'une importante agence bancaire par une vingtaine de personnes armées de bâtons de dynamite, qui demandent et obtiennent l'annulation des poursuites contre les clients endettés. Une trentaine de DAB rendus inutilisables (colle et acide), signés « LA PETITE FILLE PARTICIPE A LA CRISE ! »

Enfin, l'évacuation de l'unité psychiatrique de l'hôpital Sainte-Anne, lors d'un début de feu dans la cour. Toutes les chambres du quatrième étage (réservées aux dépressions graves et aux anorexiques mises sous clé et à l'isolement) sont retrouvées vides, leurs occupantes disparues, avec cette phrase sur les murs : « LES PETITES FILLES REPRENNENT LE CHEMIN. »

Au septième jour des événements

La Petite a coupé son téléphone et ne sait toujours rien du rendez-vous avec le fiancé, j'ai l'intention de le lui dire mais ne sais pas comment. Je ne lui ai évidemment pas donné les médicaments. Elle s'allonge sur son matelas et se met à écrire. Il fait nuit. Émile et moi nous installons comme d'habitude dans la cuisine. À demi allongée sur la petite table entre les tasses, sa tête repose entre ses bras croisés. Nous n'avons pas éteint la radio et du salon nous percevons le ton saccadé du Premier, une intervention exceptionnelle. Depuis que j'ai hurlé dans cette cuisine, nous sommes un peu engoncées dans notre amitié. Je lui enjoins de se coucher tôt ce soir, de toute façon nous, on ne va pas traîner non plus. Rien qu'une belle agence de voyage que la Petite Fille et moi nous sommes promis de décorer quand nous l'avons passée dans l'après-midi.

« Séjour de charme en Europe de l'Est ! Il se dégage de ces femmes un charme et une pureté ! Pas exigeantes, elles peuvent se contenter d'une vie simple et s'adaptent facilement à la ville ou à la campagne. Consultez de nombreux

albums de photos afin de compléter votre sélection. C'est vous qui choisirez chaque jour le nombre de femmes que vous allez rencontrer ! »

Avenue de l'Opéra, où se trouve l'agence de voyage spécialisée en filles de l'Est. L'Opéra, que je ne réussis pas à écrire sans majuscule, pose tout au bout de la nuit, pataud et patiné. Nous discutons toutes les deux de la phrase la plus appropriée.

Il n'y a personne, à peine un taxi de temps à autre (transport autorisé pendant le couvre-feu si l'on dispose d'un document d'urgence). Un instant, la Petite Fille au Bout du Chemin évoque le feu. On n'a pas ce qu'il faut, là, je rétorque. Mais j'ai entendu parler d'une librairie, pas très loin d'ici, qui a tout l'équipement, Voltairine, allez… Sa robe rouge est tachée de peinture, elle a relevé ses cheveux en queue de cheval et les cernes sous ses yeux se confondent avec l'ombre des brouillards. Elle se rapproche un peu. « Voltairine », me dit-elle tandis qu'elle refait mes nattes, « il va falloir y aller un de ces jours… ». Ce sont exactement ses mots, cette nuit-là, au milieu de l'avenue, doucement grondeuse, une mère attentive à ce que je prenne enfin le bon départ, que je quitte l'oasis. « … Bon… Demain alors, d'accord ? » Et elle va si vite, oui, non, faisons ça, bien, alors demain, que ma lâche prudence (nous nous en sortons très bien à tagger toutes les nuits et à aider le feu des autres, pourquoi changer de méthode) et ma peur d'aller plus loin ont à peine le temps de me faire honte. Et cette **deuxième erreur**, je ne la sens pas passer tandis qu'elle sort de son sac les bombes noires et commence à rapidement tagger la vitrine.

« … TA PETITE FILLE DE L'EST EST AU BOUT DU CHEMIN, LE PETIT CHEMIN DE LA FILLE

À BOUT. » Elle recule pour juger de l'effet, voir la place qu'il reste pour peut-être rajouter RENDRE LA JUSTICE MAIS GARDER LE FEU ? Parle d'un fichier de clients qu'on trouvera « sûrement ! » le lendemain dans l'agence avant de l'incendier – tu n'as pas oublié, vilaine peureuse – et quelle merveille, toutes ces adresses, imagine, Voltairine, imagine… Trois fois, elle s'enquiert sans arrêter d'inscrire : « Pas de patrouille ? » Je ne vois personne, l'avenue est complètement vide. Je fais le guet en chantonnant l'« Adage » de *Giselle*. Esquisse quelques pas, danse sur le béton. Quand je me lance dans une série de petits sauts en diagonale, mes pieds boxent le trottoir, je suis vide vide, rien avalé depuis deux jours et ce qui brûle, là, ce souffle, ravit les muscles de mon dos enfin réconciliés, avides d'arabesques. Et quand je l'entends cette sirène, à force de sauts je suis à trois ou quatre numéros de la Petite Fille qui repasse soigneusement ses lettres à la bombe. Elle se tient de dos à moi, je crie ARRÊTE en courant vers elle mais peut-être que je suis trop loin pour qu'elle m'entende, je ne sais pas, ou peut-être qu'elle ne comprend pas ou veut absolument finir sa phrase. Du coin de la rue, à l'angle de l'agence de voyages, ils l'entourent et la saisissent, une flic blonde jette la Petite Fille à plat ventre sur l'avenue, lui enfonce un genou au milieu du dos tout en maintenant ses poignets, un autre se saisit de la bombe dans le caniveau. Ils me repoussent comme si je ne faisais pas partie de l'histoire, crachent « terminé » dans le talkie. La flic fouille les poches du manteau rouge de la Petite au sol. Elle est avec moi elle est avec moi, je répète, avec moi, et de près, le visage de l'agent blonde ne reflète aucune fatigue, pas d'ombre sous ses yeux, elle pourrait continuer des nuits et des nuits. Je comprends à son uniforme noir et sportif qu'elle appartient aux nouvelles Brigades Spéciales, les UTEQ (mot d'ordre : « PAS D'HORAIRES CONTRE LE CRIME »). Je tombe à genoux, la Petite Fille au Bout du Chemin a heurté le trottoir, sa lèvre saigne sur son menton. Je tends ma main vers elle, deux flics me soulèvent et m'éloignent. L'un des deux, plus vieux, semble presque embarrassé de mes larmes, à lui je jure que nous ne sommes rien, enfin c'est quoi quatre mots inscrits sur une vitrine. J'insiste encore, elle est avec moi. Alors il me demande le prénom et le nom de la Petite Fille au Bout du Chemin sans lever les yeux de sa carte d'identité qu'il tient. Et je ne peux pas répondre, je ne les connais pas. Une voiture de patrouille s'arrête. Le vieux flic me repousse en me fixant bizarrement, comme s'il s'imaginait être un de ces valeureux de série B qui travaille contre son camp en sous-marin.

« Le signalement qu'on a eu au numéro de vigilance disait une fille sur l'avenue, pas deux... », il récite tandis que je la vois se baisser, fragile et menottée, pour entrer dans la voiture banalisée, une actrice titubante quittant un festival. « Puis... avec votre accent, ces jours-ci, c'est pas bien prudent de vous faire remarquer. » Mais où vous l'emmenez, dites-moi où, je supplie, son pantalon marine fait des plis à ses hanches lourdes et sans me répondre il monte dans la voiture blanche et bleue, rouge. Quand je lève la tête vers les fenêtres des immeubles qui font face à l'agence, quelques lumières s'éteignent, fugaces.

Il faut longer tout le fleuve pour aller à l'appartement, passer au travers des odeurs fétides d'urines humaines sous les ponts. Je cours, remonte des rues, traverse les allées en zigzag pour gagner des mètres, mes larmes rauques me barrent l'air, rien dans les poumons, la vision de la Petite Fille au Bout du Chemin à terre, comme il y a un mois le corps d'Émile au cœur refroidi. On va pas y arriver on va pas y arriver, les vibrations du béton réveillent la douleur dans ma cheville gauche, les sirènes menacent au travers des cris, ces masses de verre imbrisable, cette ville tricotée de prudences, la mienne de prudence, et mes nerfs cisaillés dans ce pays d'Îles solides, sécurisées d'appels anonymes qui décrivent consciencieusement – j'ai cru entendre un oiseau mais c'était le bruit d'une bombe de peinture, monsieur l'agent – une silhouette en manteau rouge qui trace le FEU sur une vitrine.

Émile contacte une avocate spécialisée dans les arrestations de ces derniers jours et m'enjoint de ne pas penser au pire – essaye de dormir un peu, elle s'inquiète.

Et c'est le téléphone portable de la Petite qu'elle a laissé sur un tas de feuillets qui me réveille. Je ne vous entends pas, éloignez-vous du bruit je demande, je perçois des sons sourds, des chutes de cageots, je ne sais pas pourquoi je suis persuadée que la personne se trouve dans un marché, des halles peut-être.

« Je t'appelle de chez moi tu comprends c'est chez moi maintenant ton bordel / et je te jure que / tu paieras ! Je le trouverai ton / vrai nom, salope j'ai les flics dans l'appart t'es contente elle est foutue foutue maintenant on est / foutus ! » Un ressac de colères noyées de brouhaha, et le fiancé disparaît de la ligne.

Nous regardons Émile et moi la journée s'extirper de l'aube sans rien nous dire. Plus tard, je raconte le square, la théorie de l'échelle dans la Villa et le fichage Europol aussi, l'éclaboussure de nos rires sur leurs photos et traverser la Normandie glacée pour aller voir les Énervés sur leur radeau – est-ce que tu sais Émile ce que signifie énerver – et Dina, quand, le dernier jour, elle quitte l'ascenseur à reculons en nous conjurant de ne pas oublier qu'on s'est vantées d'aller au Bout du Chemin. Je laisse de côté le sang dans le cou du conducteur, ce matin de pluie dans la voiture qui nous conduit à Jumièges et les révélations du fiancé, cette séance *Pulp Fiction*. Puis, plus tard dans la matinée, je me ravise et j'abats ces histoires comme des as dans un jeu qu'il ne faudrait surtout pas perdre. Émile ne décrète pas : cette Petite est quand même vraiment au Bout du Bout. Elle m'écoute, recroquevillée sur sa chaise. Je sais que, comme à moi, tous ces gestes lui renvoient des années de questions abandonnées dans des tiroirs, de morts subites.

Quand l'avocate finit par rappeler, nous sommes en train de petit déjeuner mais déjà le soir s'en revient. J'ai deux nouvelles annonce-t-elle, une bonne et une mauvaise, la bonne, c'est que ça n'est qu'une garde à vue pour le moment, et la mauvaise, c'est que votre amie se trouve dans la section antiterroriste ; mais on peut se montrer raisonnablement optimistes, des circonstances atténuantes joueront en sa faveur, rajoute l'avocate. L'état psychologique. Sous traitement depuis deux ans. Et l'enfant. Tous ces mots forment une version plausible de la vie d'une personne mais pas la sienne, je dis à Émile d'une voix trop forte, je n'ai jamais, tu entends, jamais rencontré une seule personne qui soit aussi logique que la Petite Fille au Bout du Chemin. Aussi clairvoyante. Ce mot me plaît pour parler d'elle, claire voyante, ma sorcière de la vérité.

On s'est lavé les cheveux quand il a fait nuit de nouveau. On a écouté Cat Power *The Greatest* et j'ai prétexté avoir trop sommeil plutôt que de pleurer encore parce que je pensais à Dolly Parton et à ce soir-là, au foyer social, où l'immatérialité du bonheur à être avec elle m'avait saisie comme une mauvaise douleur à venir un jour, le fracas sec d'un éboulement.

Avant de me coucher, j'ai ouvert pour la première fois le cahier de notes : Symptômes du Bout du Chemin et divers antidotes que ma Petite avait laissé sur son lit, pas loin de la biographie de Voltairine de Cleyre et j'ai aimé ceci : Il nous faut donc, dans un monde où nous n'existons que passées sous le silence, au propre dans la réalité sociale, au figuré dans les livres, il nous faut donc, que cela nous plaise ou non, nous constituer nous-mêmes, sortir comme de nulle part, être nos propres légendes dans notre vie même... Monique W.

Je ne la connaissais que depuis un mois. Un mois à se redessiner l'une l'autre, retracer nos contours, ou même les inventer quand il n'y en avait plus.

Au matin, Émile m'a réveillée en me tendant le téléphone ; après avoir évoqué d'un ton grondeur notre « imprudence », l'avocate m'a annoncé que mon amie sortirait le lendemain. « La police a perquisitionné son appartement hier matin. Ils n'ont rien trouvé de suspect, c'est bien. Un juge a été saisi et l'a placée sous contrôle judiciaire avec une injonction de soins et une assignation à résidence provisoire chez elle. »

J'ai pensé au Post-it jaune collé dans le couloir de l'appartement, « QUI ? », et à sa chambre où la Petite Fille cachait la définition de « patiente » dans un cahier. Et cet article, aussi, qu'elle avait découpé, sur les nouvelles prisons à domicile. J'ai pensé à mon manque d'imprudence la nuit sur l'avenue de l'Opéra, ce petit pas de frousse dans lequel elle m'avait suivie par loyauté.

Avant de raccrocher, l'avocate m'a proposé : « Puisque vous semblez très proches, si vous pouviez penser à une liste de choses qui prouveraient qu'elle n'est pas dangereuse, vous voyez, que ces tags sont un incident isolé. Je ne sais pas, pensez à... ce que vous avez fait ensemble ces dernières semaines, tout ce qui vous vient à l'esprit, je trierai. Ça serait vraiment bien d'avoir un témoignage positif dans le dossier pour lever l'assignation rapidement… »

Art. 138 1°- Ne pas sortir sans autorisation préalable des limites territoriales suivantes : Paris, 75.

Art. 138 2°- Ne s'absenter de son domicile ou de sa résidence qu'aux conditions ou pour les motifs suivants : pour l'exécution de son activité professionnelle, se rendre chez son conseil, répondre aux convocations de l'autorité judiciaire et des services désignés dans la présente ordonnance.

Art. 138 5°- Se présenter une fois par semaine au Service de l'exécution des décisions de justice.

Art. 138 6°- Répondre aux convocations de l'autorité judiciaire et de la personne désignée ci-dessous :

Justifier de ses activités professionnelles ou son assiduité à un enseignement, un rapport trimestriel nous sera adressé.

Art. 138 9°- S'abstenir de recevoir, de rencontrer ou d'entrer en relation de quelque façon que ce soit avec les personnes suivantes :

Pardon   pardon

De ne pas t'avoir bien défendue, de ne pas avoir été une bonne guetteuse, oh dis-moi... Ces premiers instants de nos retrouvailles, au neuvième jour des Événements. Elle a sonné chez Émile très tôt le matin et tout en elle est rapide, elle m'interrompt, va se faire un thé, feuillette ses cahiers sans répondre. Et **ma troisième erreur** est ce doute, oh, à peine un moment, quand la Petite Fille au Bout du Chemin décrit l'injonction de soins, son traitement pour « confusion mentale ». Ce pas en arrière, la distance au moment où je l'examine, jaugeant sa *transparence.*

Elle relate ses soixante-douze heures de garde à vue avec ennui, comme s'il s'agissait d'une convocation chez le proviseur au lycée.

« ... En grande tenue d'apparat, cagoule et gants... Si vous ne répondez pas vous resterez là, votre appartement est en train d'être perquisitionné votre vie est cernée, c'est un cadeau qu'on vous fait ce sursis vous en êtes consciente, ah, ces manigances de roitelets barbares... Ils m'ont montré des photos de nous... Dans la Villa… J'ai invoqué l'alcool, des inconnus rencontrés dans un square, une fête dans le train. Et là, ils me sortent Ivan, leader international appelant des personnes à commettre, attends, non, voilà, tiens lis ça, j'ai noté : « Appelant des personnes à commettre de manière organisée des violences contre biens matériels et personnes. » Quel est votre parcours professionnel, nous avons la liste des sites Internet que vous avez consultés, connaissez-vous cette fille, ce garçon et et et ils m'ont montré plein d'affiches de Petites Filles… J'ai dit la vérité ! Jamais vues ! Vaguement entendu parler d'un vieux film avec Jodie Foster mais à part ça… Et là j'ai sorti ma carte de Cinémathèque… Je ne connais pas. De Petites, au Bout du Chemin. Quel chemin ? »

Sa lèvre inférieure est un peu enflée encore, son menton bleuâtre, égratigné. Elle se tait. Puis elle exige de la joie, comme un reproche qu'elle ferait à Émile et moi, un peu de musique, Mariana Sadovska c'est possible s'il vous plaît, ce silence, j'ai l'impression d'être malade, elle murmure, troublée.

« Arrêtez avec cette histoire… Passons, maintenant. La suite. Je trouve que… On enterre un peu trop Lautréamont par ici, à parler reparler détailler les flics, est-ce que je t'ai dit, Voltairine cette phrase. D'Albert Parsons, non, c'est August Spies. J'ai son portrait dans mon cahier, celui… là, là. Regarde ! Je ne parviens pas à imaginer – mais peut-être qu'il ne faut pas imaginer, tous en blanc le jour de la pendaison   et le nœud coulant… Ils ont chanté. Tous les garçons du Haymarket. Se sont récité des poèmes les uns aux autres, le visage recouvert du drap blanc devant la… potence et Spies, devant les journalistes qui pleuraient mais ils ne voulaient pas pleurer   . Et tu sais qu'on ne le trouve nulle part, ce texte, en français ? Qu'est-ce que ça peut bien vouloir dire qu'on ne le trouve pas ici, est-ce que ça veut dire quelque chose… Le jour viendra. (elle s'est levée) Où (elle m'a tendu la main).

« Il faut réciter les mots d'August Spies ! » insistait la Petite, « le jour viendra où notre silence sera plus puissant (elle a jeté un coup d'œil à Émile, qui ne disait rien, moi je calquais ses mots, légèrement en retard sur elle) « que les voixoix qui nous étranglenétranglent aujourd'hui le jour viendra où notre silence

« On ne va pas y arriver. »

J'ai cru (mais je n'ai pas cru du tout) qu'elle parlait de ma mauvaise récitation.

« Les mots ne vont pas… suff-ire ils… et certains mots… J'ai vu. On ne va pas y arriver. »

Elle est allée dans la salle de bain. Pas un bruit, puis des sanglots, des hoquets. Mais pourquoi tu pleures, toi aussi, m'a demandé Émile sans bouger de sa chaise et le malaise d'Émile devant cet amoncellement, je voulais le dissiper, alléger l'air.

Nous ne nous sommes plus rien dit de la matinée, avons accompli des gestes banals et sécurisants. Peler des légumes, faire bouillir de l'eau. Assise très droite, la Petite gardait une distance nouvelle avec nous, remuait son thé dans lequel elle n'avait rien versé, refusant de goûter le plat. C'est quand Émile lui a fait remarquer l'heure, il faudrait peut-être rentrer à temps chez elle pour cliquer sur le boîtier de contrôle au moins ce premier jour, que la Petite Fille a enfin parlé.

« J'ai… quelque chose… Autre chose. » Et ça doit être son expression, mais je l'arrête avec ce même geste que mon père quand, dans notre salon en Roumanie, des visiteurs étrangers étaient sur le point d'évoquer des choses considérées comme subversives par le Conducator : il posait une main sur ses lèvres et levait l'autre vers le plafond.

« On va se balader », j'ai fait en m'habillant à toute vitesse.

Nous sommes toutes les trois assises sur le banc blanchi d'excréments d'oiseaux obèses du petit square de la rue Saint-Georges, la Petite se frotte le visage de ses mains crayeuses pour rester éveillée. Elle sort de sous son pull une liasse de feuilles pliées en quatre. Les remet en ordre rapidement et nous les tend. Nous nous passons une par une ces pages arrachées à une brochure.

« Ils m'expliquent que je « ne jouis pas de toutes mes facultés » et la commissaire me demande qui prévenir pour ma sortie. Et là, elle doit imprimer un document, je ne sais quoi. Et son imprimante ne marche plus. Elle est sortie à peine deux minutes et je me suis dit que… j'allais ramener un… un souvenir. Un coquillage policier. Porte la brochure à ton oreille et tu entends la France, Voltairine… C'était devant moi. Je ne savais même pas ce qu'il y avait dedans mais ça… Ça avait une belle allure de Notice… »

Nous avons entre les mains une des Notices de l'Élection. Avec ses différents chapitres. Son vocabulaire choisi. Les « éloignés », les « reconduits », les risques de « défaillance de l'organisme » et comment les éviter. La transmission de certains mouvements, leur enseignement. Le raffinement français. Nous parcourons une cartographie des manières de la France, ses façons de faire. Racontée sans trucages et sans mots manquants.

Procédure d'embarquement : phase **extrêmement sensible.** *Le préembarquement :* **avant** *les passagers. Hors de la vue des passagers.*

Relations avec l'étranger escorté : il s'agit de créer et maintenir des conditions psychologiques favorables à l'acceptation de la mesure d'éloignement et à un départ sans difficulté de l'étranger reconduit. La force et les moyens utilisés doivent être proportionnels à la résistance développée par l'étranger. La maîtrise physique de la personne s'effectue conformément aux gestes et aux techniques professionnels acquis au cours de la formation initiale et continue dispensée aux professionnels d'escorte par les moniteurs en activité physique et professionnelle de la police aux frontières.

Nous sommes restées silencieuses dans le square un long moment, la brochure rangée sous nos pulls, chacune quelques pages. Ce matin-là, l'air descendait sur nous comme un drap moisi, salement humide et un peu collant.

Et puis, trois jours. Peut-être plus. À rester enfermées, abasourdies, dans l'appartement d'Émile, la Petite Fille faisait des passages rapides chez elle pour cliquer sur le boîtier électronique signalant sa présence et son allégeance aux injonctions de soins. Elle ne le disait pas, mais je savais qu'Émile avait peur d'une perquisition. Peur des papiers qui traînaient, de la Petite qui continuait de préparer des textes, nous demandant quand, mais enfin quand est-ce qu'on retournerait les coller. Moi, j'avais peur pour la Petite Fille qui ne respectait pas son assignation à résidence, peur pour Émile et son cœur mécanique, j'avais peur de mon manque de courage quand je sentais les feuillets de la Notice rêches sous mon pull. On parlait de se rapprocher d'autres gens, des groupes peut-être, mais le couvre-feu rendait les recherches difficiles. La Petite Fille voyait ses flancs se couvrir de petites plaques rouges, développait une allergie à l'encre peut-être. Quand j'allais chercher du pain le matin, il me semblait que les feuillets de la Notice contre moi modifiaient ma démarche, ces GESTES me grimpaient dessus, se dissolvaient dans mon sang ralenti, je devenais un mécanisme horloger, je continuais, on continuait à vivre et à faire des choses stupides, désirer une tasse de thé, avoir sommeil et penser à mettre un pull le soir. On fonctionnait. Enveloppées d'instructions mortelles destinées à d'Autres, qui respiraient tout près de nous, là, sans connaître ces instructions de Notices qui les attendaient. Je disais « nous » et la Petite Fille hors d'elle m'interrompait « mais il n'y a pas nous pour toi, arrête ! Tu ne seras JAMAIS assez française pour être française… C'est terminé l'abri Voltairine. Tu es les Autres ! »

Un soir, Émile a lancé, agacée de nos tensions : « On n'a qu'à les ranger, ces feuilles. Et on verra plus tard ce qu'on fait. Ou pas. »

J'ai pensé à ses questionnaires, pour toujours dans leur tiroir et je n'ai rien dit. Dans la nuit, j'ai cherché sur le Net les noms de ceux qui, comme pour un générique de film, étaient cités comme « responsables techniques » de cette Notice ou encore « théorie et conception ». Une bonne partie d'entre eux appartenait à un réseau social. Certains avaient même laissé un très libre accès à leurs photos de famille. De vacances. Des commentaires sur leurs films préférés, des conseils sur les meilleures crêpes de leur quartier. On aurait voulu qu'un détail alarmant les signale, quelque chose qui en fasse des constructions incompréhensibles, des êtres qu'on ne puisse appréhender, mais il n'y avait rien. Ils travaillaient. Transmettaient des gestes qu'on leur avait transmis. S'appliquaient à rester le plus fidèles possible au mode d'emploi de ces gestes. Avaient suivi des formations. Avaient pris des pause déjeuner au cours de ces stages, semblables à toutes les autres pauses déjeuners de tous les stages de formation. Au cours desquels ils avaient raconté le mois d'août et la piscine de l'hôtel, les excursions, les problèmes de migraine récurrents, faut-il inscrire la petite dès le mois de septembre au cours de violon, c'est moi qui fais à dîner ce soir flan de courgettes au parmesan il faut que je rentre plus tôt, attends, je te montre ça, j'étais en salle d'accouchement le plus beau moment de ma vie.

La Petite Fille au Bout du Chemin avait su combattre une Notice. Elle s'était emparée de phrases *ne les croquez pas, le goût est amer. Trouble panique trouble anxiété sociale trouble anxiété généralisée troubles.*

En avait fait des chantiers de mots. Des poèmes. Des questions. Des épées aussi. Une poésie de petits vertiges, *sensation vertigineuse lors du passage à la position debout*. Mais ceux-là, polis et sans arête, mentholés de propreté, un hall d'hôpital de mots fades, ceux-là :

*L'expérience des personnels d'escorte combinée à des **difficultés récurrentes** rencontrées dans l'exécution des mesures d'éloignement par voie aérienne ont nécessité la mise en œuvre d'actions de formation spécifiquement adaptées à ce type de mission.*

Cette simplicité propice à amortir les sons et le sang. Sans aucun mot « savant ». Rien dont on doive rechercher le sens caché – cette recherche qui nous aurait remis dans l'énergie d'une bagarre. Mais qu'est-ce qu'on ferait de tout ça.

FICHE TECHNIQUE N° 01

PAGE 4

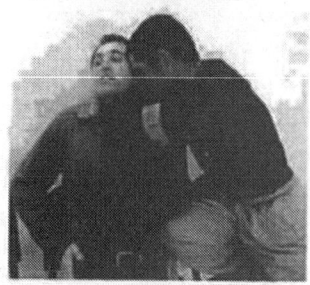

- L'escorteur exerce une traction sur le vêtement en lui imprimant un mouvement de rotation autour du cou. Il maintient cette pression entre trois et cinq secondes pour assurer la contrainte de régulation phonique et la relâche tout en gardant les points de contrôle
- Le contrôle et le dialogue avec le reconduit sont maintenus en permanence

- **Important :** Les tempo de pression et de relâchement ne doivent pas dépasser trois à cinq secondes. La répétition de ces actions de régulation phonique ne peut être réalisée plus de cinq minutes.

LES RISQUES

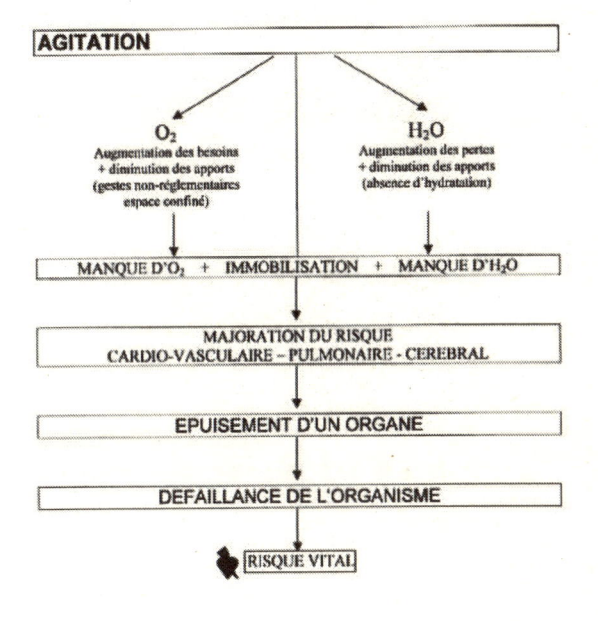

AGITATION

O_2
Augmentation des besoins
+ diminution des apports
(gestes non-réglementaires
espace confiné)

H_2O
Augmentation des pertes
+ diminution des apports
(absence d'hydratation)

MANQUE D'O_2 + IMMOBILISATION + MANQUE D'H_2O

MAJORATION DU RISQUE
CARDIO-VASCULAIRE – PULMONAIRE – CEREBRAL

EPUISEMENT D'UN ORGANE

DEFAILLANCE DE L'ORGANISME

RISQUE VITAL

Effets secondaires : Mal de cœur, nausée, sensation de malaise avec faiblesse, confusion.
Hallucinations.

Alors, sans grande conviction, il a été décidé de les photocopier « massivement » – il a fallu arpenter la ville, changer de boutique tous les vingt exemplaires pour ne pas se rendre suspectes, ils dénonçaient tout ce qui ressemblait à une fabrication de tracts. Tôt un matin à une sortie de métro, on les tendait au hasard, la peur d'en offrir à un flic en civil. Certains froissaient nos feuilles tout de suite, d'autres ralentissaient un instant pour les lire et les jetaient ensuite en reprenant une démarche rapide sans même nous regarder, inquiets d'être avertis, embêtés de savoir ce qu'ils supposaient. Quelques-uns, rares, nous parlaient. Tout ça, ils le savaient déjà. Ils connaissaient quelqu'un qui. Ou alors ils s'en doutaient. Enfin presque. Même si, ces images, quand même... Parfois, une personne restait à nos côtés un moment après avoir lu, les bras ballants, sans trop savoir quoi ajouter. Nous fabriquions des immobiles. Alourdies, salies d'une prudence mortelle, claudiquant, un pied dehors un pied dedans, un pied assigné à résidence, l'autre tentativement hors la loi, festoyant encore près des feux, on en avait oublié la joie, cette contagion des Petites Filles dans la ville. Les quotidiens aussi, qui se réjouissaient du « retour au calme » et commentaient, unanimes, la fin des incendies, en boucle sur toutes les chaînes de télé, ces mêmes images de feux presque éteints, lentement fumants.

Le sacre, ce printemps

Personne ne me dit vous avez rêvé, mademoiselle, en me regardant d'un air attendri et inquiet, personne ne doute même de ce que j'ai vécu ces jours-là. Moi oui. Et j'aimerais avoir tout inventé. J'aimerais que tout ça n'ait pas existé, ni la semaine des Événements ni la Nuit des Incendies. Parce que si ça n'avait pas déjà existé, ça pourrait encore avoir lieu dans le futur et je croirais en ces événements, je veux dire je croirais qu'ils pourraient en être, des Événements. Mais tout ceci a eu lieu.

Et qu'y a-t-il de pire, pour des nuits pareilles, que de s'empreindre d'une nostalgie douce au souvenir des dates qu'on évoque d'un ton ému.

Il faut tourner la page, me dit-on ici. Tourner la page m'évoque aussitôt un livre d'histoire, ou d'histoires, et alors je sais que **l'erreur** que j'ai commise, nous l'avons tous et toutes commise. Rentrer chez soi. Se reposer. Prendre son temps. De la distance. Peut-être que nous nous sommes mis à célébrer des choses qui n'avaient pas encore eu réellement lieu, ou pas tout à fait. Lever nos verres à nos nerfs intacts et retrouvés, oui, mais encore vacillants. Fêter l'avènement des échelles en bois qui permettaient d'aller partout, sans y aller vraiment.

Les jours qui ont suivi la nuit des Incendies, la tension s'est relâchée au lieu d'aller plus avant. Et peu à peu, des visages nouveaux se sont mêlés à nous, s'infiltrant comme une eau lente. Personne ne savait depuis quand ils étaient présents, personne n'était capable de dire s'ils étaient déjà là sur le toit du Printemps ou dans les couloirs de l'hôpital Sainte-Anne. On était tellement, on ne posait pas ce genre de questions, des personnes surgissaient, participaient, repartaient, mais eux, justement, ne repartaient jamais. Ils s'allongeaient avec nous au sol dans des gymnases occupés, s'asseyaient dans nos assemblées ouvertes, portaient les mêmes tee-shirts déchirés et sales que les nôtres, faisaient preuve d'un savoir-faire supérieur au nôtre, souvent, indiquaient le meilleur mélange explosif. Infatigables. Jamais d'ombres sous leurs yeux. Puis, au cours d'une assemblée, un scandale éclatait, un jeune type pointait du doigt une fille, la désignant comme une infiltrée de la police. De longues discussions suivaient, des votes, des décisions, la fille était tenue à l'écart, ses amis se fâchaient, tout ceci était ridicule, mais qui étaient ces amis ? Partout, ceci a fait partie de la méthode des « Médiateurs du Peuple », ces agents envoyés sur les lieux stratégiques des Événements. Ils nous écoutaient. Souriants, ils servaient à boire et venaient proposer le repos, la pause. On peut quand même prendre le temps, disaient-ils. Tout ce qui est là est acquis, ça n'est pas parce que tu rentres chez toi une nuit que ça va s'évanouir.

Quand une médiatrice qui se faisait appeler Lu s'est inquiétée des cernes de la Petite, j'ai acquiescé. Les tissus de ses vêtements se détachaient d'elle et flottaient comme de l'eau autour d'un corps inerte. Une seule nuit. J'ai même insisté. La médiatrice, elle, s'est tue et m'a laissé faire. Nous avons salué ceux et celles qui essayaient de dormir quelques heures à même le sol de la librairie. À demain matin au plus tard. Sans doute avant.

Le ciel ne décrochait pas de sa nuit tant les quartiers de Paris restaient envahis de fumées amères. On pensait qu'un orage se préparait, puis on apercevait la moitié d'un nuage frais et rondouillard à travers les brouillards chimiques des affrontements. Le manque de sommeil et de nourriture transformait tout, les odeurs, le goût, ma bouche comme dépourvue de salive, péniblement sèche, de la cendre, et l'impression d'avoir du shampoing dans les yeux, une fine pellicule de flou qui brouillait tout ce que j'apercevais depuis la vitre du bus qui me ramenait chez Émile. Au coin du boulevard du Temple, là où on l'avait collée quelques jours auparavant, elle était là, pas même arrachée, ni recouverte d'une autre affiche. Et comme l'autobus redémarrait, j'ai vu qu'en bas de notre signature « Petites Filles de Rien » le papier était recouvert de griffes, des pattes d'oiseaux soigneusement disposées les unes à côté des autres. Un amas inquiétant, une pelote de fils serrés, petits brins se pressant pour être là, en dessous du texte, avides de déclarer leur statut de filles de rien. ValériePeggyAnnaClaireKadidiaAlineLolaIsaSandrine JykLauretteFoulémataAdelineIsabelleAudeEmmanuelle BintouFloJeanne

Nous sommes toutes des filles de rien. Ou nous l'avons été.

Nous, filles de rien, avons dit non, mais pas assez fort sans doute pour être entendues.

Nous n'avons jamais oublié ce que ça fait d'être un paillasson, un trou retournable.

Nous n'avons réussi à mettre des mots sur cette nuit-là qu'un an, dix ans, vingt ans plus tard mais nous n'avons jamais oublié ce que nous n'avons pas encore dit.

Nous, filles de rien, avons été, ou serons un jour, traitées de « menteuse », de « mythomane », de « prostituée », par des tribunaux.

Nous avons été ou serons accusées de « détruire des vies de famille » quand nous mettrons en cause un homme insoupçonnable.

Nous, filles de rien, avons été fouillées de mains médicales, de mots et de questions, expertisées, interrogées, tout ça pour en conclure que nous n'étions peut-être pas d'« innocentes victimes ».

Nous ne sommes rien. Mais nous sommes beaucoup à l'être, rien, ou à l'avoir été. Certaines encore emmurées vivantes dans des silences polis.

PETITES FILLES DE RIEN
AU BOUT DU CHEMIN
TE RENDENT LA JUSTICE
ET ELLES GARDENT LE FEU

Combien de temps je dors, je ne m'en souviens pas. À mon réveil il fait nuit, aucun message de la Petite Fille sur mon téléphone. Vers midi, je l'appelle deux fois, elle ne répond pas. Peut-être qu'elle se repose encore, suggère Émile. Je sais que non, je m'habille et j'y vais. Je me perds un peu, puis, une fois devant l'immeuble, il me faut attendre un long moment que quelqu'un rentre, je n'ai pas le code.

Je viens voir mon amie, dis-je à la jeune femme châtain qui m'ouvre la porte de l'appartement et tout de suite, de son pied, elle me bloque le passage, le sang monte à ses joues fardées, une marée rouge sombre envahissante. Elle continue à me faire face tout en criant Antoine, viens vite. Le fiancé accourt, la pousse et la remplace dans l'encoignure. Tu ne crois quand même pas que je vais te laisser rentrer, dit-il. C'est un téléfilm médiocre, il semble investi d'une mission de protection, ne pas me laisser aller auprès d'elle. On ne peut pas la retenir contre son gré, elle est majeure, je veux simplement être sûre qu'elle va bien. Je parlemente mais je ne veux pas le supplier. Car au moment où je me mettrai à pleurer et à le supplier, il me semble, je le sais, même, que notre voyage se terminera. Et là, comme dans un ballet romantique, nous serons alors obligées d'entrer dans le dernier acte, l'acte III. Celui où les esprits, les pères et les rois font leur triomphant retour sur scène.

« Les rois barbares… De l'empire. Avec une majuscule à Empire. Ou alors… »

J'entends ça au bout du couloir. Énoncé très clairement, pas d'une bouche pâteuse d'anxiolytiques, ni d'une voix bizarre. La Petite, comme souvent quand elle construit ses théories, les étale d'abord à voix haute, petits Lego placés et déplacés des heures durant.

Le fiancé ne bouge pas, la fille brune non plus, à voix basse, elle lui demande : « Tu veux que j'aille voir ? » Et son inquiétude est dégoûtante, toute pleine de ce qu'elle ne prononce pas, les mots qu'il manque à cette phrase : tu veux que j'aille voir ce que fait la fille folle qui parle seule dans sa chambre. J'avance, ce couloir me semble immensément long, le fiancé m'attrape par le bras, il n'ose pas y aller trop fort, la brune se met devant moi, je la gifle, je n'en ai pas l'intention, je balaye sa présence, mon cœur ne charrie plus de sang mais de l'eau brûlante et amère, je pousse la porte elle est là.

Son dos d'oiseau courbé sur ses feuilles étalées, dans une robe sans manches, bleu marine et blanche, uniforme d'un collège fermé depuis 1975. L'oiseau fatigué. Mon oiseau fatigué du ciel.

Assise à son bureau, elle écrit. Se retourne, me sourit, un instant il me semble qu'elle est morte, elle aussi, et qu'elle a tout oublié et va me demander qui je suis, mais elle murmure, adorable : « Je sais... Je suis en retard mais j'allais revenir... Qu'est-ce que tu fais là, toi ? »

Je me suis agenouillée et me suis serrée contre elle, le centre de mon corps était au milieu de ma gorge, un barrage asphyxiant de peurs sourdes. Pourquoi elle ne me répondait plus depuis deux jours, pourquoi elle n'appelait pas on avait dit qu'on repartait tout de suite.

Le fiancé m'a pris le poignet, assez doucement, « Allez, il faut que tu partes, allez maintenant, tu ne lui fais pas du bien, ça suffit... »

Alors la Petite Fille au Bout du Chemin s'est levée. Comme si elle avait quelque chose d'important à faire qu'elle aurait oublié, elle s'est dirigée vers le fond de la pièce, la fenêtre qu'elle ouvre, ça prend un temps infini, le temps que je me redresse, je crie ATTENDS, elle, malhabile, pose un pied sur le bord, puis voilà qu'elle est debout, impossible de savoir où on en est, dit-elle, on ne voit même plus la lune dans ce ciel-là, elle se tient au dormant, on dirait Nadia Comaneci, voilà la pensée qui ne me quitte pas, Nadia, debout sur la plus basse des deux barres asymétriques, les mains posées sur la haute. Prête.

Ils crient. Le fiancé et la fille brune dont je ne connais pas le nom. À cet instant, je ne crois pas qu'elle va sauter. Ou alors, je ne sais pas, ça ne me paraît pas grave. Je dis ATTENDS pour être avec elle, ma main tient la sienne, en gymnastique on appelle ça faire la parade. Aider à accomplir un saut dangereux. Le fiancé la saisit par le poignet et la fait redescendre, viens, mais qu'est-ce que tu fais là qu'est-ce que tu fais, répète-t-il en la conduisant jusqu'à son lit. Voltairine, dit-elle en lui ôtant sa main, Voltairine, attends attends, faut que je te dise j'ai lu quelque chose sur les mésanges charbonniè-res, oui, charbonnières et Rosa Luxembourg et son épitaphe au printemps…

Je lui promets que je serai là à son réveil.

Assis tous les trois au salon, ils ne parlent plus de me mettre dehors. Valérianne se présente comme sa « meilleure amie ». Elles se sont connues au lycée. « … Je ne la juge pas, d'ailleurs je ne juge jamais ! » elle proclame, traversée du plaisir de se découvrir exemplaire amie limpide d'une fille boueuse et entravée, à secourir sans cesse. Je pourrais lui dire je crois qu'elle te hait. Je crois que tu la fais dégueuler même. Elle te vomit dans ses textes. Je pourrais lui parler de la théorie de la caissière, cette solitude décrite par la Petite Fille comme des hoquets de vertiges. Je pourrais lui demander de quoi veux-tu la remplir, qui es-tu pour cisailler ses nerfs avec tant d'application.

Suit une longue et soucieuse conversation entre le fiancé et l'amie dans laquelle je n'interviens pas, une infirmière qu'on tient dans l'ombre. Ils sont allés chercher une notice de neuroleptiques et la parcourent, jouissant discrètement d'avoir enfin une preuve physique, un corps qui penche à se mettre sous la dent, ces pieds hésitants sur le rebord de la fenêtre. Tu crois que c'est l'effet rebonds sensation vertigineuse, là ? Remarque, un dérapage, c'était prévu. Peut-être une promenade en fin de journée, mais le couvre-feu limite tellement nos déplacements, quand je pense que ça n'a même pas réussi à empêcher les Événements ni les incendies, faut-il appeler sa mère, faire venir le petit, non, surtout pas dans son état. Il ne s'agit pas d'une tentative de suicide, je répète, pas un suicide, et j'essaye de ne pas parler fort, rester égale, ne rien déclencher. Il s'agit d'un de ces gestes qu'elle a parfois, ce déploiement d'énergie, elle s'étend dans tous les possibles, jusqu'au bout des mots qu'elle utilise, jusqu'au centre de ce qu'elle sent monter en elle, toutes ces fois où je l'ai vue se déplier, belle et grande cigogne aux yeux clairs, il n'y a rien qui meurt dans ses gestes, non, elle fait de l'air sa frontière. C'est tout.

Je reste dans cet appartement surchauffé, attentive à ne pas laisser monter trop vite la marée de ces solutions pratiques/pragmatiques destinées à la Petite Fille au Bout du Chemin, tout ce qu'ils envisagent pour elle, déblayer, creuser, l'aménager, plus confortable à entendre, reboucher les trous d'air de ses phrases, raffiner son intérieur, aménager l'espace, la recoucher à température ambiante. Ils n'osent pas me chasser et toute cette fin d'après-midi je fais l'aller-retour entre leur conciliabule dans le salon et sa chambre à elle.

Voltairine.
Voltairine   Tu sais ? Quand on s'est rencontrées, tu m'avais dit que : même très très longtemps après ton entorse tu avais continué à porter une chevillère quand tu dansais. Ça te faisait peur de danser sans.   Tu sais ?   Et tu en étais désolée   comme si ça illustrait une… je ne sais pas, lâcheté quelconque ?
 Tu sais ?   Alors que   c'est le contraire !! Attends attends c'est le contraire par-ce-que… le jour où tu la ranges, la chevillère, c'est ce jour-là où tu renonces à

prendre des risques, puisque tu n'as plus peur de te faire mal ? Non ?

... Voltairine Voltairine j'y pense à ce documentaire. Danser avec le souvenir des cordes tu te souviens. Mais comment être sûres que ce qu'on pense, nos idées, ne sont pas entourées de cordes ? Ou. Entourées des souvenirs de cordes comment ?

Ha puis. Non je me tais. Parce que sinon tu sais, je parle et alors c'est le diagnostic ! Je ne sais pas ce que je dis, ingérable... Non habitable ! Voltairine. Je voudrais te lire ça et peut – Je pense à contours, limites tu sais on dit « il y a des limites quand même ! »

Je pense aux filles sans contours dont j'ai été avant de te connaître, Voltairine, comme tu l'étais aussi, peut-être. Nos limites effacées à force d'en avoir si peu fait usage. Corps sans aucune frontière claire, capables de tout taire, tout comprendre.

Contours reprécisés, les yeux au crayon, et la bouche qu'on laque pour signaler que c'est *là* que ça se passe (ces peintures enjôleuses, une petite supplication de non-agression en territoire incertain). Préparées à être l'objet d'une guerre sans l'avoir déclarée.

Qu'y a-t-il de plus monstrueux que ça, Voltairine. Qu'y a-t-il de plus monstrueux que d'être le *sujet* d'une guerre en cours et de ne même plus le savoir. Ne plus connaître d'autre état que celui de champ de bataille, vénéré puis rejeté parce que trop arpenté, usé. Sommes-nous condamnées à n'être que ces champs retournés, des espaces où se jouent des partitions qui ne sont pas les nôtres ?

Comment je vais l'appeler ce texte. Guerre en cours. Le cours de la guerre ! Qu'est-ce que tu en penses ?

Voltairine   tu dors ? Non tu ne dors jamais ne mange jamais moi non plus ! Je ne mange jamais il faut déjà digérer tout ça, sa vie non ? Ah oui attends tu sais les aides psychologiques envoyées au chevet des volcans qui se réveillent, des trains qui déraillent, des vents qui se lèvent, des raz de marée ? Comme s'il fallait tout calmer   si ça n'était pas normal   tu sais

Elle note. La Petite Fille semble envahie de pensées, des plantes grimpantes qui accélèrent, une ronde autour d'elle. Elle peine à les nommer ces floraisons, dépassée par tout ce qui surgit en elle, il faut lui tendre un stylo, vite, qu'elle puisse écrire tout ça, l'ordonner, et il fait nuit depuis quelques heures, elle continue de faire de grandes colonnes et à rayer d'un trait tout ce qu'elle m'a déjà énoncé. On dirait qu'elle a peur de ne pas avoir le temps. Il faut dire/rayer ce qui a été dit/ réécrire autre chose qui vient à l'esprit/dire/et rayer.

Vers vingt-trois heures, elle se rendort un peu, épuisée.

Ils sont réfugiés dans la cuisine, parlent d'elle sans oser aller la voir ni l'entendre. Le fiancé a passé la tête dans la chambre au cours de l'après-midi : « des corps

d'enfants ! Calcinés   dans le transformateur et
et   et   des yeux troués dans mon rêve   qui nous forçaient à ne pas cligner tu sais ? Nous on n'avait pas le droit de cligner des yeux il fallait tout REGARDER

troués ce garçon éborgné et   l'autre aussi, le Flash ball. Tu sais ça. Je sais que tu sais, on n'en a pas fait assez. Des photocopies. Tu sais ? Ou Et si c'était le contraire ? Il ne fallait PAS. Distribuer ça, le répandre, comme si, si on ne pouvait pas couper le cordon putréfié qui nous nourrit encore... On n'a pas pensé à Lautréamont l'on photocopie le malheur pour inspirer la... terreur   »

À chaque fois, le fiancé recule en entendant les mots de la Petite, ils l'attaquent, corrosifs. Tout ce qu'elle dit est parfaitement sensé, je répète, oui, je comprends ce qu'elle dit, c'est sensé. C'est mélangé, c'est tout. C'est trop rapide, elle est fatiguée. Mais tout là-dedans est réel.

Jauni et froissé comme un vieux papier, le fiancé se lève brusquement : « Mais enfin ! Qu'est-ce que vous avez fichu toutes les deux ! Elle n'était pas comme ça avant, il y avait un ordre, une cohérence ! Je comprenais... Ah mais qu'elle repasse toutes ses journées à la Cinémathèque, hein, ça me va par rapport à : ça. »

Ça est la Petite.

Nous dînons sans rien nous dire, le fiancé, l'amie et moi. Au dessert, il tient à nous montrer un article « pas inintéressant ».

« Pacte européen de la santé mentale.
Le projet Bien-Être.
Aujourd'hui, une personne sur quatre dans notre pays traverse un épisode de dépression ou rencontre un problème de santé mentale. Que se passe-t-il si nous mettons entre parenthèses un quart de notre ressource humaine ? Nous nous disqualifions totalement dans la compétition économique. Nos études montrent que les coûts engendrés par les troubles psychiques pèsent sur la productivité et pèsent même plus lourd que la prise en charge médicale. Des

journées de travail perdues ! L'absentéisme ou encore les retraites anticipées coûtent plus cher que les traitements eux-mêmes. Alors au-delà des grands mots l'humanisme etc., attaquons-nous avec des enjeux chiffrés à la question de la santé mentale.

*Des progrès récents permettent, dans le cas des troubles bipolaires mais aussi de la schizophrénie, d'identifier les marqueurs cognitifs de ces pathologies. Le but, c'est d'identifier les personnes qui ne sont pas encore malades mais qui **risquent** de tomber malades. La santé mentale pour tous, notre projet pour demain !* »

« Je pourrais..., je propose, anéantie, l'emmener demain au cinéma ? ».

Je la veille la nuit entière, elle semble s'être dotée d'un cœur artificiel, continue d'écrire, assise en tailleur sur son lit, entourée de feuilles qu'elle remplit de rondes de mots, des zigzags de phrases, elle note sans arrêt.

Il ne fait pas encore jour quand elle m'appelle à voix basse.

« Voltairine... Voltairine... Est-ce que... Est-ce que la folie ça n'est pas aussi simple que le chagrin ? Ou peut-être que c'est l'inverse, je ne sais pas. »

Je ne comprends pas sa question. Elle répète, est-ce que la folie est aussi simple que le chagrin, ou est-ce qu'au contraire, c'est le chagrin, tu vois, qui est simple comme une folie. J'ai soif, je suis épuisée et me lève pour nous faire un thé dans l'appartement silencieux. Nous sommes dans sa cuisine, je lui tourne le dos et quand je me retourne je la vois, les yeux fermés, ses bras serrés autour de sa poitrine, elle a glissé au sol et sanglote sans bruit. Est-ce que je suis folle, me demande-t-elle, comme un renseignement, une direction que je pourrais lui indiquer.

Toi, tu connais ça, les... révérences et les oiseaux en diadème et les quenouilles des Bois Dormants, attends je veux noter rien que ça, attends. Piquée à la quenouille de la conciliation. On ne va pas y arriver. On ne va pas y arriver.

Au matin a lieu le premier contrôle de son assignation, une femme affairée qui ne me demande pas de sortir pendant l'entretien avec la « patiente ». Elle s'assoit maladroitement sur le lit, ses yeux et ses cheveux semblent passés dans la même teinture ultra-brillante et trop noire. Sa bouche sèche transforme chacune de ses voyelles en petites balles de golf.

Je crois, et tout le monde ici le croit, votre mari aussi, hein Monsieur, que vous vous mettez en danger si vous arrêtez le traitement. Vous n'allez pas bien du tout.

Si je vais bien.

Non vous n'allez pas bien du tout.

Et... Les incendies ?

Comment ? Quoi ? La contrôleuse répète plusieurs fois d'un ton suspicieux : Comment ? Les incendies ? Mais les incendies, ils sont terminés, madame, les incendies, vous n'avez pas à vous inquiéter.

La Petite Fille pouffe (et moi je voudrais réguler, chorégraphier son corps, ses gestes, ses mots, ne pouffe pas comme une enfant, non ne te tiens pas comme ça voûtée, ne parle pas si doucement, relève la tête ne ronge pas tes ongles)

Pourquoi ça vous fait rire. Pourquoi ? Ça vous fait rire ? Vous savez qu'il y a eu des MORTS. Enfin, c'est ce qu'ils ont dit remarquez moi actuellement c'est au lance-flammes que je les passerais ceux-là qui ne sont jamais contents dans la rue, mais ils nous jetteraient dehors s'ils pouvaient ! Mon mari n'arrête pas de me dire tu finiras avec un couteau entre les omoplates, mais ici on est LIBRES on peut tout dire, alors s'ils ne sont pas contents. Ça va bien l'angélisme de gauche ne jamais DIRE la vérité hein, qui est responsable des Événements dans ce pays ? Moi je parle sans TABOUS.

Vous n'allez pas bien du tout.

Si je vais bien.

Non vous n'allez pas bien du tout. Où étiez-vous, justement, la nuit des Incendies ? Avec Mademoiselle ? Vous com-pre-nez su-ffi-sa-mment le fran-çais ah-pardon-votre-accent-m'a   . Où étiez-vous toutes les deux ?

Sans regarder la Petite, je parle d'avoir été coincées par les émeutes sans rien avoir pu faire, vous savez, pas loin de l'Opéra et des grands magasins. La Petite pouffe encore.

Oui ! Du shopping et de l'événementiel ! dit-elle derrière sa main, les yeux plissés de rire.

C'est quand même fâcheux. Avec votre arrestation et l'assignation… Moi je ne suis pas la Police vous comprenez. Il ne faut pas confondre. Mais je suis obligée de rapporter les faits. C'est une question de transparence. Vous étiez assignée à rester là. Ça n'est pas si grave de rester chez soi TOUT DE MÊME. Plutôt que de traîner dehors tout ça POUR ?

La voix de la contrôleuse s'embarde dans de brusques sautes de volumes et ses fins de phrase aboient.

Vous inquiétez tout le monde... D'ailleurs je voulais vous parler – mais vous verrez certainement avec votre psychologue demain – d'un texte. Ça vous ennuie que votre mari me l'ait montré ? Dans lequel vous... parlez du bonheur d'être légère... C'est joli. Mais... Sans « descendance » ? Ça me fait un drôle d'effet vu votre historique, ça nous fait tous un DRÔLE D'EFFET. On peut en parler, Madame ?

Je connais ce texte. Ce poème qu'elle m'a montré il y a un moment, je n'y vois pas la moindre allusion à un enfant, je ne me souviens que d'une phrase quelque chose en rapport avec la mort, le mot « épitaphe », peut-être.

La Petite est assise, jambes croisées sur son lit, petite patiente qui se frotte le nez, gênée, elle nous sourit encore un peu mais plus trop. Son dos parfaitement droit, son cou bien dans l'alignement des omoplates. Je n'ai pas dit ça, tente-t-elle d'une voix égale, comme pour ne pas agacer des animaux fébriles et incohérents. Je n'ai pas dit ça. J'écris... toutes sortes de choses.

Oui. Mais il nous faut avancer MADAME. Partir de quelque chose de RÉEL. J'ai : « Ce n'est pas dans le noir que j'ai peur c'est de voir nos cerveaux fracassés. »

« Doucement fracturés », la Petite corrige en levant sa main, elle me regarde rapidement

« Le sentiment d'être debout au crépuscule sur un champ de tir abandonné ? », ça n'est pas très RASSU-RANT ça.

Mais c'est Fitzgerald...

La contrôleuse continue de soulever le coin des mots, fouillasser à la recherche de preuves. Puis elle passe aux cauchemars. On peut vous soulager des cauchemars. Vous n'allez pas bien du tout.

Si je vais bien.

Avec des images pareilles en tête ? Un éborgné ? Des corps « consumés » ? « Aplatir l'âme à la mesure d'une bière » ?? Mais Madame, c'est le Moyen Âge hein votre tête, hein Monsieur non ?

Si je vais bien. Je ne fais pas de cauchemars. Je ne fais jamais de cauchemars.

Si. Et vous n'allez pas bien du tout. Les jeunes femmes. De votre âge. Ne parlent pas constamment de corps qui passent par la fenêtre, Madame.

Leurs voix forment un clapotis autour du lit, quelque chose d'inoffensif, puis ils commencent à se couper la parole ; à s'exciter, se jeter de la voix l'un vers l'autre, se répondre sur le sujet Petite Fille, mais sans le sujet.

Je ne peux pas te laisser dire, enfin, écrire ça enfin chérie. Je ne peux pas te laisser dire, enfin, écrire ça enfin chérie. Tu te compliques la VIE ! Ça t'avance à quoi ? Ça te mène OÙ ? Dis-moi où, dis-le, je te connais quand même, je dis ça pour toi. PERSONNE ! n'est plus faite pour être dans la VIE que toi enfin. Personne n'est plus faite pour être mère que toi. Tu te compliques la vie ! Ne doute pas chérie.

Alors au milieu de leurs mots elle lève encore le doigt. Et à cet instant-là, ma décision est prise, je n'allais pas la laisser se ratatiner sur un matelas, lever le doigt pour justifier ses cahiers, je la voyais, cinq nuits auparavant, expliquer sa théorie de l'échelle à tout un groupe au détour d'une barricade, et sa façon d'ouvrir les bras comme une grande croix maigre en murmurant

« ça me prend... », les yeux délicieusement mi-clos quand elle voulait dire son plaisir.

La conversation penchait penchait, le tournant en épingle à cheveux d'une route de montagne, de celles qui donnent la nausée, j'ai coupé la parole au fiancé :

« Je... voudrais vraiment l'emmener au cinéma cet après-midi. »

« Le cinéma ? Votre amie est assignée à résidence ! On CHERCHE ce qui ne va pas et vous parlez de cinéma !! Une histoire à dormir debout ici !, a fait la contrôleuse avant de se relever difficilement du lit, les commissures de sa bouche pâles et légèrement collées.

Alors il y a eu un cri, un minuscule gémissement, le clapotis d'un ruisseau sanguin qui irait du cœur jusqu'à sa gorge s'est échappé d'elle, la Petite Fille au Bout du Chemin s'est mise debout, elle a commencé à fouiller dans ses affaires, sortir ses cahiers de sous son lit. Elle les ouvrait les uns après les autres, concentrée, garder l'équilibre, du calme. À voix haute, elle a commencé à lire (un silence après chaque phrase, une toute petite inspiration) :

Reines saboteuses, en avant, frappez !
Échange ton sang avec les flammes (Marina Soudaiéva)
Qui a coupé leurs nerfs et brisé leurs os, à ces enfants des rois barbares (Jules Michelet)
Faites qu'il se passe quelque chose quelque chose de terrible quelque chose de sanglant (Sylvia Plath)

Elle a refermé le cahier, j'entendais son souffle et sa peur, elle a tiré sur les manches de sa veste de pyjama.

« ... Cherchons cherchons... Éventrons Voltairine de Cleyre ! Cherchez cherchez cherchez, mais qu'est-ce qu'elle voulait dire : la Vallée de l'Ombre de la Mort et les blanches cicatrices et le feu infernal et   Hé, Voltairine... Ils me calment fort, là, ils me passent au   Kärcher, dès le... début de la procédure d'embarquement les... escorteurs adoptent vis-à-vis de l'étrangère une attitude... Courtoise ! Mais aussi... Déterminée ! Ne laissant pas d'autre alternative que la certitude de son embarquement pour la... destination prévue dès le début une attitude courtoise, mais aussi déterminée, ne laissant pas d'autre alternative que la certitude pour la destination prévue   . Tu te souviens Voltairine, la première page de la Notice ? »

Sans rien dire, ils sont sortis dans le couloir, refermant la porte avec précaution. Je les ai rejoints, je tenais à expliquer, il fallait expliquer, que je n'étais pas vraiment Voltairine et que toutes les deux nous le savions, bien évidemment, mais la contrôleuse était en pleine conversation avec le fiancé : « Très désorganisée, opposant tout. Je crois qu'elle est rassurée d'être contenue par le traitement. Et d'être protégée de sa propre agressivité. Discordante. »

Il hochait la tête en rythme à chaque qualificatif, puis il a salué la contrôleuse, a refermé la porte et s'est mis à pleurer dans le couloir.

« LE ROI ORDONNA QU'ON LA LAISSAST DORMIR EN REPOS, JUSQU'À CE QUE SON HEURE DE SE RÉVEILLER FUST VENUE. »

Il a préparé une sorte de liste des bons côtés de sa femme. Des choses qui pourraient raccourcir son assignation à résidence. Il notait. Tu pourrais m'aider, après tout, l'avis d'une amie c'est important, me disait-il en tournant sa feuille à demi remplie vers moi. Je tendais l'oreille, trouvais qu'elle dormait trop tout d'un coup et personne ne lui avait donné de médicament. M'en inquiétais : « Mais pourquoi elle dort encore ? » Lui, apaisé de reprendre sa place, presque ému : « Elle a toujours été comme ça. Marmotte. Siestes l'après-midi et elle se couche avant minuit. »

Je pensais à son avidité épuisante d'éveil, sa façon de parler très vite et de noter tard dans la nuit quand on dormait dans le grand salon de la Villa, enveloppées comme des papillotes géantes.

Il me regardait, pensif, « qu'est-ce qu'on pourrait dire de bien », parlant de la Petite Fille belle et sombre, pour toujours férocement lycéenne.

Il voudrait l'aider à établir des *priorités*. Des choses constructives ! On ne peut pas, me dit-il, être uniquement dans l'opposition, ça avance à quoi et qu'est-ce qui sortira de ça.

Il s'agit de : lui décolorer les idées. Gratter légèrement. Décoller les excroissances de ces tubéreuses d'idées folles qui s'étirent comme des bras. Puis les recouvrir d'un film bien tendu de meilleures pensées de plastique, pratiques. Des pensées que l'on pourrait partager, énoncer en public. Parce que, qui voudrait entendre ce qui se déverse de son cerveau à toute vitesse, ces chutes de phrases mal rangées, trop serrées. La Petite, fille rapide, torrentielle, dont les idées métalliques fusent, sifflantes comme des balles aussi.

Il s'agit de la *reformuler*. Et au moment même où il survient, la violence de son désir le gêne, mais pourtant, oui, il voudrait la reformuler entièrement (des mains gantées qui plongent dans la Petite). Ce qui sort de la bouche de la Petite Fille au Bout du Chemin est effrayant et *pas souhaitable*. La reprendre à zéro. Tu serais tellement plus belle si tu faisais *comme ça*.

Souvent, il pense en l'écoutant parler qu'elle *manque de naturel*, comme on tâte un fruit malaisé à éplucher. La plupart des filles qu'il croise dans son travail, des copines, le sont, elles, naturelles. Cheveux parfumés. Rires de bijoux. Yeux de petits papillons légers. Balbutiements joyeux et mains devant la bouche quand elles s'esclaffent à ses blagues.

Il se prend, certains matins, à détailler son visage, sa peau, et à la trouver trop transparente, livide, rien de ce soyeux poudré, cette *base indispensable* que s'appliquent les filles naturelles. Et l'humidité qui fonce le tissu de ses robes sous ses bras, quel embarras. Jamais vu ça sur les autres. Personne ne transpire plus. Ou alors de vieilles femmes. Étrangères. Dans la rue. Dans le métro aux heures de pointe.

Et puis, passer tout son temps en compagnie de deux filles, comme si elle était lycéenne ! Et ce *grabuge* qu'il y a eu. Qui culmine avec une perquisition dans l'appartement (la police a été assez polie, a demandé avant de faire une copie du contenu de l'ordinateur). Un instant, il l'a imaginée en victime entourée de types menaçants et sombres. Puis il a lu la plainte déposée contre elle, mais de qui parle-t-on ? Ce train pris en fraude en compagnie d'un groupe, elle qui n'a jamais supporté les groupes ! Pas le moindre intérêt pour la politique et les discussions dans les dîners, jamais ! Savez-vous que votre femme a été fichée par Europol voilà deux semaines, nous l'avons interrogée sur sa proximité avec des personnes ayant attenté à la sécurité du pays pendant les Événements. Rébellion et outrage. Arrêtée en « flagrant délit de dégradation » avenue de l'Opéra. Il lui semble qu'il observe une grande sœur agitée (s'est-elle *offerte en spectacle ??*), soudainement incompréhensible, sauf qu'il s'agit de sa femme et qu'il en est responsable, il faut la *contenir*, la ramener à la raison. L'assignation à résidence est une bénédiction, une réponse enfin. C'est du solide. Il y a là des projets (un nouveau départ !), des soins, une définition claire de ce dont elle souffre.

Satisfait de la savoir couchée, il aimerait la ravoir telle qu'il l'a toujours eue.

On peut regarder un film si tu veux ma chérie, il proposera ce soir. Lui offrira des livres, demain il ira en choisir quelques-uns, des biographies peut-être, elle qui parle tant de cette femme dont la photo est punaisée au-dessus de leur lit, une féministe du XIXe siècle (parfois il est fier d'avoir une femme qui se soucie de ça, des féministes du XIXᵉ siècle, son petit air concentré quand elle les évoque). Elle relèvera des phrases de ces livres dans son carnet orange abîmé (tant de cahiers et pas un seul qui soit joli !). Elle les lui lira une fin de dimanche après-midi, timidement, en s'excusant d'avoir relevé cela – mais c'est de la poésie chéri...

Les filles qu'on murait là si durement pour s'en délivrer mouraient tout de suite, et, par ces morts si promptes, accusaient horriblement l'inhumanité des familles. Ce qui les tuait, ce n'était pas les mortifications, mais l'ennui et le désespoir [...] l'ennui pesant, l'ennui mélancolique des après-midi, l'ennui tendre qui égare en d'indéfinissables langueurs les minait rapidement. D'autres étaient comme furieuses ; le sang trop fort les étouffait.

Il invitera quelques amis dimanche prochain dans une dizaine de jours (il faudra leur expliquer). Ils seront peut-être tout d'abord intimidés, puis rassurés de constater qu'en fait, elle n'a *pas du tout changé*. Se féliciteront de la merveilleuse histoire d'un oiseau presque tombé puis récupéré, sauvé, rafistolé. Certains arrivés un peu tard au dîner, avec ce stress – des embouteillages – le couvre-feu quelle galère – parleront comme on conspire de bientôt « quitter la France, ça devient vraiment étouffant », et ils évoqueront un éventail de pays « sympas, ouverts et dynamiques » où « se poser » peut-être, évoquant leurs corps comme des carlingues qu'ils dirigeraient proprement, un parcours méthodique.

Il laissera la Petite Fille me raccompagner.

Je m'en vais alors, je lui dirai. Tu m'appelleras. Je le répéterai trois fois, appelle-moi, hein, avant qu'elle ne referme la porte en me remerciant de l'avoir ramenée chez elle après la Nuit des Incendies, vraiment Voltairine (excuse-moi de t'appeler Voltairine !), heureusement que tu m'as ramenée ici, tout ça allait peut-être trop loin.

Dans l'ascenseur, ma main dans ma poche frôlera un morceau de papier velouté d'usure, là depuis quatre semaines et demie, je le caresserai, ce petit papier, comme une promesse, ou une trahison à venir, la mienne.

Je crois à l'huile jetée sur le feu
Au temps gagné à le perdre à deux
Je crois à ce qu'on partage
Nos odyssées déglinguées
Au visage des nuages que tu traduis pour moi.
À nos prochaines minutes, Voltairine,
Puisqu'on les a.

Les jours qui suivent, je souhaiterais être malade. Vivre dans l'ennui doux d'un quotidien sans tragédie, effectuer des gestes sages et simples, me moucher, avaler des Doliprane, m'autoriser du temps inutile. Rester couchée. Que la fièvre me dispense de cohérence et de plans. Je ne retourne pas dans l'Île où m'attendent certainement des convocations, la seule inconnue, leur nombre. Une nouvelle loi passe en quatre jours, qui prévoit un an de prison pour les étrangers n'ayant pas « respecté les obligations de présentation aux services de police ». Les quotidiens ne parlent plus de Petites Filles au Bout des Chemins, mais énumèrent les arrestations, les mesures d'exception. Des sondages triomphants s'abattent régulièrement comme des grands filets, du chloroforme.

Émile passe son temps à dire ne quitte pas, j'ai un autre appel. Elle redevient celle qui accourt. Au chevet des perquisitionnés, des soupçonnés. Et quand les portiques des prisons font biper son cœur, elle a peur que le défibrillateur ne s'emballe et l'éteigne alors d'un coup sec, la mort comme une prudente sauvegarde. Vassili, le petit Biélorusse du cinquième, passe un après-midi pour ses devoirs, il a l'air hanté, redoutant qu'Émile ne s'écroule sur son cahier de maths s'il ne trouve pas les bonnes réponses. L'Américain spécialiste des gymnases grecs sonne chaque matin, il apporte des steaks crus dans un sac plastique, évoque les Événements en prenant note sur son cahier de nouveaux mots, émeute couvre-feu arrestations préventives. Émile revient un soir d'une assemblée où quelques-uns, épuisés, en accusent d'autres d'être des infiltrés. Puis, un matin, on nous annonce le retour à l'ordre comme une joyeuse réouverture de magasin. On « y voit enfin plus clair », les principaux partis et syndicats ont « repris les choses en main », souhaitent « un retour au calme », leurs revendications sont énumérées. Alors, les négociations commencent.

Avez-vous réfléchi. Réussissez-vous à remettre de l'ordre dans vos pensées. Voulez-vous en parler. Ici, où je suis depuis maintenant dix semaines, on est habitué à me voir écrire, à défaut de m'entendre. Je m'assois sur le seul banc de marbre du parc – à cet endroit sombre qui forme un S, l'arbre dont je ne connais pas le nom me fait penser à un saule pleureur dont les branches s'étireraient comme des bras, une étoile bien écartelée sans ployer. Peu de patients vont jusqu'à là, la plupart ont peur et restent tout près du bâtiment principal. Ils ont peur de l'ombre et des coins cachés, du bruit des baignoires qui se vident et des plats fades du réfectoire, peur qu'on les oublie et peur des visites de leurs parents quand elles durent trop longtemps, peur de se perdre et peur d'être trouvés. Parfois, une infirmière vient me demander si « ça avance » avec ce genre de sourire qu'ont les infirmières, énergique et affreusement combatif. Certains aiment à raconter ce qui les a amenés dans cette maison de repos. Je les écoute. La plupart ne s'intéressent pas à ce que moi je fais là, et s'ils le font, je réponds que j'ai perdu quelqu'un. Au début, je disais, j'ai tué quelqu'un, mais le psychiatre en a été informé et m'a fait comprendre que mon histoire perturbait certains patients. Je n'ai pas eu accès à mon dossier mais je sais que je souffre, selon eux, d'un stress post-traumatique (ceci explique, d'après le psy, votre sensation de culpabilité et la réinterprétation erronée que vous faites de cette histoire).

Cette histoire qui recommence un mardi après-midi, dix jours après que je ne suis pas tombée malade, sans aucune nouvelle de la Petite Fille au Bout du Chemin.

Il n'y a pas de raison. Il n'y a pas d'événement. Je ne vais pas la laisser lever le doigt pour demander la parole est une raison. Remettre une ponctuation dans ces jours avachis en est une autre, un mobile. Je me rends chez elle une nouvelle fois.

Elle semble fondue dans les murs beiges de l'appartement, un hologramme qui glisse sans faire de bruit, tu as vu Voltairine je fais des efforts de style me murmure-t-elle en désignant ses cheveux un peu recourbés au bout. Elle cligne des yeux en passant devant la fenêtre, je crois d'abord qu'elle est gênée de la lumière, elle porte la main à sa gorge comme pour vérifier un collier qu'elle ne porte pas. Pendant quelques minutes, on ne se dit rien, des ex-amoureuses s'embarrassant à trouver un sujet de conversation suffisamment anodin. Je la laisse me raconter ses derniers jours, elle reçoit des visites régulières, des amis, la famille, le traitement qu'elle ne suit pas tout à fait. Elle rit avec la légèreté d'une fille d'appartement qui ne met plus un pied dehors, tiède. « Je te dois des excuses Voltairine, dit-elle sans me regarder. Je t'ai mise en danger et je suis partie en te laissant te débrouiller seule avec toutes... ces choses qu'on a faites. Ça n'était pas bien... Tu as reçu... des plaintes ? » Elle est assise sur le rebord du lit, s'enquiert de mon avenir comme une jeune tante affable d'une nièce mise de travers.

« Je ne suis pas retournée sur l'Île encore. Je ne sais pas... »

Et, Voltairine, j'ai vu un reportage fantastique sur Marie-Agnès Gillot, la danseuse étoile de l'Opéra de Paris, tu l'aimes ? Je suis sûre que tu l'aimes.

Je réponds oui, Marie-Agnès Gillot est une biche un oiseau envoûté une lame de fond une grande fille au bord du chemin. Déployée. C'est une nouvelle Mademoiselle Non. Alors la Petite Fille au Bout du Chemin se lève. Allume la chaîne. Tu ne voudrais pas danser un petit peu, si je pousse le tapis, propose-t-elle en s'asseyant sur son lit. J'ai le souffle court, mal au tendon de l'aîne gauche, les chevilles vacillantes. « ... Excuse-moi, j'ai été un peu malade, je n'y arrive pas, je suis rouillée et il fait trop chaud ici », et je me dirige vers la haute fenêtre de sa chambre.

Alors, elle ou moi, je ne sais plus, nous parlons des fenêtres. De la dernière fois où je l'ai vue, ses pieds mal assurés sur le rebord de la fenêtre. De la peur des fenêtres. Du soulagement à en avoir, des fenêtres, par lesquelles pouvoir se pencher, penchées jusqu'à voir le trottoir comme le seul plafond d'un monde possible. De la peur qu'on a quand d'autres semblent avoir peur pour nous. On reparle de Dina qui marchait à reculons, en larmes vers sa chambre dans le foyer social, comme si celle-ci était recouverte d'aimants surpuissants. Alors que.

Toutes ces Énervées sur des petits radeaux.

Elle me raconte son fils. « Je... n'ai pas vraiment d'intérêt pour ça mais on ne peut pas... le dire », sa certitude que l'avoir confié à une autre est juste (et... beau ? Rajoute-t-elle en m'interrogeant doucement). Et qu'elle n'en est ni désolée, ni attristée. Et depuis, ça fait plus de dix mois qu'elle voit ses « proches » guetter sur elle un début de traumatisme qui ne vient pas. Et même ses textes, ils s'en emparent et les transforment en un symptôme dégoûtant, la mauvaise plante sans remords qu'elle est, qui ne flétrit pas de honte.

« J'avais tellement bien réussi. Avec toi et Émile. À contenir leur monde à l'extérieur. Et là.
C'est terminé.
Tu te rends malade alors que tu as TOUT pour toi. Votre tout sur moi, dans moi, oui. Mais ! Comment ça se fait que vous ne soyez pas malades ? Soyez malades ! Atteints ! Leur fourrer la Notice dans la gorge jusqu'à la nausée. Soyez malades de chagrin pour enfin… ressusciter ! Entiers. Pas en petits morceaux rafistolés, je vois vos coutures… Qu'enfin vos mains tremblent, les contours de votre monde sont bordés de vos re-noncements. ARRÊTE ! Ils m'interrompent tout le temps de leurs voix égales, ils ont si… Peur. De la bagarre, tu sais ? Répètent comme un mantra sois tolérante sois tolérante. Traduction : sois tolérable ! On ne peut… rien dire ! Ah ils les aiment tant, leurs mots – aires d'autoroutes ! Nous faire repartir le plus vite possible – souhaiteriez-vous un massage des cervicales ? Tu te rends ma-lade ! Non je ne me rends pas ! Je commence à peine. Tu sais je dis FEU ! Et ils frissonnent, détournent la tête comme si je puais. Leurs mines. Quand ils évoquent les… Événements. Mais quoi ! De quelle violence vous parlez, ce sont des objets ! Qui ont brûlé… Des symboles… On ne peut pas le dire, ça. Les contours de votre monde sanglant mais en mode auto nettoyant constant je leur dis. Mourir sans odeur et aucune goutte de sang qui coule,

la Notice, tu sais, des flics, ils utilisent TOUS ces... Mots si propres, pas d'odeur de brûlé   tu sais ?

Et la rubrique amour... On partage tout ! Ces corps qui se frottent sans jamais s'abîmer l'un dans l'autre... Épuisés de   l'anesthésie qu'ils ont pourtant demandée eux-mêmes ! Et voilà qu'on se pince et on se pénètre encore un peu quand même pour voir si, peut-être ? Mais non, rien. Plus le moindre frisson. Alors que faire... On opte pour la dernière possibilité en magasin ! Le ténia adoré, son altesse le ténia... Se lancer enfin dans la vie ! Ce mouvement à l'intérieur de mon ventre, l'horreur de me sentir... enlevée à moi-même, quoi, je ne peux pas le *dire* ? Et tous ces... horaires à respecter ! Des prisons de plus en plus   petites, circonscrites, avalées. Tu devrais penser à en faire un autre, ça te poserait me disent-ils comme s'ils plongeaient deux doigts dans mon vagin pour estimer la fraîcheur de mes ovaires. Pourtant. J'ai démontré, non ? La fabrication, je connais, mais le suivi clientèle n'est pas mon fort... Tu n'aimes pas la vie ! Tu es   dépre-ssive. Mais moi enfin tu sais toi non enfin tu sais   Je refuse le *spectacle* que vous en faites ! Rien rien rien qui me tienne au corps dans votre « la vie ». Je ne vis pas dans la vie ! Tu te souviens, Voltairine ? De ces couleurs ! Quand on confondait... Fin du soleil et début de feu ? Le coucher du soleil tombait comme... de l'encre renversée ! Non ? Et on attendait de voir s'il prenait corps et fumées ! Que devient le ciel ? Le soleil on s'aiguise dessus, non ?

J'avais tellement   bien   réussi. Avec toi. À contenir leur monde à l'extérieur de ma réalité. Et là. C'est   terminé.

Une pénétration par tous les trous. C'est vulgaire ils m'ont dit. Je me lève de table, tu sais, je fais laissez-moi je peux quand même me dérober me soustraire, non ?

Et… non et ce que j'entends malgré moi me remplit atrocement Voltairine il faut fermer ses oreilles et ses yeux et les fenêtres qu'ils ouvrent tu sais, sois un peu ouverte me répètent-ils, s'ouvrir m'ouvrir et tout disséquer et me gaver.

J'ai regardé une vidéo hier. Mademoiselle Non. Le journaliste lui demande mais pourquoi vous ne signez pas d'autographe à l'entracte comme toutes les autres, tu imagines, il dit toutes les autres, et elle fait : « On ne peut pas saluer après la scène de la folie Monsieur. Je n'imagine pas que pendant cet entracte on me fasse signer un petit programme. Je dirai : laissez-moi être morte. »

« … Laissez-moi être morte.   De quoi suis-je remplie, sanglote-t-elle, de quoi m'avez-vous remplie, vous avez remplacé mon s-ang. Et. Je n'ai plus d'air. Je souhaite m'échapper comme une petite fumée d'un soupirail. Qu'y a-t-il de plus monstrueux Voltairine que d'être ce corps qu'on me réorganise sans cesse ? Ils me cor-rigent. Effa-cent. Je suis louée ! Loyer trop élevé. Ap-prendre à se plier en quatre Voltairine dans des coffres de voiture des open-spaces des repas de famille et des histoires d'amour, ne pas dé-ran-ger. Tu te souviens tu te souviens de ce que je t'ai montré la première fois où tu es venue me voir ici, les détenus de la prison ouverte qui entretiennent eux-mêmes le bâtiment dans lequel on les enferme, les barreaux remplacés par un « contrat social », ça disait qu'il faut environ, quoi… Un mois pour que chaque détenu ne cherche même plus à s'évader. Il me reste quoi, Voltairine, avant que j'ouvre moi-même la bouche pour demander qu'on me remplisse ? Trois… semaines ? Trois jours. Trois heures ? »

« Tu leur as tout dit hier soir ? T'es sûre ? Tu n'as plus rien en réserve ? » j'ai demandé, on ne pouvait plus attendre.

Elle m'a souri, s'est mouchée en faisant non de la tête.

L'OISEAU DE FEU
Berceuse et Finale

On se tenait par la main. Il me semblait que le trottoir nous propulsait galamment plus loin, plus vite. On était à quelques minutes du couvre-feu, les seules personnes qui se pressaient autant que nous étaient les Autres.

Il faut trouver un endroit sans fenêtre, je me répétais en avançant tandis qu'elle continuait à me parler de ballets et d'oiseaux, « l'Oiseau de Feu qui endort les monstres, tu sais ? », elle n'était pas sortie depuis des jours, ça la chavirait, le grand air. Nous sommes passées devant la Cinémathèque qui fermait plus tôt maintenant que les nuits étaient vides. Je me suis arrêtée devant le visage triangulaire et buté de Jodie Foster à treize ans. Dans une semaine, ils passeraient *La Petite Fille au Bout du Chemin*, c'était presque un encouragement, dans une semaine on irait avec Émile, peut-être, voir ce film dont je ne connaissais rien sauf son titre.

Nous avons eu le dernier train. Il faisait nuit quand nous avons parcouru à pied les quatre kilomètres qui séparaient l'Île de la petite gare. Revenir là où je m'étais tenue au silence, enfermée seule pendant presque deux ans, et cette odeur de fleurs, lilas et glycines tout au bord des chemins, une odeur de sucre en sueur, presque nauséabonde de douceur.

Je me suis accroupie au bord du fleuve, à l'endroit même où Giselle, en plein hiver, avait plongé un jour à la poursuite d'un cygne qui l'avait alors assommée d'un coup de bec. La Petite Fille s'est assise à mes côtés.

Tu as de la peine Voltairine ? Parce que les… lumières sont éteintes ?

J'ai fait oui, j'ai un peu de peine (mais je n'ose pas avoir de la peine parce que je suis celle qui a reculé qui t'a ramenée chez toi qui t'a regardée faire, celle qui ne sait pas aller au bout du chemin).

Tu ne devrais pas. Ces flammes jouent en… sourdine, ne vont pas disparaître dans le néant tu sais ? Elles sont rouges encore, ces fleurs égarées… Voltairine ? J'ai terminé mon cahier Échelle en bois. Dernière page : August Spies. Le discours qu'il a fait pour sa défense avant d'être pendu :

« *Here we will tread upon a spark, but there, there behind you and in front of you and everywhere flames will blaze up. It is a subterranean fire you cannot put it out. The ground is on fire upon which you stand* *. »

The ground IS on fire… C'est ça qu'il faut photocopier pas la Notice, encore une Notice, a-t-elle douce-

---

* Ce n'est qu'une étincelle que nous piétinerons ici, mais là, derrière vous, et aussi juste en face et partout ailleurs, des flammes ardentes s'élèvent déjà. Et ce feu-là est souterrain, vous ne parviendrez pas à l'éteindre. Cette terre que vous foulez aux pieds, cette terre, elle est en feu.

ment répété en remettant une de mes mèches derrière ma barrette rouge.

Parfois tu sais je voudrais me refroidir le sang, tu sais ? Le mêler au vent, l'allonger de frais. Et de calme... Ce sang furieux.

Voltairine ? On ne va pas aller ouvrir tes enveloppes bleues, au camion. On n'a qu'à rester là. Un moment ?

J'ai fait oui on peut rester là.

Que sont devenues les trois dégueulasses, m'a-t-elle demandé en tâtant l'eau du bout de sa dock. C'était quoi déjà, la folle, la morte et toi, c'était quoi ? On n'a pas été assez dégueulasses. Je sais que tu sais.

La lune éclairait ses bras nus – elle avait enlevé son manteau rouge aux manches trop courtes – les veines de la nuit apparaissaient comme des feux intermittents, un faisceau de lumière là, puis, disparu. Elle m'a dit, l'eau, elle n'est vraiment pas froide, ça va. On a gardé nos habits, j'ai simplement ôté mes chaussures, on était toutes les deux dans l'eau jusqu'à la taille, même pas, mes orteils en collant s'enfonçaient dans le fond incertain, ça me faisait un peu peur, ce sable bourbeux. On se tenait par la main. Puis, lentement, sans me lâcher, elle s'est allongée sur le dos comme s'il fallait faire attention à ne pas tomber d'un matelas pneumatique, ses cheveux sont restés un moment à la surface de l'eau puis, les vaguelettes molles les ont recouverts, ses cheveux ont disparu. Auréolée d'eau et de lune, ça lui dessinait un visage de diamant. Vraiment belle, une novice dont on nouerait les cheveux avant de les recouvrir d'un voile gris et de l'arracher au monde. Je me suis rapprochée un peu pour garder sa main dans la mienne et j'ai pensé à la vieille barque pourrie, pas loin de là. Elle était accrochée depuis mon arrivée sur l'Île au creux d'un renfoncement d'arbres. Pour l'atteindre, il fallait traverser un coin de décharge, deux hommes habitaient là, enfin peut-être. La barque leur appartenait. Souvent, ils faisaient des feux et brûlaient des objets de plastique qui répandaient une puanteur d'animal triste jusqu'au camion. Autour des roseaux tordus et secs, de loin, on croyait voir un champ de coquelicots tendres et puis on s'approchait et ce n'étaient que des morceaux de plastique durs et rongés par l'eau et le feu que le vent avait regroupés ensemble. Leur barque ressemblait à la décharge aussi.

On aurait pu essayer de la réparer et de partir sur la barque pourrie, j'ai proposé.

Un radeau ? Elle m'a demandé, narquoise, les yeux au ciel. Tu veux qu'on dérive, Voltairine, comme deux Énervées ?

J'ai avancé à tâtons sur ma droite, là où je me souvenais de l'avoir vue la dernière fois, la barque. L'eau était tellement plus tiède que dans mon souvenir et même le son de mes vêtements noyés qui se décollaient légèrement du corps, cette petite valse de clapotis, je n'ai pas eu peur.

Je suis l'enfant de l'air, un sylphe, moins qu'un rêve.

Madame, mademoiselle, monsieur,

Vous venez d'être admis(e) à la Maison de santé. Le personnel de l'établissement vous souhaite la bienvenue. La clinique comporte quatre unités de soins et dispose de 164 lits.

Dès votre entrée, vous avez passé un contrat de soins avec l'institution et le médecin qui vous a pris(e) en charge.

Vous avez le droit d'être informé(e) sur votre état de santé. En tant que patient adulte hospitalisé, vous bénéficiez de la possibilité de désigner une personne de confiance (parent, proche, médecin) qui sera consultée au cas où vous ne seriez pas en état d'exprimer votre volonté et de recevoir l'information nécessaire à cette fin. Cette décision est révocable à tout moment.

Prise en charge de la douleur

Un médecin psychiatre préside le comité. Le Pharmacien, en collaboration avec le Comité du médicament et les médecins généralistes, a élaboré un projet sur la mise en place du Comité de lutte contre la douleur. Un « contrat d'engagement » vous est remis à votre arrivée.

Chère fille au cœur que je connais

1) Tu recevras dès la fin de semaine un appel de l'avocat que j'ai rencontré, très bien je crois.
2) J'ai parlé à ton psychiatre « référent », pour une sortie anticipée. Il faudra que tu en fasses toi-même la demande.
3) L'abonnement à *Danser*, je veux bien, mais le minimum, c'est un an et tu seras sortie avant, évidemment.
4) Me disent que tu es mutique, fifille exilée. Je leur réponds c'est normal, elle pense avec ses pieds. Tu n'imagines pas le silence à l'autre bout du fil, abyssal...
5) De mes nouvelles : je me dépouille des surveillances (plus de rendez-vous tous les jeudis à l'hôpital). Je n'ai pas encore recommencé à travailler, officiellement. Mais il y a tant de gens en prison ou procès que je cours toute la journée (au ralenti, je te rassure).

P.S. J'ai écrit aux parents comme tu me l'as demandé, j'irai voir la semaine prochaine s'ils ont bien gravé la citation entière (sa mère n'était pas sûre qu'il y aurait de la place…) « A eu de temps en temps l'âme déchiquetée et l'a pendue à un fil comme si on pouvait la sécher au soleil. »

P.S. 2

Désolée de te recouvrir de bavardages, mais : longue conversation à l'instant avec « ton » psy. Pour la demande de sortie, tu devras présenter un « projet » à l'infirmière de l'étage, une lettre disant que tu penses que tu serais mieux dehors, que tu as une offre d'emploi et des garants. Je t'ai trouvé quelques traductions possibles. Si ce projet est pris en considération, il sera proposé à l'équipe (le psy m'a dit *team*, tu apprécieras !) Avec ce qu'ils appellent ton « parcours », tu seras certainement obligée de convaincre à l'oral et de passer devant une sorte de tribunal médical, trois psychiatres, un psychologue, l'infirmière et un ou deux officiels proches en général des rédacteurs du Projet Bien-Être (pas une bonne nouvelle, je sais…). Ton psy m'a aussi évoqué ton « historique », qui risque de te nuire (tu serais alors assignée à résidence pendant une durée indéterminée). Leur nouveau programme de santé mentale…

Il paraît que tu donnes des cours ? Écris-moi sinon je t'écrirai encore.

Émil-(lienne)

Émile,

Sortir d'ici, tu dis. Mais ma chambre me paraît encore trop vaste, il me faudrait un trou, un renfoncement sous un éboulement de gravats, de la poussière, des racines emmêlées, du béton. Être recouverte. Vouloir dormir, souhaiter dormir et ne jamais assez dormir, être assoiffée de disparition, d'ombre et de recoins.

L'avocat m'a appelée hier. Je te remercie. M'a dicté la première phrase de la lettre que je devrais écrire, « Je reconnais avoir soustrait Mademoiselle X à son contrôle judiciaire le 23 avril. » La première phrase de cette lettre que je ne continuerai pas.

Parce que quoi. Faire un récit habile ? Me disculper ? Dire le mieux possible ça n'est pas ma faute. Raconter la bonne histoire. Dire quoi. Que ce jour-là elle était prise de panique à l'idée de rester dans son appartement et avait déjà tenté de se jeter par la fenêtre devant témoins. Que je l'ai amenée sur l'Île où je suis domiciliée. Qu'il me semblait que ça serait une bonne idée, car j'habite dans un petit camion sans hauteur. Qu'elle est rentrée dans l'eau tout habillée et je l'ai suivie. Que j'ai pensé à la barque, je l'ai tirée vers le bord du fleuve, quatre minutes se sont écoulées.

« Tu veux qu'on dérive Voltairine, comme deux Énervées ? »

Je n'écrirai jamais cette lettre parce qu'elle serait trop courte. Il faudrait lui confectionner une traîne de Post-it ou de post-scriptum inscrits horizontalement sans ordre d'importance, sans début ni fin. Tous les P.S. en ligne, une corde à linge en plein vent de petits mots qui s'ajouteraient, je vois des papillons.

P.S.
Je l'entends sans cesse m'appeler.
Voltairine. Ce ton. Tu sais, comme si elle implorait que naissent et surgissent des champs de Voltairine, poisons au milieu de fleurs de meringue. Elle m'appelait Voltairine. Alors que c'était elle, Voltairine. Et moi, la fille qui parlait du bout du chemin et qui n'y suis pas allée.

Ma Petite jetée battue assemblée (préférée),

    Je ne veux pas te raccommoder à tout prix. Mais je te demanderai encore demain et la semaine prochaine si tu l'as écrite, cette lettre de sortie.
    (Le psy m'a dit que tu n'as pas eu « accès aux objets familiers pendant deux semaines » ?)

Émile

Émile,

Oui... Deux semaines, dépouillée du contenu de mon sac, mes cahiers, crayons. Peut-on se suicider avec des mots, je demandais, quand ils rentraient dans ma chambre avec le plateau-repas, radotant : « Je n'ai pas l'autorisation de vous parler, vous récupérerez vos biens quand vous serez moins oppositionnelle. » Mes cahiers contre mes gestes, pour ces deux fois où j'ai lancé mes mains en avant, le fracas de l'assiette, la cuillère et le métal qui rebondissent sur le carrelage, l'infirmière qui revient en courant avec un médecin, la serpillière passée promptement autour du lit et la porte qui se referme.

De quoi veulent-ils me remplir. Ces lettres sont ma « récompense » j'imagine, pour bonne conduite...

Et maintenant, ils m'ont confié, dans le « cadre de ma thérapie », un atelier de danse classique. Je donne des cours à dix personnes de tous les âges. Ils viennent, vêtus de pantalons de jogging et de tee-shirts trop larges. Malhabiles... Ils tentent d'arrondir leurs bras affreux (flasques ou anguleux) en couronne au-dessus de leur tête et ils soufflent, souffrent, pincent leur bouche au moment de se lancer dans une pirouette qui ressemble à une tour de Pise en Lego de chair.

Vous êtes trop humains, je leur crie, pensez souffle-chuchotement (la danse est ailes, il s'agit d'oiseaux et des départs en l'à jamais, des retours vibrants comme flèche, remercions Mallarmé, je crois, Voltairine).

La Danse est un arc tendu entre deux morts, mais ça, je ne leur dis pas.

Un jeune homme (qui, à la question comment vas-tu, me répond tous les jours qu'on le prend pour un autre, je ne suis pas moi, ajoute-t-il poliment) vient régulièrement. Au début de la semaine, il inspire, expire consciencieusement puis se lance dans une pirouette simple qui, à sa grande surprise (et la mienne aussi !), se termine en double. Il chancelle à peine en s'immobilisant. Il est très applaudi, mais il ramasse ses affaires et quitte la salle, les autres le voient pleurer.

J'ai couru derrière lui dans le parc. Son dos mince en chemise blanche m'a donné l'impression de poursuivre un petit pirate inquiet qui chercherait un bout de chemin.

Puis hier, il revient au cours et me montre ça sans rien dire, inscrit sur un carnet sur lequel il note des tas de choses illisibles, pattes d'oiseaux.

« Apprends-moi ce qui ne meurt pas. »

P.S.

De quoi est morte ton amie, me demande le petit pirate inquiet hier soir dans le parc, comme s'il attendait la fin d'un conte. Je dis : la Petite Fille meurt de ses oiseaux-rêves avalés de travers.

Petite,

Je suis allée jusqu'au camion avant-hier, prendre ton courrier. Puis j'ai marché jusqu'au lac. Les grues qu'on aperçoit derrière les lumières orangées du centre de détention ressemblent à des barres parallèles, j'ai pensé à toi.

Et aussi à l'été dernier, quand Giselle avait disparu et que tu continuais à la chercher tous les matins, faire le tour de l'Île comme si elle s'était simplement endormie quelque part. Quand l'épicier t'a dit, nonchalant, qu'elle s'était certainement noyée, alors tu l'as insulté, tu as couru, je t'ai retrouvée assise au bout de l'Île, je ne t'avais jamais vue pleurer comme ça, pas même le mardi (surtout pas le mardi).

J'attends tes papillons, toujours.

P.S. Et s'il fallait la laisser, elle, « ingérable » jusqu'à son absence ? Lui laisser même ça, la liberté de n'être plus. Toi, qu'elle reconnaissait comme *une* Voltairine, s'il te plaît, n'ensevelis pas la Petite Fille au Bout du Chemin sous une ultime Notice d'explications logiques...

Émile,
Des papillons :

P.S. NE JAMAIS
Un atelier d'écriture a lieu tous les jeudis. Il s'agissait hier de remplir des « ne jamais ». Je dis :
– Ne jamais effectuer les mouvements à moitié quand on danse (sous peine de blessures).
La psychologue me dit très bien, continuez.

– Ne jamais sous-estimer le danger de ne pas y aller, au bout du chemin.
– Ne jamais confondre (j'ai confondu) les refuges, les oasis, les îles et les prisons.
– Ne jamais ramener à leur maison les petites filles à bout de chemin.

Elle m'arrête (petit sourire crispé) : « Vos propositions ne sont pas transparentes. Vous pourriez reformuler de façon plus claire ? ».

P.S. GISELLE

« Mais, Maudite enfant, tu te feras mourir, et quand tu seras morte, tu deviendras une willi ; tu iras au bal de minuit avec une robe de clair de lune et des bracelets de perles de rosée à tes bras blancs et froids ; tu entraîneras les voyageurs dans la ronde fatale, et tu les précipiteras dans l'eau glaciale du lac tout haletants et tout ruisselants de sueur. Tu seras un vampire de la danse ! »

Théophile Gautier, auteur du livret de *Giselle*, 1841.

C'est le premier ballet où apparaissent les Willis, ces *« fiancées qui sont mortes avant la noce, pauvres jeunes filles qui ne peuvent pas rester silencieuses dans la tombe. Dans ces cœurs morts, dans ces pieds morts reste encore le désir de la danse qu'elles n'ont pas pu satisfaire pendant leur vie, elles se lèvent à minuit formant des groupes par les rues et attaquent les jeunes hommes qu'elles y trouvent… »*

J'ai progressé de trois pas vers la barque. Je venais de lâcher sa main. « Je pense à quelque chose Voltairine tout d'un coup », elle a fait. « C'est… Giselle. C'est un microbe cette histoire… Encore un oiseau qui tombe. Une fille qui meurt d'avoir trop dansé… »

Je me suis arrêtée d'avancer, le bruit du tissu contre le poids de l'eau et mon souffle – ce martèlement – je n'ai pas entendu ce qu'elle a dit ensuite, rien que ça : tu ne mourras pas d'avoir trop dansé. J'ai continué de m'éloigner vers la barque.

P.S. AU ROYAUME DE L'IRM

Je peux supporter le mot mort. Mais pas autopsie. Pas fouiller jusqu'à l'obscénité de la béance, la transparence. Vouloir la « gérer » jusqu'à l'infini. La bitinelle.

Ma Petite Fi(fi)lle (ceci n'est pas un questionnaire)

La semaine dernière, j'ai lu la biographie de Lucy Parsons. Qui n'était pas qu'une « femme de » (Albert Parsons, un des martyrs du Haymarket)

Née esclave, au Texas (d'origine mexicaine et indienne), c'était une oratrice célèbre, ses discours attiraient des dizaines de milliers de gens. Et pendant plus de trente ans, la police a cherché à l'arrêter avant qu'elle ne parvienne à l'estrade (dans leurs archives, on a trouvé ça : « Lucy Parsons est plus dangereuse qu'un millier d'émeutiers »).

Ceci explique sans doute qu'à sa mort, dans l'incendie de sa maison en 1942, les autorités ont soigneusement détruit les seuls textes qui n'avaient pas brûlé, considérant que, même morte, ses mots pourraient bien inspirer des générations de lecteurs. (en 1884, elle termine son tract « Aux vagabonds, aux sans-logis » avec ce petit conseil pratique : « Apprenez l'utilisation des explosifs ! »).

Lucy Parsons et Voltairine de Cleyre. Ces Petites-là ont cheminé (ta Voltairine a rendu hommage au

Haymarket dans des dizaines de villes différentes, tous les 11 novembre jusqu'à sa mort…). Petites Filles aux mots brûlés, aux corps noyés de Notices et de condamnations qui sont parfois, tu as raison, des pirates inquiets au bout du chemin.

Alors je tiens à te renvoyer ton papillon, qui me semble un peu sûr de lui (pour un papillon). Tu l'affirmes : ne jamais ramener à leur maison les Petites aux bruissements d'ailes tenaces et aux blanches cicatrices. Tu pointes ton (notre ?) erreur : on n'est pas allées « au bout » (et comme dans la Danse, dis-tu, quand on ne fait qu'esquisser un mouvement, on se blesse, voilà).

À notre rencontre, tu t'en souviens, je t'ai demandé si ça n'était pas lassant ces mêmes mouvements, dans le même ordre, chaque jour, plié, dégagé, et tu m'as répondu que non, qu'à chacune des répétitions d'un même geste tu en savais un peu plus sur la façon d'amorcer ce mouvement.

Recommencer. Tu vois, je crois que ce verbe est mal fichu. Comme si on commençait la même chose deux fois. Alors que ce qu'on re-commence est empli de ce qui n'a pas (encore) eu lieu. Ce qui a déjà été dansé se mêle à ce qui n'a pas encore été dansé.

Je joins à ma lettre cette coupure de presse datée d'avant-hier.

FORMELLEMENT IDENTIFIÉS

Il y a toutes les raisons de croire qu'en dépit des arrestations certains responsables des Événements ont pu quitter le pays. En effet, des textes très similaires ont été retrouvés sur les lieux de l'incendie d'un tribunal en Grèce et saisis dans une université à Tunis.

« Chaque année on entend encore un peu mieux le sifflement des ailes de ces oiseaux de la tempête qui

s'annonce et parfois, on aimerait, on souhaiterait que ça soit déjà le son de l'orage lui-même...

Ils disent de nous que nous n'avons pas existé. Ou si peu. Voyez, tout est rentré dans l'ordre. Alors, maintenant que nous n'avons plus à craindre que tout ceci se termine, nous avons tout notre temps...

Nous les perturberons encore vos cérémonies morbides et immuables. Nous ne partagerons pas que des indignations.

Les petits amis du bout du chemin. »

Les premières phrases sont de Voltairine de Cleyre, j'en suis (presque) sûre. Le reste ? Je crois reconnaître le style de la Petite Fille au Bout du Chemin. Mais bientôt, on hésitera ; on trouvera une affiche, on déchiffrera quelques mots sur un mur et on se demandera si par hasard celui-là pourrait être d'elle, ou inspiré d'elle, peut-être, ou encore inspiré de ceux et celles qui l'ont inspirée ? Il reste des dizaines de ses textes chez moi. J'ai aussi récupéré tous ses cahiers que m'a donnés son ami, il n'en veut pas, y voit la cause de tout... Je ne les rangerai pas dans un tiroir.

J'ouvre son cahier Échelle en Bois, qu'elle commence par :

Conspirons encore Voltairine ! Redevenons des bandites fiévreuses, des enfants acharnés à ne pas rester là où on nous pose. L'époque est dure aux voleuses de feu... Il nous faudra bien redevenir impitoyables et, sans rien céder de nos vies ou de nos corps, saturer chaque atome de plaisirs vagabonds sans jamais en payer aucun prix...

Tu me demandes, tu te demandes, faut-il raconter l'histoire des oiseaux qui tombent. Tu ne veux pas

427

écrire l'histoire d'un oiseau qui tombe, tu lui as promis de ne jamais raconter l'histoire des oiseaux qui tombent. Mais ce ne sont pas les mots d'un oiseau qui tombe.

Ceci n'est pas l'histoire d'un oiseau qui tombe.

Remerciements

À Luis P, ressuscité et vivant.

À Olivier L pour tout.

Merci à Patrick Verschueren (Olivier, Julie, Caroline et toute l'équipe…) de m'avoir accueillie (automne et hiver 2009-2010) en résidence à la Fabrique Éphéméride, sur l'île.

Merci à Claudine (et sa boussole). Et aux ateliers du foyer de l'Espage (Maguy, Yvette, Evelyne, Monique, Micheline, Yolande…).

Merci à Berlin, été et automne 2010 (et à ceux et celles croisés là-bas…).

Pour les relectures, qui elle est et tout le reste : merci à Jeanne Lafon-Galili.

Henri Lafon pour les tempêtes et le XVIIIe siècle.

À Isabelle Lafon pour   .

Ama pour sa présence (de setter), sans questions.

Sandrine et les filles du Mardi.

Les documentaires *Un monde sans fous* de Philippe Borrel et *Sainte-Anne - Hôpital psychiatrique* d'Ilan Klipper.

Merci aux Petites Filles au Bout du Chemin et autres pirates inquiets (tous auteurs des textes de *La Petite Fille au Bout du Chemin*) :

Bernard Aspe, Charles Baudelaire, Voltairine de Cleyre, Emily Dickinson, Scott Fitzgerald, William Forsythe, Marie-Agnès Gillot, Sylvie Guillem, Gelsey Kirkland, Laird Koenig, Lautréamont, Violette Leduc, Nicolas Le Riche, Arthur Rimbaud, Clarice Lispector, Rosa Luxemburg, Jules Michelet, Les Mujeres Creando, Albert Parsons, Lucy Parsons, Sylvia Plath, Rote Zora, Maria Soudaïeva, August Spies, Alain Tanner, Tarjei Vesaas, Simone Weil, Évariste Vital-Luminais, Monique Wittig.

(Aux émeutes passées et à venir.)

À ne pas oublier, Le Haymarket Square : August Spies, Albert Parsons, Lucy Parsons, Adolph Fischer, Louis Lingg, George Engel, Samuel Fielden, Michael Schwab.

À Jérémy L, Petite Fille au Bout du Chemin.

BABEL

Extrait du catalogue

1240. HENRY BAUCHAU
    L'Enfant rieur

1241. CLAUDE PUJADE-RENAUD
    Dans l'ombre de la lumière

1242. LYNDA RUTLEDGE
    Le Dernier Vide-Grenier de Faith Bass Darling

1243. FABIENNE JUHEL
    La Verticale de la lune

1244. W. G. SEBALD
    De la destruction

1245. HENRI, JEAN-LOUIS
    ET PASCAL PUJOL
    Question(s) cancer

1246. JOËL POMMERAT
    Le Petit Chaperon rouge

1247. JÉRÔME FERRARI
    Où j'ai laissé mon âme

Ouvrage réalisé par l'atelier graphique ACTES SUD. Reproduit et achevé d'imprimer en avril 2014 par Normandie Roto Impression s.a.s. à Lonrai pour le compte des éditions ACTES SUD Le Méjan place Nina-Berberova 13200 Arles.
Dépôt légal 1re édition : mai 2014.
N° impr. : 1401359
(Imprimé en France)